KB206550

허클베리 핀의 모험

윤상원

한국외국어대학교 영어과를 졸업했다.
대기업 홍보실을 거쳐 단행본 출판사 편집부에서 근무했다.
대학 때부터 영미권 번역문학에 관심이 많았던 그는 현재 전업 번역가로 활동하고 있다.
주요 번역서로는 『오만과 편견』이 있다.

허클베리 핀의 모험

초 판 1쇄 발행 | 2008년 10월 12일
개정판 1쇄 발행 | 2014년 5월 10일

지은이 | 마크 트웨인
옮긴이 | 윤상원
펴낸이 | 김형호
펴낸곳 | 아름다운날
출판 등록 | 1999년 11월 22일
주소 | (121-837) 서울시 마포구 서교동 351-10 동보빌딩 103호
전화 | 02) 3142-8420
팩스 | 02) 3143-4154
E-메일 | arumbook@hanmail.net
ISBN 978-89-93876-50-5 (03840)

이 도서의 국립중앙도서관 출판시도서목록(CIP)은 서지정보유통지원시스템 홈페이지(http://seoji.nl.go.kr)와 국가자료공동목록시스템(http://www.nl.go.kr/kolisnet)에서 이용하실 수 있습니다.(CIP제어번호: CIP2014012818)

허클베리 핀의 모험

마크 트웨인 지음 | 윤상원 옮김

아름다운날

차 례

주 의

이 이야기에서 뭔가 동기를 찾아내려는 자는 고소당할 것이다.

이 이야기에서 뭔가 교훈을 찾아내려는 자는 추방당할 것이다.

이 이야기에서 어떤 플롯을 찾아내려는 자는 총살당할 것이다.

작자의 명령에 의해
군사령부장 G.G

제 1 장

『톰 소여의 모험』이란 책을 읽어본 적이 없는 사람이라면 나에 대해서도 잘 모를 테지만, 그런 거야 아무래도 상관없다. 그 책의 저자는 마크 트웨인인데, 그는 대체로 진실만을 말하고 있다. 가끔 조금 과장할 때도 있지만 말이다. 하지만 한번도 거짓말을 한 적이 없는 사람을 나는 아직 보지 못했다.

기껏해야 폴리 아줌마나 과부댁 또는 메리 정도일 것이다. 폴리 아줌마란 톰의 아줌마를 가리키는데, 메리와 더글러스 과부댁에 관한 이야기는 모두 그 책에 나와 있다. 그 책은 앞에서도 말한 것처럼 과장해서 말한 점이 있긴 하지만 거의 진실만을 적었다.

그런데 그 책의 끝부분은 이런 식으로 끝난다. 도둑들이 동굴 속에 숨긴 돈을 톰과 내가 찾아내어 우리는 똑같이 6천 달러씩 나누어 가졌다고. 그것도 모두 금화로 말이다. 한데 그걸 쌓아놓고 보니 산더미 같았다. 우리는 그 돈을 판사인 새처 씨에게 맡겼는데, 그는 그 돈을 이자를 받고 다른 사람들에게 빌려주었다. 덕분에 일 년 내내 하루 1달러가량의 돈이 들어왔는데, 우리는 그 돈을 어떻게 써야 할지 몰랐다. 그리고 더글러스 과부댁은 나를 자기의 양자로 삼아 예의범절 같은 걸 가르치려고 들었다. 게다가 이 과부댁은 무슨 일이든 지나치게 깔끔하고 완벽하게 하는 성미여서, 그녀의 존재 자체만으로도 답답해 견딜 수가 없게 만들었다. 더 이상 견뎌낼 수 없게 된 나는 결국 그 집을 뛰쳐나오고 말았다. 또다시 옛날처럼 허름한 옷에 설탕을 담던 큰 나무통으로 되돌아온 나는 자유의 몸이 되자 매우 만족스러웠다. 그런데 톰 소여 녀석이 내가 있는 곳으로 찾아와 이제부터 갱단을 조직하려고 하는데, 내가 과부댁에 가서 전처럼 얌전하게 생활해준다면 패거리 속에 끼워주겠다고 했으므로 어쩔 수 없이 다시 돌아오게 되었다.

과부댁은 나를 보자마자 울음을 터뜨리면서, "길 잃은 가엾은 어린 양이니 뭐니." 하는 것이었다. 하지만 무슨 악의가 있어서 그런 말을 한 것은 아니었다. 과부댁은 또다시 나에게 새 옷을 입혀주었는데, 순간 나는 참을 수 없는 답답함에 구슬 같은 땀을 흘렸다.

그녀는 예의범절을 익히고 규칙적인 생활을 하도록 강요하였다. 과부댁이 식사종을 치면 지체 없이 달려가야 했고, 식탁 앞에 앉아서는 과부댁이 고개를 숙이고 뭔가 중얼거리는 걸 끝낼 때까지 기다리지 않으면 안 되었다. 중얼거려보았자 음식이 어떻게 되는 것은 아니었다. 단지 음식이 한 가지씩 따로따로 만들어져 있다는 것밖에 특별한 것은 아무것도 없었다. 먹다 남은 찌꺼기를 모아둔 통이라면 이야기가 다르겠지만 말이다. 그 통은 갖가지 음식이 뒤섞여 있어 국물 맛이 끝내주었다.

식사가 끝나면 과부댁은 성경책을 꺼내어, 모세와 갈대 바구니에 관한 이야기를 해주었고, 나는 모세가 어떤 녀석인지 배우느라고 땀을 뻘뻘 흘려야 했다. 그러던 중 과부댁은 모세는 이미 옛날에 죽어버린 사람이라고 털어놓았다. 그래서 모센가 뭔가 하는 작자에 대해서는 완전히 잊어버리고 말았다. 죽은 녀석 따위를 알아봐야 아무 소용이 없으니까.

얼마 후 나는 담배를 피우고 싶어서 과부댁에게 허락해 해달라고 했다. 하지만 안 된다는 것이었다. 담배를 피우는 것은 불량스러운데다가 더러운 일이므로 절대 안 된다는 것이었다. 정말 세상에는 별 희한한 사람이 다 있는 모양이었다. 아무것도 모르는 주제에 이러쿵저러쿵 잔소리나 하는 사람 말이다. 과부댁은 자기 친척도 아닌데다가 이미 죽어 없어져 아무 소용도 없는 모세 따위에 관해선 이러니저러니 하면서 정작 내가 뭔가 그럴 듯한 일을 하려고 들면 펄쩍 뛰며 반대를 하는 것이었다. 그러면서도 자기는 연방 코담배를 피웠다. 마치 자기가 하는 일은 뭐든지 용서가 된다는 듯이.

과부댁의 동생은 왓슨이었는데, 날씬한 몸매에 안경을 쓴 노처녀로 과부댁에 얹혀 살고 있었다. 그런데 이번에는 그 노처녀가 철자법 책을 가지고 나를 못살게 구는 것이었다. 이 노처녀가 한 시간가량 나에게 공부를 시키겠다고 몰아치는 바람에 과부댁이 나의 고삐를 늦추어주었는데, 그런 일이 없었더라면 나는 더 이상 참지 못했을 것이다.

그 뒤 그 한 시간은 골로 가는 게 아닌가 싶을 정도로 지루해서 안절부절 못했다. 왓슨 아줌마는 나를 보기만 하면 "그런 데 발을 올려놓는 게 아냐, 허클베리."라든가, "그렇게 몸을 웅크리고 있으면 안 돼." 하는 것이었다. 그 다음에 이어지는 소리는, "그렇게 꼴사납게 하품을 하거나 기지개를 켜지 마, 허클베리! 어째서 너는 몸가짐을 바로 하려고 하질 않느냔 말이다." 하고 잔소리를 해댔다.

그리고 계속해서 어둠의 나라 이야기를 여러 가지 들려주기에, 그곳에 가보고 싶다고 했더니 왓슨 아줌마는 화를 냈다. 하지만 나는 악의가 있어서 한 말은 아니었다. 거저 아무 데라도 좋으니 무작정 떠나고 싶었을 뿐이었다. 하지만 왓슨 아줌마는 내가 불량기가 있어서 그렇다며 자기 같으면 이 세상 전부를 준다고 해도 그런 말은 하지 않을 것이라고 했다. 그러면서 자기는 빛의 나라에 들어가도 될 만큼 당당하게 살고 있다고 역설했다. 그러나 왓슨 아줌마가 가는 곳엘 가보았자 득이 될 것이 있을 리는 없었다. 그렇다고 해서 내가 그런 말을 입 밖에 낸 것은 아니었다. 말해보았자 성가신 일이 생길 게 뻔했기 때문이다.

그런데 왓슨 아줌마는 계속 빛의 나라인 천당에 대해 끊임없이 이야기를 했다. 그곳에서는 하루 종일 하프를 뜯고, 노래를 부르면서 어슬렁대기만 하면 된다는 것이었다. 나는 그런 생활에 그다지 흥미가 없었지만 구태여 입 밖에 내지는 않았다. 다만, "톰 소여는 그곳에 갈 수 있겠지요?" 하고 물어보았더니 안 된다고 했다. 나는 그 녀석과 헤어지는 게 싫었으므로 그 말을 들으니 기뻤다.

그 이후로도 왓슨 아줌마는 무언가를 계속 설교하였으므로 정말이지 지루하고 답답해서 죽을 지경이었다. 그 후 검둥이들의 집회가 열리고 기도가 시작되었다. 그것이 끝나자 모두 잠자리에 들었다. 나는 촛불을 들고 내 방으로 올라가 그걸 테이블 위에 놓고, 창가의 의자에 앉았다. 그리고 무언가 신바람 나는 일이 없을까 생각해보았지만 아무것도 떠오르지 않았다. 너무 심심해서 차라리 죽어버렸으면 좋겠다는 생각이 들 정도였다.

숲의 나뭇잎이 별빛을 받으며 처량하게 살랑거렸다. 누군가가 죽었는지 멀리서 올빼미 우는 소리가 들렸다. 이때 바람이 나에게 무언가를 속삭이는 것 같았다. 그러자 왠지 온몸이 오싹해지는 것이었다. 그때 멀리 숲에서 이상한 소리가 들려왔다. 유령이 자신의 속마음을 알리려고 아무리 애를 써도 알아주지 않자, 한숨을 쉬며 돌아다니는 것 같은 그런 소리였다.

나는 풀이 죽고 무서워져서, 누군가가 함께 있어주었으면 하는 생각이 들 정도였다. 조금 있으려니까 거미 한 마리가 내 어깨 위로 기어 올라왔다. 그래서 그 거미를 손으로 탁 털어버렸는데, 그 녀석은 촛불 속에 떨어져 순식간에 지글지글 타버리고 말았다. 그것은 나쁜 징조로, 머지않아 좋지 않은 일이 일어나리라는 것쯤은 누구에게 물어보지 않아도 알 수 있는 일이었다. 무서워서 너무 떠는 바람에 옷까지 흘러내릴 정도였다. 나는 의자에서 일어나 세 바퀴를 돌았는데, 한 바퀴 돌 때마다 십자를 그었다. 그리고 마녀들을 쫓아버릴 셈으로 머리카락을 몇 가닥 실로 잡아맸지만 그래도 안심이 안 되었다.

나는 사시나무 떨 듯 몸을 떨며 의자에 앉아 담배를 피우려고 파이프를 꺼냈다. 이때는 집 안을 돌아다니는 사람이 아무도 없었으므로 과부댁에게 들킬 염려는 없었다. 그런데 한참 후 멀리서 거리의 시계가 땡땡땡 하고 12시를 치는 소리가 들렸다. 그 후 사방은 전보다 더 조용해진 뒤 아래쪽의 어두운 나무속에서 작은 나뭇가지 부러지는 소리가 들린 뒤 무언가가 살금살금 움직이는 게 보였다. 그러자 아래쪽에서 "야옹! 야옹!" 하는 소리가 희미하게 들려왔다. 옳지! 하고 나도, "야옹! 야옹!" 하고 소리를 냈다. 그러고는 불을 끄고 창문을 넘어 곳간 지붕 위로 내려온 후 땅으로 미끄러져 내려와 나무 사이로 기어들어갔다. 그랬더니 아니나 다를까 톰 소여가 거기서 나를 기다리고 있었다.

제 2 장

우리는 과부댁의 뜰 건너편 끝을 향해 오솔길을 살금살금 걸어갔다. 나뭇가지에 머리가 긁히지 않도록 허리를 구부린 채 부엌 옆을 지나치는 동안 나는 그만 나무뿌리에 발이 걸려 쿵 하고 쓰러졌다. 순간 몸을 웅크리고 숨을 죽였다. 그때 부엌 입구에 왓슨 아줌마 댁에서 일하는 짐이라는 덩치가 큰 검둥이가 앉아 있었는데, 그가 일어서서 목을 길게 뽑고는 1분가량 귀를 기울이더니 작은 소리로 중얼거렸다.

"누구여?"

짐은 그러고도 한참 동안 귀를 기울이고 있다가 살금살금 내려와 우리 두 사람 앞에 서는 것이었다. 손을 내밀면 닿을 만한 거리였다. 세 사람은 몇 분 동안 꼼짝 않고 서 있었다. 그러는 동안 발꿈치가 가려워왔지만 긁을 수가 없었다. 다음에는 귀가 가려웠고, 다시 등 한가운데도 가려워지기 시작했다. 그 가려움이란 정말 견딜 수 없을 정도의 것이었다. 특히 높은 사람과 함께 있거나 장례식에 참석했을 때, 혹은 억지로 자려고 할 때, 아무튼 맘껏 긁어 댈 수 없는 장소에 있을 때일수록 이곳저곳이 천 군데 이상이나 가려워지는 것이었다. 이윽고 짐이 말했다.

"어이, 도대체 누구랑께? 어디 숨어 있는 거여? 분명히 뭔 소리를 들었당께그려. 여기 주저앉아서 귀를 곤두세우고 들어서 소리의 정체를 알고 있구먼."

그러더니 짐은 나와 톰 사이의 땅바닥에 주저앉았다. 그러고는 나무에 등을 기대고 두 다리를 쭉 뻗었는데, 한쪽 다리가 하마터면 내 다리에 부딪칠 뻔했다. 순간 참을 수 없을 정도로 콧등이 간질간질하다가 나중에는 눈물까지 나왔다. 하지만 콧등을 긁을 순 없는 일이었다. 그러는 사이 배에 이어 다음에는 볼기짝도 가려워졌다. 더 이상 앉아 있을 수가 없었다. 이처럼 딱한 사정이 계속된 것은 아마 6, 7분쯤이었지만, 나는 그것이 말할 수 없이 길게 느껴졌다. 이제는 가려운 데가 열한 군데로 늘어나 단 1분도 더는 견뎌내지 못할 것 같았다. 바로 그때 짐이 새끈새끈 숨소리를 내더니 곧 이어 코 고는 소리가 들렸다. 그 순간 나의 가려움증은 씻은 듯이 가셨다.

톰 녀석이 조그만 소리를 내어 나에게 신호를 보내왔으므로, 우리는 엉금엉금 기어서 그 자리를 도망쳤다. 그런데 10피트쯤 갔을 때 톰 녀석이 내 귀에 대고, 재미있을 것 같으니 짐을 나무에 묶어 놓자고 속삭였다. 하지만 나는 반대했다. 짐이 깨어난 뒤 떠들어댈지도 모르고, 그렇게 되면 내가 집에서 빠져나온 것이 탄로 날지도 모르기 때문이다. 그러자 톰은 양초가 부족하니 부엌에 몰래 들어가 몇 개만 갖고 나오자고 했다. 나는 선뜻 내키지가 않았으나 톰 녀석은 좌우간 해보자고 졸랐다. 그래서 우리는 부엌으로 숨어 들어가 양초 세 개를 가지고 나왔다. 톰 녀석은 양촛값이라면서 테이블 위에 5센트를 놓고 나왔다. 나는 빨리 도망치고 싶어서 마음이 조마조마했지만, 톰 녀석은 짐으로 살금살금 기어가서 무슨 장난을 쳐야겠다고 했다. 나는 기다렸다. 사방이 너무나 고요하고 적막해서 아주 오랜 시간 그렇게 있었던 것 같다.

이윽고 톰이 돌아오자 우리는 뜰의 오솔길을 지나 울타리를 돌아서 재빨리 도망쳤다. 그러고는 집 뒤에 있는 가파른 언덕의 꼭대기까지 올라갔다. 톰은 짐의 머리에서 모자를 슬쩍 벗겨내어 그것을 짐의 머리 위에 있는 나뭇가지에 걸어놓았는데, 짐은 잠깐 꿈틀거리기는 했지만 눈은 뜨지 않았다. 나중에 짐은 마녀들이 자기한테 몰려와 마법을 걸어 꿈을 꾸게 하고는 미주리 주의 이곳저곳을 끌고 돌아다녔다고 했다. 그러고는 다시 제자리에 데려다놓고, 누가 한 짓인지를 알게 하기 위해서 나뭇가지에 자기의 모자를 걸어 놓았다고 하는 것이었다. 그러나 그 다음번에 이야기했을 때는 뉴올리언스까지 데리고 갔다고 했다. 그 이야기는 시간이 갈수록 점점 과장되어 마지막에는 온 세계를 두루 다니는 바람에 죽을 정도로 녹초가 되어 온 등이 말안장 때문에 생긴 종기투성이라고 했다. 짐은 환상 속의 그 이야기가 너무나 자랑스러웠기 때문에 자못 으스대면서 다른 검둥이들은 거들떠보지도 않게 되었다. 검둥이들도 짐의 이야기를 듣고 싶어서 몇 마일 떨어진 곳에서까지 찾아왔다.

그 일 이후 짐은 그 지방의 유명 인사가 되어 처음 짐을 대하는 검둥이들은 그 앞에서 입을 멍청하게 벌린 채 마치 불가사의라도 대하는 듯 뚫어지게 보는 것이었다.

검둥이들은 아궁이 옆의 어두운 곳에 모여 마녀 이야기를 곧잘 하였는데, 누군가가 짐 앞에서 마녀에 대해 아는 척하자, "이봐, 너 같은 거이 마녀에 대해 뭘 안다는 거여?" 하고 한 마디 하였다. 그러면 그때까지 지껄이고 있던 검둥이는 움찔 하며 쏙 기어들어가 버리는 것이었다.

짐은 5센트짜리 동전을 실에 꿰어서 언제나 목에 걸고 다니면서, 이것은 악마가 자기에게 직접 준 부적인데, 이것만 있으면 어떤 병이라도 고칠 수 있고, 이것을 향해 무어라고 중얼거리기만 하면 언제든지 악마를 불러낼 수가 있다고 하는 것이었다. 하지만 그 주문이라는 것을 한번도 입 밖에 낸 적이 없었다. 검둥이들은 그 5센트짜리 부적을 보고 싶어 사방에서 찾아와 자기들이 아끼는 물건을 선뜻 짐에게 주었지만 그 누구도 만져보려고 하지는 않았다. 짐은 이제 하인으로서는 쓸모가 없어졌다. 악마를 만나기도 하고 마녀들과 함께 돌아다닌다고 생각하면서부터 아주 거만해졌기 때문이다.

그런데 톰과 내가 언덕배기 끝까지 오자 저 멀리 마을이 보이고, 환자라도 있는 집인지 불빛 서너 개가 깜빡거리는 것이 보였다. 그리고 마을 옆에는 폭이 1마일 정도는 됨직한 미시시피 강이 흐르고 있었는데, 무서울 정도로 고요했다. 언덕을 내려가 보니 그곳에는 조 하퍼와 벤 로저스, 그리고 두세 명의 사내아이들이 이제는 폐허가 되어버린 가죽 공장 안에 숨어 있었다. 우리는 보트에 매여 있던 밧줄을 풀고 2마일 반가량 하류로 저어 내려가 언덕 중턱의 절벽까지 가서 기슭으로 올라갔다.

숲이 우거진 덤불까지 왔을 때 톰은 일동에게 비밀을 지키겠다는 맹세를 시키고는, 언덕 비탈에 있는 굴을 보여주었다. 덤불 속은 나무가 울창했다. 우리는 모두 촛불을 켜 들고 허리를 바짝 굽히고 기어들어갔다. 2백 야드쯤 들어갔을까? 갑자기 공간이 넓어지면서 굴이 여러 갈래로 갈라졌다. 톰은 몇 갈래나 되는 통로를 이리저리 살펴본 후, 그런 곳에 설마 구멍이 있을 거라고는 생각지도 않은 곳으로 기어들어갔다. 우리는 좁은 구멍을 빠져나가 방처럼 생긴 곳으로 나왔는데, 그곳은 습기가 차 있어 축축해서 오싹해졌다. 모두들 그곳까지 와서 멈춰 서자 톰이 말했다.

"이제부터 강도단을 조직할 건데, 명칭은 '톰 소여의 갱단' 이라고 부르기로 한다. 입단하고 싶은 사람은 누구든지 먼저 선서를 한 다음 혈서로 이름을 써야 해."

모두들 기꺼이 입단을 하였다. 그러자 톰은 서약문이 적혀 있는 종잇조각을 꺼내어 그것을 읽어주었다. 그 서약문이라는 것은 한 번 단원이 되면 탈당은 불가능하며, 갱단의 비밀은 절대로 외부에 누설해서는 안 되고, 단원이 누군가로부터 위해를 받았을 경우 당사자는 물론 그의 가족을 죽이라는 명령이 내려지면 반드시 그것을 수행해야 하며, 명령을 받은 자가 만일 상대방과 그 가족을 죽인 다음 시체의 가슴에 칼로 십자 표시를 하지 않으면 표시를 할 때까지 식사는 물론 잠도 잘 수 없다는 것이었다. 십자 표시는 갱단의 상징이라는 것이었다. 그리고 이 표시는 갱단의 단원이 아닌 사람은 쓸 수 없으며, 만일 누군가가 그것을 썼을 때에는 고소를 제기하고, 두 번 이상 썼을 경우에는 죽음을 각오해야 한다는 것이었다. 또한 단원 가운데 비밀을 누설할 경우 그자의 목을 잘라 시체가 불태워져 재가 사방에 뿌려지며, 이름은 단원 명부에서 피로써 지워지고, 단원은 두 번 다시 그자의 이름을 부를 수 없다는 것이었다.

모두들 훌륭한 서약이라고 하면서 톰에게 스스로가 생각해낸 것이냐고 물었다. 그러자 톰은 자기가 생각해낸 것도 있긴 하지만 대부분은 해적이나 도적에 관한 책에서 얻은 정보라고 했다. 이름 있는 도적단에는 모두 이런 서약이 있다는 것이었다.

이때 누군가가 비밀을 누설할 경우 가족까지 죽이는 것이 좋겠다고 말했다. 그러자 톰은 그것 참 좋은 생각이라면서 연필로 그 조항을 써 넣었다. 이때 벤 로저스가 말했다.

"여기 헉 핀이 있는데, 이 녀석에게는 가족이 없으니 어떻게 하지?"

"아빠가 있잖아?" 톰 소여가 말했다.

"그래, 녀석에게 아빠가 있긴 하지. 하지만 요즘은 보이지 않아. 전에는 술을 마시고 가죽 무두질 공장에서 돼지와 함께 잤지만, 이 근방에서 행방을 감춘 지 벌써 1년도 넘었어."

그래서 모두 이 일을 의논한 끝에 나를 갱단에서 탈퇴시켜버리기로 했다. 단원이 될 조건을 갖추려면 가족이나 주변인 중 죽일 사람이 있어야 하는데, 조건을 갖추지 못했으니 문제가 된다는 것이었다. 나는 거의 울음이 터져 나올 것만 같은 상황에서 문득 놀라운 생각이 떠올랐다. 죽일 가족이 필요하면 왓슨 아줌마를 희생시키면 되지 않겠느냐고 했다. 그러자 모두들 이렇게 말했다.

"그러면 됐어. 헉도 단원이 될 자격이 있어."

그러고는 모두가 손가락을 바늘로 찔러 이름을 쓰기 위한 피를 짜냈는데, 나도 종이에 이름을 썼다.

"이봐, 그런데 이 갱단은 어떤 일을 하는 거지?" 벤 로저스가 물었다.

"강도질과 살인을 하는 거야." 톰이 말했다.

"한데 무얼 훔친다는 거야? 집이야, 아니면 소야?"

"저런 돌대가리 같으니라고! 가축 따위를 훔치는 것은 강도가 하는 일이 아니야. 그건 도둑질이야. 우린 도둑과는 차원이 다르단 말이야. 밤도둑이라니! 말도 안 돼. 우린 말을 타고 복면을 하고, 큰길에서 역마차나 보통 마차를 세워 사람을 죽인 뒤 거기에 탄 사람들이 가지고 있는 재물과 돈을 빼앗는 거야." 톰이 말했다.

"늘 사람을 죽여야 하나?"

"물론이지. 그게 가장 좋은 방법이야. 다른 생각을 하는 권위자들도 있긴 하지만, 사실 죽이는 것이 가장 좋은 방법이라고 할 수 있지. 이 굴 속까지 끌고 와서 몸값으로 잡아두는 몇 녀석은 예외지만."

"몸값? 몸값이라니, 뭘 말하는 거지?"

"나도 몰라. 하지만 강도들이 하는 짓이야. 책에도 그렇게 씌어 있어. 그러니까 우리도 그걸 해야 해."

"하지만 뭔지도 잘 모르면서 한다는 거야?"

"에이 내깔려둬. 그냥 해야 한다는 것만 알아둬. 책에 씌어 있는 걸 실천하지 않아 모든 걸 엉망진창을 만들겠다는 거야?"

"그게 아니야, 톰 소여. 네가 하는 말에 미심쩍은 데가 있다는 것뿐이야. 몸값으로 잡아두려면 어떻게 해야 하는 건지 우리는 모르고 있잖아. 몸값을 받아내기 위해 어떤 방법으로 놈들을 잡아놓아야 하지?"

"글쎄, 몸값으로 잡아둔다는 건 죽을 때까지 놈들을 잡아둔다는 게 아닐까?"

"응, 이제 알 것 같아. 한데 어째서 넌 그걸 진작 말하지 않았지? 게다가 녀석들을 몸값으로 죽을 때까지 잡아둔다면 아주 귀찮을 것 같은데? 뭐든지 먹어치워 버릴 테고 늘 내빼려고 들 테니까."

"그게 무슨 소리야, 벤 로저스? 감시인이 지키고 있다가 도망칠 기미가 보이기만 하면 그 자리에서 쏘아 죽일 텐데?"

"그렇다면 감시인은 밤새도록 한잠도 자지 못하겠군. 그 점이 문제겠어. 그렇다면 누군가가 곤봉을 들고 있다가 녀석들을 여기까지 끌고 오면 재빨리 붙잡아두는 게 어때?"

"책에는 그렇게 씌어 있지 않았어. 너는 법대로 하고 싶은 거야, 아니면 그걸 어기고 싶은 거야? 넌 책을 만든 사람들이 옳은 방법을 알고 있다고 생각지 않니? 네가 그 사람들에게 뭔가 가르쳐줄 게 있을 거라고 생각하니? 어림도 없는 일이야. 그러니까 우리는 책에 씌어져 있는 방법대로 인질을 잡아야 해."

"좋아, 난 괜찮아. 그런데 어쩐지 서툰 수작 같군. 한데 여자도 죽이나?"

"뭐라고? 벤 로저스, 내가 만일 너처럼 무식하다면 차라리 입을 다물고 잠자코 있겠다. 여자를 죽인다고? 여자는 동굴까지 끌고 와서는 맘껏 위해주는 거야. 그러면 그럭저럭 하는 동안에 네가 좋아져서 집으로 돌아가고 싶은 마음이 싹 가실 게 틀림없어."

"그렇다면 나도 굳이 반대하지는 않겠어. 하지만 문제가 있어. 굴은 당장에 여자들과 그 여자들을 되찾으려는 사람들로 난장판이 돼버리고 말 테니까. 강도들이 서 있을 자리도 없이. 하지만 괜찮아. 나는 별로 할 말이 없으니까."

그때 꼬마 토미 번스가 어느새 잠들어 있었으므로 깨웠다. 잠에서 깨어난 토미 녀석은 엄마한테 가겠다면서 울음을 터뜨리고는 강도 같은 건 되고 싶지 않다고 했다.

그래서 모두들 녀석을 놀려주려는 생각에 울보라고 했더니, 토미 녀석은 골을 내면서 집에 가면 당장에 모든 비밀을 폭로하겠다는 것이었다. 그래서 녀석의 입막이로 5센트를 주고 일단 모두 집으로 돌아갔다가 다음 주에 다시 만나 누구를 상대로 강도질을 하고, 누구를 죽일 것인지 의논하기로 했다.

벤 로저스는 일요일 말고는 밖으로 나올 수 없으니까, 이번 일요일에 행동을 개시하자고 했다. 하지만 모두들 일요일에 그런 짓을 하면 벌을 받으니까 안 된다고 했으므로 그 일은 일단락지어졌다. 그리고 가능한 한 빠른 시일 안에 모여 날짜를 정하기로 하고 도적단의 두목은 톰 소여, 부두목으로는 조 하퍼로 뽑고는 모두들 집으로 돌아갔다.

내가 곳간 지붕으로 기어 올라가 창문을 넘어 안으로 들어갔을 땐 이미 날이 밝아오고 있었다. 새 옷은 촛농과 진흙으로 더러워져 있었고, 몸은 지친 개처럼 녹초가 되어 있었다.

제 3 장

그런데 이튿날 아침, 이 옷 때문에 왓슨 아줌마로부터 호되게 야단을 맞았다. 하지만 과부댁은 야단도 치지 않고 촛농과 진흙을 털어주면서 슬픈 표정을 지었으므로, 나는 며칠 동안이라도 가능한 한 얌전하게 있기로 했다. 한편 왓슨 아줌마는 나를 데리고 골방으로 가서 기도를 올렸다. 아줌마는 나더러 매일같이 기도를 올리라고 하면서, 기도를 하면 모든 소원이 성취된다고 했다. 하지만 기도를 올려도 소원이 이루지지는 않았다. 나는 낚싯줄은 가지고 있었지만 낚싯바늘은 없었다. 낚싯바늘이 없으면 아무 소용이 없었다. 그래서 나는 낚싯바늘을 갖고 싶다고 서너 번 기도를 올렸지만 그 소원은 이루어지지 않았다. 그래서 얼마 후 나는 왓슨 아줌마에게 나 대신 기도를 올려달라고 부탁했다. 그랬더니 왓슨 아줌마는 나를 멍텅구리라며 핀잔을 주었다. 그러나 내가 어째서 멍텅구리인지 그 까닭을 알 수가 없었다.

언젠가 나는 숲 속 깊숙이 들어가서 이 일을 한동안 생각해보았다. 하지만 기도를 드려서 무엇이든지 소원이 성취된다면, 집사인 윈 씨는 돼지고기 때문에 잃어버린 돈을 어째서 찾지 못한단 말인가? 그리고 과부댁은 도둑맞은 은제 코담뱃갑을 어째서 찾지 못한단 말인가? 또 왓슨 아줌마는 어째서 그렇게 깡말랐단 말인가? 그러자 기도란 것은 아무 소용도 없는 거란 생각이 들었다. 그래서 과부댁을 찾아가 그 이야기를 했더니 과부댁은 기도를 드려서 얻어지는 것은 '정신적인 선물' 이라고 말했다. 그런 이야기는 내가 이해하기에는 너무나 어려웠다.

그러자 과부댁은 그 말의 의미를 가르쳐주었다. 즉 다른 사람을 위해서 자기가 할 수 있는 일은 무엇이든지 하고, 언제나 다른 사람을 먼저 생각해야 한다는 것이었다. 나는 이 다른 사람들 중에는 왓슨 아줌마도 포함된다고 생각했다.

나는 숲 속에 가서 오랫동안 이 문제를 생각해보았다. 하지만 득을 보는 것은 다른 사람이고, 나 자신에게는 아무 소득이 없는 것 같았다. 그래서 이 일을 가지고 이러쿵저러쿵 생각하는 것은 걷어치우기로 마음먹었다.

하지만 가끔 과부댁이 나를 앞자리에 앉혀놓고 '신의 섭리' 에 관한 것들을 들려주었지만, 그 다음날 왓슨 아줌마의 이야기를 들으면 과부댁의 이야기는 순식간에 무너져버리는 것이었다. 나는 '신의 섭리' 엔 반드시 두 종류가 있을 거라고 생각했다. 과부댁의 '섭리' 에서는 치사한 녀석들도 구제를 받을 수 있지만, 왓슨 아줌마의 '섭리' 에 붙잡히는 날이면 모든 것이 끝장이 나는 것이었다. 나는 이 문제를 깊이 생각해본 끝에 과부댁의 '섭리' 쪽이 낫겠다는 결론을 내렸다.

아빠는 벌써 1년 이상이나 모습을 보이지 않았지만 나로서는 그 편이 훨씬 좋았다. 술을 마시지 않는 날은 나를 붙잡아놓고 사정없이 두들겨 패곤 했기 때문이다. 그리고 얼마 후 아빠가 큰 강물에 빠져 죽었다는 소문이 돌았다. 마을에서 12마일쯤 떨어진 곳에서 발견되었다고 했다. 어쨌거나 그는 나의 아빠임이 틀림없었다. 죽은 시체의 몸집은 아빠와 똑같은데다 누더기옷을 입었고, 별나게 머리가 길게 자라 있었다는 것이다. 그렇다면 틀림없이 아빠였다. 하지만 얼굴은 분간할 수가 없었다고 한다. 그것은 숨진 채 오랫동안 물속에 있었기 때문에 얼굴이 완전히 알아볼 수 없게 되었기 때문이었다. 사람들이 시체를 건져서 강기슭에 묻어주었다. 하지만 늘 마음이 편치 않았다. 물에 빠져 죽은 남자의 시체는 얼굴을 위로 향해 뜨지 않고 엎드린 자세로 뜬다고 알고 있었기 때문이다. 따라서 그 익사체는 남자 옷을 입은 여자임이 틀림없을 것이라는 생각이 들었다. 그래서 또다시 덜컥 걱정이 되었다. 아빠가 나타나지 않았으면 하고 간절히 바랐지만 언젠가는 반드시 내 앞에 나타날 것 같았기 때문이다.

강도놀이는 한 달쯤 드문드문 계속되었는데, 나는 중간에 그만두고 말았다. 그러자 다른 아이들도 하나둘 그만두었다. 우리는 누구한테도 강도질을 할 수 없었을 뿐만 아니라 살인도 할 수 없었다. 단지 그 흉내만 냈을 뿐이다.

우리는 숲 속에서 뛰쳐나와 돼지를 모는 사나이나 마차로 시장에 야채를 실어 나르는 여자들을 습격하긴 했지만 뭔가를 빼앗은 적은 단 한 번도 없었다. 톰 소여는 동굴에 돌아와 돼지는 '금덩어리', 무와 채소는 '보석' 이라고 부르면서 우리들 일동에게 자기는 동굴에서 무슨 짓을 했고, 몇 사람을 죽였으며, 누군가에게 십자 표시를 해놓았다고 떠들어댔다.

하지만 그런 짓을 해서 무슨 이득이 되는지 나로서는 전혀 알 수가 없었다. 한번은 톰이 단원 중의 한 아이에게 불을 붙인 막대기를 들고 거리를 돌아다니게 한 적이 있었다. 톰은 그것을 '슬로건' 이라고 불렀는데, 단원들에게 모이라는 신호를 보낸 것이었다고 한다. 그리고 녀석의 말에 의하며, 밀정으로부터 들어온 비밀 뉴스를 입수했는데, 이튿날 스페인 상인과 아라비아인 부자들이 2백 마리의 코끼리와 6백 마리의 낙타와 1천 마리가 넘는 짐 나르는 나귀를 끌고 와서 '동굴분지' 에서 야영을 하는데, 거기에는 다이아몬드가 산더미처럼 실려 있지만 호위병은 고작 4백 명밖에 안 된다는 것이었다.

그래서 우리는 모두 '매복' 인가 뭔가를 하고 있다가 일당을 쫓아버리고 물건을 빼앗기 위해 칼과 권총을 손질하여 준비하고 있어야 한다는 것이었다. 톰은 무를 실은 짐마차 한 대를 습격하는데도 칼과 권총을 잘 손질하지 않은 상태에서는 그것이 불가능하다고 생각하는 녀석이었다. 그 칼과 권총이라는 것은 실은 욋가지와 빗자루에 지나지 않았다. 따라서 그 많은 스페인인과 아리비아인을 해치운다는 것은 전혀 불가능한 일이지만 그래도 낙타나 코끼리 같은 것은 보고 싶어서 토요일인 이튿날 나도 '매복' 하는 아이들 틈에 끼였다. 그러고는 호령 소리에 맞추어 숲에서 뛰쳐나와 언덕 아래로 뛰어 내려갔다. 그런데 스페인인도, 아라비아인도, 낙타도 코끼리도 아무것도 보이지 않았다. 있는 것이라고는 소풍 온 주일 학교 꼬마들뿐이었다. 우리는 소풍을 훼방 놓은 뒤 꼬마들을 분지에서 쫓아버렸다. 하지만 빼앗은 것이라고는 도넛 몇 개와 잼뿐이었다. 그래도 벤 로저스는 봉제 인형 하나를, 조 하퍼는 찬송가책과 얇은 종교 서적 한 권을 전리품으로 챙겼다.

한데 아이들의 선생이 쫓아왔으므로, 우리는 빼앗은 걸 모두 팽개친 채 도망치고 말았다. 내가 다이아몬드 같은 건 단 한 개도 보지 못했다고 톰 소여에게 말했더니 톰 녀석이 말하기를, 다이아몬드는 산처럼 쌓여 있었지 않았느냐는 것이었다. 게다가 아라비아인이며 코끼리, 그 밖의 것들도 모두 있었다는 것이다. 그래서 내가 그런 것들이 어째서 나에게는 보이지 않았느냐고 물었다. 그러자 톰은 내가 약간은 알맹이가 들어 있어 『돈 키호테』라는 책을 읽어본 일이 있다면 그런 것은 묻지 않아도 알 수 있을 것이라고 했다. 모든 게 다 마법의 조화라는 것이었다. 거기에는 수백 명이나 되는 군사며 코끼리와 보물도 있었지만 적수인 마술사가 우리에게 앙심을 품고 모든 걸 주일 학교의 어린이들로 바꾸어놓았다고 했다. '옳지, 그렇다면 그 마술사 놈을 쳐부수면 되겠구나.' 내가 말했더니 톰 소여는 나를 멍텅구리라고 했다.

"이것 봐, 헉!" 톰이 말했다. "마술사는 수많은 도깨비들을 불러올 수 있단 말야. 그리고 그 마술사는 네가 잭 로빈슨이라고 말하

기도 전에 너를 콩가루로 만들어버릴 거야. 도깨비의 키는 큰 나무만 하고 몸통은 교회만큼이나 크단 말야."

"그렇다면 우리를 도와주는 도깨비를 불러오면 될 게 아냐? 그러면 상대를 쳐부술 수 있지 않겠어?" 내가 말했다.

"네가 무슨 재주로 그 도깨비를 데려 온단 말이니?"

"그건 나도 몰라. 그런데 그 녀석들을 어떻게 데리고 오지?"

"양철로 만든 헌 램프나 쇠 고리를 문지르면, 사방에서 천둥 번개와 함께 연기가 자욱이 피어오르는 가운데 순식간에 나타나 명령하는 건 무엇이든지 척척 해결해버리지. 탄환 제조탑을 뿌리에서부터 송두리째 뽑아 그걸로 주일학교 교장 선생님의 대갈통은 물론이고 다른 사람의 대갈통도 후려갈기는 건 누워서 떡 먹기라는 말씀이야."

"도깨비를 그런 식으로 날뛰게 하는 건 누군데?"

"램프며 쇠 고리를 문지르는 녀석이지. 도깨비는 램프나 쇠 고리를 문지르는 녀석의 부하니까, 그 녀석이 명령하는 것은 무엇이든지 해야만 해. 그 녀석이 도깨비에게 둘레가 40마일이나 되는 궁전을 다이아몬드로 짓고, 그 안에 껌이건 뭐건 좋아하는 것을 가득 채워놓으라고 한 뒤 색시로 삼을 중국 황제의 딸을 데려다놓으라고 명령하면 도깨비들은 그 궁궐을 이 나라 어디든 원하는 곳에 세우는 거지."

"한데 도깨비들은 애써 지은 궁전을 자기 것으로 만들지도 않고 헛수고만 하다니, 정말로 멍텅구리 같아. 내가 만일 도깨비라면 죽으면 죽었지 절대로 헌 램프를 문지른다고 해서 하던 일을 내팽개치고 그 사람한테 달려가지는 않을 거야."

"무슨 소릴 하는 거야, 헉. 이봐, 누군가가 램프를 문지르면 가기 싫어도 가지 않을 수 없게 돼 있단 말이야."

"뭐라고? 키가 나무처럼 크고 몸집이 예배당만 한데도 말이야? 그렇다면 좋아. 하지만 난 그 녀석을 미국에서 가장 높은 나무 꼭대기에 올려놓고 말 테야."

"이 바보 멍청아! 너에겐 아무리 말해봤자 소 귀에 경 읽기구나. 뭘 말해도 넌 캄캄 절벽이니."

그로부터 2, 3일 동안 나는 이 일에 대해 곰곰 생각해본 끝에 과연 그 말이 정말인지 시험해보기로 했다. 그래서 나는 헌 양철 램프와 쇠 고리를 구해가지고 숲 속으로 들어가 땀투성이가 될 때까지 문질러보았다. 궁전을 세워 그것을 팔 생각을 하면서. 하지만 말짱 황이었다. 도깨비가 한 놈도 얼씬거리지 않았다. 그래서 나는 그 이야기는 모두 톰 소여 녀석이 꾸며낸 것이 틀림없음을 알았다. 그 녀석은 아라비아 사람이니 코끼리니 하는 말을 믿고 있지만 내 생각은 다르다. 톰의 이야기에는 주일 학교 냄새가 물씬 풍겼기 때문이다.

제 4 장

그 후 서너 달쯤 지나자 완전한 겨울로 접어들었다. 그동안 나는 거의 매일 학교에 다녀, 철자법과 읽기와 쓰기를 익혔다. 게다가 구구셈도 6×7=35하고 윌 수 있게 되었다. 그러나 그 이상은 아무리 해도 외워지지가 않았다. 어차피 산수 같은 건 나에게 아무 소용도 없는 물건이었으니까.

학교 가는 것이 처음에는 싫었지만 어느덧 그럭저럭 참을 만하게 되었다. 가기 싫을 때는 결석을 하여 이튿날 회초리를 맞았는데, 그것이 기분 좋은 유쾌함을 맛보게 했다. 갈수록 학교 가는 것이 즐거워졌다. 게다가 과부댁에서의 생활도 점점 익숙해졌다.

집 안에 틀어박혀 있는 일이라든지 침대에서 자는 것 따위가 좀 불편했지만, 날씨가 추워지기 전에는 가끔 집에서 빠져나와 숲 속에서 자기도 했는데, 그것은 확실한 기분 전환이 되었다. 과부댁도 내가 조금 느리긴 하지만 그런 대로 잘 해나가고 있다고 했다. 그래서 이제는 나를 조금도 부끄러운 아이라고 생각하지 않는다는 것이었다.

어느 날 아침 식사 때, 나는 소금 그릇을 엎지르고 말았다. 나는 액땜을 하려고 그것을 재빨리 집어서 왼쪽 어깨 너머로 뿌리려고 하자, 왓슨 아줌마가 선수를 쳐서 그 일을 방해했다.

"그 손 놓아, 헉. 넌 아직도 그런 못된 버릇을 버리지 못하는구나."

그러자 과부댁이 나를 두둔해주었지만, 그렇다고 해서 소금 그릇을 엎지른 악운이 없어진 것은 아니었다. 아침 식사가 끝나자 나는 걱정으로 몸을 떨며 집에서 뛰쳐나왔다. 어떤 장소에서 어떤 종류의 재난에 부닥칠는지 알 수 없는 일이었다. 재난의 종류에 따라 미리 예방하는 방법이 있긴 하지만, 이번 일은 그것과는 질이 다른 것이었다. 나는 액땜하는 방법을 쓰지 않고 그저 수심에 잠겨 조심스럽게 어슬렁거리고 다녔다.

집 앞의 뜰을 지나 높직한 담 옆에 만들어놓은 층계를 올라가자 눈이 1인치쯤 쌓여 있었는데, 거기에 누군가의 발자국이 찍혀 있었다. 그 발자국은 채석장 쪽으로 와서 거기서 잠시 머뭇거린 다음 마당의 울타리를 따라 쭉 이어져 있었다. 거기서 머뭇거리기만 하고 안으로 들어오지 않은 것이 이상했다. 나는 이상한 일도 다 있다 싶어 뒤를 따라가 보려고 그 앞에 엎드려 발자국을 살펴보았다. 처음에는 전혀 감을 잡을 수 없었지만 점차 짚이는 게 있었다. 왼쪽 구두 뒤꿈치에 큰 못으로 만든 악마를 쫓는 십자 표지가 붙어 있었던 것이다.

나는 부리나케 일어나 언덕을 뛰어 내려갔다. 가끔 어깨 너머로 뒤를 돌아다보았지만 사람의 모습은 보이지 않았다. 나는 있는 힘을 다해 새처 판사 댁으로 달려갔다. 판사가 말했다.

"얘야, 그러다 숨이 넘어가겠구나. 이자 받으러 왔니?"

"아뇨. 제가 받을 이자돈이나 있나요?"

"물론 있지, 반 년치 이자가 어제 저녁에 들어왔다. 150달러가 넘어. 너한텐 큰돈이지. 그 돈도 원래 있던 6천 달러와 같이 나에게 투자해두는 게 어떻겠니? 가져가면 다 써버릴 테니 말이다."

"전 이자 같은 건 받고 싶지 않아요. 그 6천 달러도 판사님께 드리고 싶어요."

나의 말에 판사는 납득이 가지 않는다는 표정을 지었다.

"얘야, 그게 무슨 소리냐?"

"제발 부탁입니다. 이유는 묻지 말아주십시오. 판사님, 그걸 받아주시겠죠? 거절하는 건 아니겠죠?"

"도무지 알 수 없는 일이군. 무슨 일이 있었니?"

"제발 받아주세요. 그리고 아무것도 묻지 말아주세요. 그래야만 제가 거짓말을 안 하게 돼요."

그러자 판사는 잠시 생각하는 듯하더니 말했다.

"아아, 이제 알겠다. 넌 너의 재산을 몽땅 나한테 팔고 싶은 모양이구나, 주는 게 아니라. 그거 잘 생각했다."

그러고는 판사가 종이에 무언가를 깨작이더니 그것을 되풀이해 읽어본 다음 이렇게 말했다.

"자아, 이 매도증서에 '그 대가로' 라고 씌어 있지? 이것은 내가 너한테 그걸 사고, 그것에 대해 돈을 지불했다는 뜻이야. 자아, 1달러를 내겠으니 여기에 사인을 해라."

그래서 나는 사인을 하고 판사와 헤어졌다.

왓슨 아줌마네 검둥이 짐은 사람의 주먹만한 털공을 가지고 있었는데, 그것은 어떤 황소의 네 번째 밥통에서 꺼낸 것으로, 짐은 그것으로 마술을 부리곤 했다. 짐의 말로는 그 공 속에 혼이 들어 있어서 세상 모든 것을 다 알고 있다는 것이었다.

그래서 나는 그날 밤 짐한테 가서 아빠가 다시 이 거리에 나타났다고 말했다. 그걸 알게 된 것은 눈 위에서 아빠의 발자국을 발견했기 때문이다. 내가 궁금했던 것은, '아빠가 무엇을 할 작정인지, 그리고 계속 이 거리에 머무를 것인지'에 대한 것이었다. 짐 녀석은 털공을 꺼내 거기다 대고 뭐라고 중얼거린 다음 그 공을 쳐들었다가 마룻바닥에 떨어뜨렸다. 공은 탁 하고 떨어져 겨우 1인지 정도밖에 구르지 않았다. 짐은 여러 번 그 짓을 되풀이했지만 공은 처음과 같았다. 짐은 무릎을 꿇고 공에 귀를 대고 뭔가를 들으려고 했지만 헛수고였다. 짐은 구슬이 전혀 말을 하려 들지 않는다고 했다.

돈을 내지 않으면 말을 하지 않을 때가 가끔 있다는 것이었다. 나는 닳을 대로 닳은 25센트짜리 가짜 은화가 있긴 했지만, 그것은 겉이 벗겨져 속의 놋쇠가 보여 쓸모가 없을 것이고, 설사 놋쇠가 보이지 않는다 해도 너무 매끈거려서 금세 가짜임이 드러나 소용없다고 짐에게 말했다(판사한테서 받은 1달러에 관해서는 말하지 않았다). 그러나 그 돈은 가짜지만 털공은 진짜와 가짜를 분간하지 못하니, 아마 소용이 있을지도 모르겠다고 했다. 짐은 냄새를 맡아보고 깨물어보고 문질러보고 하더니. 어떻게든지 털공이 이것을 진짜 돈으로 생각하게끔 힘을 써보겠다고 했다. 생감자에 칼자국을 내어 그 속에 25센트짜리 동전을 끼워두고 하룻밤만 지나면 다음 날에는 놋쇠가 보이지 않게 될 뿐만 아니라 매끄러운 촉감도 없어져서, 털공은 물론이려니와 상점 사람들도 받아줄 것이라고 했다. 나도 감자가 그런 작용을 한다는 것은 전부터 알고 있었지만 까맣게 잊고 있었던 것이다.

짐은 털공 밑에 25센트짜리 동전을 놓고 엎드려서 다시 한 번 귀를 기울였다. 그러고는 하는 말이, 털공도 괜찮다고 했다는 것이다. 그리고 내가 원한다면 운수를 알려주겠다며 내 운수를 점쳐보겠다고 했다. 그리고 털공의 말을 나에게 전해주었는데, 다음과 같은 내용이었다.

"너그 아부지는 지금으로선 뭘 어찌 해야 좋을지 모르고 있고, 다시 어딘가로 가버릴까 하는 생각도 가끔 하긴 하지만, 그대로 머물러 있을까 생각하는 것 같구먼. 가장 좋은 방법은 당황하지 말고 아부지가 하고 싶은 대로 하게 내버려두는 것이랑께. 아부지의 주위엔 두 천사가 감싸고 있는데, 하나는 하얀 천사고, 다른 하나는 검은 천사랑께. 얼마 동안은 하얀 천사가 아부지를 옳은 길로 인도하겠지만, 그 후로는 검은 천사가 끼어들어 모든 걸 엉망진창으로 만들어버릴 거여. 사실 너거 아부지가 어느 천사에게 붙잡힐는지 지금 당장은 아무도 모른당께. 하지만 너는 괜찮아. 일생 동안 고생은 적지 않게 하겠지만, 좋은 일도 많이 있당께. 때로는 부상을 당하기도 하고 병이 들기도 하겠지만 그때마다 반드시 정상으로 돌아오게 된당께. 일생 동안 두 여자가 네 주위를 맴돌 텐디, 한 명은 하얀 여자고 한 명은 검은 여자랑께. 한 명은 부자고 한 명은 가난한데, 너는 처음에는 가난한 쪽과 부부가 되겠지만 나중에는 부자 여자와 합쳐지지. 물과는 될 수 있는 대로 멀리 떨어져 있어야 하고, 위험한 짓은 절대로 하지 말랑께. 하지만 이 증서에 씌어 있기로는 결국 목매달아 죽을 팔자로 나왔어."

그날 밤, 내가 촛불을 들고 위층으로 올라가 보니 거기에 아빠가 와 앉아 있는 게 아닌가. 틀림없는 내 아빠가!

제 5 장

방에 들어와 문을 닫았다. 그리고 뒤를 돌아다보니 거기에 아빠가 있었다. 나는 아빠가 무서웠다. 아빠가 나를 많이 때렸기 때문이다. 그래서 순간적으로 겁이 덜컥 났지만, 차차 편안해졌다. 그건 숨이 목에 걸렸을 때의 최초의 충격 같은 것으로, 짧은 순간이 지나자 염려했던 것만큼 무섭지는 않았기 때문이다.

아빠의 나이는 50세 정도였는데, 실제 보기에도 그 정도로 보였다. 머리는 길게 자라 제멋대로 뒤엉긴데다가 기름에 절어 있었으며, 흘러내린 머리카락 사이로 빛나는 눈이 마치 덩굴 사이로 내다보고 있는 것 같았다. 눈은 검은 자위만 보이고, 회색 부분은 전혀 보이지 않았는데, 곱슬곱슬하게 엉킨 구레나룻도 마찬가지였다. 얼굴빛은 머리카락과 수염 사이로 보이는 부분만의 이야기지만, 핏기라곤 전혀 없는 흰색이었다. 그것은 얼굴이 흰 사람의 그런 흰색이 아니라 보고 있으면 속이 메슥거리는, 살갗 위를 기어가는 벌레의 흰색, 말하자면 두꺼비나 물고기의 뱃가죽 같은 흰색이었다. 게다가 몸에 걸치고 있는 것이라고는 넝마뿐이었다. 아빠는 한쪽 다리의 발꿈치를 다른 한쪽 무릎 위에 올려놓았는데, 그 올려놓고 있는 발의 구두가 떨어져 발가락 두 개가 삐죽 밖으로 나와 있었다. 그런데 아빠는 그것을 가끔 꼼지락거렸다. 방바닥 위에 뒹굴고 있는 낡아빠진 헌 중절모자는 냄비뚜껑 모양으로 위가 푹 꺼져 있었다.

나는 우뚝 선 채 아빠를 바라보고 있었고, 아빠는 의자를 뒤로 슬쩍 젖힌 채 나를 쳐다보았다. 순간 나는 들고 있던 촛불을 책상 위에 놓았다. 창문이 열려 있는 것을 보니, 아빠는 헛간을 통하여 기어 올라온 것이 틀림없었다. 잠시 아빠는 나를 훑어보더니 이렇게 말했다.

"이 녀석! 풀을 빳빳하게 먹인 옷을 입고, 제법 빼기는군."

"그럴 수도, 그렇지 않을 수도 있어요." 내가 대답했다.

"이 녀석, 따북따북 말대답하는 것 좀 보게." 아빠가 말했다. "내가 없는 사이 꽤 되바라졌군. 그 콧대를 꺾어놓을 테니 두고 봐라.

게다가 이 녀석, 교육도 받고 있다고? 뭐, 읽고 쓰고 할 줄을 안다고 이 아비보다 잘났다고 생각하는 모양이지? 한데 그게 누구냐? 그런 돼먹지 못한 일에 손을 대도 좋다고 한 사람이 도대체 누구냔 말이다."

"과부댁이에요. 과부댁이 그렇게 말했어요."

"과부댁이라고? 그럼 그 과부댁한테 그런 되지 못한 일에 손을 대도 좋다고 한 작자는 누구지?"

"어느 누구도 없어요."

"좋다. 내가 그런 주제넘은 짓을 하면 어떻게 된다는 걸 그 여편네에게 가르쳐주지. 그런데 넌 그 학교인지 뭔가를 집어치워라, 알았지? 아들놈이 자기 아비 앞에서 으스대고, 아비보다 잘난 체하도록 가르치는 데 가만있을 사람이 어디 있어. 이 녀석, 두 번 다시 학교 근처에 얼씬거리기만 해봐라, 가만두지 않겠어. 알았지? 네 어미도 죽을 때까지 글자라곤 읽지도 쓰지도 못했단 말이다. 나도 마찬가지야. 그러니 네놈이 그렇게 잘난 척하는 꼬락서니는 눈뜨고는 못 보겠어. 이놈아, 알아들었어? 그래, 뭐든 좋으니 어디 한번 읽어봐라."

나는 책을 들고 워싱턴 장군과 전쟁 이야기를 읽기 시작했다. 30초쯤 읽자 아빠는 손을 뻗쳐 책을 홱 낚아채더니 힘껏 내던지고는 이렇게 말했다.

"역시 읽을 줄 아는군. 소문을 들었을 땐 설마 했었는데……. 한데 이건 어디서 배워 처먹은 짓이냐! 내가 널 가만 놔둘 줄 아냐? 학교 근처에서 잡히는 날엔 죽는 줄 알아라. 게다가 어느새 하느님이란 것도 믿게 된 모양이지? 정말 이런 놈은 난생 처음 보겠네."

잠시 후 아빠는 파란색과 노란색으로 몇 마리의 소와 남자아이 한 명을 그린 그림을 집어들고는 이렇게 말했다.

"이건 뭐냐?"

"공부를 잘해서 받은 거예요."

그러자 아빠는 그림을 북북 찢고는 말했다.

"내가 아주 좋은 걸 주지. 쇠가죽으로 된 채찍 말이다."

아빠는 분을 참을 수 없었던지 한동안 투덜대더니 다시 입을 열었다.

"제법 그럴듯하네. 침대에다 거울, 게다가 바닥에는 융단까지? 얼씨구! 제 아비는 가죽 공장에서 돼지랑 같이 자는데 말이야. 난 이런 자식 꼴은 못 본다. 내 기어코 네놈의 기를 꺾어놓고야 말 테야. 네놈이 부자가 됐다고 하던데, 어떻게 된 거냐!"

"다 뻥이에요."

"이놈 봐라! 주둥아릴 조심해. 나도 참는 데는 한계가 있으니까. 나는 여기에 온 지 이틀밖에 안됐지만, 모두가 입을 모아 네 녀석이 부자가 됐다는 이야길 했어. 강 아래쪽에서 그 소문을 듣고 달려왔지. 내일 당장 그 돈을 가져와. 난 그 돈이 필요하니까."

"내가 무슨 돈을 갖고 있다고 그래요?"

"돈이 없다? 그럼 새처 판사가 가지고 있는 건 뭐지? 빨리 가서 그 돈을 가지고 와."

"돈 같은 건 없어요. 새처 판사님한테 물어보세요. 아마 나와 똑같은 이야기를 할걸요."

"그럼 좋아. 그 녀석한테 물어보지. 내 꼭 그 돈을 토해내게 할 거다. 한데 네놈 주머니 속엔 얼마나 있지? 그거라도 내놔."

"1달러밖에 없어요. 이건 내가……."

"네놈이 그 돈을 어디다 쓸 건지 그런 건 내 알 바 아니니 어서 내놓기나 해."

아빠는 그 1달러를 받아 쥐더니, 진짜인지 아닌지 확인하기 위해 깨물어보고는 마을로 위스키를 마시러 나갔다.

오늘은 아직 한 방울도 입에 대지 못했다는 것이다. 아빠는 일단 헛간 지붕으로 나갔다가 다시 얼굴을 들이밀고는, 내가 주제넘게 자기보다 똑똑해지려고 하는 게 못마땅하다고 투덜댔다. 얼마 후 이제는 가버렸겠지 생각하고 마음을 놓았을 때, 다시 돌아와서, "학교에 가지 말라는 말 명심해. 만일 내 말을 어기는 날엔 된통 혼날 줄 알아." 하고 경고했다.

이튿날 아빠는 술에 만취한 채 새처 판사한테 가서 돈을 내놓으라고 위협했다. 그러나 일이 뜻대로 되지 않자 이번에는 고소라도 해서 그 돈을 찾고 말겠다고 펄쩍 뛰었다.

판사와 과부댁은 나를 아빠로부터 법률적으로 해방시키려고 두 사람 중의 한 사람이 나의 후견인이 되게 하려고 애썼지만, 재판소의 판사님이란 작자가 갓 부임해 온 사람이라 아빠에 관해서 잘 몰랐고, 게다가 재판소란 곳이 집안일에 끼어들어, 한 가족의 인연을 끊어라, 끊지 말아라 참견하는 것은 좋지 않다고 했다. 그리고 아이를 그 아버지로부터 빼앗는다는 것도 그다지 바람직한 일은 아니라고 했다. 그래서 새처 판사와 과부댁은 나를 단념하는 수밖에 없었다.

이 이야기를 듣고 아빠는 매우 만족해했다. 그러고는 얼마라도 좋으니 돈을 장만해 오지 않으면 온몸이 시커멓게 멍이 들도록 때려주겠다고 으름장을 놓았다. 나는 새처 판사한테서 3달러를 빌렸다. 아빠는 그 돈으로 술을 마시고는 고주망태가 되어 큰소리를 지르는 등 추태를 부렸다. 게다가 양철 냄비를 두드리며 밤새도록 거리를 시끄럽게 하는 바람에 경찰에 붙들려가 이튿날에는 재판을 받고 1주일 동안이나 유치장 신세를 졌다. 하지만 아빠는 아들이 자기 품으로 돌아왔으니 기분이 좋다면서 아들에게 따끔한 맛을 보여주겠다고 했다.

아빠가 유치장에서 나왔을 때, 새로 부임해 온 판사는 자신이 아빠를 참다운 인간으로 만들어보겠다고 했다. 그래서 아빠를 자기 집으로 데리고 가서 깨끗한 옷을 입게 하고, 세 끼 식사도 가족들과 함께 하는 등 진심 어린 애정을 쏟아부었다. 그리고 저녁 식사가 끝난 뒤, 술을 삼가라는 등 조언을 했더니 아빠는 울음보를 터뜨리면서 '나는 바보였다, 지금까지 헛되게 살아왔다, 그러나 앞으로는 마음을 고쳐먹고 누구에게도 부끄럽지 않은 사람이 되겠으니 판사님께서도 제발 도와달라' 고 부탁했다. 그 말을 듣고 판사는 아빠를 껴안아주고 싶은 심정이라면서 눈물을 흘리자 판사의 부인도 함께 울었다. 아빠는 지금까지 늘 남의 오해만 받고 살아왔다고 했다. 그러자 판사는 그 말이 틀림없을 것이라고 했다. 그리고 두 사람은 또 눈물을 흘렸다. 이윽고 잠잘 시간이 되자 아빠가 일어나 손을 내밀면서 말했다.

"여러분, 이 손에 악수해주십시오. 이 손은 전에는 똥돼지의 손이었지만 지금은 그렇지 않습니다. 새 생활을 시작한 바른 사나이의 손입니다. 이제 전과 같은 생활은 절대로 하지 않을 것입니다. 지금까지 제가 한 말을 잊지 말아주십시오."

그래서 판사의 가족들이 모두 차례로 아빠와 악수를 하고는 울었다. 판사 부인은 감동을 받아 아빠의 손에 키스까지 했다. 그러나 아빠는 글씨를 쓸 줄 몰랐으므로 서약서에 서명 대신 표시만 했다. 판사는 '지금 이 순간이야말로 영원히 기억에 남을 성스런 시간이니 뭐니' 라고 중얼거렸다. 그리고 그들은 아빠를 손님에게 내주는 깨끗한 방으로 안내했다. 몇 시간이 지나 한밤중이 되자 목이 컬컬해진 아빠는 베란다로 기어나와 기둥을 타고 아래로 내려가 아주 독한 위스키 한 병을 새 옷과 바꿔가지고 와 마구 들이켰다. 이윽고 날이 샐 무렵에는 만취 상태가 되어 다시 밖으로 기어나가려다 현관에서 떨어져 왼쪽 팔을 두 군데나 부러뜨리고 말았다. 해가 뜬 후 누군가가 발견했을 때는 거의 동사 직전이었다. 판사의 가족이 아빠가 머물렀던 손님방으로 가보니, 한 발짝도 발을 들여놓을 수가 없을 정도로 엉망진창으로 어질러져 있었다.

판사는 몹시 기분이 상한 모양이었다. 그래서 저런 인간은 엽총으로라면 모를까 다른 방법으로는 도저히 개조시킬 수가 없다고 말했다.

제 6 장

아빠는 자리에서 일어나 또다시 건들거리며 돌아다니다가 새처 판사에게 달라붙어 법에 호소를 해서라도 아들놈의 돈을 돌려받겠다고 하는 한편, 내게는 학교를 그만두라고 협박했다. 나는 그 사이에 두어 번 붙들려 얻어맞았지만 학교 가는 일만은 그만두지 않았다. 전에는 학교 같은 곳엘 별로 가고 싶은 마음이 없었는데 이제는 아빠를 괴롭혀주기 위해서라도 가고 싶었다. 앞서 말한 재판 건은 도무지 진척이 없었다. 그래서 나는 아빠의 매를 피하기 위해서 가끔 판사로부터 2, 3달러를 빌려다 주어야만 했다. 아빠는 돈을 손에 쥘 때마다 잔뜩 취해 있었고, 취한 상태에서 길에서 소동을 일으켜 유치장 신세를 졌다. 하지만 아빠는 그런 상황에 대만족이었다. 그러는 것이 아빠의 성미에 맞는 일이었으므로.

그 당시 아빠가 너무 자주 과부댁 주위를 기웃거리자 참다못한 과부댁은 더 이상 기웃거리면 가만있지 않겠다고 했다. 그러자 아빠는 화를 내면서, 헉 핀이 누구의 자식인지 똑똑히 알게 해주겠다고 말했다.

그러던 어느 봄날, 나를 억지로 보트에 태워 3마일쯤 강을 거슬러올라가 일리노이 주 쪽으로 건너갔다. 그곳에는 울창한 나무숲 가운데 오두막집이 한 채 있었다. 집이라고는 그것뿐이었는데, 주위엔 숲이 우거져 있어서, 그곳을 잘 아는 사람이 아니고는 쉽게 찾아낼 수도 없었다.

아빠는 나를 철저하게 감시하면서 잠시도 내 곁을 떠나지 않았으므로 도망칠 재간이 없었다. 우리는 그 오두막집에 단둘이 있게 되었다. 아빠는 늘 문을 잠가두었고, 밤에는 열쇠를 머리맡에 놓고 잤다. 아빠는 총을 가지고 있었는데, 그것은 어딘가에서 훔친 것이 틀림없었다. 우리 부자는 물고기를 낚거나 사냥을 하며 먹고 살았다.

아빠는 가끔 나를 가둬놓고 3마일가량 떨어진 곳에 있는 나루터로 가서 물고기를 잡고 사냥을 하여 잡은 짐승을 위스키로 바꿔 가지고 돌아왔다. 그러고는 취기가 오르면 나를 마구 때리곤 했다. 얼마 후, 과부댁이 내가 있는 곳을 알아내어 사람을 보내 데려가려고 했지만, 아빠가 총으로 위협하여 그 사람을 쫓아버렸다. 그 후로 나는 지금 있는 곳에 익숙해지면서, 쇠가죽 채찍으로 얻어맞는 것 말고는 모든 게 흡족했다.

그곳에서는 하루 종일 맘껏 놀 수 있는데다가 담배도 피울 수 있었다. 또 물고기를 낚을 수도 있는데다가 책이 없고 보니 공부할 필요도 없어져서 느긋하게 지낼 수 있었다.

이곳에 온 지 두 달이 지나자 내 옷은 누더기에 때투성이가 되어, 어째서 과부댁이 마음에 들었는지 도통 알 수가 없어졌다. 그곳에서는 얼굴과 손을 늘 깨끗이 씻은 상태에서 음식은 접시에 담아 먹어야 했다. 그리고 머리는 늘 빗고 다녀야 했고, 자고 일어나는 것도 시간에 맞춰야만 했고, 가끔 책과 씨름을 해야 했고, 왓슨 아줌마의 잔소리를 들어야 했다.

그런 생각을 하자 끔찍해져서 그곳으로는 두 번 다시 돌아가고 싶지 않았다. 욕지거리하는 걸 과부댁이 싫어했으므로 욕을 하는 것이 금지되었지만, 여기서는 아빠가 아무 잔소리를 하지 않았기 때문에 또다시 그런 버릇이 생겨나고 말았다. 여러 모로 생각해볼 때, 숲 속에서의 생활이 훨씬 활기찼다.

그런데 허구한 날 아빠가 호두나무 채찍을 휘두르게 되고부터 나는 온몸이 물집투성이가 되었다. 게다가 나를 가두어둔 채 외출하는 경우가 많았다. 한번은 나를 집에 가두어놓고 사흘 동안이나 돌아오지 않았는데, 그때는 정말 외로웠다. '아빠는 물에 빠져 죽었는가보다. 이제 나는 두 번 다시 햇빛 구경을 못하겠구나' 생각하니 무섭기도 했다. 아무튼 어떻게 해서든지 그곳을 빠져나갈 수 있는 방법을 궁리했다. 하지만 나의 계획은 번번이 실패했다. 개가 빠져나갈 만한 창문도 없었기 때문이다. 굴뚝은 너무 가늘어서 타고 올라갈 수가 없었으며, 문은 튼튼한 떡갈나무로 만든 것이었다.

아빠는 조심하느라고 외출할 때는 오두막 안에 칼이며 다른 무기가 될 만한 것은 아무것도 남겨놓지 않았다. 나는 별달리 할일이 없었으므로, 거의 하루 종일 그곳을 빠져나갈 궁리를 하면서 오두막 안을 살펴보았다. 그러다가 마침내 녹이 슬 대로 슨 자루 없는 톱을 발견했다. 그것은 지붕의 서까래와 널빤지 사이에 끼여 있었다. 나는 그것에 기름을 칠한 다음 일에 착수했다. 벽 틈으로 새어들오는 바람으로 촛불이 꺼지지 않도록 하기 위하여 오두막 구석에 놓인 테이블 뒤쪽 통나무 벽의 헌 말안장 담요를 가렸다. 그러고는 테이블 밑으로 기어들어가 담요를 들추고 맨 아래쪽 통나무를 톱으로 잘라 빠져나갈 만한 틈을 만드는 작업을 시작했다. 시간이 무척 오래 걸리는 일이었다. 일이 거의 끝날 때쯤, 숲에서 아빠가 쏘는 총소리가 들렸다. 내가 급히 일한 흔적을 없애고, 담요를 내린 뒤 톱을 치우자마자 아빠가 들어왔다.

나는 본성이 그대로 드러난 아빠를 보자 기분이 좋지 않았다. 읍에 갔었는데 일이 뜻대로 되지 않았다는 것이었다. 아빠가 의뢰한 변호사의 이야기로는, 재판이 시작되기만 하면 소송에 이겨서 돈을 손에 넣을 수 있는데, 새처 판사가 재판을 지연시키는 방법을 이미 알고 있다는 것이다. 게다가 다른 사람이 제소한, 나를 아빠로부터 떼어놓아 후견인인 과부댁에게 맡기는 또 한 가지 재판이 있는데, 이 재판에서는 과부댁이 이길 것 같다고 변호사가 말했다는 것이다. 이 말을 듣자 과부댁한테 가서 예의범절이니 뭐니 여러 가지로 시달림을 당할 걸 생각하니 몸서리가 쳐졌다.

그런데 아빠는 그 때문에 심사가 뒤틀렸는지 연방 욕설을 퍼부어대기 시작했다. 생각나는 일이면 일, 머릿속에 떠오르는 사람이 면 그 사람에 대해 모조리 욕설을 퍼부어댔다. 그 다음에는 말하자면 도매급으로 모든 사람을 통틀어 욕설을 퍼붓고는 마무리를 지었다. 그중에는 나도 아빠도 잘 알지 못하는 사람들이 꽤 많았다. 아빠가 그런 사람들을 욕할 때는 그 녀석 이름이 뭐더라 하며 이 욕 저 욕 닥치는 대로 마구 내뱉는 것이었다.

아빠는 과부댁이 나를 빼앗아 갈 수 있는지 어디 한번 보고 싶다고 했다. 만일 그런 허튼 수작을 하면, 여기서 6,7마일 떨어진 곳에 나를 가둬버리면 녹초가 될 때까지 찾아보았자 허탕을 칠 거라고 했다. 그 말을 듣자 나는 가슴이 철렁했지만 시간이 지나자 편안해졌다. 그런 꼴을 당하기 전에 빠져나갈 수 있을 거라고 생각했기 때문이다.

아빠는 나더러 소형 보트가 있는 곳으로 가서 사 온 물건을 갖고 오라고 했다. 보트 쪽으로 가보았더니, 50파운드짜리 옥수수 부대와 돼지 옆구리 고기로 만든 베이컨, 탄약, 4갤런들이 위스키, 총알과 화약 사이의 틈을 메우는 충전물로 쓸 헌 책 한 권과 신문 두 장과 밧줄이 있었다. 나는 물건을 한 짐 나른 후 보트로 돌아와 뱃머리에 앉아 쉬면서 모든 일들을 곰곰이 생각한 끝에 총과 낚싯줄을 가지고 숲 속으로 도망치려고 했다.

한 곳에 오래 머무르지 않고, 낚시질과 사냥으로 시장기를 면하면서 밤을 타고 아빠나 과부댁이 찾아올 수 없는 곳으로 도망쳐버리려고 마음먹었다. 아빠가 술에 곤드레만드레가 되었을 때, 그날

중에 톱으로 구멍을 내면 모든 일이 끝날 것 같았다. 아빠는 자주 술에 취해 곯아떨어졌으니까. 골똘히 그 일에 대해 머리를 굴리며 뱃머리에 앉아 있을 때, 아빠가 "이 녀석이 자고 있는 거야, 아니면 물에 빠져 뒈진 거야!" 하고 외치는 소리가 들려왔다.

보트에 있는 물건을 전부 오두막까지 옮겨놓았을 때는 이미 날이 어두워져 있었다. 내가 저녁 식사 준비를 하고 있는 사이에 아빠는 술을 한두 잔 걸치고는 욕설을 퍼부으며 소란을 피워댔다. 술에 곯아떨어져 밤새도록 마을의 도랑에 처박혀 있었기 때문에 몰골은 말이 아니었다. 아마 누군가가 보았다면 원시시대의 아담이라고 생각했으리라. 아담은 진흙으로 빚었다고 하지 않는가. 술기운이 오르기 시작하면 아빠는 마구 정부를 헐뜯는 것이었다.

"그것도 정부라고, 흥! 일하는 꼬락서니 하고는. 남의 자식을 애비로부터 갈라놓는 게 법률이라니……. 아들을 키우느라고 온갖 고생을 다 해온 사람이 겨우 아비 대접을 받을 만한 때 법률이라는 것이 불쑥 나타나서 방해를 하려고 들다니! 그게 정부가 하는 짓거리라는 거야! 어디 그뿐인가! 법률은 그 늙은 새처 판사를 내세워 내가 내 재산에 손도 대지 못하게 하고 있어. 법률이란 것은, 6천 달러의 가치가 있는 사나이를 붙잡아 이런 구질구질한 함정 같은 오두막에 가두어두고, 돼지도 입지 않을 옷을 입혀놓는단 말이야. 이런 못된 정부 아래에서는 인간의 권리고 나발이고 필요 없어. 이런 나라와는 깨끗이 인연을 끊어버리고 싶어. 그렇고말고! 나는 내 입으로 분명히 말해주었지. 새처 늙은이의 낯짝에 대고 그렇게 말해주었다니까. 내 말을 들은 녀석은 한두 놈이 아니었어. 난 하고 싶은 말은 뭐든 할 수 있어. 나는 이런 거지 같은 나라는 단돈 2센트만 줘도 두 번 다시 찾아오지 않겠다고 해주었지. 내 말은 한 마디도 허튼 소리가 아니야. 이봐, 내 모자를 좀 보라고. 실은 모자라고 부를 수 있을지도 의심스럽지만 말야. 뚜껑은 쑥 올라가 있고, 둘레는 턱까지 축 늘어져 있으니 말이야. 난로의 연통 이음새 부분에서 불쑥 얼굴을 내밀고 있는 꼴이 아니냐고 말해주었지. 권리만 행사할 수 있으면 이 마을에서 손꼽히는 부자 가운데 한 사람이 될 어르신네가 바로 나야. 암, 그렇고말고! 죽여주는 정부라고 할 수 있지. 이봐, 잘 들어둬. 오하이오 주에서 온 자유로운 검둥이가 하나 있지. 흑백 혼혈인데, 백인에 가까울 정도로 흰 피부를 가졌어. 게다가 그 녀석은 흰 와이셔츠에 새 모자를 쓰고 있었지. 그렇게 근사한 차림을 한 녀석은 그 마을에선 처음이야. 금줄이 달린 시계에다 은으로 만들어진 단장을 짚고 나타난 그 녀석이 오하이오에선 내로라하는 노부호라는 거야. 게다가 또 이 녀석은 대학 교수로, 여러 나라 말을 지껄일 수 있을 뿐만 아니라 뭐든지 모르는 게 없다더군. 그뿐이 아니야. 이 녀석은 고향에서 투표를 할 권리도 있다더군. 그 말을 듣고 나는 어안이 벙벙했지. '도대체 이 아메리카란 나라가 어찌 되려고 이러는 걸까' 하고. 마침 그날이 선거일이었지. 나는 술이 취해 투표하러 가지는 않았지만, 멀쩡했더라면 투표하러 가려고 했지. 하지만 이 아메리카 안에 그런 검둥이에게도 투표를 하게 하는 주가 있다는 말을 듣고 그만둬버렸어. 다시는 투표 같은 걸 하지 않을 거라고 말해주었지. 모두가 듣게끔 말이야. 이런 나라는 망한다고 해도 내가 알 바 아니지. 투표 같은 건 죽을 때까지 절대로 하지 않을 거야. 게다가 그 검둥이 녀석의 건방진 꼬락서니라니! 내 기가 막혀서……. 내가 떠다밀지 않았다면 길을 비키지도 않았을 거야. 나는 모두에게 말했지. 어째서 이 검둥이 녀석을 경매에 붙여서 팔아치우지 않는지를 말야. 그랬더니 녀석들이 뭐라고 했는지 알아? 이 주에 온 지 6개월간은 살아야 팔 수 있는데 그 검둥이는 아직 6개월이 되지 않았다는 거야. 알겠지? 이 주에 온 지 6개월이 되지 않으면 검둥이를 팔 수 없다는 걸 법으로 정해놓은 게 정부란 거야. 그것 하나만 보아도 알 수 있지 않아? 그런데 스스로 자기네를 정부라 떠들어대면서 정부인 척하고, 정부 노릇을 하면서도 검둥이가 흰 와이셔츠를 입고 어슬렁대며 도둑질을 일삼는데도 그런 놈을 6개월 동안이나 그냥 방관만 하고 있다니……."

아빠는 지껄이는 데 정신이 팔려 자신의 빼빼 마른 다리가 어디를 향하고 있는지도 모르고 있다가 그만 베이컨 통에 부딪쳐 그걸 넘어뜨리는 바람에 정강이가 벗겨지고 말았다. 그런 상태에서 그 다음의 연설은 대부분 검둥이와 정부를 욕하는 것이었지만, 때로는 그 베이컨 통에게 향해지는 처량하면서도 어처구니없는 것도 있었다.

아빠는 갈수록 고통스러웠는지 한쪽 정강이를 번갈아 붙들면서 오두막 안을 깡충깡충 뛰면서 돌아다녔다. 그러다가 마지막에는 베이컨 통을 왼발로 힘껏 걷어찼다. 하지만 그것은 계산 착오였다. 그 베이컨 통을 걷어찬 발은, 떨어진 구두 틈으로 발가락 두 개가 삐어져 나와 있는 쪽이었기 때문이다. 아빠는 머리카락이 곤두설 정도의 거센 고함을 지르고는 발가락을 움켜쥔 채 땅바닥을 떼굴떼굴 굴렀다. 그때 퍼부은 욕지거리는 생전 들어보지도 못할 정도의 지독한 것이었다. 나중에 아빠 스스로도 그렇게 밝혔다. 소베리 헤이건 영감이 젊었을 때의 욕을 들어본 적이 있지만 조금 전에 자신이 한 욕은 그보다 한 수 위라고. 하지만 그것은 남에게 지기 싫어하는 허세에 지나지 않았다.

저녁 식사가 끝나자 아빠는 술병을 들어보이면서, 이 안에는 아직 두 번은 맘껏 취하고 한 번은 얼큰하게 취할 수 있을 만큼의 위스키가 들어 있다고 했다. 그것이 아빠의 입버릇이었다. 나는 한 시간만 있으면 아빠가 취해서 곯아떨어질 것이고, 그러면 열쇠를 훔치든가 톱으로 구멍을 내든가 해서 도망칠 궁리를 했다. 짐작대로 아빠는 하염없이 마시더니 어느덧 담요 위에 쓰러졌다. 하지만 나는 마음이 놓이지 않았다. 아빠는 깊은 잠에 빠져들지도 못한 채 고함을 지르기도 하고, 신음 소리를 내기도 하면서 이리저리 뒤척이고 있었다. 아빠가 잠들기를 기다리던 나는 졸음이 몰려와 촛불을 그대로 켜둔 채 잠들고 말았다.

얼마나 잤을까? 별안간 처절한 비명소리가 들려 잠이 깼다. 눈을 떠보니 아빠가 미친 듯이 날뛰면서, "뱀이다, 뱀이다"라며 소리를 지르고 있었다. 뱀이 다리 위로 기어오른다면서 비명을 지르는 것이었다. 한 마리는 뺨에 달라붙었다고 했는데, 내 눈에는 아무것도 보이지 않았다. "떼어줘! 떼어줘! 목에 감겨 있어!" 아빠가 외치면서 오두막 안을 정신없이 뛰어다니고 있었는데, 그런 미치광이의 눈을 한 사람을 나는 그때까지 본 일이 없었다.

그러다가 지쳤는지 가쁜 숨을 몰아쉬면서 쓰러졌다. 그러고는 몸을 이리저리 뒤척이며, 두 발로 뭔가를 마구 걷어차는 시늉을 하며 손은 허공을 향해 뭔가를 움켜쥔 모습으로 고함을 지르면서 악마를 붙잡았다고 하는 것이었다. 그러다가 어느 순간 완전히 녹초가 되어 잠깐 꿈틀대는 듯하더니 조용해졌다. 주위는 멀리 숲 쪽에서 올빼미와 늑대 우는 소리가 들려올 뿐 무서울 정도로 고요했다. 아빠는 오두막 구석에 뒹굴고 있었는데, 또다시 반쯤 몸을 일으키더니 고개를 갸우뚱하면서 귀를 곤두세웠다. 그러고는 작은 소리로 이렇게 말했다.

"쿵, 쿵, 쿵…… 저것은 죽은 사람의 발소리야. 쿵, 쿵, 쿵…… 나를 데리러 오고 있어. 하지만 난 안 갈 테야……. 앗, 드디어 왔군! 나에게 손을 대면 안 돼……. 어서 손을 치워. 아이 차가워라. 이 손을 놔줘. 아아, 불쌍한 나를 내버려두란 말이야."

그러면서 아빠는 엉금엉금 기어서 담요로 몸을 감싼 다음 제발 자기를 그냥 내버려둬 달라고 저승사자에게 애원하면서 송판으로 만든 테이블 밑으로 도망쳐 기어들어갔다. 그리고 울기 시작했는데, 그 소리는 담요 사이로도 들려왔다.

얼마 후 담요에서 기어나온 아빠는 미친 사람 같은 몰골로 벌떡 일어섰다. 그리고 나를 보더니 다짜고짜 덤벼들었다. 이 "죽음의 사자야, 너를 죽여 없애 다시는 부르러 오지 못하게 하겠다." 그러고는 커다란 접칼을 펴들고 오두막 안에서 나를 쫓아다녔다. 나는 천사가 아니라 헉일 뿐이니 살려주십사고 애원했다. 그러자 아빠는 째지는 소리로 웃고는 큰 소리로 욕을 퍼부으면서 나를 붙잡으려고 했다.

한번은 내가 갑자기 방향을 바꾸어 아빠의 팔 밑을 빠져나가려고 했다가 그만 재킷의 등 부분을 덥석 붙들리고 말았다. 나는 '이젠 만사가 끝장이로구나' 생각하다가, 재빨리 재킷을 벗어던지고 빠져나와 겨우 목숨을 건졌다. 어느새 아빠는 힘이 빠져 문짝에 등을 기댄 채 주저앉아버렸다. 그러고는 잠시 쉰 다음 나를 죽여버리겠다고 엄포를 놓은 뒤 한숨 자고 일어나서 나의 정체를 끝끝내 밝혀내겠다고 했다.

아빠는 곧 꾸벅꾸벅 졸기 시작했다. 나는 판자를 댄 헌 의자를 가지고 와서 소리가 나지 않게 그 위에 올라가 총을 내렸다. 그리고 총알이 들어 있는지 확인하기 위해 탄약을 재는 쇠꼬챙이로 총구를 찔러본 다음, 총구를 아빠 쪽으로 향하게 하고는 아빠가 눈을 뜨기를 기다렸다. 그 시간은 정말 지루했다.

제 7 장

"일어나! 뭘 하고 있는 거야?"

나는 눈을 떴다. 그리고 내가 어디에 있는지 보려고 주변을 둘러보았다. 얼마나 오랫동안 잤는지 해는 이미 중천에 떠 있었다. 눈을 떠보니 아빠는 기분이 언짢은 표정으로 나를 내려다보고 있었다. 그러고는 물었다.

"이 녀석, 총으로 뭘 하려고 했지?"

아빠는 어젯밤에 있었던 일 같은 건 기억하지 못하리라고 판단한 나는 이렇게 대답했다.

"누군가가 들어오려고 하는 것 같아 그놈을 기다리고 있었어요."

"그럼, 왜 나를 깨우지 않았어?"

"깨우려고 했지만 아빠는 꿈쩍도 하지 않던걸요."

"알았어. 하루 종일 그렇게 장승처럼 서 있지만 말고 밖에 나가 아침 식사로 먹을 고기가 낚시에 걸렸는지 보고 와. 나도 곧 뒤따라갈 테니까."

아빠가 문을 열었으므로 나는 강가로 뛰어갔다. 커다란 나뭇가지 몇 개와 나무껍질 같은 것이 물에 섞여 떠내려오는 것을 보고 나는 밤새 강물이 불었음을 알았다. 지금쯤 마을에 있었더라면 꽤 멋졌을 텐데, 하고 생각했다. 유월에 불어난 강물은 언제나 좋은 선물을 가져다주었다. 물이 불어나면 땔나무감이며 통나무 뗏목이 떠내려왔다. 그중에는 수십 개를 한 덩어리로 묶은 것이 떠내려올 때도 있었는데 그럴 때면 그것을 건져내 목재상이나 제재소에 팔았다.

나는 아빠 쪽을 쳐다보는 한편 불어난 물에 떠내려오는 것들이 없나 주의해 보며 기슭으로 해서 강의 상류 쪽으로 걸어갔다. 그때 놀랍게도 카누 한 척이 물오리처럼 가볍게 떠내려오는 것이 아닌가! 그것도 길이가 14, 5피트나 되는 멋진 것이었다. 나는 옷을 입은 채로 개구리처럼 텀벙 뛰어들어 헤엄쳐 갔다. 분명 누군가가 그 안에 누워 있을 것 같은 생각이 들었다. 사람들을 놀려주기 위해 곧잘 그런 짓을 하는 사람이 있었기 때문이다. 하지만 이번엔 그렇지 않았다. 그것은 임자 없이 떠내려온 빈 카누였다. 그래서 나는 카누 안으로 기어 올라가 기슭까지 노를 저어 돌아왔다. 그걸 보면 아빠도 기뻐할 것 같았다. 10달러 정도의 가치는 충분히 있었으니까. 하지만 기슭에 도착했는데도 아빠의 모습은 보이지 않았다. 그래서 덩굴과 버들가지로 완전히 덮여 있는 도랑 같은 개울 안으로 카누를 저어갔다. 바로 그때 나는 놀라운 생각을 해냈다. 이것을 잘 감추어두었다가, 도망칠 때 숲 속으로 가지 말고 강을 50마일쯤 내려가, 지낼 만한 곳을 정한 후 야영을 하면 고생스럽게 돌아다니지 않아도 될 것 같았기 때문이다.

그곳은 오두막에서 멀리 떨어져 있지 않았기 때문에 아빠가 오는 발자국 소리가 들리는 듯하여 불안했다. 하지만 나는 어찌어찌 카누를 잘 감춰두었다. 그런 다음 기슭으로 올라가 버드나무 숲에서 고개를 돌려 건너편을 바라보자 약간 떨어진 오솔길에서 아빠가 총으로 새를 겨냥하고 있었다. 아빠는 아무것도 보지 못한 것이 분명했다.

아빠가 왔을 때 나는 열심히 견지 낚싯줄을 끌어당기는 시늉을 하고 있었다. 아빠는 나에게 이 느림보 녀석, 하고 야단을 쳤다. 그래서 강물에 빠져서 시간이 걸렸다고 변명을 했다. 내 몸이 젖은 것을 보고 이상하게 생각할 것이 분명했기 때문이다. 우리는 낚싯줄에 걸린 메기 다섯 마리를 걷어 가지고 오두막으로 돌아왔다.

우리는 지칠 대로 지쳐 있었으므로, 아침 식사를 마치자 한숨 자려고 누웠다. 이때 나는 아빠와 과부댁이 나를 찾는 것을 단념시키는 묘안을 생각하고 있었다. 결론은 모든 것을 운에 맡긴 채 내가 없어진 것을 알기 전에 멀리 도망쳐버리는 것이었다. 운이 내 인생에 어떻게 펼쳐질는지는 알 수 없었지만, 도망치는 방법은 그렇게 간단하게 떠오르지 않았다. 그럭저럭 하는 동안에 아빠는 잠깐 일어나 물을 한 잔을 마시고 나더니 이렇게 말했다.

"다음에 누가 또 와서 어슬렁거리면 날 깨우는 거야. 알았지? 어제 온 녀석은 분명히 좋지 않은 생각을 품고 온 게 틀림없어. 그놈을 쏴죽였어야만 하는 건데. 이번엔 꼭 나를 깨워야 해, 알았지?"

나는 아빠와 함께 12시경에 밖으로 나와 기슭을 따라 강의 상류 쪽으로 걸어갔다. 강물은 더욱 불어났으며, 그 불어난 강물을 타고 떠내려오는 나무들이 많아졌다. 얼마 후에는 부서진 큰 통나무 뗏목이 떠내려왔는데, 아홉 개의 통나무가 엮여진 것이었다. 우리는 보트를 저어가 그것을 기슭까지 끌고 왔다. 그러고는 점심을 먹기 시작했다. 사실 그런 날이면 누구든지 종일 강기슭에서 기다리며 더 많은 것을 건지려 했겠지만, 아빠의 방식은 다른 사람과 달랐다. 한꺼번에 아홉 개의 통나무를 건져내자 그것으로 만족했고, 한시바삐 그것을 마을로 가서 팔아야만 마음이 놓이는 스타일이었다. 그래서 아빠는 나를 오두막에 가둔 뒤 열쇠를 채운 다음, 3시 반 경에 보트로 그 통나무를 끌고 갔다. 아마 그날 밤 안으로는 돌아오지 않을 것이라고 나는 생각했다. 그래서 아빠가 멀리 갔을 만한 시간까지 기다렸다가 감춰둔 톱을 꺼내어 벽을 이루고 있는 통나무를 켜기 시작했다. 그리하여 아빠가 건너편 기슭에 도착하기 전에 오두막에서 빠져나올 수 있었다. 아빠와 아빠가 끌고 갔던 뗏목이 저 멀리 강 위에 까만 점처럼 보였다.

나는 옥수수부대를 카누를 감추어둔 곳까지 짊어지고 가서 가려놓은 덤불과 버드나무를 치운 다음 거기에 실었다. 그런 뒤 베이컨이며 위스키병도 차례로 날라 왔다. 또 커피와 설탕, 탄약도 모두 카누에 실었다. 그리고 충전용 종이, 양동이와 물바가지, 국자와 양철컵, 애용하던 톱과 담요 두 장, 프라이팬과 커피포트 그리고 낚싯줄과 성냥을 비롯하여 1센트라도 값어치가 나가는 것은 모조리 끄집어냈다. 오두막을 완전히 털다시피 했다. 단지 도끼 한 자루가 오두막 밖의 목재 더미 위에 놓여 있다는 걸 알고 있었지만 그것은 까닭이 있어서 그대로 남겨두었다. 마지막으로 총을 꺼내어 실었다. 그것으로 모든 것이 끝났다.

구멍으로 기어나온데다 여러 가지 물건을 끄집어냈기 때문에 그곳의 땅바닥은 닳아서 맨들맨들해졌다. 그래서 나는 그것을 감추려고 톱밥과 흙을 뿌려 자연스럽게 만들어놓았다. 그리고 떼어낸 통나무 조각을 제자리에 끼운 후 빠지지 않도록 돌 두 개를 가져다가 하나는 고이고 하나는 걸쳐놓았다. 그 이유는 오두막의 통나무 벽이 위로 휘어져 땅에서 들려 있었기 때문이다. 그것은 4, 5피트쯤 떨어진 곳에 있어 톱으로 잘라낸 사실을 모른다면 절대로 탄로날 염려가 없었다. 게다가 그곳은 오두막의 뒤쪽이어서 일부러 그런 곳까지 가보는 사람도 없을 것 같았다.

카누가 있는 곳까지는 쭉 풀밭으로 이어져 있었으므로, 발자국은 하나도 남아 있지 않았다. 나는 주변을 한 바퀴 빙 둘러본 다음 강기슭에 서서 강을 바라보았다. 아무 이상이 없었다. 그래서 총을 들고 숲 속으로 조금 들어가 새를 잡으려고 하는데, 멧돼지 한 마리가 눈에 띄었다. 멧돼지란 놈은 대초원의 농장에서 도망쳐나와 이런 강변의 저지로 들어오게 되면 금방 야성적으로 변해버리고 만다. 나는 그놈을 쏘아서 오두막으로 끌고 왔다.

그런 다음 도끼로 문을 부수었다. 문을 때려부수느라고 어지간히 힘이 들었다. 그러고는 돼지를 안쪽 테이블 있는 데까지 끌고 가서, 목 근처를 도끼로 찍어 바닥에 뒹굴려 피를 쏟아내게 했다. 방금 바닥이라고 말한 것은 진짜 땅바닥이었다. 두들겨 굳게 다져진 땅에는 널빤지조차 깔려 있지 않았다. 그런 후 나는 헌 부대를 가지고 와서 거기에 내 힘으로 끌고 갈 수 있을 만큼 큰 돌을 가득 채웠다. 그러고는 숲 속을 거쳐 강물까지 끌고 가 물 속에 던지자 곧 가라앉아 자취를 감추었다. 이것으로 무언가가 땅 위로 질질 끌려갔다는 것을 한눈에 알 수 있었다.

이때 톰 소여가 있었다면 얼마나 좋을까, 하는 생각이 들었다. 톰 녀석은 이런 일을 하길 좋아했고, 똑 같은 일을 한다고 하더라도 일을 더 멋지게 꾸몄을 것이다. 이런 일에서 톰 소여만큼 솜씨가 뛰어난 녀석은 없었다.

마지막으로 나는 머리카락을 조금 뽑았다. 그리고 도끼에 듬뿍 피를 묻힌 다음 그 도끼 등에 머리카락을 붙여서 오두막 구석에 던져두었다. 그런 다음 돼지를 안아서 상의 가슴에 꼭 대고 그놈을 오두막에서 멀리 떨어진 하류까지 안고 가서 강물 속에 던져버렸다. 그러고는 카누 있는 데로 가서 옥수수부대와 헌 톱을 꺼내어 오두막으로 되돌아온 뒤 부대를 평소 있던 곳으로 가지고 가서 톱으로 부대 바닥에 구멍을 냈다. – 오두막에는 나이프나 포크가 없었기 때문에 아빠는 음식을 만들 때에도 접칼로 모든 것을 처리하였다. – 그런 후 나는 부대를 메고 풀밭을 지나 버드나무 사이를 빠져나가 오두막에서 백 야드쯤 떨어진 호수까지 갔다. 그 호수는 폭이 5마일이나 되고 갈대가 우거져 있어서 제철이 되면 물오리떼들이 모여드는 곳이었다. 옥수수 가루가 부대에서 새어나와 오두막에서 호수까지 흔적을 남겼다. 나는 아빠의 숫돌도 그 근처에 떨어뜨려놓았다. 우연히 거기에 떨어뜨린 것처럼. 그러고는 옥수수부대의 구멍을 실로 묶어서 더 이상 새지 않도록 한 후 톱과 함께 카누가 있는 곳으로 가지고 돌아왔다.

이젠 이미 날이 저물었으므로, 나는 카누를 버드나무 가지들이 늘어진 그늘 아래까지 끌고 와서 달이 뜨기를 기다렸다. 그러고는 버드나무 한 그루에 카누를 매어놓고 간단히 저녁 식사를 했다. 그리고 카누 안에 누워 담배를 피우면서 앞일을 생각했다. 사람들은 그 돌을 담은 부대의 흔적을 따라 강가에까지 가서, 강을 따라 내려가면서 나의 시체를 찾을 것이 분명했다. 그 다음에는 옥수수를 흘린 자국을 따라 호수까지 가서, 나를 죽이고 물건을 빼앗은 도둑을 찾으려고 그 호수에서 흘러나오는 도랑물을 살피며 내려올 것이 분명했다. 큰 강을 수색할 때에는 내 시체 이외에는 아무것도 거들떠보지 않을 것이었다. 그러다 보면 어느덧 따분해져서 내 시체 같은 것에는 더 이상 신경을 쓰지 않게 될 것이다.

그렇게 되면 나는 어디든지 좋아하는 곳으로 가서 살면 되는 것이었다. 잭슨 섬도 그런 대로 괜찮을 것 같았다. 나는 그 섬을 잘 알고 있었고, 더욱이 그곳까지는 아무도 오지 않을 것이 분명했다. 밤에 마을까지 카누를 타고 가서 몰래 돌아다니며 필요한 것을 슬쩍 해올 수도 있을 것이었다. 뭐니 뭐니 해도 잭슨 섬만한 곳은 없었다.

나는 너무 피곤했으므로 어느새 잠이 들어버리고 말았다. 눈을 떴을 때는 한동안 내가 있는 곳이 어디인지조차 모를 정도였다. 순간 무서운 생각이 들어서 주위를 둘러보자 정신이 번쩍 들었다. 강물이 몇 마일이나 펼쳐져 있고, 달이 밝았으므로 강기슭에서 수백 야드나 떨어진 나무까지 헤아릴 수 있을 정도였다. 모든 것이 죽음처럼 고요한 한밤중이어서 그런지 깊은 밤의 냄새가 났다. 사람들은 내가 하는 말을 이해할 수 있을까? 하여튼 당시의 상황을 어떻게 표현해야 좋을는지 나 자신도 잘 알 수 없다.

나는 크게 기지개를 켠 다음 카누의 밧줄을 풀고 떠날 준비를 했다. 그때 강물 저쪽에서 희미하게 무슨 소리가 들려왔으므로 귀를 기울였다. 나는 그 소리가 무슨 소리인지 금방 알 수 있었다. 배의 노를 저을 때 노받이가 마찰을 일으켜 규칙적으로 나는 소리였다. 조용한 밤이어서 더욱 잘 들렸다. 내가 버드나무 가지 사이로 내다보았더니, 짐작했던 대로 저 멀리 수평선 위로 보트가 다가오고 있었는데, 거기에는 한 사람밖에 타고 있지 않았다. 그렇다면 오늘밤에 돌아오리라고는 생각지 않았지만 틀림없이 아빠일 거라는 생각이 들었다. 흐름에 밀려 내가 있는 곳보다 아래로 떠내려갔지만, 이내 물살이 약한 곳으로 들어와 곧 기슭으로 힘차게 다가왔는데, 총을 뻗치면 닿을 수 있을 만큼 가까운 거리를 지나갔다. 역시 내 예상대로 상대는 아빠였는데, 노를 젓는 품새로 보아 술이 취하지 않은 것 같았다.

이제는 잠시의 여유도 없었다. 나는 재빨리 강기슭의 그늘 속에

숨듯이 하여 서둘러 하류를 향했다. 2마일쯤 내려간 다음, 방향을 바꾸어 강 한가운데로 4분의 1마일가량 노를 저어갔다. 바로 앞이 나루터여서 사람들이 나를 알아보고 말을 걸지도 몰랐기 때문이었다. 나는 유목 사이로 들어가 카누 바닥에 누워 느긋하게 파이프로 담배를 피우면서 하늘을 쳐다보았다.

달이 떠 있는 하늘을 벌렁 누워서 쳐다보자 하늘이 여간 넓은 것이 아니었다. 그런 밤에는 아주 먼 데서 흐르는 물소리조차 크게 들려왔으므로, 나루터에서 떠들어대는 말소리 정도는 또렷하게 들을 수 있었다. 해가 길어지면서 밤이 점점 짧아지고 있다고 한 남자가 말했다. 그러자 다른 남자가 하지만 오늘밤은 짧지 않다며 마주 보고 웃는 것이었다. 그리고 나중에 말한 남자가 같은 말을 다시 되풀이하자 그들은 또다시 웃었다. 그런 다음 그들 두 사람은 또 한 남자를 깨워서 똑같은 말을 했다. 그러나 잠에서 깬 남자는 웃지도 않고 무언가 퉁명스럽게 쏘아붙이고는 자기를 건드리지 말라고 했다. 그 다음 말소리가 점점 멀어져서 알아들을 수 없게 되었는데, 그것은 아주 멀리서 들려오는 소리 같았다.

이젠 나루터에서 꽤 아래쪽으로 내려온 듯했으므로, 나는 일어났다. 그러자 2마일쯤 아래에 작은 섬이 보였다. 우거진 숲을 배경으로 강 한가운데가 볼록 솟아 있는 것이 마치 불을 켜지 않은 검은 기선 같았다. 섬 주변엔 모래밭이 있었는데, 물속에 잠겨 보이지 않았다.

섬까지 가는 데는 시간이 그다지 오래 걸리지 않았다. 흐름이 빨랐기 때문에 쏜살같이 지나 흐름이 없는 곳으로 들어가, 일리노이 쪽과 마주한 곳에 상륙했다. 그리고 전부터 알고 있던 기슭 깊숙이 들어간 작은 만으로 카누를 저어 들어갔다. 그곳으로 들어가던 중에 버드나무 가지가 걸리긴 했지만 카누를 거기에 숨겨놓으면 밖에서는 절대로 찾을 수가 없었다.

나는 섬의 기슭에 올라 통나무에 앉아서 큰 강을 바라보았다. 강으로 검은 나무토막들이 떠내려오고 있었다. 그리고 3마일 떨어진 저쪽으로 내가 살던 마을이 보였다. 마을에는 램프 서너 개가 빛을 발하고 있었다. 그리고 1마일쯤 떨어진 상류 쪽에는 괴물 같은 큰 뗏목이 보였는데, 그 뗏목은 램프를 켜고 강 한복판을 천천히 내려오고 있었다. 그것이 내가 있는 곳의 바로 앞에까지 왔을 때, "이봐, 노를 저어! 뗏목을 오른쪽으로 돌려!" 하고 외치는 사나이의 목소리가 들렸다. 그것은 마치 바로 내 옆에서 외치는 것처럼 또렷이 들렸다.

벌써 하늘이 엷은 잿빛을 띠기 시작했으므로, 나는 숲 속으로 들어가 아침 식사를 하기 전에 한숨 자려고 누웠다.

제 8 장

잠에서 깨어났을 때는 해가 이미 중천에 떠올라 있었으므로, 저 정도면 8시는 지났을 것이라고 짐작했다. 나는 서늘한 나무 그늘에 누워 앞으로의 일들을 생각해보았다. 그러는 동안 피곤도 풀리고, 정신도 맑아져서 더할 나위 없이 만족스런 기분이 되었다. 나무들 사이로 햇빛이 비쳐들긴 했지만, 내가 있는 곳은 큰 나무로 뒤덮여 있어서 그늘이 져 있었다. 나무들 사이로 비쳐든 햇빛의 반점이 땅 위에서 약간씩 흔들리는 것으로 보아, 위쪽에서는 바람이 가볍게 불고 있다는 것을 알 수 있었다.

나는 만사가 귀찮을 정도로 나른해져 있었으므로, 일어나 아침을 지어 먹을 생각도 하지 않았다. 나는 또다시 졸기 시작했는데, 저 위쪽에서 '꽝' 하는 소리 같은 게 들렸다. 나는 일어나 한쪽 팔꿈치를 괴고 귀를 기울였다. 그랬더니 똑같은 소리가 또다시 들려왔다. 나는 벌떡 일어나 나뭇잎 사이의 빈틈으로 가서 살펴보았다. 그러자 멀리 상류 쪽 나루터 근처에서 한 줄기 연기가 피어오르는 것이 보였다. 그리고 사람을 가득 태운 나룻배 한 척이 이쪽으로 내려오고 있었는데, 나는 그들이 무얼 하는지 알 수 있었다. 또다시 '꽝!' 하는 소리와 함께 나룻배 옆구리에서 흰 연기가 솟아올랐다. 그들은 그렇게 강물에 대포를 쏘아서 내 시체가 떠오르게 하려는 게 분명했다.

나는 배가 고파왔지만 연기를 보여서는 안 되었으므로 불을 피울 수가 없었다.

그 부근은 강폭이 1마일은 되는데다 여름날 아침은 경치가 좋아 배만 고프지 않다면 사람들이 내 시체 찾는 모습을 구경하는 것도 재미있을 것 같았다. 당시 빵 속에 수은을 넣어서 물에 띄우면 그것이 반드시 익사체 있는 데까지 흘러가다가 멈춘다는 속설이 있었으므로, 사람들이 그 방법을 쓸 거라는 생각이 들었다. 그래서 계속 그들을 지켜보면서, 만약 빵덩어리가 나를 쫓아 이쪽으로 흘러온다면 아주 재미있는 일이 벌어질 거라는 생각을 했다. 나는 그 방법이 과연 효과가 있는지 알아보기 위해, 그곳에서 일리노이 쪽의 방향으로 자리를 옮겨보았다. 그랬더니 정말 효과가 있었다. 두 개가 한데 붙은 큰 빵덩어리가 내 쪽으로 떠내려오는 것이었다. 나는 긴 장대로 그것을 건지려다가 그만 발이 미끄러져 그것을 놓치는 바람에 빵은 멀리 떠내려가 버리고 말았다. 조류가 둑에서 가장 가까운 곳에 밀려오는 장소에 가 있었던 것은 말할 나위도 없다. 나도 그 정도는 알고 있었다. 그런데 조금 있으려니 또 다른 빵덩어리 하나가 떠내려왔다. 그것만은 실수 없이 건졌다. 나는 빵 안에 넣은 수은병을 꺼내어 쏟아버리고 그 빵을 먹기 시작했다. 그것은 질 나쁜 옥수수빵이 아니라 '빵집에서 제대로 만든', 사회 지도 층 인사들이 먹는 빵이었다.

나는 특등석이라 할 수 있는 나뭇잎으로 가려진 통나무 위에 걸터앉아 빵을 먹으면서 나루터 쪽을 바라보고는 회심의 미소를 지었다. 그때 문득 생각나는 것이 있었다. 그것은 과부댁이나 목사, 또는 누군가가 이 빵이 나한테 가 닿으라고 기도를 올려서, 그것이 이같은 효과를 낸 것이 아니었을까 하고. 그렇다면 그 기도란 것도 우습게 볼 것은 아니었다. 단지 과부댁이나 목사 같은 사람이 기도를 드리면 효과가 나타나지만 나 같은 사람이 하면 별로 효과가 없다는 것이 다를 뿐이었다. 그러니까 기도란 것은 올바르게 살아가는 사람이 아니고는 해도 그다지 효험이 없다는 결론을 내렸다.

나는 파이프에 불을 붙여 천천히 담배를 피우면서 구경을 했다. 나룻배는 물이 흐르는 방향으로 떠내려갈 것이었고, 그러면 빵처럼 이 근처에까지 올 것이 틀림없었으므로, 나룻배가 바로 앞까지 오면 거기에 누가 타고 있는지 알 수 있으리란 생각이 들었다. 이윽고 나룻배가 가까이 왔을 때, 나는 파이프의 불을 끄고 조금 전에 빵을 건져낸 곳으로 가서 강기슭의 좁은 빈터에 있는 통나무 뒤에 엎드렸다. 통나무의 갈라진 가지 사이로 모든 걸 볼 수 있었기 때문이다.

얼마 후 나룻배는 판자만 걸치면 기슭에 상륙할 수 있는 거리까지 떠내려왔다. 나룻배에 타고 있는 사람은 대부분 내가 아는 사람들이었다. 아빠, 새처 판사, 판사의 딸 베시, 조 하퍼, 톰 소여, 톰의 집에 있는 폴리 아주머니, 시드와 메리 등 그 밖에도 많았다. 모두들 살인이 어쩌고저쩌고 떠들어대자 선장이 끼어들며 말했다.

"자아, 잘들 살펴봐요. 물살이 섬과 가장 가까운 곳이 바로 이곳이니까 어쩌면 그 애가 기슭에 밀어올려져 물가의 풀 같은 데 걸려 있을지도 몰라요. 그랬으면 좋으련만."

그들은 내 눈앞에서 배의 난간에 몸을 내민 채 눈을 크게 뜨고 주변을 살펴보고 있었는데, 그쪽에서는 이쪽이 보이지 않겠지만 나는 그들이 똑똑히 보였다. 그때 선장이 소리를 질렀다.

"저리들 비켜요!" 그러고는 대포 한 방을 크게 터뜨렸다. 그것이 바로 내 앞이어서, 대포 소리로 귀가 멍했고, 연기로 눈앞이 흐려져서 이젠 끝장인가보다 생각했다. 만일 그 대포에 실제로 포탄이 들어 있었다면 그들은 내 시체를 금세 찾을 수 있었을 것이다. 하지만 고맙게도 나는 상처 하나 입지 않았고, 나룻배는 기슭 끝을 돌아가 더 이상 모습을 보이지 않게 되었다. 가끔 쾅, 쾅, 하는 소리가 들려왔지만 그것도 차차 멀어져갔고, 한 시간쯤 지나자 완전히 잠잠해졌다. 그 섬은 길이가 3마일이나 되었으므로, 나는 사람들이 섬 끝까지 가보고는 단념하려니 생각했다. 그런데 그들은 증기선을 움직여서 섬 끝에서 미주리 쪽의 수로를 거슬러 올라가며 대포를 쏘아댔다. 나는 섬을 가로질러 가면서 계속 구경을 했다. 섬의 머리 쪽과 나란한 지점에 이르자 사람들은 그제야 대포 쏘는 일을 그만두고 미주리 쪽으로 건너가 마을로 흩어져 갔다.

이젠 아무 문제가 없을 것 같았다. 더 이상 나를 쫓아올 사람은 없을 거라고 생각한 나는 카누에서 우선 급한 짐을 날라와 우거진 숲 속에서 그럴듯한 야영 준비를 시작했다. 담요로 텐트를 쳐서 비가 와도 물건이 젖지 않게 하고, 메기 한 마리를 잡아 와 톱으로 배를 갈라 불에 구워 저녁 식사를 했다. 그리고 이튿날 아침에 먹을 물고기를 잡기 위해 낚싯대를 던져두었다.

점점 날이 어두워지자 불 옆에 앉아 담배를 피웠다. 기분이 정말 좋았다. 하지만 시간이 지나자 심심해졌으므로 강기슭에 앉아 흐르는 강물 소리를 듣기도 하고, 별과 떠내려오는 통나무와 뗏목의 수를 세어보기도 했다. 그래도 심심함을 참을 수 없자 어느새 곯아떨어지고 말았다. 잠이 들어버리면 심심한 걸 잊을 수 있기 때문이다.

그 후 사흘 밤낮을 그런 식으로 보냈다. 어떤 변화도 없는 똑같은 나날이었다. 그리고 나흘째 되는 날이었다. 나는 섬을 구석구석까지 탐험해보려고 아래쪽으로 내려가보고 난 후 이 섬의 주인이 바로 나라는 사실을 깨달았다. 그러므로 이 섬에 관해서는 뭐든지 다 알아둬야 한다는 생각이 들었다. 하지만 그것은 어쩌면 무료함을 달래기 위한 수단이었다. 숲에는 잘 익은 딸기며 초록색 산포도, 블랙베리들이 널려 있었다. 머지않아 이것들은 귀중한 양식이 될 것이었다.

그렇게 숲 속을 어슬렁대는 동안 어느덧 섬 아래 끝 부분까지 가게 되었다. 총을 가지고 있었지만, 무엇을 잡기 위한 것이라기보다는 호신용이었다. 텐트 근처에 짐승이 나타나면 쏘아 죽일 작정이었다. 바로 그때 나는 큰 뱀을 밟을 뻔했다. 뱀은 풀과 꽃 사이로 스르르 도망쳤는데, 그놈을 쏘아 잡으려고 뒤를 쫓았다. 열심히 그놈 뒤를 쫓아가다가 나도 모르게 아직도 연기가 피어오르고 있는 야영장의 잿더미를 밟고 말았다.

나는 심장이 폐 근처까지 뛰어오를 만큼 놀랐다. 자세히 살펴볼 겨를도 없이 총의 안전장치를 풀고 재빨리 뒤로 물러났다. 잎이 무성한 나무 뒤에서 귀를 기울여보았지만 헉헉거리는 내 숨소리만 들릴 뿐 아무것도 들리지 않았다. 나는 발소리가 나지 않도록 조심하면서 계속 귀를 기울였다. 나무 그루터기를 보고도 사람으로 착각하기도 했고, 나뭇가지를 밟아 그것이 부러지자 숨통이 둘로 갈라져 반밖에 남아 있지 않은 것 같았다.

야영 장소로 돌아왔을 때는 기분이 언짢아져서 기운이 쭉 빠졌다. 하지만 꾸물댈 겨를이 없음을 깨닫고, 물건을 다시 카누로 옮겨 실어 남의 눈에 띄지 않게 했다. 그러고는 불을 끄고 재를 사방에 흩트려 1년 전에 피웠던 모닥불처럼 보이게 한 다음, 나무 위로 올라갔다.

나무 위로 올라간 지 2시간쯤 되었을까? 무언가가 보이는 것 같기도 하고, 무슨 소리가 들리는 것 같기도 했지만, 실제로는 아무것도 보지도 듣지도 못했다. 그러나 언제까지고 나무 위에 올라가 있을 수만은 없는 일이어서 다시 땅으로 내려왔다. 하지만 마음이 놓이지 않아 숲이 우거진 곳으로 들어가 감시를 계속했다.

밤이 되자 배가 몹시 고팠다. 그래서 완전히 어두워지기를 기다렸다가 달이 뜨기 전에 카누를 살그머니 기슭에서 끌어내어 일리노이 쪽으로 4분의 1마일쯤 저어갔다. 그러고는 숲 속으로 들어가 저녁을 지으면서 오늘밤은 여기서 자야겠다고 마음먹었을 때, 타닥타닥 하는 말발굽소리가 들린 후 사람의 말소리가 들려왔다. 나는 급히 물건들을 카누에 실어놓고, 소리가 나지 않게 숲 속으로 들어가 주변을 살폈다. 잠시 후 남자들의 목소리가 들렸다.

"적당한 장소가 있으면 이쯤에서 야영을 하는 게 좋겠어. 말도 지쳤으니 적당한 곳을 찾아보세."

나는 더 이상 지체할 수 없다는 생각에 재빨리 카누를 저어 그곳을 도망쳤다. 그리고 눈여겨보아 두었던 덤불에 카누를 매어두고 그날 밤은 카누 안에서 자기로 했다.

그러나 잠을 이룰 수가 없었다. 마음이 너무 복잡해 잠이 오지 않았던 것이다. 게다가 눈을 뜰 때마다 누군가에게 목덜미를 붙잡히는 것만 같았다. 얼마 후, 그런 상황에서는 더 이상 견디기 힘들겠다는 생각이 들었다. 그래서 나 말고 도대체 누가 이 섬에 있는지 알아봐야겠다고 마음먹었다.

그래서 나는 다시 노를 잡고 어두운 나무 그늘을 따라 아래쪽으로 내려갔다. 달이 떠서 나무 그늘 밖은 대낮처럼 밝았다. 한 시간 가까이 돌아다녔지만 모든 게 바위처럼 고요하게 잠들어 있었다. 어느덧 나는 섬의 아래쪽 끝까지 와 있었다. 시원한 바람이 불기 시작하면서 날이 거의 밝아 있었다. 나는 배의 방향을 돌려 뱃머리를 기슭에 댔다. 그러고는 총을 들고 카누에서 슬쩍 빠져나와 숲 끝으로 숨어들어가, 통나무에 걸터앉아서 나뭇잎 사이로 건너편을 노려보았다. 귀를 쫑긋 세워 귀를 기울여보았지만 나를 뒤쫓는 사람은 아무도 없는 것 같았다. 그런데 모닥불을 피웠던 흔적이 있는 곳을 찾을 수가 없었다. 그렇지만 내 짐작은 틀리지 않았다. 얼마 후 멀리 나무 사이로 반짝이는 불빛이 보였다. 나는 조심조심 그곳으로 다가갔다. 그리고 육안으로 식별할 수 있는 곳까지 가보자 거기에 한 사나이가 누워 있는 것이 보였다. 나는 가슴이 두근거리고 머리끝이 쭈뼛거렸다. 그 사람은 머리까지 담요를 뒤집어쓰고 있었는데, 머리 부분이 불에 닿을 것같이 보였다. 나는 6피트쯤 떨어진 덤불 속에 앉아 그 사람한테서 잠시도 눈을 떼지 않고 있었다. 어슴푸레하게 날이 밝아오자 그 사람은 크게 하품을 하면서 기지개를 켜더니 담요를 쳐들었다. 아, 세상에! 그는 바로 왓슨 아줌마의 짐이었다. 나는 너무나 기쁜 나머지, "어이, 짐!" 하고 외치면서 뛰어나갔다.

짐은 벌떡 일어나 놀란 눈초리로 나를 바라보았다. 그러다가 털썩 무릎을 꿇더니 두 손을 모으며 말하는 것이었다.

"제발 살려줘. 나는 유령에게 나쁜 짓을 한 적이 한번도 없당게. 늘 죽은 사람을 좋아했고, 그들을 위해 할일을 다했당께. 그러니 다시 강으로 돌아가라고. 그곳이 네가 있을 곳이여. 이 짐 아저씨에게 무슨 짓을 해서는 안 돼. 우리는 친한 사이였잖어."

그러나 짐으로 하여금 내가 산 사람이라는 것을 알게 하는 데는 그다지 오랜 시간이 걸리지는 않았다. 나는 짐을 만나서 정말 기뻤다. 이제는 더 이상 심심하지 않게 되었으므로. 나는 짐에게 내가 여기에 있다는 사실을 사람들한테 일러바칠 거라고 생각지 않는다고 말해주었다. 그런 뒤에도 여러 가지 말을 지껄였지만 짐은 그 자리에 앉아서 한 마디 대꾸도 하지 않은 채 나를 물끄러미 바라보고만 있었다. 그래서 내가 말했다.

"이제 날도 밝았으니 아침 식사를 하게 불이나 피워."

"딸기 같은 과일을 요리하는데 불은 피워서 뭘 혀? 아 참, 너는 총을 가지고 있지라? 그렇다면 딸기보다 더 좋은 걸 먹을 수 있겠구먼."

"그럼 지금까지 넌 딸기 나부랭이만 먹고 살아왔단 말이야?" 내가 물었다.

"그것밖에는 아무것도 없는 걸 어떡혀."

"그런데 이 섬엔 언제 왔지, 짐?"

"네가 죽은 날 밤이여."

"그럼 그때부터 계속 이 섬에 있었단 말이지? 그런데 먹을 것이라고는 그런 구질구질한 것밖엔 없었어?"

"그런 것밖에는 아무것도 없었당께."

"그렇다면 굶어 죽을 뻔했잖아?"

"지금 같아서는 말 한 마리도 통째로 다 먹어치울 수 있을 것 같당께. 정말이여! 네가 이 섬에 온 지는 얼마나 됐지?"

"내가 죽었다는 날부터야."

"정말이여? 그럼 너는 지금껏 뭘 먹고 살았다는 거여? 아 참, 네겐 총이 있지. 총만 있다면야 걱정할 필요가 없당께. 뭐든 잡아오라고, 내가 불을 피워놓을 테니께."

그래서 나는 짐이 숲 속의 좁은 풀밭에서 불을 피우고 있는 동안 카누를 매어둔 곳으로 가서 옥수수며 베이컨, 커피 같은 것을 가지고 왔다. 그리고 커피포트와 프라이팬, 설탕, 양철컵도 운반해왔다. 그걸 본 짐은 어안이 벙벙해서 이건 도깨비의 장난이 틀림없다고 생각한 모양이었다. 얼마 후 나는 큰 메기 한 마리를 잡아 왔다. 짐이 칼로 배를 갈라 창자를 꺼낸 다음 기름에 튀겼다.

아침 식사가 준비되자 우리는 풀밭에 아무렇게나 엎드려 김이 무럭무럭 나는 음식을 먹기 시작했다. 짐은 허겁지겁 먹어댔다. 그도 그럴 것이 그는 굶어 죽기 직전이었으니까. 배가 불러오자 우리는 느긋하게 쉬었다. 그때 짐이 말했다.

"그런데 말이여, 헉. 그 오두막집에서 살해된 사람은 도대체 누구지러? 네가 아니라면 말이여."

그래서 내가 자초지종을 다 털어놓았더니, 짐은 참으로 끝내주는 이야기라며 입을 헤벌리고 듣고 있다가 톰 소여라 해도 그렇게 멋진 책략은 꾸밀 수는 없을 거라고 감탄하였다. 이번에는 내가 그에게 물었다.

"무슨 일로 이런 데까지 온 것이여, 짐?"

짐은 수심에 잠긴 표정을 짓고 있었을 뿐 입을 열지는 않았다.

한참 후 그가 말했다.

"말하지 않는 게 좋을 것 같어."

"그건 무슨 까닭이지?"

"응, 그럴 만한 까닭이 있당께. 한데 네게 이야기해도 다른 사람 한텐 말하지 않겠지, 헉? 나…… 실은 도망쳐 나온 거여."

"뭐라고, 짐?"

"다른 사람에게 말하지 않겠다고 했지, 헉?"

"응, 분명히 그렇게 말했지. 약속은 지킬 거야. 맹세해도 좋아. 다른 사람들이 나를 시시한 노예 폐지론자라고 업신여기며, 입을 다물고 있다고 바보 취급을 할는지는 모르지만 그런 건 상관없어. 나는 절대로 말하지 않겠어. 그러니까 짐, 그 이야기를 자세히 들려줘."

"음, 그간 사정은 이려. 왓슨 아줌마 말이여. 그 아줌마는 언제나 나를 들들 볶아대고 거칠게 대하긴 했지만, 남쪽 올리언스에다 팔아넘기지는 않겠다고 말했거든. 그런데 근래 와서 집 근처에 노예 매매꾼이 자주 얼굴을 나타냈당께. 그래서 슬그머니 걱정이 됐지. 그런데 어느 날 밤늦게 왓슨 아줌마 방문께를 슬쩍 지나다보니 왓슨 아줌마가 나를 올리언스에 팔아넘길 작정이라고 과부댁한테 말하는 소리가 문틈으로 들리는 거여. 팔고 싶지는 않지만 8백 달러를 주겠다니 그런 큰돈이 탐난다는 거여. 과부댁은 나를 팔지 못하게 하려고 열심히 설득을 했지만 나는 그 다음 말을 들을 틈도 없이 그대로 줄행랑을 치고 말았당께. 그리고 언덕을 뛰어내려온 뒤 마을 위쪽의 강기슭에서 보트를 훔치려고 하는데 사람들이 어슬렁대고 있지 않겠어? 그래서 강기슭 끝의 통 만드는 사람 집이 있던 가게에 몸을 숨기고 사람들이 돌아갈 때까지 기다렸당께. 그날 밤은 그렇게 꼼짝도 못하고 숨어서 지냈지. 누군가가 계속 거기에서 어슬렁거리고 있었으니까. 날이 밝고 6시경이 되자 보트가 지나다니기 시작했지. 그리고 여덟 신가 아홉 시쯤 되자 보트에 탄 사람들이 너희 아빠가 마을에 와서 네가 살해되었다는 이야기를 하더라는 거야. 나중에는 나리와 부인들이 보트에 타고 네가 살해된 곳을 보러 지나갔지. 그들은 기슭에 배를 대고 한숨 돌린 다음 강을 건너갔는데, 그때 그들이 하는 이야기를 듣고서야 살인 사건을 자세히 알게 됐당께. 네가 죽었다는 말을 듣고 정말 슬펐지. 그때 나는 하루 종일 대팻밥 속에 숨어 있었지. 배가 고프기는 했지만 무섭진 않았어. 왓슨 아줌마도 과부댁도 아침 식사를 마치면 야외 집회에 참석하러 나갔기 때문에 하루 종일 집에 없다는 걸 알고 있는데다가 마님들은 내가 새벽에 소를 몰러 나간다는 걸 알고 있었으므로, 내가 집 근처에 없다 해도 조금도 수상쩍을 게 없었당께. 그래서 밤이 될 때까지는 내가 도망친 것을 모를 거고, 다른 하인들도 마님들이 집을 비우기만 하면 일을 팽개치고 당장 뛰쳐나가 노는 게 일이었으니 내가 없어진 걸 눈치 챌 리가 없었당께. 날이 어두워지고 난 뒤 슬슬 둑 쪽으로 걸어나갔지. 2마일 이상을 걸어 집이 한 채도 없는 곳까지 갔당께. 그 다음에 뭘 할 것인지는 이미 마음으로 정해놓았지. 그대로 걸어서 도망을 치면 개를 앞세우고 쫓아와 금방 붙잡을 테고, 보트를 훔쳐서 강을 건너면 보트가 없어진 게 탄로 나는 것은 물론 내가 건너편 어디쯤에서 배를 내릴 것인지, 그리고 어디쯤에서부터 내 뒤를 쫓으면 될 것인지 샅샅이 알려주는 상황이었지. 그래서 뗏목을 타고 도망치는 것이 가장 좋은 방법이라고 생각했당께. 뗏목이라면 아무런 흔적도 남기지 않으니까 말이여. 그럭저럭하는 동안 불빛 하나가 갑을 돌아 이쪽으로 오는 것이 보였당께. 그래서 나는 물속으로 뛰어들어 통나무를 붙잡고 강을 절반 이상이나 헤엄쳐 유목 사이로 들어갔당께. 그리고 머리를 숙이고 헤엄을 치면서 뗏목이 내려오기를 기다렸지. 조금 있다 보니 뗏목이 떠내려와서 나는 거기에 꽉 매달렸당께. 그때 구름이 끼면서 사방이 어두워져 뗏목 위로 기어올라가 드러누웠지. 뗏목에 타고 있던 사나이들은 모두 램프불이 있는 곳에 한데 모여 있었거든. 강물이 불어나 물살이 빨라진 걸 보고 이런 생각을 했지. '날이 밝기 전 4시경까지는 25마일쯤은 내려간 다음 날이 밝기 직전 슬쩍 물길을 따라 헤엄쳐 내려가 일리노이 쪽의 숲 속으로 들어갈 수 있으리라고'. 그런데 운이 없으려니 뗏목이 잭슨 섬 바로 앞까지 왔을 때 한 사나이가 램프를 들고 고물께로 오는 게 아니겠어? 나는 그대로 있다가는 큰일 날 것 같아 물속으로 뛰어들어 이 섬으로 헤엄쳐 온 거랑께. 나는 헤엄만 친다면 어느 섬이라도 상륙할 수 있으리라 생각했는데, 그게 아니더랑께. 섬 기슭은 모두 급경사진 절벽이라서 한참을 헤매고 다니다가 겨우 상륙할 만한 곳을 찾아냈지. 그리고 숲 속으로 들어갔는데, 뗏목에 탔던 녀석들이 저런 식으로 램프를 들고 돌아다닌다면 다시는 뗏목에 손을 대지 말아야겠다고 생각했당께. 나는 파이프와 싸구려 담배와 성냥밖엔 가진 게 없었는데, 그것을 모자 속에 넣어두었기 때문에 물에 젖지는 않았당께."

"그래서 지금까지 고기나 빵은 전혀 먹지 못했단 말이야? 왜 강거북이라도 잡아먹지 그랬어?"

"어떻게 잡는당가? 살그머니 다가가 붙잡을 수도 없고, 돌을 던질 수도 없고, 게다가 불빛 한 점 없는 한밤중에 무슨 수로 잡는당가?"

"그랬었군. 언제나 숲 속에 숨어 있었어야 했을 테니까. 그런데 대포 쏘는 소리는 듣지 못했나?"

"듣고말고. 그건 네 시체를 찾는 것이라고 생각했지. 바로 이 섬 앞을 지나가는 것도 보았당께. 덤불 사이로 말이여."

이때 새끼새 대여섯 마리가 1, 2야드쯤 날아가다가 앉았다가 날아가다가 다시 앉으면서 가까이 다가왔다. 짐은 그걸 보더니 비가 올 징조라고 했다. 병아리가 저런 식으로 날면 대개 비가 오는데, 다른 새끼새들도 마찬가지일 거라는 것이었다. 내가 새끼새 몇 마리를 잡아보겠다고 하자 짐이 말렸다. 그런 짓을 하면 죽음을 당하게 된다는 것이었다. 짐의 아빠가 예전에 큰 병에 걸려 누워 있을 때 누군가가 새를 잡았는데, 그걸 본 할머니가 아빠는 결국 병상에서 일어나지 못할 거라고 했다고 한다. 그런데 정말 그것이 현실이 되었다는 것이다.

그리고 점심 식사로 나온 반찬 수를 헤아려서도 안 된다고 했다. 그런 짓을 하면 악운이 따라온다는 것이었다. 그 밖에 해가 진 후 식탁보를 털어도 안 된다고 했다. 또 벌통을 가지고 있는 사람이 죽으면 이튿날 아침 해가 뜨기 전에 그 사실을 벌에게 알려야 한다고 했다. 그러지 않으면 벌이 모두 힘을 잃어버리고 있다가 결국은 죽는다는 것이었다. 그리고 또 짐은 벌이 바보는 쏘지 않는다고 했는데, 나는 그 말을 믿지 않았다. 왜냐하면 여러 번의 시험 끝에 벌이 나를 쏘지 않는다는 걸 알았기 때문이다.

나는 전에도 여러 번 이런저런 것들을 누군가로부터 들은 적이 있지만 이처럼 많은 이야기를 들은 적은 없다. 그런데 짐은 모르는 게 없다고 했다. 나는 징조라고 하면 어느 것이나 다 흉조로밖에는 해석하지 않았으므로, 세상에 길조라는 건 없느냐고 짐에게 물어보았다. 그랬더니 짐은 이렇게 대답하는 것이었다.

"아주 드물게 있어. 게다가 길조라는 건 사람에게 별로 도움이 되지도 않는당께. 행운이 온다는 걸 알아서 어떻게 한다는 거여? 오지 못하게라도 한단 말인가? 말하자면 가슴과 팔에 털이 많은 사람은 나중에 부자가 될 상이지. 그런 징조라면 도움이 되겠지. 먼 훗날의 일을 미리 알 수 있으니까 말이여. 그런 사람은 힘든 상황과 맞닥뜨리더라도 나중에 부자가 된다는 걸 알고 있으니 현실적인 일로 낙심하여 자살하는 일은 없당께."

"그럼 짐, 넌 가슴과 팔에 털이 많아?"

"그런 건 물을 필요도 없당께. 보시다시피!"

"그럼 부자란 말이지?"

"천만에! 하지만 한때는 부자였당께. 앞으로도 또 한 번은 일어날 거여. 한때는 14달러나 가지고 있었던 적도 있었당께. 투기사

업에 손을 대는 바람에 파산해버렸지만."

"무슨 투기에 손을 댔는데?"

"응, 처음에는 가축 주식에 손을 댔당께."

"뭐? 가축 주식?"

"말하자면 살아 있는 주식이지. 소 말이여. 난 그 녀석을 한 마리에 10달러를 주고 샀당께. 한데 이젠 두 번 다시 주식엔 손을 대진 않을 작정이여. 소란 놈이 그만 죽어버렸거든."

"그럼 10달러를 손해보았군그래."

"천만에! 10달러를 몽땅 손해본 건 아니랑께. 손해액은 9달러여. 가죽과 기름을 1달러 10센트에 팔았으니께."

"그렇다면 5달러 10센트가 남은 셈인데, 다른 것에도 손을 댔나?"

"댔고말고. 부래디시 영감네의 외다리 검둥이를 알지? 그 녀석이 은행을 세웠는데, 1달러를 맡기는 사람에겐 무조건 연말에 4달러를 준다는 거여. 그래서 검둥이들이 모두 돈을 맡겼는데, 모두가 잔돈푼이었고, 큰돈을 가지고 있던 사람은 나뿐이었당께. 그래서 4달러 받고는 안 맡기겠다고 버텼지. 만일 내 요구를 들어주지 않는다면 나도 은행을 설립하겠다고 녀석에게 말했당께. 그 검둥이는 나까지 은행일을 하는 것 원하지 않았으니께. 녀석은 은행일은 사람이 할 일이 못된다고 했어. 그러면서 내가 5달러를 내면 연말에 35달러를 주겠다고 하더랑께. 그래서 돈을 냈지. 그리고 그 35달러를 받으면 그것을 다시 투자하여 사업이란 걸 해보려고 생각했지. 그러던 차에 봅이라는 검둥이 녀석이 있었는데, 그 녀석이 뗏목을 건졌는데 그 녀석의 주인은 그 사실을 모르고 있었당께. 나는 연말에 은행에서 받을 35달러를 주기로 하고 그걸 샀당께. 그런데 그날 밤에 그 뗏목을 누군가가 훔쳐갔고, 그 다음날 외다리 검둥이의 은행이 파산했다고 잡아떼더군. 그래서 우리들 가운데 돈을 쥔 녀석은 아무도 없어졌지."

"그 나머지 10센트는 어떻게 했지, 짐?"

"음, 그건 써버리려고 하던 차에 꿈을 꾸었당께. 꿈에 누군가가 나에게 말하기를 나머지 10센트를 발럼이라는 검둥이에게 주라고 하지 않겠어? 사람들이 멍청이 발럼이라고 부르는 그 게으름뱅이 말이여. 헌데 그 녀석은 운을 타고 난 놈이라나? 하지만 나는 운이 나쁜 놈이니까, 내가 10센트를 발럼에게 투자하면 발럼이 벌어서 갚을 거라고 꿈해몽을 하고 그 녀석에게 돈을 주었당께. 그래서 발럼 녀석은 그 돈을 받아 들고 교회로 갔는데, 교회에서 누구든 가난한 사람을 위해 돈을 쓰는 사람한테는 하느님이 그 돈을 백 배로 갚아주신다는 목사님의 설교를 듣고는 발럼 녀석이 당장 그 10센트를 가난한 사람에게 준 뒤, 무슨 일이 일어나기를 기다리고 있었당께."

"그래, 무슨 일이 일어난 거지, 짐?"

"일어나긴 뭐가 일어나? 나는 이제 발럼한테서 그 돈을 돌려받을 수가 없게 됐당께. 그래서 앞으로는 담보가 없는 한 절대로 남에게 돈을 빌려주지 않기로 했지. 백배가 되어 돌아온다고 목사님이 말했지만, 단 10센트만 돌려받아도 아무 불평을 하지 않았을 거랑께."

"하지만 짐, 어떻든 희망은 있잖아. 앞으로 다시 한 번 부자가 된다고 했으니까."

"그래……, 생각해보면 나는 지금도 부자야. 내 몸의 주인은 나고, 내 몸값이 8백 달러나 되니까 말이여. 그 돈이 내 수중에 있다면 얼마나 좋을까 생각한 적도 있지만 부질없는 생각은 하지 않기로 했지."

제 9 장

나는 전에 탐험할 때 봐두었던 섬으로 짐과 함께 떠났는데, 그곳엔 금방 도착할 수 있었다. 그도 그럴 것이 이 섬은 길이가 3마일이고, 넓이는 4분의 1마일밖에 되지 않았으므로.

그곳에는 높이가 40피트쯤 되는 길고 가파른 언덕이 있었는데, 덤불이 울창하게 우거져 있어서 접근이 쉽지 않았다. 그 위를 기어오르는 동안 우리는 일리노이 쪽에 면한 산 정상 근처에서 바위틈에 나 있는 큰 동굴을 발견했다. 동굴의 넓이는 방을 두세 개를 합친 정도이고, 높이는 짐이 서도 천장이 닿지 않을 정도였으며, 무척 시원했다. 짐은 물건들을 당장 이곳으로 옮기자고 했지만, 나는 밤낮 오르내리는 게 싫어 반대했다.

짐의 말로는 카누를 잘 감추어두고 물건들을 모두 이 동굴로 옮겨오기만 하면 누군가가 섬에 온다고 해도 개를 앞세워 찾지 않는 한 안전하게 몸을 숨길 수 있을 것이라고 했다. 게다가 조금 전에 새들이 비가 올 것을 예고했는데, 내 짐들은 물에 젖어도 좋으냐고 했다.

그래서 우리는 다시 돌아가 카누를 타고 그 동굴에서 가까운 기슭에 댄 다음 짐을 모두 동굴로 운반했다. 그리고 그 근처 버드나무가 우거진 곳에 카누를 숨겨둘 만한 장소를 찾아냈다. 그런 후 낚시에 걸린 물고기 대여섯 마리를 낚아 올린 다음, 다시 낚시에 미끼를 달아 던져놓고 저녁 식사 준비를 했다.

동굴 입구는 큰 통을 굴려도 될 만큼 넓었고, 동굴 바닥 한쪽에는 돌이 조금 튀어나온 곳이 있었는데, 그 위는 불을 피우기에 알맞게 되어 있어 그곳에 불을 피워 저녁을 지었다.

우리는 동굴 안에 융단 대신 담요를 깔고 거기에 앉아 식사를 했다. 그리고 다른 물건들은 사용하기 편리하도록 동굴 안쪽에 정리해 두었다. 그러자 얼마 후 번갯불이 번쩍이고 천둥이 으르렁대기 시작했다. 새들의 장마 예고는 정확히 들어맞았다. 곧 비가 내리기 시작했는데, 그렇게 성난 듯이 거칠게 퍼부어대는 비바람은 난생 처음이었다. 영락없는 한여름의 폭풍우였다. 사방이 어두워지자 동굴 밖은 남색으로 물을 들인 것처럼 아름다웠다. 빗줄기는 바람

을 타고 옆으로 비스듬히 쏟아지는 탓에, 바로 앞 숲이 거미줄처럼 보였다. 거기에 한 줄기 바람이 지나가면 나무가 흔들리며 잎들이 뒤집어졌다. 이어서 모든 것을 찢어버릴 듯한 돌풍이 불어와 나뭇가지들을 사정없이 뒤흔들었다. 그런 다음, 더 이상 어두워질 수 없을 정도로 캄캄해지더니 번쩍 하고 번개가 쳤다. 그 빛은 천국처럼 밝아서, 이전에는 볼 수 없었던 수백 야드 앞의 나무 우듬지가 몸을 비틀고 있는 것까지 보였다. 이후 사방이 또다시 지옥처럼 캄캄해지더니 요란한 천둥 소리를 내면서 지구 반대편으로 건너가는 것이었다. 마치 빈 통을 계단 이층에서 굴려 떨어뜨리는 것만 같았다. 계단이 길어서 통이 몇 번씩이나 튀어오를 때 들리는 바로 그 소리 말이다.

"짐, 이건 정말 근사한데? 난 아무 데도 가고 싶지 않아. 두터운 생선 토막이랑 따끈따끈한 옥수수빵 이리 좀 줘." 내가 말했다.

"이봐, 이 짐이 아니었더라면 너는 여길 찾지도 못했을 거여. 저 아래 숲 속에서 점심도 굶은 채 비를 흠뻑 맞고 있었을 테지? 거짓말이 아니여. 닭은 비가 올 걸 알고 있는데, 그건 다른 새들도 마찬가지여."

강물은 열흘을 지나 이틀이 더 지나도 계속 불어나기만 해 나중에는 강둑을 넘고 말았다. 섬의 저지대와 일리노이 쪽의 분지는 3, 4피트나 물에 잠겼다. 그래서 그쪽은 강폭이 몇 마일이나 넓어진 것이다. 하지만 미주리 쪽은 전과 마찬가지여서 반 마일밖에 되지 않았다. 왜냐하면 미주리 쪽의 강기슭은 높은 절벽으로 되어 있었기 때문이다.

낮 동안 우리는 카누를 타고 섬 주위를 돌아다녔다. 햇볕이 쨍쨍 내리쬐고 있을 때에도 숲 속은 그늘이 져서 아주 시원했다. 우리는 나무와 나무 사이를 누비며 지나다녔는데, 때로는 비에 젖은 덩굴이 앞길을 가로막듯 늘어져 있어서, 길을 빙 돌아서 가야 할 때도 있었다. 쓰러진 고목 위에는 으레 토끼며 뱀 같은 것이 올라앉아 있게 마련이었다. 하루나 이틀 동안 섬이 물에 잠겨 있으면, 놈들은 허기 때문에 얌전해져서 사람을 보고도 두려워할 줄을 몰랐다. 잡으려고만 마음을 먹으면 바로 곁에까지 카누를 저어 가서 붙잡을 수도 있었다. 하지만 뱀과 거북만은 물속으로 스르르 미끄러져 들어가 잡기가 어려웠다. 우리들의 동굴 지붕은 그런 짐승들로 가득했다. 길들여 키울 생각만 있었다면 얼마든지 잡았을 것이다.

어느 날 밤, 우리는 두꺼운 송판으로 된 부서진 뗏목 조각을 건져냈다. 폭은 12피트나 되고 길이가 15,6피트에 두께가 6,7인치나 되는 것이 물에서 불쑥 떠오르는 것이었다. 낮에도 제재용 원목인 튼튼하고 반듯한 재목이 떠내려오는 걸 보았지만 그대로 떠내려 보냈다. 왜냐하면 낮에는 마음대로 우리의 모습을 드러낼 수가 없었기 때문이다.

날이 새기 적전, 섬의 코에 해당하는 곳에 있을 때였다. 서쪽에서 목조 건물 한 채가 떠내려왔다. 이층집이었는데 그 집은 한쪽으로 기울어져 있었다. 우리는 카누를 타고 가서 이층 창문으로 들어가 보았지만 어두워서 아무것도 보이지 않았다. 할 수 없이 카누를 짐에 붙들어 매놓고 배 안에 앉아 날이 밝기를 기다렸다.

섬의 아래쪽 끝으로 내려오기 전에 날이 환해졌다. 그래서 창문을 통해 들여다보자 그 안에는 침대 하나와 테이블 하나, 낡은 의자 두 개와 그 밖에 여러 가지 물건이 흩어져 있었다. 그리고 벽엔 옷이 걸려 있고, 건너편 구석 바닥에는 무언가가 뒹굴고 있었는데, 그것은 아무래도 사람 같아 보였다. 짐이 소리쳤다.

"여보시오!"

하지만 그 녀석은 꿈쩍도 하지 않았다. 그래서 나도 큰 소리로 불러보았다. 그러자 짐이 말했다.

"저 녀석은 자고 있는 게 아니라 뒈진 거랑께. 넌 여기 있어. 내가 보고 올 테니께."

짐은 다가가서 살펴보더니 이렇게 말했다.

"죽은 게 틀림없어. 벌거벗은 채 등에 총을 맞았군. 죽은 지 2, 3일은 지난 것 같아. 헉, 안으로 들어오는 건 좋지만 시체는 보지 말어. 기분이 나빠질 테니께 말이여."

짐은 넝마 조각으로 시체를 덮었지만 그럴 필요도 없었다. 나는 시체를 보고 싶지 않았으므로 그 사나이 쪽으로는 눈도 돌리지 않았으므로. 마룻바닥에는 낡고 때 묻은 트럼프가 흩어져 있었고, 낡은 위스키병과 검은 헝겊으로 만든 가면 두 개도 뒹굴고 있었다. 벽에는 상스런 글과 그림이 숯으로 낙서가 되어 있었고, 사라사 천으로 된 더러운 옷 두 벌과 차양 달린 여자용 모자와 속옷 몇 벌이 걸려 있었다. 또한 남자 옷도 몇 벌 있었다. 그것들이 언젠가는 요

긴하게 쓰일 때가 있을 것 같아서 몽땅 카누에 실었다. 마루 위에 있는 남자의 밀짚모자는 너덜너덜해져 있었지만, 그 모자도 간수해두었다. 그리고 어린아이에게 빨리는 젖꼭지가 달린 우유병이 하나 있었는데, 그것도 챙기려 했지만 깨져 있었다. 또 낡은 헌 옷장과 털가죽으로 만든 트렁크가 있었는데, 덮개가 망가져 있었다. 물건이 어지럽게 흩어져 있는 것으로 보아, 이 집에 살던 사람들이 급하게 집을 떠나느라고 제대로 챙기지 못한 것 같았다.

우리가 구한 것은 헌 양철 램프 한 개, 자루가 빠진 부엌칼, 신품인 발로 나이프가 있었다. 그런데 이 나이프는 어느 가게에서든지 25센트는 줘야 하는 것이었다. 거기다가 많은 양초와 양철 촛대, 양철 바가지, 양철 컵, 그리고 헌 침대 덮개도 침대에서 실례를 했고, 바늘이며 핀, 밀랍, 단추며 실 같은 것이 들어 있는 주머니 하나, 손도끼와 못 몇 개, 낚싯바늘이 여러 개 달린 손가락 굵기 만한 낚싯줄, 무두질을 한 사슴 가죽, 가죽으로 만든 개목걸이와 말편자 하나, 그리고 레테르가 떨어져 나간 약병 몇 개가 있었다. 그것들을 챙긴 후 나오는 길에, 나는 아주 좋은 말빗을 발견했다. 짐은 낡은 바이올린 활과 나무로 된 의족을 발견했다. 의족의 가죽 끈은 없었지만 꽤 쓸만한 것이었다. 나에게는 너무 길었고 짐에게는 조금 짧았는데 한쪽 의족은 보이지 않았다.

어쨌든 우리는 대어를 낚은 셈이었다. 드디어 그 집을 떠났을 때는 섬에서 4분의 1마일이나 아래로 내려온데다 완전히 날이 밝아 있었다. 나는 짐더러 카누 바닥에 누우라고 하고 침대 덮개로 덮어주었다. 만일 짐이 카누 위에 그대로 앉아 있다면 멀리서라도 누군가가 볼 수 있었기 때문이다. 나는 일리노이 쪽으로 카누를 저어가다가 반 마일가량 아래로 타고 내려왔다. 그리고 물살이 없는 강둑 밑으로 저어 올라갔는데, 누구에게도 들키지 않고 무사히 돌아왔다.

제 10 장

아침 식사를 마치자 나는 조금 전에 보았던 죽은 사람의 이야기를 꺼내며 그 사람은 무엇 때문에 살해됐는지 그 까닭이 알고 싶었지만, 짐은 그런 걸 캐내려고 하면 악운이 닥칠지 모른다면서 응해주지 않았다. 더구나 그 죽은 혼령이 우리한테 들러붙어서 떨어지지 않을는지도 모른다고 했다. 잘 매장된 사람의 귀신은 그렇지 않은데, 반대의 경우 마구 떠돌아다닌다는 것이었다. 그 말이 그럴듯하게 들렸으므로 나는 더 이상 캐묻지 않았다. 하지만 나는 그 사람을 쏘아 죽인 자가 어떤 녀석인지, 무엇 때문에 그런 짓을 했는지 알고 싶어서 견딜 수가 없었다.

빈집에서 가져온 옷을 샅샅이 뒤져보았더니 담요로 만든 헌 외투 안쪽에서 은화 8달러를 꿰매둔 것이 눈에 띄었다. 짐은 이 외투는 그 집에 살던 사람이 훔쳐온 것이 틀림없는데, 여기에 돈이 있다는 걸 알았다면 그냥 놔두었을 리가 없다고 했다. 나는 그 남자를 죽인 자는 그와 함께 살던 사람일 가능성이 크다고 말했다. 하지만 짐은 그 일에 관해서는 아무 말도 하고 싶지 않다고 했으므로 내가 말했다.

"이봐, 짐! 이것도 악운이라고 할 수 있겠어? 그저께 내가 지붕 위에서 발견한 그 뱀 껍질을 가지고 왔을 때 뭐라고 했지? 뱀 껍질을 손으로 만지게 되면 끔찍한 악운을 불러온다고 했잖아? 그런데 이게 그 악운이라는 거야? 이런 물건을 얻은 데다, 돈이 8달러나 생겼는데? 이런 걸 악운이라고 한다면 악운이 매일 와도 좋겠어, 짐."

"헌디 그렇게 기고만장해지는 건 좋지 않아. 악운이 언제 올지 모르니 각오하고 있으라니께."

그런데 그 악운은 정말로 닥쳐오고 말았다. 짐과 이야기를 한 것이 화요일이었는데, 금요일날 저녁 식사를 마친 뒤 지붕의 북쪽 끝 풀밭에 누워 있는 동안 불쑥 담배가 피우고 싶어졌다. 나는 담배를 가지러 동굴로 들어갔는데, 동굴 안에 방울뱀이 있었으므로, 그놈을 죽여서 담요 끝에 마치 살아 있는 것처럼 꾸며 똬리를 틀어놓았다. 짐이 그걸 보면 재미있어 할 것 같다는 생각에서였다. 그런데 정작 밤이 되자 뱀에 관한 것을 깜빡 잊고 말았다. 내가 불을 켜는 동안 짐이 담요 위에 누워 있었는데, 거기에 죽은 뱀의 짝이 와 있다가 짐을 물고 말았다.

짐은 비명 소리를 지르며 벌떡 일어났다. 그때 불빛에 맨 먼저 눈에 띈 것은 뱀이 고개를 쳐들고 도사리고 있는 모습이었다. 나는 몽둥이로 재빨리 그놈을 때려죽였다. 순간 짐은 아빠의 위스키병을 움켜쥐더니 꿀꺽꿀꺽 마셨다.

뱀이 맨발인 짐의 발꿈치를 물었던 것이다. 이 사건은 죽은 뱀을 그대로 놓아두면 반드시 그 짝이 찾아와서 시체를 감싸듯이 똬리를 튼다는 사실을 깜빡 잊어버리는 바람에 일어난 사건이었다. 짐은 나에게 뱀의 대가리를 잘라버리고, 껍질을 벗겨낸 다음 그중 한 토막을 기름에 튀겨달라고 했다. 내가 그렇게 해주자 짐은 그것을 먹으면서 그렇게 해야만 상처에 효험이 있다고 했다. 그러고는 방울 소리를 내는 부분을 잘라 손목에 감으면서 그것도 효험이 있다고 했다. 나는 슬쩍 밖으로 빠져나와 그 두 마리의 뱀을 멀리 내다 버렸다. 이 사건은 모두 내 탓이라는 걸 짐이 알아채지 말기를 바라면서.

짐은 쉴 새 없이 술을 마시고는 마구 날뛰면서 고함을 질러댔다. 잠시라도 정신이 들면 또다시 술을 마셨다. 발과 정강이가 꽤 많이 부어올랐지만 차차 가라앉는 걸 보고 마음이 놓였다. 하지만 나는 차라리 아빠의 위스키로 혼나기보다는 뱀에게 물리는 편이 더 나을 것 같았다.

짐은 나흘 밤낮을 계속해서 잠만 잤다. 그동안 부기도 가라앉아서 다시 일어날 수 있게 되었다. 나는 다시는 뱀 껍질을 만지지 않기로 했다. 그런 짓을 하면 어떤 일이 일어난다는 것을 두 눈으로 똑똑히 보았으므로. 짐은 뱀 껍질을 만진 일로 일어난 무서운 악운이 과연 이번 일로 끝나줄지 의문스럽다고 하였다. 그리고 뱀 껍질을 만지느니 차라리 왼쪽 어깨 너머로 초승달을 천 번 쳐다보는 것이 더 낫다고 했다. 그 말을 듣고 보니 짐의 말이 옳다는 생각이 들었다. 늘 왼쪽 어깨 너머로 초승달을 쳐다보다니, 그런 바보 같은 짓을 할 사람이 설마 있을까 생각했지만 어느덧 그도 그럴듯하다는 생각이 들었다. 언젠가 행크 벙커 영감이 그 짓을 하고는 그걸 자랑삼아 떠벌이고 다녔는데 그로부터 2년도 채 안 되어서 술에 만취되어 높은 탄환 제조탑에서 떨어져 그야말로 납작해지고 말았다. 그래서 사람들은 관 대신 외양간 문 두 짝 사이에 끼워넣어 그대로 매장해버렸다고 한다. 그러나 내 눈으로 직접 본 건 아니고, 아빠의 이야기를 들었을 뿐이다. 그것은 어리석게도 초승달만 보고 다니다 일어난 사고임이 틀림없었다.

하루하루 시간이 지남에 따라 불었던 물도 줄어들어 강은 또다시 전과 같이 양쪽 강기슭 사이로 제대로 흘렀다. 그때 우리가 맨 먼저 한 일은 큰 낚싯바늘에 껍질을 벗긴 토끼를 통째로 미끼로 달아 어른만큼 큰 메기를 낚아 올린 일이었다. 길이가 6피트 2인치, 무게가 2백 파운드가 넘는 놈이었다. 물론 우리의 힘으론 벅찬 무게여서, 잘못 다뤘다가는 일리노이 쪽으로 내동댕이쳐질지도 모를 형편이었다. 그래서 우리는 가만히 앉아서 그놈이 펄펄 날뛰다가 제풀에 지쳐 죽기를 기다리는 수밖에 없었다. 그놈의 뱃속에는 놋쇠 단추 한 개와 둥근 공 한 개와 그 밖에도 잡다한 것이 잔뜩 들어 있었다. 그 공을 도끼로 깨보았더니 안에는 실패가 들어 있었다. 짐이 설명하기로 이 실패는 메기의 뱃속에 들어 있는 동안 거기에 여러 가지 것이 쌓이고 쌓여서 마침내 공처럼 만들어진 것이라고 했다. 그렇게 큰 물고기는 미시시피 강에서 그 누구도 잡아본 적이 없을 것이었다. 짐도 이렇게 큰 물고기는 난생 처음이라면서, 마을로 가지고 가서 팔면 많은 액수의 돈을 받을 수 있을 것이라고 했다. 마을 시장에서는 이런 물고기를 1파운드에 얼마씩 받으며 잘라 팔았는데 누구나 조금씩은 사고 싶어 했다. 살은 눈처럼 흰색이었는데, 기름에 튀기자 그 맛이 일품이었다.

다음날 아침, 맥이 빠지고 만사에 흥미를 잃어버린 나는 슬쩍 강을 건너가 그쪽 형편을 살펴보고 오는 건 어떨지 짐에게 의견을 말했다. 그러자 짐도 그것 참 좋은 생각이라면서, 어두워진 다음 조심해서 하자고 했다. 그래서 한참 동안 이 궁리 저 궁리 한 끝에 나는 헌 옷을 입고 여자로 변장하는 것이 어떻겠느냐고 했다. 짐도 정말 그럴듯한 생각이라고 했다.

그래서 우리는 사라사로 된 드레스 하나를 조그맣게 줄였다. 나는 바짓자락을 무릎께까지 걷어올리고 그 드레스를 입었다. 등쪽은 짐이 낚싯바늘로 찍어맸는데 의외로 몸에 잘 맞았다. 나는 차양이 달린 여자용 모자를 쓰고 모자 끈을 턱 밑에 맸다. 그리하여 내 얼굴을 본다는 것은 연통 안을 들여다보는 것만큼이나 어렵게 되었다. 짐은 그런 차림이라면 아무도 나를 알아보지 못할 것이라고 했다. 설사 대낮이라 하더라도 문제가 없다는 것이었다. 나는 하루 종일 여자옷 입는 요령을 익혀 얼마 후에는 아주 그럴듯하게 차려 입을 수 있게 되었다. 짐은 걸음걸이가 여자아이 같지 않다고 지적했다. 그리고 드레스 자락을 쳐들고 바지 주머니에 손을 찔러 넣는 버릇도 고치라고 했다. 나도 그 점을 주의하여 마침내 전보다 훨씬 맵시 있는 여자아이가 될 수 있었다.

날이 어두워지자 나는 카누를 타고 일리노이 쪽 기슭을 향해 떠났다. 나루터 조금 아래쪽을 향해 강을 건넜지만 배는 물결에 밀려 마을 맨 아래쪽에 닿았다. 나는 카누를 매어놓고 강둑을 걷기 시작했다. 전에는 아무도 살지 않았던 오두막집에 불이 켜져 있었다. 나는 누가 살고 있는지 보려고 창문으로 안을 들여다보았다. 안에는 40대 여자가 있었는데, 송판으로 만든 테이블 위에 촛불을 밝혀 놓고 뜨개질을 하고 있었다. 그녀는 낯선 얼굴로, 다른 고장에서 이사를 온 사람임이 틀림없었다. 왜냐하면 이 마을에서 내가 모르는 얼굴은 단 한 사람도 없었기 때문이다. 한편 다행이라고 생각했지만, 어쩐지 마음이 켕겨서 공연히 온 게 아닌가 걱정이 되었다. 목소리 때문에 탄로가 날 수도 있었기 때문이다. 하지만 만일 이 여자가 여기 온 지 이틀밖에 안됐다면 이 마을에서 내가 알고 싶은 것은 뭐든 가르쳐줄 수 있을지도 모른다는 생각에서 문을 두드렸다. 물론 지금은 내가 여자아이라는 사실을 잠시도 잊어서는 안 된다고 스스로에게 굳게 다짐을 하고.

제 11 장

"들어와요." 여자가 말했으므로 나는 안으로 들어갔다. 그러자 그 여자가 말했다.

"앉아요."

그 여자는 반짝이는 작은 눈으로 나를 찬찬히 바라보면서 말했다.

"이름이 뭐지?"

"새러 윌리엄스요."

"집은 어디지? 이 근처에서 살고 있니?"

"아뇨. 여기서 7마일 아래쪽에 있는 후커빌이에요. 여기까지 걸어오느라고 몹시 지쳤어요."

"배가 고프겠구나. 뭔가 먹을 게 좀 있을 거야."

"괜찮아요. 오는 도중에 너무 배가 고파 농장에 들러서 뭘 좀 먹었어요. 엄마가 병으로 누워 있는데, 돈이 한 푼도 없어서 앱너 무어 삼촌한테 알리러 가는 길이에요. 엄마는 이 마을 위쪽 끝에 살고 있다고 말씀하셨지만 전 이곳이 처음이에요. 아줌마는 저희 삼촌을 아세요?"

"모르겠는데. 하긴 나도 아는 사람이 한 명도 없어. 이곳에 온 지

2주일도 채 안 됐으니까. 마을 위쪽 저 끝은 꽤 멀단다. 그러니까 오늘밤은 여기서 자고 가는 게 좋겠다. 어서 모자를 벗어."

"아니에요." 내가 말했다. "잠깐 쉬었다가 다시 떠나겠어요. 어두운 것은 두렵지 않으니까요."

그 여자는 나를 혼자 보낼 순 없다고 하면서, 한 시간 반쯤 있으면 남편이 돌아올 테니 남편에게 바래다달라고 해야겠다고 했다. 그러고는 자기 남편 이야기를 한 후, 상류 쪽에 있는 친척과 하류 쪽에 있는 친척에 관해 이야기했다. 그녀는 예전에는 아주 재미있게 살았다면서 계속 예전처럼 살았더라면 좋았을 걸 공연히 이 마을로 왔다는 둥 쉴 새 없이 지껄여댔다. 그러는 바람에 마을 형편을 알아보기 위해 이 여자 집에 들른 나야말로 큰 실수를 한 것이 아닌가 걱정이 되었다.

그런데 얼마 후 대화가 아빠와 살인 사건에 관한 것으로 옮겨가자 나는 옳지 잘됐다 싶어 마음껏 지껄이도록 내버려두었다. 나와 톰 소여가 6천 달러를 찾아냈다는 것까지 내게 알려주었다(그 여자는 잘못 알고 1만 달러라고 했지만). 그리고 아빠와 나에 관해서 말했는데, 둘 다 아무짝에도 쓸모없는 사람들이라고 했다. 마지막에는 내가 살해당한 이야기까지 나왔으므로 나는 시치미를 뚝 떼고 말했다.

"누가 그런 짓을 했을까요? 그 사건에 대해서는 후커빌에서도 들었지만, 허클베리를 죽인 자가 누군지는 아무도 모른다고 하더군요."

"누가 그 아이를 죽였는지 모두들 알고 싶어 하지. 그 아이의 아빠가 죽였다고 하는 사람도 있더라만."

"아니, 그게…… 정말인가요?"

"처음에는 누구나 그렇게 생각했었지. 하지만 그 애 아빠가 사형을 당할 뻔했던 사실은 전혀 모르고 있을 거야. 그런데 그날 밤이 되기 전에 사람들은 짐이라는 도망친 검둥이가 문제의 범인이라고 결론을 내린 모양이야."

"설마 그 짐이……."

이렇게 말하다가 그저 잠자코 있는 편이 나을 것 같아 입을 다물었다. 아줌마는 쉴 새 없이 지껄이느라 내가 입 밖에 낸 말을 알아듣지 못했다.

"그 검둥이는 헉이 살해된 그날 밤에 도망을 쳤는데, 현상금이 3백 달러나 붙었어. 그리고 그 영감한테도 현상금이 붙었지. 그 애 아빠는 살인 사건이 있던 다음날 아침 마을에 와서 그 사실을 알렸어. 그 작자는 나룻배를 타고 아들을 찾으러 나간 직후 어디론가 사라져버린 거야. 밤이 오기 전에 사람들이 아빠를 사형시키자고 했지만 그때는 이미 도망쳐버린 뒤였어. 그런데 그 이튿날 검둥이가 도망친 것을 알게 되었지. 살인 사건이 있던 날 밤 10시경부터 아무도 그 검둥이를 본 사람이 없다는 걸 알게 된 거지. 그래서 그놈의 짓이 틀림없다고 생각하게 된 거야. 그런데 이튿날 헉의 아빠가 돌아왔지. 그는 새처 판사를 찾아가서 그 검둥이를 잡기 위해 일리노이 주의 구석구석까지 찾으려 하니 돈을 내놓으라고 고래

고래 소리를 지르며 소동을 벌였다는군. 판사가 얼마간의 돈을 주니까, 그 애 아빠는 인상이 좋지 않은 낯선 두 놈과 그날 밤 밤새도록 술을 마시고 돌아다니다가 어디론가 자취를 감추어버렸다는 거야. 그 후론 그림자도 비치지 않는데, 사람들은 이 사건이 일단 조용해지기 전까지는 돌아오지 않을 거라 생각하고 있어. 왜냐하면 헉의 아버지는 자기 아들을 죽이고 도둑이 죽인 것으로 믿게끔 일을 꾸며놓으면, 소송으로 시간을 허비하지 않고도 아들의 돈을 몽땅 먹어치울 수 있을 것이라고 생각하기 때문이지. 사람들의 이야기로는 헉의 아빠라는 작자는 그런 정도의 일쯤은 능히 해치울 수 있는 인간이라고 하더군. 아주 못된 작자야. 1년 동안만 돌아오지 않고 있으면 모든 일이 조용해질 것 아니겠어? 어차피 그 작자가 이 사건의 범인이라는 증거가 있는 것도 아니니까. 그러면 그 작자는 아들의 돈을 쉽게 손에 넣게 될 거야."

"네에, 그렇군요. 방해가 될 것이 아무것도 없으니까. 이젠 아무도 그 검둥이가 한 짓이라고는 생각지 않는 건가요?"

"그렇지도 않아. 검둥이의 짓이라고 생각하는 사람도 꽤 많아. 하지만 검둥이는 머지않아 잡힐 테니까 위협을 하면 진상이 밝혀지겠지."

"지금도 그 검둥이를 찾고 있나요?"

"넌 정말 멍청한 아이로구나! 3백 달러라는 돈이 사람들이 주워 가지라고 굴러다니는 돈인 줄 아니? 사람들은 그 검둥이가 멀리는 가지 못했을 거라고 생각한단다. 나도 그렇게 생각하고 있지만 그런 이야기를 함부로 하지는 않지. 3, 4일 전에는 이웃 통나무 오두막에 살고 있는 나이 많은 두 부부한테 말한 적이 있는데, 사람들이 잭슨 섬이라고 부르는 건너편 섬에는 발걸음을 하는 사람이 거의 없다는 이야기가 나왔지. 나는 더 이상 말을 하지 않았지만 속으로는 짚이는 게 있었어. 분명히 어젠가 그젠가 그 섬에서 연기가 나는 것을 본 것 같거든. 섬 끝부분에서 말야. 그래서 생각했지. 그 검둥이가 혹시 저 섬에 숨어 있는 게 아닐까 하고. 아무튼 그곳을 수색해볼 필요가 있다고 생각해. 그 후로는 연기가 보이지 않았지만 만일 그곳에 검둥이가 있었다면 벌써 어디론가 도망쳤을지도 모르지. 우리 집 양반이 조사하러 가기로 되어 있어. 다른 사람과 둘이서. 지금까지 상류 쪽을 조사하고 오늘 돌아왔어. 두 시간 전쯤 그이가 돌아왔기에 내가 그 얘길 해주었지."

아주머니의 이야기를 듣고 보니 더 이상 앉아 있을 수가 없을 만큼 마음이 불안해졌다. 그래서 테이블 위에 있던 바늘을 집어서 실을 꿰려고 했지만 손이 떨려 잘 되지 않았다. 순간 아줌마가 이야기를 중단하고는 고개를 들더니 묘한 얼굴로 미소를 짓는 것이었다. 나는 바늘과 실을 내려놓고 이야기에 몰두해 있는 척했다. 아니, 실제로도 그 이야기에 정신을 빼앗기고 있었다.

"3백 달러라면 큰돈이군요. 우리 엄마가 그 돈을 받을 수 있다면 얼마나 좋을까요? 아저씨는 오늘밤 그 섬으로 가나요?"

"물론이지. 조금 전에 말한 그 사람과 함께 마을로 갔는데, 배를 한 척 빌리고 총을 한 자루 더 얻을 수 있는지 알아보겠다고 했어.

12시가 조금 지나서 떠날 거야."

"날이 샐 때까지 기다렸다가 가는 게 좋지 않을까요?"

"그건 검둥이 쪽에서도 마찬가지지. 한밤중에 가면 검둥이가 자고 있을 테니까 숲 속을 걸어다니기도 좋지. 그리고 녀석이 만약 모닥불을 피우고 있다면 찾아내기가 쉬울 거야."

"정말 그렇군요."

아줌마가 계속 이상한 눈초리로 나를 쳐다보았기 때문에 나는 마음이 조마조마해졌다. 잠시 후에 아줌마가 말했다.

"네 이름이 뭐랬지?"

"메, 메리 윌리엄스요."

나는 조금 전 새러라고 대답한 것 같아 아줌마가 뭐라고 말을 할 것만 같았다. 잠자코 있을수록 초조감은 더욱 심해졌다. 생각했던 대로 아줌마가 말했다.

"아까 이 집에 들어왔을 땐 새러라고 했잖니?"

"네, 그랬어요. 새러 메리 윌리엄스예요. 새러란 세례명이에요. 어떤 사람은 새러라고 부르기도 하고, 또 어떤 사람은 메리라고 부르기도 해요."

"아, 그렇군."

"네."

순간 나는 마음이 놓였지만 어쨌든 이 집에서 빨리 나가고 싶었다. 그런데 아줌마는 세상살이가 녹록지 않다, 가난한 살림을 꾸려 나가자니 어렵다, 쥐가 이 집을 자기 집처럼 마음대로 날뛴다는 둥 계속해서 지껄여댔으므로 나는 다시 마음이 편안해졌다. 쥐 이야기는 거짓말이 아니었다. 오두막 구석에 난 구멍으로 가끔 얼굴을 내미는 놈이 보였으므로. 아줌마의 이야기로는, 혼자 있을 때는 무언가 던질 만한 물건을 옆에 놓아두지 않고는 마음이 놓이지 않는다고 했다.

그러고는 가느다란 납을 틀어서 둥글게 뭉친 것을 보여주며, 그것으로 멋지게 해치운다고 했다. 그렇지만 어젠가 그제 팔을 삐어서 오늘은 제대로 던질 수 없지만 기회를 노리고 있는 중이라고 했다. 잠시 후 아줌마는 그것을 쥐를 향해 던졌는데, 제대로 맞지 않았고, "아야!" 하고 비명만 질렀다. 그만큼 팔이 아팠던 모양이다. 그러더니 이번에는 나더러 던져보라고 했다. 나는 아저씨가 돌아오기 전에 그 집에서 나가고 싶었지만 그런 눈치를 보일 수는 없었다. 나는 둥글게 뭉친 납덩어리를 들고 있다가 쥐가 코빼기를 내미는 것과 동시에 던졌다.

만일 그놈이 그렇게 재빨리 몸을 숨기지 않았다면 크게 다쳤을 것이 틀림없었다. 아줌마는 나더러 아주 잘 던진다고 칭찬하면서, 다음번에는 반드시 맞출 수 있을 거라고 했다. 그러고는 가서 납덩어리를 가져오라고 하고는, 그것과 함께 실타래도 가지고 와서 자기를 좀 도와달라고 했다. 내가 양손을 쑥 내밀자 아줌마는 손 위에 실타래를 걸치고는 자기 부부에 관한 이런저런 이야기를 지껄이다가 갑자기 말을 뚝 그치고는 이렇게 말했다.

"쥐를 잘 보고 있어. 납덩어리는 네 무릎 위에 올려놓는 게 좋

겠다."

그러고는 아줌마가 그 납덩어리를 나의 무릎에 떨어뜨렸으므로, 나는 무릎을 오므려 그 납덩어리를 받았다. 그런 다음 아줌마는 또다시 앞서 하던 이야기를 계속했다. 하지만 채 1분도 지나지 않아 실타래를 손에서 내려놓고는 내 얼굴을 똑바로 쳐다보며 생글생글 웃는 얼굴로 이렇게 물었다.

"한데 네 진짜 이름은 뭐지?"

"뭐라고요, 아줌마?"

"네 진짜 이름이 뭐냐고 물었어. 빌? 톰? 아니면?"

이때 나는 틀림없이 나뭇잎처럼 덜덜 떨었을 것이다. 어떡해야 좋을지 몰라 어리둥절했지만 일단은 이렇게 대답했다.

"저 같은 불쌍한 계집애를 놀리지 말아주세요. 제가 여기 있는 게 방해가 된다면……."

"여기서 나가겠단 말이지? 하지만 그건 안 돼. 거기 그대로 앉아 있어. 난 너를 해치지도, 밀고하지도 않을 거야. 네 비밀을 나한테 털어놔봐. 너를 도와주겠어. 우리 집 양반도 마찬가지야. 너는 도망친 일꾼일 뿐이야. 크게 나쁜 짓을 한 것도 없지 않니? 학대에 못 이겨서 도망치기로 결심한 게 아니겠어? 가엾어라, 그런 너를 밀고하다니! 자아, 착한 애야, 서슴지 말고 나한테 이야기해보렴."

그래서 나는 더 이상 연극을 해봐야 소용없을 것 같아서, 모든 걸 털어놓을 테니 금방 약속한 대로 밀고를 해서는 안 된다고 했다. 그리고 부모님이 모두 세상을 떠나서 법률이 정해준 대로 큰 강에서 3마일 떨어진 시골에 사는 어떤 마음씨 고약한 농부네 집에 일꾼으로 들어갔는데, 그 농부가 너무 학대를 해 더 이상 견딜 수 없어서, 그 농부가 집을 비운 사이 그 집 딸의 옷을 몇 벌 훔쳐가지고 뛰쳐나왔다. 30마일을 오는 데 사흘이 걸렸는데, 밤에는 걷고 낮에는 숨어서 잤다. 농부네 집에서 가지고 나온 빵과 고기 덕분에 굶주림을 면할 수 있었다. 앨너 무어 삼촌이 나를 돌봐줄 것이 틀림없다고 믿고 이 고센 마을로 왔다고 그럴듯하게 꾸며댔다.

"뭐, 고센이라고? 여긴 고센이 아니라 세인트피터즈버그란 곳이야. 고센은 여기서 10마일쯤 더 위쪽으로 올라가야 해. 누가 여길 고센이라고 가르쳐주었지?"

"오늘 새벽에 만난 사람이 가르쳐주었어요. 제가 한숨 자려고 숲 속으로 들어가려고 할 때였어요. 그 사람은 길이 두 갈래로 갈라진 곳에 닿으면 오른쪽으로 가라고 하더군요. 오른쪽으로 5마일쯤 가면 고센에 닿을 거라고 했어요."

"술에 취해 있었던 모양이로군. 아주 엉터리로 가르쳐주었어."

"그러고 보니 술에 조금 취해 있었던 것 같아요. 그러나 할 수 없죠. 이젠 슬슬 가봐야겠어요. 날이 새기 전까지는 고센 마을에 도착하겠죠?"

"잠깐 기다려. 간단한 도시락을 싸줄 테니."

아줌마는 도시락을 싸주었다. 그러고는 이렇게 말했다.

"그런데 소가 일어날 땐 어느 다리부터 먼저 서지?"

"뒷다리요."

"그럼 말은?"

"앞다리요."

"나무는 어느 쪽에 이끼가 더 많이 끼이지?"

"북쪽이요."

"언덕 비탈에서 15마리의 소가 풀을 뜯어먹고 있는데, 그중에서 같은 방향을 향해 있는 건 몇 마릴까?"

"15마리 전부요."

"그렇담 네가 시골에서 자랐다는 건 정말인 것 같구나. 그런데 너의 진짜 이름은 뭐지?"

"조지 피터스예요."

"그럼, 그 이름을 잊지 말도록 해라, 조지. 떠나기 전에 알렉산더라고 말하지는 말아라. 나한테 붙들려서 실은 조지 알렉산더라고 대답하고 도망치는 수작을 부리는 모습은 보고 싶지 않으니까. 그리고 그 낡은 사라사옷을 입고 여자 옆에는 가지 마라. 네 여자 흉내는 아니올시다야. 하지만 남자들은 속을지도 모르지. 잘 들어둬. 바늘에 실을 꿸 때는 바늘을 실에 가져가면 안 되는 거야. 바늘은 움직이지 말고 바늘구멍을 찾아 실을 가져가는 거야. 여자들은 그렇게 하는데, 남자는 언제나 그 반대로 하거든. 그리고 쥐나 다른 것들한테 물건을 던질 때는 발끝으로 서서 되도록이면 손을 어색하게 올리고, 6,7피트쯤 빗나가게 던져야 해. 어깨에 회전축이라도 달린 것처럼 팔을 뻣뻣하게 내밀고 어깨 힘으로 던지는 거야. 그리고 여자아이가 무릎 위로 물건을 받을 때는 무릎을 벌리고 스커트

자락으로 받지, 너처럼 무릎을 오므려서 납덩어리를 받지는 않는단다. 네가 바늘에 실을 꿰는 걸 보고 사내아이라는 걸 알았지만, 확인해보느라고 다른 일도 시켜본 거야. 자아, 이젠 됐으니 어서 아저씨한테 가봐. 새라 메리 윌리엄스 조지 알렉산더 피터스! 도중에 무슨 곤란한 일이라도 생기면 미시스 쥬디스 로프터스 아줌마에게 연락해. 힘 닿는 대로 도와줄 테니까. 쭉 강기슭을 따라가야 해. 그리고 또 여행을 할 때는 구두와 양말을 신는 걸 잊지 말거라. 강기슭 길은 돌투성이라서 고센에 닿을 때쯤이면 네 발은 엉망진창이 될 거야."

나는 강둑으로 50야드쯤 가다가 다시 왔던 길을 되돌아서, 조금 전에 들렀던 집에서 상류 쪽으로 한참 가서 카누를 매어둔 곳으로 몰래 돌아왔다. 그리고 카누에 뛰어오르기가 바쁘게 급히 노를 저었다. 나는 우선 섬의 코 부분에 해당하는 곳까지 거슬러 올라가 강을 건넜다. 이제는 사람의 눈을 속일 필요도 없었으므로, 차양 달린 모자를 벗었다. 강의 중간에 왔을 때 시계 소리가 들렸다. 나는 노 젓기를 멈추고 귀를 기울였다. 그 소리는 희미하긴 했지만 분명히 들렸다. 11시였다. 섬의 코 부분에 닿았을 때는 숨이 가빴지만 숨을 돌릴 틈이 없었다. 전에 야영을 했던 숲 속으로 뛰어 들어가 높고 마른 땅을 골라 모닥불을 피웠다.

그리고 카누에 뛰어올라 1마일 반쯤 아래쪽에 있는 우리들의 보금자리를 향해 힘껏 노를 저었다. 배가 섬에 닿자 나는 급히 숲 속을 달려 지붕을 타고 동굴 속으로 뛰어들었다. 그러고는 태평스럽게 자고 있는 짐을 급히 깨우면서 말했다.

"짐, 일어나. 단 1분도 꾸물거릴 틈이 없어. 사람들이 잡으러 온단 말야!"

짐은 아무 말도 하지 않았지만 이후 30분 동안 한 일로 보아 그가 얼마나 겁을 먹었는지 어림짐작할 수 있었다. 그 30분 동안 우리는 가지고 있던 물건 전부를 뗏목에 실었고, 뗏목은 버드나무로 가려진 작은 만에서 언제든지 출발할 수 있도록 준비해 두었다. 그런 다음 양초의 불빛이 밖으로 새어 나가지 않도록 했다.

나는 카누를 기슭에서 저어나가 주변을 살펴보았는데, 비록 근처에 배가 있다 하더라도 들키지는 않았을 것이다. 별과 그림자 때문에 잘 보이지 않았기 때문이다. 우리 두 사람은 뗏목을 내어 어두운 그늘 속으로 천천히 내려가, 죽음처럼 조용히 섬의 끝부분을 지나갔다. 한 마디도 하지 않은 채.

제 12 장

우리는 1시 가까이 되어서야 마침내 섬에서 벗어났다. 그런데 뗏목이 전혀 움직이지 않았으므로, 만일 배가 오기라도 하면 카누에 옮겨 타고 일리노이 쪽으로 도망을 칠 작정이었는데, 배가 오지 않아 마음을 놓았다. 우리는 카누에 총이며 낚싯줄, 먹을 것 따위를 싣는 일을 그만 잊어버리고 말았기 때문이다. 우리는 너무나 허둥거리는 바람에 모든 걸 뗏목에 몽땅 실어버렸는데도 미처 그 사실을 생각해내지 못했기 때문이다.

만일 그 아줌마가 말한 대로 두 사나이가 섬에 갔다면 반드시 내가 피운 모닥불을 보았을 것이고, 그렇다면 그들은 짐이 돌아오기를 밤새 기다릴 것이 틀림없었다. 아무튼 지금으로서는 그들로부터 많이 떨어져 있었다.

먼동이 터오기 시작했을 때, 우리는 일리노이 쪽에서 물살이 크게 굽이치는 한가운데에 있는 모래섬에 뗏목을 댔다. 그리고 손도끼로 '고리버들' 가지를 잘라내어 그것을 뗏목 위에 덮어, 강둑의 일부가 무너져나간 것처럼 보이게 했다. 모래섬이란 고리버들이 써렛발처럼 우거진 모래톱을 말한다.

미주리 쪽은 산으로 이루어져 있고 일리노이 쪽은 깊은 숲으로 이루어져 있었지만, 이 부근의 미시시피 수로는 미주리 기슭을 따라 흐르고 있었으므로 누군가를 만날 염려는 없었다. 우리는 하루 종일 누워 뒹굴면서, 뗏목이나 증기선이 큰 강 한가운데를 거슬러 올라가는 모습을 바라보았다. 나는 짐에게 그 아줌마와 나 사이에 오간 이야기를 그대로 들려주었다. 그랬더니 짐은 그 아줌마는 아주 머리가 좋은 여자라면서, 만일 그 여자가 우리 뒤를 쫓아온다면 모닥불 곁에 앉아서 지키는 짓 따위는 하지 않을 것이라고 했다. 그 대신 반드시 개를 끌고 올 것이라고 했다. "그렇다면 왜 자기 남편에게 개를 데리고 가라는 말을 하지 않았는지 모르겠군." 하고 말하자 짐이 말했다. "그들이 떠날 준비를 끝마쳤을 때 그 생각이 났을 거야. 그래서 그들이 개를 구하러 마을로 갔기 때문에 시간이 지체됐을 거고. 만일 그렇지 않았다면 지금 우리는 마을에서 16, 7마일이나 아래로 내려온 이 모래섬에 있을 수는 없었을 거야. 아니, 어쩌면 또다시 마을에 끌려갔을 거야." 그래서 나는 우리가 붙잡히지 않은 상황에서 그런 이유 따위야 아무러면 어떠냐고 했다.

어두워지기 시작했을 때, 우리는 고리버들 덤불 사이로 얼굴을 내밀고 강의 상류와 하류, 그리고 맞은쪽 강안을 살펴보았는데, 특별히 눈에 띄는 것은 아무것도 없었다. 짐은 뗏목 위에 깔아놓은 두꺼운 판자를 몇 장 뜯어서 멋지게 인디언 오두막을 만들었다. 햇볕이 쨍쨍 내리쬘 때는 그 안에 들어갈 수도 있고, 비가 와도 물건이 젖지 않았다. 그리고 오두막에 바닥보다 1피트 이상 높게 마루를 깔아서, 증기선의 파도가 밀어닥쳐도 담요 같은 것이 젖지 않게 했다. 오두막 한가운데에는 5, 6인치 두께로 평편하게 흙을 덮은 후 흙이 흘러내리지 않게 주위에 나무로 테를 둘렀다. 그것은 비오는 날이나 추울 때 불을 피우기 위한 것으로, 오두막 안에서만 피우는 것이어서 밖에서는 보이지 않았다. 그리고 키를 잡는 노도 하나 더 만들었는데, 이는 노가 물에 잠긴 나무 같은 것에 부딪쳐서 망가지는 일이 있을지 몰랐기 때문이다. 그리고 낡은 램프를 걸기 위해 끝이 둘로 갈라진 막대기도 세웠다. 증기선이 내려오는 것이 보이면, 램프를 켜서 증기선에 부딪치지 않도록 하기 위한 것이었다. 그러나 올라오는 기선은 흔히 '횡단 수로' 라고 부르는 곳에 들어가 있지 않는 한 불을 밝힐 필요는 없었다. 강물이 불어나 있는 상태여서 아주 낮은 둑 근처는 물이 그대로 차 있었으므로, 올라오는 기선은 수로를 통하지 않고 완만한 흐름이 있는 곳으로 올라오기 때문이다.

그로부터 이틀이 지난 밤, 우리는 시속 4마일 이상의 흐름을 타고 7,8시간쯤 아래로 내려갔다. 이야기를 나누며 고기를 잡기도 하고, 졸음이 밀려올 때는 헤엄을 치기도 했다. 그러다가 벌렁 드러누워 별을 보면서 조용히 흐르는 큰 강물 위를 떠내려 가다보니 순간적으로 엄숙한 기분이 들기도 했다. 그럴 때는 이야기 소리도 웃는 소리도 낮추었다.

매일 밤 우리는 마을 옆을 지나서 강을 내려갔다. 개중에는 거무스름하게 보이는 언덕 위쪽에 자리잡고 있는 마을도 있었는데, 그런 마을은 비탈에 반짝이는 불빛만 보일 뿐 집 한 채도 보이지 않았다. 닷새째 되는 밤에는 세인트루이스를 지나갔는데, 그곳은 마치 이 세상의 램프를 전부 다 모아놓은 것 같았다. 세인트피터즈버그에 있을 때, 세인트루이스엔 2,3만 명 정도밖에 사람이 살고 있지 않다는 말을 들었으므로 그 현란한 불빛의 바다를 눈으로 보기 전까지는 설마 하고 생각했다. 시간은 한밤중인 2시쯤이었으므로, 아무 소리도 들리지 않았다.

매일 밤 10시쯤이면 나는 아무 마을에나 상륙하여, 10센트나 15

센트가량 하는 타갠 옥수수며 베이컨 등의 먹거리를 샀다. 때로는 남의 집 닭장에 들어가 더워서 잠을 못 이루는 닭을 실례해 오기도 했다. 아빠는 늘 말했다. "닭은 기회만 있으면 언제든지 훔쳐야 해. 내가 필요로 하지 않을 때라도 필요로 하는 놈은 있게 마련이거든. 뭔가 도움을 주면 사람들은 절대 잊어버리지 않아."라고. 그러나 사실 아빠가 닭을 필요로 하지 않는 때를 본 적이 없었다.

아침에는 날이 밝기 전에 옥수수밭에 숨어 들어가 수박이며 참외, 호박, 햇옥수수 같은 것을 슬쩍 빌려왔다. 아빠는 언젠가 값을 치를 생각을 하고 있다면, 슬쩍 하는 건 조금도 나쁠 것이 없다고 말했다. 그런데 과부댁한테 그 말을 했더니, 아빠의 말은 겉으로는 그럴듯하게 들릴 수도 있겠지만 분명히 도둑질이기 때문에 올바른 사람이 할 행동은 못된다고 했다. 짐은 과부댁의 말도 반은 옳고 아빠의 말도 반은 옳았으므로 우리가 할 수 있는 가장 좋은 방법은 리스트를 만들어 두세 가지를 선택한 뒤 그걸 슬쩍 하되 그 밖의 것도 슬쩍 해도 나쁠 건 없지 않겠느냐고 했다. 그래서 우리는 강을 내려가면서 수박을 뺄 것인가, 캔털로프 참외를 뺄 것인가, 마시멜론 참외를 뺄 것인가, 아니면 다른 무엇을 뺄 것인가를 정하느라고 밤새 고민했다. 새벽에야 결론이 났는데, 슬쩍 하는 리스트에서 능금과 감을 빼기로 합의를 보았다. 그전까지는 뭔가 마음이 복잡했지만 그렇게 결정하자 마음이 가벼워졌다. 능금은 별 맛이 없었고, 감도 익으려면 2, 3개월은 더 기다려야 했기 때문이다.

우리는 가끔 새벽에 너무 일찍 잠자리에 들었거나 해가 졌는데도 아직 둥지로 돌아가지 않은 물새를 총으로 쏴 잡기도 했다. 대체로 우리는 꽤 호사스런 생활을 하였다.

세인트루이스를 지나 닷새째 되는 밤이었다. 한밤중에 큰 폭풍우를 만났다. 천둥과 함께 번개가 치고, 비가 폭포수처럼 쏟아졌다. 우리는 오두막 안으로 들어가 모든 걸 뗏목에 맡기고 있었다. 번개가 번쩍 하고 비치자 눈앞에는 곧게 뻗은 큰 강이 보였고, 양옆으로는 높다란 바위 절벽이 보였다. 얼마 후 나는 큰 소리로, "어이 짐, 저것 좀 봐!" 하고 외쳤다. 그것은 바위에 부딪쳐서 난파된 증기선이었는데, 뗏목은 그쪽을 향해 곧장 흘러가고 있었다. 번개가 칠 때마다 그것은 더욱 선명하게 보였는데, 증기선의 일부분만을 물 위에 드러낸 채 비스듬히 기울어져 있었고, 굴뚝에는 밧줄이 감겨져 있었다. 그리고 큰 종 옆에 의자 하나가 있었는데, 의자 등받이에 헌 중절모자가 걸려 있었다.

폭풍우가 휘몰아치는 한밤중의 풍경은 거의 신비스럽기까지 했다. 그런 상황에서 큰 강 한가운데 쓸쓸하고 처량 맞게 기울어져 있는 난파선을 본 남자라면 누구든 나와 같은 느낌을 가졌을 것이다. 나는 그 배에 올라타 걸어다녀보기도 하고, 또 무엇이 있는지 살펴보고 싶기도 하여 짐에게 말했다.

"짐, 저 배에 올라가 보지 않을래?"

그러자 짐은 완강하게 반대했다.

"난파선을 기웃거리는 짓 따위는 사양하겠당께. 지금의 이 생활에 만족하니까 말이여. 게다가 저 난파선에는 감시원이 있을지도 모르는 일이랑께."

"감시원이라고? 그런 바보 같은 소린 하지도 마." 내가 말했다. "상갑판과 조타실 말고는 감시를 할 만한 곳은 없어. 이런 밤에 선원실과 조타실을 지키기 위해 목숨을 거는 녀석이 있을 것 같아? 언제 부서져 떠내려갈지도 모르는데." 나의 말에 짐은 한 마디 대꾸도 못했다. "게다가 선장실에서 뭔가 값나갈 만한 물건을 얻을 수 있을지도 모르잖아. 시가 정도는 분명히 있을 거야. 한 개비에 5센트나 하는 놈 말이야. 증기선의 선장은 틀림없이 부자일 거야. 한 달에 60달러는 월급으로 받으니까 원하는 건 뭐든지 구입할 수 있어. 자, 주머니에 양초를 챙겨 넣어. 나는 저 배를 뒤져보지 않고는 직성이 풀리지 않을 것 같아, 짐. 이봐, 만일 톰 소여였다면 저걸 그대로 내버려두었을 것 같아? 그 녀석이라면 이런 걸 살펴보는 걸 진짜 모험이라고 할 거야. 이 세상을 다시는 못 보는 한이 있더라도 저 난파선에 오르고 말 거야. 그리고 신나게 해치울 거야. 크리스토퍼 콜럼버스가 천국을 발견한 것처럼 신나 할 거야. 아아, 톰 소여가 여기 있었더라면 얼마나 좋을까!"

짐은 처음엔 투덜댔지만 결국 마음이 꺾여서, 그렇다면 꼭 필요한 말만 할 것과 말을 하더라도 조그만 소리로 해야 한다고 주의를 주었다. 그때 마침 번개가 난파선을 비춰주었으므로 다시 한 번 난파선을 볼 수 있었고, 오른쪽 뱃전 기중기에 뗏목을 잡아매는 데 성공했다.

그곳은 갑판이 수면 위에서 높이 솟아 있었는데, 우리는 어둠 속에서 좌현 쪽으로 기운 갑판을 두 손으로 더듬어 받침쇠줄에 걸리지 않도록 주의하면서 발소리를 죽여 가며 선원실 쪽으로 내려갔다. 너무 캄캄해서 받침쇠줄이고 뭐고 전혀 보이지 않았기 때문이다. 얼마 후 천장 끝에 부딪쳤으므로, 그 위로 기어 올라가 한 걸음 나아갔더니 그곳이 바로 선장실의 문 앞이었다. 그런데 그 문은 열려 있고, 선원실 쪽에는 램프가 켜져 있었다. 그리고 멀리서 사람의 말소리가 나지막하게 들려왔다.

짐은 속삭이듯이 기분이 몹시 언짢으니 그냥 돌아가자고 했다. 나도 그 말에 찬성하며 뗏목 쪽으로 막 돌아가려고 할 때, 울면서 애원하는 사람의 말소리가 들려왔다. 그리고 또 다른 목소리가 조금 큰 소리로 이렇게 대답했다.

"거짓말 하지 마, 짐 터너. 이게 처음은 아니야. 넌 항상 자기 몫보다 더 차지하려 했고, 그걸 반대하면 다른 사람한테 떠벌리겠다고 협박하고는 모든 걸 차지했어. 하지만 이번만은 맘대로 안 될걸. 너처럼 근성이 썩어빠진 개새끼만도 못한 배반자는 아메리카를 다 뒤져봐도 처음 봤으니까."

이때 짐은 벌써 뗏목으로 가버렸지만 나는 강렬한 호기심을 주체하지 못했다. 그래서 만약 톰 소여였더라면 여기서 그대로 물러나지는 않을 것이었으므로, 나도 일이 어떻게 되나 두고 보리라고 마음먹었다. 그래서 그곳 복도에 납작 엎드려 고물 쪽으로 기어가다보니, 침실을 사이에 두고 복도로 이어진 곳까지 오고 말았다. 선원실에는 웬 남자가 손과 발이 묶인 채 바닥에 뒹굴고 있었고,

그 옆엔 두 사나이가 서 있었다. 그중 한 사나이는 램프를 들고, 다른 사나이는 권총을 쥐고 있었는데, 이 권총을 쥐고 있는 사나이가 바닥에 뒹굴고 있는 사나이의 머리에 총구를 들이대고 있는 상황이었다.

"이 자식을 그냥 죽여버릴까 보다! 그래도 싸, 더러운 자식!"

바닥에 뒹굴고 있던 사나이가 잔뜩 겁을 먹고 말했다.

"제발 부탁이야, 빌! 난 절대로 입을 열지 않겠어."

사나이가 그 말을 할 때마다 램프를 든 사나이는 콧방귀를 뀌며 말했다.

"물론 떠벌이지는 않겠지! 문제는 이제까지는 그렇지 않았지만 앞으로 못 참을걸. 이번만은 참말일 테니까." 그리고 이런 말도 했다. "뭐, 살려달라고? 만일 우리가 이놈을 결박짓지 않았다면 이 놈은 우리 두 사람을 죽였을 거야. 하지만 짐 터너, 넌 다시는 사람을 협박하지 못할 거다. 이봐, 빌! 그 권총을 치워."

그러자 빌이 대답했다.

"그렇게는 못하겠어, 제이크 패커드. 나는 이놈을 죽여야겠어. 이놈은 이런 식으로 해필드 영감을 죽였으니까 자기가 죽어도 할 말은 없을 거야."

"하지만 난 이놈을 살려두고 싶어. 그럴 만한 이유가 있어."

"그런 말을 해주니 고마워, 제이크 패커드! 난 너를 평생 잊지 못할 거야!" 바닥에 뒹굴고 있던 녀석이 울음 섞인 목소리로 말했다.

패커드란 사나이는 들은 척도 하지 않고 램프를 못에 걸더니, 내가 있는 쪽으로 다가와서 빌에게 오라고 손짓했다. 나는 납작 엎드려서 2야드쯤 급히 물러났는데, 배가 몹시 기울어져 있었기 때문에 생각대로 빨리 기어갈 수가 없었다. 그래서 나는 어쩌면 밟혀서 들킬지도 모르겠다 싶어, 불쑥 솟아 있는 침실로 재빨리 기어 들어갔다. 패커드는 어둠 속을 더듬어 내가 들어와 있는 침실까지 오더니, "여기야. 이리로 와." 하고 소리쳤다.

패커드를 따라 빌이 들어왔지만 나는 두 사람이 들어오기 전에 2단으로 되어 있는 침대 위로 올라가 있었다. 절체절명의 위기에 처하자 비로소 나는 공연히 왔다는 후회가 되었다. 두 사람은 침대 가장자리에 손을 올려놓고 이야기를 시작했다. 모습은 보이지 않았지만, 조금 전에 마신 위스키의 냄새로 그들이 어디쯤에 있는지 짐작할 수 있었다. 나는 위스키를 마시지 않아 다행이라고 생각했지만 설사 마셨다고 해도 그들이 내가 마신 위스키 냄새를 맡을 리는 없었으므로 알아챌 수는 없었을 것이다. 나는 숨을 죽이고 있었다. 그들이 하는 말을 듣는다면 그 누구도 마음을 놓지 못했을 것이다. 두 사람은 작은 소리로 열심히 이야기를 주고받았다. 빌은 터너를 죽이고 싶은 마음에서 이렇게 말했다.

"그 녀석은 밀고하겠다고 했는데, 틀림없이 그대로 할 거야. 우리의 몫을 나누어준다 해도 아무 소용 없어. 녀석은 틀림없이 우리에게 불리한 증언을 할 거야. 내 말대로 녀석을 깨끗이 없애서 일찌감치 고통을 끝내주는 게 좋을 것 같아."

"그건 나도 마찬가지야." 패커드가 침착한 목소리로 말했다.

"뭐라고? 난 또 자네는 나와 생각이 다를 것 같아 염려하고 있었는데, 그렇다면 일은 간단해. 지금 곧 해치워버리세."

"잠깐만 기다려. 내 얘긴 아직 안 끝났어. 잘 들어봐. 어차피 죽일 바엔 흔적을 남기지 말고 해치워야 해. 내 생각은 이래. 만일 확실하면서 위험하지 않은 방법이 있다면, 구태여 교수형에 처하는 흉내를 낼 필요는 없다는 거야. 그렇지 않겠어?"

"그야 당연하지. 그러면 어떻게 하겠다는 거지?"

"음, 서둘러 침실에 있는 물건들을 강둑으로 숨긴 다음 기다리는 거야. 두 시간만 지나면 이 배는 산산조각이 나서 하류로 흘러가 버릴 것 아냐. 안 그래? 그러면 저 녀석은 물귀신이 되게 되어 있어. 나는 저 녀석을 직접 죽이는 것보다는 그 방법이 더 좋다고 생각해. 사람을 죽인다는 것은 분별이 없는 짓일 뿐더러 양심에도 어긋나지. 그렇지?"

"옳은 말인 것 같아. 하지만 만일 배가 부서지지도 않고 떠내려가지도 않는다면 어떡하지?"

"어차피 두 시간은 기다려야 하지 않겠어? 일이 어떻게 되는지 보기 위해 말이야."

"그럼 됐어. 가세."

이렇게 결말을 짓고 두 사람은 방을 나섰다. 나는 온몸에 식은땀을 흘리면서 고물 쪽으로 기어서 도망쳤다. 그곳은 한치 앞도 보이지 않는 캄캄절벽이었다. 나는 작은 소리로, "짐!" 하고 불렀다. 그러자 바로 옆에서 신음소리 같은 짐의 대답이 들려왔다.

"빨리 해, 짐. 꾸물대고 있을 틈이 없어. 저기 살인자들이 있단 말야. 놈들의 보트를 찾아내 그들이 이 난파선에서 도망치지 못하게 떠내려 보내야 해. 그러지 않으면 그중의 한 놈이 죽게 돼. 하지만 놈들의 보트만 찾아내기만 하면 놈들을 모두 혼내줄 수 있어. 보안관이 체포할 테니까 말야. 빨리 해, 빨리! 나는 좌현을 찾아볼 테니 넌 우현을 찾아봐. 뗏목 있는 데서부터 시작해."

"뗏목이라고? 아, 뗏목은 있지도 않당께. 밧줄이 끊겨서 떠내려갔어! 우릴 남겨놓고 말이여!"

제 13 장

나는 기가 막혀 까무러칠 것만 같았다. 저런 흉악한 놈들과 함께 난파선 안에 갇히다니! 그렇지만 우리의 불운을 탄식하고 있을 때가 아니었다. 이렇게 된 상황에서는 어떻게든지 놈들의 보트를 찾아내어 타는 길밖에 없었으므로, 떨리는 몸으로 오른쪽 뱃전을 따라 더듬어 나아갔다. 어찌나 마음이 급했던지, 고물까지 가는 데 1주일은 걸린 것 같았다. 그러나 보트는 그림자도 보이지 않았다.

짐은 공포로 온몸의 힘이 빠져 꼼짝도 할 수 없다고 했다. 하지만 나는 이 난파선 안에 갇히게 되면 만사가 끝장이니 따라오라고 했다. 우리는 다시 엉금엉금 기어서 선원실 끝을 목표로 나아갔다. 곧 그곳에 도착하자 그 다음은 천창 위의 덧문을 따라 매달린 상태로 나아갔다. 왜냐하면 천창 끝이 물에 잠겨 있었기 때문이다. 드디어 복도를 가로지르는 문 근처까지 오자 보트가 있었다. 너무나 반가운 나머지 당장 보트에 올라타려고 하는데, 바로 그때 문이 열리면서 놈들 중의 하나가 머리를 내밀었다. 그것은 내가 있는 데서 2피트밖에 떨어져 있지 않은 거리였다. 나는 이젠 글렀구나 생각했다. 이때 그놈이 다시 고개를 안으로 당기면서 말했다.

"빌, 그 램프를 눈에 띄지 않는 곳에 놔둬."

그러고는 뭔가 들어 있는 자루를 보트 안에 던져 넣고는 자기도 올라탔다. 그놈의 이름은 패커드였는데, 빌이란 놈도 뒤따라 보트에 올라탔다. 패커드가 낮은 소리로 말했다.

"준비 완료! 자아, 출발!"

나는 매달려 있던 덧문에서 금방이라도 떨어질 것만 같았다. 그 정도로 나는 맥이 빠져 있었다. 그때 빌이 말을 꺼냈다.

"잠깐만 기다려. 자넨 저 녀석의 몸을 뒤져봤나?"

"아니, 자넨?"

"뒤져보지 않았어. 그럼 그 녀석은 자기 몫의 현금을 아직도 갖고 있겠군."

"그럼 이리 따라와. 쓸데없는 것만 가져가고 정작 현금을 놔두다니 말이나 돼?"

"여보게, 그 녀석이 우리의 속셈을 눈치 채지 않을까?"

"아마 눈치 채지 못할 거야. 하지만 눈치 챈다 하더라도 이대로 둘 수는 없어."

그래서 두 사람은 보트에서 내려 다시 난파선 안으로 들어왔다.

쾅, 하고 문이 닫혔다. 그 순간 바로 앞에 보트가 있었으므로 나는 30초도 안 되는 시각에 후닥닥 보트 안으로 뛰어들었다. 뒤이어 짐도 뛰어들었다. 나는 나이프를 꺼내 로프를 끊고 재빨리 보트를 움직였다.

우리는 노에는 손도 대지 않았고, 입도 열지 않았다. 숨을 죽인 채 그냥 흐름을 따라 소리 없이 미끄러져 떠내려갔다. 난파선의 외륜 끝을 지나고, 고물도 지났다. 그리고 1, 2초 후에는 벌써 난파선으로부터 백 야드나 아래로 내려와 있었다. 어둠이 난파선을 감싸 버려 그림자도 보이지 않게 되었다. 그때야 비로소 안도의 한숨을 내쉴 수 있었다.

3,4백 야드쯤 내려왔을 때였다. 선원실 문 쪽에서 램프가 반짝였다. 그래서 우리는 악당들이 보트가 없어진 것을 알고, 자기들도 짐 터너와 같은 신세가 되었다는 것을 깨닫기 시작했음을 알았다.

얼마 후 짐이 노를 집어들었고 떠내려간 우리의 뗏목을 따라가기 시작했다. 이때 비로소 나는 그 사나이들의 일이 마음에 걸렸다. 그래서 마음속으로, 나라고 해서 절대로 살인자가 되자 말라는 법도 없을 텐데, 그런 경우 저런 꼴을 당하게 되면 기분이 어떨까 하고 생각했다. 그래서 짐에게 말했다.

"불빛이 보이면 그 불빛 백 야드 아래라도 좋고 위라도 좋으니 보트를 감춰 둘 만한 곳에 상륙하기로 해. 그리고 무슨 수를 써서라도 배로 가서 그놈들을 구해줘야겠어. 설사 놈들이 교수형을 받게 된다 하더라도 그건 어쩔 수 없는 일이야."

하지만 이 생각은 오류였다. 왜냐하면 전보다 더 심한 폭풍우가 다시 몰아치기 시작했기 때문이다. 비가 억수같이 쏟아져 램프 같은 건 아예 보이지도 않았다. 모두가 잠들어 있는 모양이었다. 우리는 불빛과 뗏목을 계속 찾으면서 빠른 속도로 강을 내려갔다. 한참 후에 비가 멎었다. 그러나 하늘엔 여전히 먹구름이 끼어 있었고, 이따금 번개도 번쩍거렸다. 번갯불이 번쩍일 때, 저만치 무언가 시커먼 물체가 보였으므로 우리는 그것을 향해 노를 저어갔다.

그것은 바로 우리의 뗏목이었다. 뗏목 위에 다시 올라타자 정말 기뻤다. 얼마 후 저 멀리 하류의 오른쪽에 불빛이 하나 보였다. 그래서 나는 그곳으로 가자고 했다. 보트에는 악당들이 난파선에서 훔친 물건들로 그득 채워져 있었으므로 우리는 그것을 뗏목에 옮겨 실었는데, 산더미 같이 많았다. 그런 다음 나는 짐에게 이대로 흐름을 타고 내려가다가 2마일쯤 갔다고 생각될 때 불을 켜고 내가 갈 때까지 끄지 말라고 했다. 그리고 보트를 타고 건너편 기슭의 불빛을 향해 계속 노를 저어갔다. 가까이 가보았더니 언덕 중턱에 내가 본 것 말고도 불빛이 서너 개가 더 있었다.

그곳은 마을이었다. 나는 불빛이 보이는 강기슭 위쪽으로 다가가서 노를 멈추고 흐름을 따라 내려가도록 보트를 내버려두었다.

가까이 가보니 두 척의 나룻배를 나란히 매어놓았는데, 불빛은 그 배의 이물에 세운 깃대에 매달아놓은 램프 불빛이었다. 나는 감시원이 잠들어 있는 곳을 찾기 위해 여기저기 둘러보았다. 얼마 후 고물 쪽 밧줄 감는 말뚝 위에 앉아 양 무릎 사이에 머리를 처박고 잠들어 있는 사람을 발견했다. 나는 그의 어깨를 두세 번 두드리다가 울음을 터뜨리고 말았다.

사나이는 조금 놀란 듯이 고개를 쳐들고는 어깨를 두드린 사람이 나라는 것을 알자 크게 입을 벌려 하품을 하고는 말했다.

"얘야, 울지 마라. 무슨 일이 생겼니?"

나는 대답했다.

"아빠랑 엄마랑 누나랑, 그리고……."

거기까지 말하고 나는 더욱 크게 울어댔다.

"이봐, 그렇게 울기만 하면 어떡하니? 사람은 누구나 어려운 일에 부닥칠 때가 있는 거란다. 너도 곧 좋아질 거야. 그래, 아빠 엄마가 어떻게 되었다고?"

"그건, 그건 말예요……. 한데 당신은 이 배의 감시원인가요?"

"그래." 사나이는 조금 우쭐해서 말했다. "난 선장에다가 선주, 그리고 항해사에다가 수로 안내인에다 감시원에다가 수부장이며, 어떤 때는 화물이자 손님이 되기도 하지. 나는 짐 혼백 영감처럼 부자도 아니고, 그 영감처럼 아무에게나 마구 돈을 뿌리지는 못하지만 영감과 내 처지를 바꿀 생각은 없다고 그 영감한테 대놓고 여러 번 말한 적이 있지. 왜냐하면 배를 타는 생활이 만족스럽기 때문이지. 마을에서 2마일이나 떨어진 곳에 있는 영감 재산의 두 곱을 준다고 해도, 아무 일도 일어나지 않는 그런 곳에서는 살지 못할 것 같다고 얘기했지. 게다가 나는 말이야……."

나는 사나이의 말을 가로막으며 말했다.

"모두가 지금 죽을 지경에 처했어요."

"누가 말이냐?"

"아빠 엄마랑 누나, 그리고 미스 후커가 말이에요. 그러니 아저씨가 나룻배를 가지고 거기까지 가주신다면……."

"거기라니, 어딜 말하는 거냐? 사람들이 어디에 있다는 거지?"

"난파선 안에요."

"어느 난파선 말이냐?"

"난파선이 하나밖에 더 있어요?"

"그럼, 월터 스콧 호 말이로구나?"

"그래요."

"이건 예삿일이 아니군! 그런데 너희 집안사람들은 무엇 때문에 거길 갔단 말이냐?"

"무슨 일이 있어서 간 게 아니에요."

"그야 그렇겠지. 하지만 이거 큰일이군. 빨리 빠져나오지 않으면 살아남지 못해! 어쩌다가 그런 지경이 되었지?"

"아무 일도 아니에요. 미스 후커가 상류에 있는 그 마을로 사람을 찾아온 거예요."

"음, 부스 랜딩 말이군. 그래서?"

"미스 후커가 부스 랜딩으로 사람을 찾아왔는데, 저녁녘에 미스 누구라고 하는지 이름은 잊었지만 그 친구 집에서 하룻밤 묵을 작정이었으므로 검둥이 여자를 데리고 말이 끄는 나룻배로 강을 건너려 했어요. 그런데 키잡이 노를 잃어버리는 바람에 배가 빙글 돌아 고물을 앞으로 한 채 2마일가량 떠내려가다가 난파선에 부딪쳐 올라타게 되었고, 사공과 검둥이 여자와 말은 모두 행방불명이 되어버렸지만 미스 후커만은 어딘가에 매달려 난파선 위로 기어 올라갔다는군요. 우리는 해가 지고 한 시간쯤 지난 뒤에 물건을 나르는 배를 타고 내려왔는데, 너무 어두워서 바로 앞에 난파선이 있는 줄도 몰랐어요. 그래도 우린 모두 살아났지만, 빌 위플만은…… 아아, 그렇게 좋은 녀석은 없었는데! ……내가 대신 죽고 싶을 정도로 좋은 녀석이에요, 정말이에요."

"하느님 맙소사! 어떻게 이런 일이 일어난담! 그래, 그런 다음 너희들은 어떻게 됐지?"

"말도 마세요. 우리는 사람 살리라고 고래고래 고함을 질렀어요. 하지만 거긴 강폭이 넓어서 아무에게도 들리지 않았어요. 그래서 아빠가 말했어요. 누구든 어떻게 해서든지 여길 빠져나가 도움을 청해야 한다고요. 그런데 헤엄을 칠 줄 아는 사람은 나밖에 없었으므로, 단단히 결심을 하고 온 거예요. 미스 후커가 말하길 만일 당장 구해 주겠다고 나서는 사람이 없을 때는 여기 와서 아저씨에게 말하면 어떻게든 해줄 거라고 했어요. 나는 여기서 1마일쯤 떨어진 하류에서 뭍으로 올라와 도와줄 사람이 없을까 찾아보았지만 모두들 이렇게 말했어요. '뭐라고? 이 밤중에? 게다가 이런 물살에는 무리야. 증기선 나룻배를 찾아봐.' 하지만 만일 아저씨가 가서……."

"기꺼이 가주고말고. 하지만 돈은 누가 지불하지? 네 아빠가 내는 거냐?"

"그런 건 걱정하지 말아요. 미스 후커가 내게 약속했어요. 혼백 아저씨가……."

"저런, 그럼 미스 후커의 아저씨가 바로 그 사람이란 말이냐? 이봐, 저쪽에 불빛이 보이지? 저 불빛을 따라가. 거기까지 가서는 서쪽으로 꺾어 돌라고. 거기서 4분의 1마일쯤 가면 선술집이 있는데, 거기 있는 사람들보고 급히 짐 혼백한테 데려다 달라고 해. 수고비는 짐이 낸다고 말하고. 도중에 우물쭈물하면 안 돼. 짐에게는 중대한 소식이니까. 그리고 짐을 만나거든 조카따님은 네가 마을에 도착하기 전에 내가 무사히 구해냈을 거라고 말해줘. 자, 어서 가봐. 나는 이 모퉁이를 돌아가서 기관사를 두들겨 깨워 올 테니까."

나는 불빛을 따라 걷기 시작했지만, 그 사나이가 모퉁이를 돌자마자 곧 보트로 돌아와 안에 고인 물을 퍼낸 다음, 흐름이 약한 강가를 6백 야드쯤 저어가서 목재선 사이에 숨었다. 나룻배가 떠나는 것을 확인하기 전까지는 안심할 수 없었기 때문이다. 그러나 그 악당들을 위해 그렇게까지 수고한 것을 생각하니 기분이 좋았다. 이런 일을 할 사람은 그리 흔할 것 같지는 않았다. 과부댁에 이 사실을 알리고 싶었다. 과부댁은 그런 불량배를 도와준 나를 자랑스럽게 여길 것이므로. 과부댁처럼 착한 사람들이 가장 관심을 갖는 것은 악당이나 건달들이니까 말이다.

그런데 그로부터 얼마 후, 그 난파선이 떠내려오는 것이 희미하게 보였다. 그 순간 전신에 오싹 소름이 끼쳤다. 나는 급히 난파선을 향해 노를 저어갔다. 배는 이미 물에 잠겨 있었으므로, 그런 상태에서는 그 누구도 살아 있을 것 같지가 않았다. 주변을 돌면서 소리를 질러보았지만 모든 것이 죽은 듯이 조용하기만 할 뿐 아무런 응답도 없었다. 그 악당들을 생각하니 마음이 조금 무거워졌지만 대단치는 않았다. 그 녀석들도 이런 식으로 사람을 죽이려고 하지 않았던가. 그런데 나라고 그렇게 못하란 법이 없지 않은가.

그때 나룻배가 왔다. 나는 하류를 향해 비스듬히 흐르는 긴 사류(斜流)를 타고 강 한복판을 향해 노를 저었다. 그리고 누구의 눈에도 띄지 않는 곳까지 와서 노를 멈추고 뒤돌아보았더니, 나룻배가 미스 후커의 시체를 찾기 위해 난파선 주변을 돌고 있는 것이 보였다. 그 선장은 혼백 아저씨가 시체라도 찾길 바라고 있다고 생각해서일 것이다. 그러나 얼마 후 나룻배는 시체 찾기를 단념하고 기슭 쪽으로 돌아갔다. 그래서 나도 내 일을 위해 곧장 강을 내려갔다.

짐이 켜놓은 불빛을 발견하기까지는 많은 시간이 걸렸지만 어쨌든 발견해냈다. 그러나 그곳은 1천 마일이나 떨어져 있는 것 같았다. 그곳에 도착했을 때는 벌써 동녘 하늘이 밝아오기 시작했으므로, 우리는 가까운 섬을 향해 급히 노를 저어가, 뗏목을 감추고 보트를 가라앉힌 다음 잠자리에 들어 곧 깊은 잠에 곯아떨어졌다.

제 14 장

얼마 후 잠에서 깨어나자 우리는 악당들이 난파선에서 훔쳐낸 물건을 자루째 뒤집어보았다. 그랬더니 구두, 담요, 옷가지와 많은 책, 그리고 조그만 망원경에다 시가가 세 상자나 쏟아져 나왔다. 우리 두 사람은 그처럼 부자가 되어보긴 난생 처음이었다. 특히 시가는 최고급품이었다. 우리는 낮에는 숲 속에서 이야기를 하거나 책을 읽으면서 아주 즐겁게 보냈다. 나는 짐에게 난파선 안에서 있었던 일과 나룻배에서 있었던 일들을 들려주고, 이런 게 다 모험이라고 말했다. 그러자 짐은 이젠 모험 같은 건 딱 질색이라고 했다. 짐은 내가 선원실 안으로 들어가고 난 뒤 뗏목을 타려고 기어 내려갔다가 뗏목이 없어진 것을 알고는 이제 죽었다는 생각밖엔 들지 않더라는 것이다. 누가 도와주지 않으면 물에 빠져 죽을 것이고, 만일 도움을 받고 살아난다 해도, 누가 살려주건 그 사람은 현상금을 타려고 자기를 붙잡아 전에 있던 집으로 돌려보낼 것이고, 그러면 왓슨 아줌마는 자기를 남부로 팔아넘길 것이 분명하다는 생각이 들었다고 한다. 짐의 생각은 대체로 옳았다. 짐은 검둥이치고는 흔치 않게 뛰어난 두뇌의 소유자였다.

나는 짐에게 임금님이니, 후작님이니, 백작님이니 하는 사람들의 이야기를 읽어주었다. 화려한 옷을 입고 거만을 떨며, 서로 상대방을 부를 때에는 '무슨무슨 님' 이라고 부르는 대신, '폐하' 라든가 '각하' 라든가 '전하' 라고 부른다고 말해주었다. 짐은 눈을 동그랗게 뜨고 흥미롭게 듣더니 이렇게 말했다.

"그렇게 높은 양반들이 많은 줄 미처 몰랐어. 트럼프의 왕을 빼고는 왕이라곤 솔로몬밖엔 들어본 적이 없었당께. 그런데 왕이란 돈을 얼마씩이나 받는 자리지?"

"얼마를 받느냐고? 원하기만 하면 한 달에 천 달러도 받을 수 있지. 왕은 무엇이든 원하는 것은 다 가질 수 있어. 모든 게 자기 것이니까."

"거 참, 근사한데. 왕은 무슨 일을 하는 거여, 헉?"

"아무 일도 하지 않아. 넌 몰라도 너무 모르는군. 왕은 그냥 가만히 앉아 있기만 하는 거야."

"거짓말이겠지…… 설마?"

"정말이야. 그냥 가만히 앉아 있기만 할 뿐이야. 전쟁이 일어났을 땐 별문제지만. 그런 때는 싸움터에 나가지. 하지만 보통 땐 하는 일이 없어. 매사냥이나 하고…… 매사냥 말이야. 쉿! 무슨 소리가 들리지 않아?"

뛰어나가 보았지만 멀리 하류 쪽에서 갑을 돌아서 올라오는 증기선의 터빈 돌아가는 소리만 들릴 뿐 그 밖엔 아무 소리도 들리지 않았다. 그래서 우리는 다시 제자리로 돌아왔다.

"그래." 하고 나는 말을 이었다. "그리고 또 심심해서 견딜 수 없을 때엔 의회에서 소동을 부리기도 하고, 자기 말을 잘 듣지 않는 사람의 목을 잘라버리기도 하지. 하지만 대개는 후궁 근처를 어슬렁대지."

"어디를 어슬렁댄다고라?"

"후궁 말이야."

"후궁이 뭐랑가?"

"마누라들을 넣어두는 곳 말이야. 넌 후궁도 모르니? 솔로몬 왕도 가지고 있었는데. 그 사람은 마누라를 백만 명이나 거느리고 있었어."

"그래, 그랬었지. 내가 깜빡 잊고 있었당께. 후궁이란 기숙사지. 애들 방은 꽤나 시끄러울 텐디. 게다가 여편네들이 싸움질을 할 테니 얼마나 시끄러울까. 하지만 솔로몬 왕보다 현명한 사람은 지금껏 없었다고 하더랑께. 그러나 나는 그걸 믿지 않는당께. 그렇게 현명한 사람이 그런 시끄러운 곳에는 살지 않을 것이니 말이여. 어림도 없는 소리지. 현명한 사람이라면 후궁을 두기보다는 보일러 공장이라도 세웠을 거랑께. 보일러 공장이라면 잠깐 쉬고 싶을 땐 공장을 닫으면 그만일 테니."

"누가 뭐래도 솔로몬 왕은 가장 현명한 사람이었음에 틀림없어. 과부댁이 나한테 그렇게 말했으니까."

"과부댁이 뭐라고 했건 내가 알 바 아니여. 솔로몬 왕은 절대 현명한 사람이 아니란 생각이 들어. 그런 천벌 받아 마땅한 일을 한 사람을 나는 본 일이 없당께. 솔로몬 왕이 어린아이를 둘로 자르라고 한 이야기를 들어보지도 못했남?"

"응, 과부댁한테서 들었지."

"그렇다면 그런 터무니없는 생각을 어떻게 할 수 있당가? 조금이라도 생각해보란 말이여. 저기 나무그루터기가 있어 – 저걸 한쪽 여자라 치고, 여기 네가 있고 – 너를 또 한쪽 여자라 치잔 말이여. 그리고 나를 솔로몬 왕이라 가정하자고. 이 1달러짜리는 어린아이라고 가정하잔 말이여. 너희들이 이 돈을 자기 거라고 우겨댄다면 나는 어떻게 할 것 같당가? 돌아다니면서 이웃 사람들한테 이 돈이 누구의 돈인가를 알아본 다음 진짜 임자를 찾아 그 돈을 건네주겠당께. 분별이 있는 사람이라면 누구라도 그렇게 하지 않을까? 하지만 나는 그 돈을 반으로 잘라 반은 너에게 주고, 나머지 반은 또 한 여자에게 줄 거여. 솔로몬 왕이 어린아이를 그렇게 하려고 했당게. 그래서 너에게 묻는데, 그 반 조각으로 무얼 할 수 있다는 거지? 무엇 하나 살 수 없잖겠어. 그렇다면 둘로 쪼개진 어린아이가 무슨 소용이 있지. 그런 건 백만 개가 있어도 소용이 없당께."

"짐. 너는 말이 안 되는 이야기를 하고 있어. 요점을 한참 놓치고 있단 말이야."

"누가 말이여, 내가? 천만의 말씀! 내 말에 시비를 걸진 말랑께. 나도 뭐가 옳고 그르다는 것쯤은 알고 있당께. 뭔가를 해치우는 것은 반편이 아이가 하는 게 아니여. 온전한 아이가 할 일이겠지. 온

전한 아이가 반편이 아이한테 뭔가 당한다고 생각하는 녀석은 비가 올 때 비를 피할 만한 지혜도 갖고 있지 않은 녀석들이여. 솔로몬 왕의 이야기 따위를 나한테 들려줄 필요는 없당께, 헉. 솔로몬 왕이 하는 일은 뱃속까지 꿰뚫어보고 있으니까 말이여."

"그러니까 짐은 요점을 벗어나고 있는 거야."

"뭐 말라비틀어진 요점 이야기여? 난 알고 있는 걸 말했을 뿐이여. 이봐, 진짜 요점은 좀 더 밑바닥 깊은 데 있다고! 진짜 요점은 솔로몬이 처한 환경에 있는 거여. 아이를 하나나 둘밖에 갖지 못한 사람을 생각해보란 말이여. 그런 사람이 자식을 함부로 다룰 것 같남? 절대로 그러지 못할 거여. 할 수도 없고. 하지만 5백만 명이나 되는 아이들이 집 안에 돌아다니는 사람의 경우라면 이야기는 달라지지. 그런 사람이라면 아이를 고양이처럼 둘로 잘라버려도 눈썹 하나 까딱하지 않을 거여. 그 아이말고도 얼마든지 있으니께. 아이가 하나 둘쯤 늘든 줄든 솔로몬 왕에게는 마찬가지니까 말이여, 빌어먹을!"

이런 검둥이를 난 지금까지 본 일이 없다. 한번 이거라고 생각하면 죽음을 무릅쓰고 고집을 부리는 것이었다. 그런 식으로 솔로몬 왕을 공격하는 검둥이를 나는 처음 보았다. 그래서 나는 솔로몬 왕 이야기 대신 다른 임금에 대해 이야기하기로 했다. 그래서 옛날 프랑스에서 목을 잘린 루이 16세 이야기를 하고, '돌핀' 이라는 그의 아들(프랑스 황태자의 칭호인 '도핀' 을 헉은 '돌핀' 이라 잘못 알고 있다)의 이야기를 한 다음, 돌핀은 임금이 될 사람이었는데, 붙잡혀서

옥에 갇혀 그곳에서 죽었다고 말하는 사람도 있다고 말해주었다.

"가엾게도!"

"하지만 탈옥하여 아메리카로 도망쳤다고 말하는 사람도 있어."

"그것 참 다행이군! 그렇지만 아메리카로 왔다면 꽤나 심심할 거여. 여긴 임금이란 게 없으니까, 안 그래, 헉?"

"그래."

"그럼 벌어먹을 궁리를 해야 할 텐데, 뭘 해서 먹고 산당가?"

"모르겠어. 경찰이 되든가 아니면 프랑스 말로 지껄이는 방법을 가르치든가 하겠지."

"뭐라고 헉? 그럼 프랑스 인은 우리와 똑 같은 말을 하는 게 아니란 말이여?"

"아니고말고, 짐. 프랑스 사람들이 하는 말은 너 같은 건 한 마디도 알아들을 수 없을 거야. 단 한 마디도 말이야."

"그것 참 알 수 없는 일이군. 왜 그렇게 됐지?"

"나도 몰라. 하지만 어쨌든 그래. 나는 프랑스 사람들의 코맹맹이 말을 책에서 조금 배웠어. 만일 누군가가 너한테 와서 '폴리 부우 프랑지' 라고 말했다면 어떤 생각을 하겠어?"

"생각은 무슨 놈의 생각! 그놈의 대갈통을 깨뜨려놓지. 그게 백인이 아니라면 말이여. 검둥이 녀석이 나한테 그런 소릴 한다면 용서하지 않을 거구먼."

"그건 짐을 욕하는 게 아니야. 네가 프랑스 말을 할 줄 아느냐고 물었을 뿐이야."

"하여튼 그거 되게 웃기는 놈의 말이로구먼. 그러니 난 이젠 더 이상 그런 소린 듣기 싫당께. 그런 말에는 아무런 뜻이 없으니께."

"이봐, 짐. 고양이가 우리와 똑 같이 말을 해?"

"고양이는 그렇게 못하지."

"그럼 소는?"

"소도 마찬가지지."

"그럼 고양이는 소와 똑 같은 식으로 말하나? 아니면 소가 고양이와 똑같은 식으로 말하나?"

"아니."

"그렇다면 프랑스 사람이 우리와 다른 말을 하는 것도 그와 마찬가지잖아? 어떻게 생각해?"

"헉, 고양이가 사람이랑가?"

"아니지."

"그렇다면 소는 고양이나 사람처럼 말할 까닭이 없지 않겠어? 프랑스 사람도 사람인가?"

"물론 사람이지."

"그럼 됐어. 도대체 프랑스 사람들은 어째서 사람들이 하는 말을 하지 않는 거지? 대답해 봐!"

나는 아무리 짐에게 설명해봤자 소용이 없음을 깨달았다. 검둥이에게 토론을 가르친다는 것은 불가능한 일인 것 같았으므로 입을 다물고 말았다.

제 15 장

우리는 앞으로 사흘 밤만 지나면 일리노이 주 남쪽 끝에 있는 카이로에 도착할 예정이었다. 그곳은 오하이오 강이 흘러 들어오는 어귀였다. 그곳에 도착하면 뗏목을 판 뒤 증기선을 타고 오하이오 강을 북쪽으로 거슬러 올라가 자유주(自由州)로 들어갈 작정이었다. 그렇게 되면 모든 귀찮은 일에서 벗어나게 되는 셈이다.

이틀째 되는 밤이었다. 우리는 짙은 안개 속을 지나 뗏목을 대어 놓을 만한 모래톱을 향해 나아갔다. 내가 카누를 타고 뗏목을 묶어 놓을 밧줄을 가지고 갔지만 거기에는 뗏목을 매어놓을 만한 거라고는 작은 나뭇가지밖에는 없었다. 흙이 떨어져나간 곳에 자라난 작은 나무에 밧줄을 매었지만, 그 부근은 물의 흐름이 빨랐기 때문에 뗏목은 매어놓은 나무를 뿌리째 뽑아가지고 그대로 떠내려갔다.

어느 순간 안개가 점점 짙어졌으므로, 나는 가슴이 철렁 내려앉을 만큼 겁이 나서 꼼짝달싹도 할 수가 없었다. 그리고 30초쯤 지났을 때 뗏목은 이미 보이지도 않았다. 20야드 앞도 보이지 않았으므로 나는 카누에 뛰어올라 고물 쪽으로 달려가 노를 잡고 힘껏 저었다. 그러나 카누는 꿈쩍도 하지 않았다. 마음이 급한 나머지 매놓은 것을 푸는 걸 깜빡 잊었던 것이다. 겨우 일어나서 밧줄을 풀려고 했지만 너무나 흥분하여 손이 떨렸다.

나는 모래톱을 따라 전속력으로 뗏목의 뒤를 쫓아갔다. 그러나 거기까지는 좋았는데, 이 모래톱은 60야드도 채 안 되었고, 그 끝을 벗어나자마자 사방이 하얀 안개로 둘러싸여 있었으므로 좀처럼 방향을 잡을 수가 없었다.

그러나 일단 노를 저어온 이상 멈출 수가 없었다. 자칫 실수라도 하면 강기슭이며 모래톱에 부딪칠지도 모를 일이었다. 그래서 나는 물이 흘러가는 대로 떠내려가는 수밖에 없었는데, 가만히 손을 놓고 있자니 마음이 안절부절 못해 견딜 수가 없었다. 나는 큰 소리로 '어이!' 소리친 다음에 귀를 기울여보았다. 그러자 훨씬 아래쪽에서 '어이!'라는 대답이 들려왔다. 나는 힘이 솟았다. 나는 소리 나는 쪽을 향해 정신없이 노를 저으면서 다시 한 번 귀를 기울이고 보니 소리 나는 방향에서 훨씬 오른쪽으로 벗어나 있음을 알았다. 그 다음에 그 소리를 들었을 때는 지나치게 왼쪽으로 저어가고 있었으므로, 거리는 좀처럼 좁혀지지 않았다. 내가 왼쪽 오른쪽으로 왔다 갔다 하는 동안 저쪽은 빙빙 돌고 있었기 때문이다.

짐이 양철 냄비를 두드려서 자신이 있는 곳의 위치를 알려주기를 바랐지만 그는 거기까지는 머리가 돌아가지 않는 모양이었다. 그래서 내가 "어이!" 하고 외친 다음 저쪽에서 "어이!"라는 대답이 들려오기까지의 그 조용한 침묵이 견딜 수가 없었다. 하지만 나는 참을성 있게 기다렸다. 그랬더니 다시금 "어이!"라는 소리가 들려왔는데, 그것은 바로 내 뒤에서 들려오는 소리였다. 나는 머리가 이상해지는 것 같았다. 그것이 내가 외치는 소리인지 다른 사람이 외치는 소리인지 분간을 할 수 없었으므로.

나는 노를 놓고 멍하니 서 있을 수밖에 없었다. 그러자 내 등 뒤에서 다시 그 외침소리가 들려오긴 했지만 전과는 다른 방향에서였다. 소리는 계속해서 들려왔는데 매번 방향이 달랐다. 나도 그 소리에 답하여 소리를 질렀는데, 이번에는 다시 앞쪽에서 들려왔다. 그제야 나는 흐름에 밀려 카누의 고물이 하류 쪽으로 향하고 있음을 알았다. 나는 그 외침소리의 주인공이 다른 뗏목을 탄 사나이가 아니라 짐이기를 간절히 바랐다.

외침 소리가 계속해서 들린 다음 1분쯤 지나 나는 큰 나무들이 마치 유령처럼 희미하게 쭉 서 있는 가파른 절벽을 향해 무서운 기세로 떠내려가고 있었다. 물결은 나를 왼쪽으로 내동댕이치고는 물속에 잠긴 나뭇가지들 사이로 재빠르게 흘러가버렸다. 그 흐름이 어찌나 빠른지 물속에 잠긴 나뭇가지들이 꽤나 요란한 소리를 냈다.

그로부터 다시 1, 2초가 지나자 그 일대가 부옇게 변하면서 조용해졌다. 나는 꼼짝하지 않고 가만히 앉아 심장의 고동소리를 들었는데, 심장이 백 번이나 고동치는 동안 숨 한번 제대로 쉴 수가 없었다.

결국 나는 단념하고 말았다. 무엇이 어떻게 되어가는 건지 영문을 알 수가 없었다. 벼랑처럼 보인 것은 섬이었는데, 짐은 섬 건너편으로 가버린 모양이었다. 게다가 10분이면 갈 수 있는 그런 모래톱이 아니었다. 길이가 족히 5, 6마일은 될 것 같은 숲이 있는 어엿한 섬이었다.

나는 아무 소리도 내지 않고 귀를 곤두세운 채 15분쯤 있었다. 1시간에 4마일이나 5마일쯤 떠내려온 것은 당연한 일이었을 텐데도 미처 거기까지 생각을 할 수가 없었다.

마치 물 위에 꼼짝도 않고 가만히 떠 있는 것만 같았다. 물속에 잠긴 나뭇가지가 옆을 미끄러지듯 재빠르게 지나가는 걸 보고 나 자신이 얼마나 빨리 움직이고 있는지 생각지도 못하고 '어이쿠! 저 나뭇가지는 참말이지 무서운 기세로 흘러가고 있구나' 생각할 뿐이었다. 밤안개 속에 이런 꼴로 홀로 있는 것이 무섭지도 않고 쓸쓸하지도 않을 것이라고 생각하는 사람은 한번쯤 시도해보면 내가 어떤 상황이었는지 실감할 것이다.

그로부터 30분쯤 지난 뒤 나는 '어이 어이!' 하고 외쳐보았는데, 아주 멀리서 그 소리에 답하는 소리가 들려왔으므로, 그 뒤를 쫓아가보기로 했다. 하지만 뜻대로 되지는 않았다. 얼마 후에야 알게 되었지만 나는 모래톱이 모여 있는 곳의 가운데로 들어와 버린 것 같았다. 때로는 그 사이로 좁은 수로도 있고, 내 양편에 모래톱의 모습이 희미하게 여기저기 보이기도 했다. 그리고 눈에는 보이지 않았지만 기슭에 늘어져 있는 고목 가지나 덤불 같은 것에 부딪치면서 흐르는 물소리로 그곳에 모래톱이 있음을 알 수 있었다. 내가 이런 모래톱 사이로 들어와 버렸으므로 외치는 소리를 듣지 못한 것이었다. 게다가 그 소리를 쫓아다녀봐야 아무런 소용이 없다는 생각이 들었다. 도깨비불을 쫓아다니는 일보다 더 어려웠기 때문이다. 그 정도로 빠르게 장소를 옮기면서 종잡을 수 없는 소리가 들리기는 난생 처음이었다.

강에서 삐죽 나와 있는 섬에 부딪치지 않으려고 힘껏 노를 저어 강둑에서 떨어지지 않으면 안 되었다. 이런 형편이라면 뗏목도 기슭에 부딪쳤거나, 그러지 않으면 멀리 가버려 외침소리 같은 것은 들리지 않았을 것 같았다. 나보다도 빠른 속도로 떠내려갔음에 틀림없다고 생각했다.

이윽고 나는 또다시 강물이 넓게 트인 곳으로 나온 것 같았지만 아무리 귀를 기울여도 '어이' 하고 부르는 소리는 들려오지 않았다. 어쩌면 짐은 떠내려오는 나무에 부딪쳐 물귀신이 된 것이 아닐까 생각했다. 나는 지칠 대로 지쳤으므로, 될 대로 되라는 심정으로 카누에 벌렁 드러누웠다. 물론 잠이 들지는 않았지만 졸려서 견딜 수가 없었다. 그래서 잠깐 눈을 붙이기로 했다.

그런데 잠깐 눈을 붙인다는 것이 눈을 떴을 때는 별이 반짝이고 안개도 깨끗이 걷힌 강물 위를 카누의 이물 쪽에 머리를 박고 활처럼 굽은 곳을 힘차게 떠내려가는 중이었다. 처음에는 어리둥절하여 내가 어디에 있는지조차 알 수 없었다. 조금 전까지 있었던 여러 가지 일을 생각해보았지만 그저 멍하여 그것이 마치 일 주일 전의 일처럼 느껴졌다.

그 근처는 강폭이 아주 넓어서, 양 기슭에 큰 나무들이 빽빽이 들어차 있는 것이 마치 담벼락처럼 보였다. 멀리 하류 쪽에 검은 물체가 보였으므로, 나는 그곳으로 가 보았다. 그러나 그것은 재목용 통나무 두 개를 묶어놓은 것에 지나지 않았다. 그리고 또 다른 검은 물체가 보여 가 보았지만 허탕을 치고 말았다. 얼마 후 또 다른 것이 보여 쫓아가 보았더니 이번에는 내 짐작이 빗나가지 않았다. 그것은 바로 우리의 뗏목이었다.

뗏목에 다가와 보니, 짐이 무릎 사이에 머리를 처박고 쭈그리고 앉은 채 잠들어 있었다. 그는 오른팔을 키잡이의 노에 얹어놓고 있었는데, 또 하나의 노는 부러져 달아나고 없었다. 뗏목 위엔 나뭇잎과 나뭇가지, 그리고 흙 같은 것이 너저분하게 쌓여 있었다. 단단히 혼이 난 모양이었다.

나는 재빨리 짐의 코앞에 누워 하품을 하고는 주먹이 짐에게 부딪칠 정도로 기지개를 켜면서 말했다.

"이봐, 짐! 내가 깜빡 졸았던 모양이지? 한데 왜 깨우지 않은 거야?"

"아니, 헉! 물귀신이 된 건 아니가벼. 이게 꿈이랑가 생시랑가! 어디 한번 확인해봐야지. 분명 생신가벼. 네가 이렇게 생생하게 살아서 돌아오다니. 틀림없이 예전과 똑같은 헉으로 말이여. 어이쿠! 감사해라. 예전과 똑같은 헉이라니!"

"대관절 어떻게 된 거여, 짐? 술이라도 마셨어?"

"술을 마셨느냐고? 내가 술을 마실 틈이 있었을 것 같당가?"

"그렇다면 어째서 그런 허튼 소릴 하는 거지?"

"내가 허튼 소릴 했다고?"

"허튼 소리가 아니라고? 그럼 내가 돌아왔다느니 어쩌느니 하면서 마치 내가 다른 데에 가 있었던 것처럼 지껄인 건 도대체 뭐야?"

"헉! 내 눈을 똑바로 쳐다보랑께. 정말 아무 데도 가지 않았단 말이여?"

"도대체 무슨 뚱딴지 같은 소리야?"

"아이고 맙소사! 이게 도대체 어찌 된 일이여? 머리가 돌아버린 모양이여. 내가 나 맞는가? 내가 여기 있는가, 아니면 다른 데 가 있는가? 그걸 알고 싶당께."

"그야 물론 여기 있지. 한데 짐, 너는 머리가 텅 빈 바보로군."

"내가 바보라고? 그럼 물어볼 테니 대답을 해보랑께. 너는 카누를 타고 뗏목을 매러 모래톱에 가지 않았남?"

"가긴 어딜 가? 어떤 모래톱 말이지? 본 적도 없는데?"

"모래톱 같은 건 보지도 못했다고? 이봐, 그 밧줄이 풀려서 뗏목이 강으로 마구 떠내려가고, 너는 카누를 탄 채 안개 속에 사라진 일이 없었단 말이여?"

"안개라니, 무슨 안개?"

"밤새 끼어 있던 안개 말이여. 그리고 너와 내가 '어이' 하고 소리쳐 부르는 동안 둘 다 섬이 다닥다닥 붙은 곳으로 들어와 방향을

잃고 헤맸던 것 말이여? 나는 이 섬 저 섬에 부딪쳐 죽도록 고생하면서 물귀신이 될 뻔했는데 넌 아무것도 모른단 말이여? 어서 시원하게 대답 좀 해보라고!"

"짐, 도무지 영문을 알 수가 없군. 나는 안개를 본 적도 없고, 고생을 한 적도 없어. 여기 앉아서 밤새껏 너와 이야기를 나누고 있었으니까. 그러다가 10분쯤 전에 네가 잠들어버려서 나도 잠시 잤어. 그동안 네가 술에 취했을 리가 없으니 꿈을 꾼 게 아닐까?"

"천만의 말씀! 단 10분 동안 그렇게 긴 꿈을 꿀 수 있다고 생각혀?"

"아니야. 그건 꿈이 분명해. 네가 말한 그런 일은 한 가지도 실제로 일어나지 않았으니까."

"하지만 헉, 실제로 나에게 일어났던 일이여……."

짐은 5분가량 아무 말도 하지 않고 곰곰 생각에 잠겨 있더니 이렇게 말했다.

"그렇다면 나는 진짜 꿈을 꾼 모양이로군, 헉. 하지만 꿈치고는 너무나도 생생한 꿈이었당께. 이번처럼 나를 녹초로 만든 꿈은 처음이었다니께."

"하지만 이상할 것도 없지. 꿈도 현실이랑 마찬가지여서 때로는 녹초가 되기도 해. 그러니까 이번에 네가 꾼 꿈도 특별할 게 없는 거야. 그러니 자세히 들려줘, 짐."

그래서 짐은 이야기가 조금 과장되긴 했지만 자초지종을 말해주었다. 그러고 나서 '꿈 해몽'을 해야겠다고 하면서, 그것은 어떤 예시였을 거라고 했다. 맨 처음의 모래톱은 우리에게 좋은 일을 도와주려는 사람이 나타날 징조이지만, 물살은 우리를 떼어놓으려는 사람이 나타날 거라는 징조라고 했다. '어이!' 라는 외침소리는 경고의 의미인데, 만일 우리가 그 예시의 뜻을 풀기 위해 열심히 노력하지 않으면 재난에서 벗어나지 못하게 된다고 했다.

내가 뗏목 위로 올라왔을 때는 사방이 어두웠지만, 어느새 날이 밝기 시작했다.

"음, 해몽이 그럴 듯해. 한데 이건 뭘 뜻하는 거지?"

나는 뗏목 위에 어지럽게 흩어져 있는 나뭇잎과 노가 떨어져 나간 자리를 가리켰다. 이젠 그것들이 똑똑히 보일 만큼 밝아져 있었기 때문이다.

짐은 그 '쓰레기' 를 본 다음 나를 보더니 다시 그 '쓰레기' 쪽으로 눈을 돌렸다. 꿈에 관한 일이 너무나 선명하게 머릿속에 박혀 있었기 때문에, 그것들을 떨쳐버리고 사실을 사실로 받아들이는 일이 당장은 벅찼던 모양이다. 그러나 머릿속이 정리되자 짐은 굳은 표정으로 이렇게 말했다.

"이것들이 무얼 뜻하느냐고 물었지? 좋아, 가르쳐주지. 우리가 서로 찾는 동안 네가 보이지 않아 가슴이 찢어질 것만 같았어. 뗏목과 나 자신이 어떻게 되건 상관하지 않을 만큼 널 걱정했지. 그리고 한참 후에 눈을 떠보니 네가 무사히 돌아와 있는 거야. 너무 고마운 마음에 무릎을 꿇고 눈물을 흘리면서 네 발에 키스했어. 그런데 너는 생각한다는 것이 고작 어떻게 하면 거짓부렁으로 이 늙은 짐을 골려줄까 하는 것뿐이었당께. 저기 있는 저 잡동사니들은 쓰레기여. 친구 머리통에다 진창을 잔뜩 발라놓아 그 친구를 부끄럽게 만드는 인간들이 바로 쓰레기란 말이지."

말을 마치자 짐은 천천히 일어나 한 마디 말도 없이 오두막으로 들어가 버렸다. 그것으로 충분했다. 나는 나 자신이 아주 못된 근성을 가진 인간이라는 생각이 들어 용서만 해준다면 짐의 발에 키스라도 해주고 싶었다.

검둥이한테 사과를 하려고 결심하기까지는 15분이나 걸렸다. 시간이 지나서도 나는 짐에게 사과한 것을 후회한 적이 없다. 이 일이 있은 후부터 나는 짐에게 못된 장난을 치지 않았다. 사실 내 장난이 짐을 그렇게까지 실망시킬 줄 알았다면 처음부터 그러지 않았을 것이다.

제 16 장

우리는 낮에는 계속 잠을 자고, 어두워지면 도깨비처럼 긴 뗏목 뒤에 매달려 떠났다. 그 긴 뗏목이 지나가는 것을 옆에서 보고 있노라면 무슨 행렬 같았다. 양끝에 뗏목의 긴 노가 네 개나 달려 있어 능히 30명가량은 탈 수 있을 정도였다. 뗏목 위에는 큰 오두막이 다섯 채나 널찍하게 간격을 두고 세워져 있었는데, 한가운데는 모닥불이 피워져 있었고, 앞뒤로는 높다랗게 깃발이 세워져 있었다.

우리가 흐름을 타고 큰 만곡부 쪽으로 들어가자 밤하늘이 흐려지면서 날씨가 더워졌다. 그리고 강폭이 아주 넓어지고, 양쪽 강기슭에는 빽빽이 우거진 숲이 담벼락처럼 쭉 늘어서 있었는데, 틈이라고는 한 군데도 보이지 않았다. 우리는 카이로 시에 관한 이야기를 하면서 그곳으로 갔을 때 과연 거기가 카이로라는 걸 알아볼 수 있을지 걱정했다. 그래서 결국 어떻게 해야 하느냐 하는 문제로 귀착되었다. 나는 이번에 불빛이 보이면 어쨌거나 노를 저어서 가보자고 했다. 그리고 사람들에게 아빠가 장삿배로 뒤따라오기로 되어 있는데, 카이로까지 얼마나 남았느냐고 물어보면 될 게 아니냐고 했다. 짐도 좋은 생각이라고 했으므로, 우리는 담배를 피우면서 기다리기로 했다.

누구나 알다시피 젊은 사람들은 궁금증이 생기면 진득하게 기다리지 못하는 법이다. 그래서 4백야드도 못 가서 싫증을 느끼고 다른 방법을 생각했다. 다시 의논을 한 결과 짐이 뗏목에서 헤엄쳐 가서 그 위로 올라가 엿들어도 문제가 없다고 했다.

모두가 카이로의 이야기를 할 것이 틀림 없으므로, 카이로를 찾아내기만 하면 우리는 자유의 몸이 되지만, 만일 잘못하여 그냥 지나쳐버리는 날이면 또다시 노예의 나라로 들어가게 될 수밖에 없었다. 짐은 가끔 벌떡 일어나면서 외쳤다.

"아아, 저기여!"

그러나 그건 대부분 도깨비불이거나 반딧불일 뿐이었다. 그러면 짐은 다시 주저앉아 자세히 살펴보는 일을 계속했다. 짐은 자신이 자유의 몸이 될 때가 가까워졌다고 생각하니 온몸이 떨리고 흥분된다고 했지만, 사실은 짐의 그런 말을 들으면 내 몸도 떨리고 흥분되었다. 짐은 이제 자유의 몸이 된 거나 마찬가지라고 생각했기 때문이다.

그게 도대체 누구 덕인데? 모든 건 내 덕분 아닌가? 이런 생각이 내 마음에 들러붙어서 아무리 애를 써도 떨어지지 않았다. 나는 마음이 괴로워져서 한 곳에만 가만히 있을 수가 없게 되었다. 내가 하고 있는 일이 어떤 일인지 이제는 그것을 분명히 알 수가 있었다. 그리고 그것이 내 마음을 괴롭혔다. 내가 짐을 정당한 소유주로부터 도망시킨 것이 아니지 않느냐고 나 자신에게 항변해보았지만 괴롭기는 마찬가지였다. 그때마다 양심이 고개를 쳐들고 이렇게 말하는 것이었다. "그렇지만 너는 짐이 자유의 몸이 되려고 도망쳤다는 사실을 알고 있었잖아? 카누를 타고 가서 누군가에게 알릴 수도 있었잖아." 하고. 이것만은 아무래도 부정할 수 없는 사실이었다. 바로 이 점이 나를 괴롭혔다. 양심이 나에게 말했다. "왓슨 아줌마가 불쌍하지 않아? 그 아줌마가 너에게 무슨 짓을 했기에, 이 검둥이가 네 앞에서 도망치는 것을 빤히 보고도 말 한마디 하지 않는 거지? 그 불쌍한 아줌마가 너에게 무엇을 했기에 이렇게까지 지독한 짓을 했느냐 말이야. 그 아줌마는 네게 책 읽는 법을 가르쳐주려고 했고, 예의범절을 가르치려고 했어. 또 힘 자라는 데까지 너에게 도움을 주고 싶어 했고, 또 열심히 사신 분이야."

나는 스스로가 너무나 비열하고 매정한 놈이라는 생각이 들어 당장이라도 죽고 싶었다. 나는 스스로에게 채찍질을 하면서 초조하게 뗏목 위를 왔다 갔다 했는데, 짐 역시 초조한 마음으로 내 옆을 왔다 갔다 했다. 그때 짐이 벌떡 일어나면서, "저게 바로 카이로다!"고 소리칠 때마다 나는 총을 맞은 기분이었는데, 만일 그것이 진짜 카이로였더라면 나는 양심의 가책 때문에 죽어버렸을지도 모른다.

내가 혼자서 생각하고 있는 동안에도 짐은 큰 소리로 떠들어대고 있었다. 자유주에 가게 되면 일단 한 푼도 쓰지 않고 알뜰하게 돈을 모은 뒤 마누라를 사겠다는 것이었다. 이 마누라란 여자는, 지금 왓슨 아줌마네 집 근처에 있는 농장의 소유물이 되어 있다고 했다. 그리고 만일 주인이 아이들을 팔지 않겠다고 하면, 노예 폐지론자에게 부탁해서 아이들을 훔쳐오게 하겠다고 했다.

이런 이야기를 듣자 나는 온몸이 얼어붙는 것만 같았다. 지금까지 짐은 이런 말은 입 밖에도 내지 않았는데, 머지않아 자유의 몸이 된다고 생각하자 이렇게 변한 것이었다. '검둥이는 하나를 얻으면 열을 바란다'는 예부터의 격언이 딱 들어맞았다. 이것도 모두 내 생각이 부족했기 때문에 일어난 일이라고 여겨졌다. 여기 있는 이 검둥이가 도망치는 것을 도와준 것은 나인데, 이제는 아주 대담하게 자기 아이들을 훔쳐내겠다고까지 큰소리를 치고 있었다. 그 아이들이란 내가 알지도 못하는 사람의 소유물이 아닌가.

나는 짐의 말을 듣자 마음이 언짢았다. 이 말은 짐의 가치를 떨어뜨리는 것이었기 때문이다. 그래서 나의 양심은 더욱 격렬하게 나를 채찍질했으므로, 나는 나의 양심을 향해 이렇게 말했다. '제발 나를 그냥 내버려둬…… 지금이라도 늦지는 않았어. 불빛이 보이면 기슭으로 노를 저어가서 고발할 테니까.' 라고. 이렇게 결심하자 괴로움 같은 건 깨끗이 사라졌다. 나는 눈을 크게 뜨고 불빛이 보이지 않나 주변을 살펴보면서 혼자 노래라도 부르고 싶은 심정이었다. 그러자 불빛 하나가 보였다. 짐이 소리쳤다.

"헉, 이제 우린 살았당께! 일어나 춤을 추자고. 드디어 카이로에 왔다니께."

그래서 내가 말했다.

"짐, 내가 카누를 타고 가서 확인하고 오겠어. 어쩌면 카이로가 아닐지도 모르니까."

짐은 벌떡 일어나 카누를 준비하고는 자기의 윗옷을 벗어 바닥에 깔아준 다음 노를 쥐어주었다. 내가 노를 젓기 시작하자 이렇게 말했다.

"이제 나는 마구 소리를 지를 거여. 이 모든 게 헉 덕분이라고! 이제 나는 자유의 몸이 되는데 헉이 없었더라면 불가능한 일이었을 거여. 이 짐은 헉을 죽어도 잊지 않을 거여."

나는 짐을 고발하려고 힘껏 노를 젓기 시작했는데, 짐의 이 말을 듣자 몸에서 힘이 쭉 빠지고 말았다. 그래서 노를 천천히 저어갔는데, 결국 이렇게 떠난 것이 잘된 일인지 잘못된 일인지 분간할 수 가 없게 되었다. 50야드쯤 저어갔을 때 다시 짐의 말이 들려왔다.

"자아, 배반을 모르는 헉이 간다. 자넨 짐과 한 약속을 어긴 일이 없는 단 한 사람의 백인 신사여."

나는 가슴이 답답해지기 시작했다. 그래서 이렇게 다짐했다. 결심한 일은 반드시 하겠다고. 바로 그때였다. 총을 가진 두 사나이가 보트를 타고 내가 있는 곳으로 와서 노를 멈추며 물었다.

"저기 있는 건 뭐야?"

"뗏목이에요." 내가 대답했다.

"넌 저 뗏목 주인이냐?"

"네."

"몇 사람이 타고 있지?"

"한 사람뿐이에요."

"어젯밤 저 위쪽의 구부러진 곳에서 검둥이 다섯이 도망쳤어. 너하고 같이 있는 사람은 백인이냐, 검둥이냐?"

나는 대답을 하려고 했지만 말이 나오지 않았다. 나는 내가 기가 죽었다는 것을 스스로 느꼈으므로, 용기를 내는 일은 단념하기로 하고 이렇게 말했다.

"백인이에요."

"가서 확인해봐야겠다."

"네, 그렇게 해주세요. 하지만 거기 있는 사람은 제 아빠예요. 아저씨들은 우리가 뗏목을 저 불빛 있는 곳까지 끌고 가는 걸 도와주시겠죠? 아빠는 환자예요. 엄마와 메리 앤도."

"이것 참 귀찮게 됐군! 우린 지금 바쁘단 말야. 하지만 할 수 없어. 자아, 노를 저어라, 같이 가줄 테니까."

나는 힘차게 노를 저었고, 사나이들도 노를 젓기 시작했다. 그렇게 노를 젓기 시작했을 때 내가 말했다.

"아빠는 아저씨들을 고맙게 생각할 거예요. 다른 사람들한테도 뗏목을 기슭까지 끌고 가는 걸 도와달라고 부탁해봤지만 다들 도망갔거든요."

"아무래도 이상해."

사나이들은 노를 멈췄다. 뗏목까지 거의 다 왔을 때 누군가가 이렇게 말했다.

"혹시 뭘 숨기고 있는 것 아니냐? 너희 아빠에 대해서 말이야. 자, 바른대로 대답해봐. 그게 너한테 도움이 될 거야."

"네, 바른대로 말하겠어요. 하지만 우리들을 버리지는 말아주세요. 실은…… 아저씨, 아저씨들은 앞에서 노를 저어 가세요. 저는 뒤에서 밧줄을 아저씨들한테 던질 테니까요. 그러면 아저씨들은 뗏목 옆에까지 오지 않아도 되니까요. 제발 부탁이에요."

"존, 어서 돌아가자!" 한 사람이 이렇게 말했다. 그리고 나머지 두 사람은 급히 보트를 뒤로 물리기 시작했다. "가까이 오면 안 돼, 얘야……. 바람목에 가 있으라고. 젠장, 그동안 바람을 타고 병균이 우리한테 오지나 않았는지 모르겠군. 네 아빠는 천연두에 걸린 거지? 너도 그걸 알고 있었지? 그런데도 왜 솔직하게 말하지 않았느냐? 넌 이 근처에 천연두를 퍼뜨릴 작정이냐?"

"그렇지만 저어," 나는 '울음'을 터뜨리면서 말했다. "지금까지 사람들한테 솔직히 말했어요. 그랬더니 모두들 우리를 버려둔 채 가버리더라고요."

"참 딱한 노릇이구나. 하지만 그것도 무리는 아니야. 안 된 일이긴 하지만 우리도 천연두는 딱 질색이거든. 그러니 혼자서 육지에 오르려고 해선 안 돼. 그러다간 모든 일이 수포로 돌아간다고. 여기서 20마일쯤 아래로 내려가면 왼쪽에 마을이 있을 게다. 거기에 가서 가족들이 감기에 걸려 고열로 누워 있다고 말해. 저어, 네 아빠는 돈이 몹시 궁할 거야. 이 판자 위에 20달러짜리 금화를 얹어 그쪽으로 떠내려 보낼 테니 받아둬. 너를 도와주지 못해 마음이 아프지만 어쩔 수 없어. 천연두를 상대할 수는 없는 일이니까. 내 말 알아듣겠니?"

"잠깐 기다려, 파커." 다른 사나이가 말했다.

"나도 20달러를 판자 위에 얹어놓겠어. 얘야, 잘 가거라. 그리고 파커 씨가 일러준 대로만 해야 한다."

"잘 가거라. 도망친 검둥이를 보거든 다른 사람의 도움을 받아서라도 꼭 붙잡아라. 그러면 많은 돈이 생길 테니까."

"안녕히 가세요. 도망친 검둥이를 보면 꼭 붙잡고 말겠어요."

두 사람은 돌아갔다. 그래서 나는 뗏목으로 돌아왔지만 마음이 무거웠다. 내가 한 일이 바르지 못하다는 걸 알았기 때문이다. 나는 잠시 여러 가지 일을 생각해본 다음 혼자서 이렇게 자문자답했다. 만일 내가 올바른 일을 한답시고 짐을 넘겨주었다면 내 마음이 지금보다 유쾌할까? 그럴 리가 없었다. 그렇다면 올바른 일을 하기는 어렵고 옳지 못한 일을 하기는 쉬운데, 받는 보수가 똑같다면 올바른 일을 무엇 때문에 한단 말인가? 여기서 나는 딱 막히고 말았다. 그래서 나는 이런 일에는 더 이상 신경을 쓰지 말고, 앞으로는 그때그때 편리한 대로 문제를 대처해 나가리라고 다짐했다.

오두막 안으로 들어왔으나 짐의 모습은 어디에도 보이지 않았다. 그래서 불러보았다.

"짐!"

"여기야, 헉. 그 녀석들은 갔어?"

짐은 고물에 달린 노에 매달려 물속에 몸을 담근 채 코만 내놓고 있었다. 그자들이 가버렸다고 하자 짐은 물에서 올라와 이렇게 말했다.

"조금 전에 네가 녀석들과 하는 이야기를 다 들었당께. 그래서 몰래 물속으로 들어갔지. 녀석들이 뗏목에 올라오면 기슭으로 도망쳤다가 녀석들이 떠나면 다시 헤엄쳐 돌아올 생각을 했지. 그런데 넌 멋지게 속여 넘겼다니께. 정말 멋진 수법이었어라. 덕분에 이 짐이 살아났당께. 짐은 평생 그걸 잊지 않을 거여."

그리고 우리는 그 돈에 관해서 이야기했다. 한 사람이 20달러씩 냈으니까 적은 수입은 아니었다. 짐은 이 돈만 있으면 증기선의 갑판손님이 될 수도 있고, 자유주에서 우리들이 가고 싶은 곳이라면 어디든지 떠날 수 있다고 했다. 그리고 앞으로 뗏목을 타고 20마일

이상 가는 건 어려운 일이 아니지만, 지금쯤 거기에 가 있다면 정말 좋을 것 같다고 말하기도 했다.

우리는 새벽녘에 뗏목을 멈추었는데, 짐은 뗏목을 감추는 일에 무척 신경을 썼다. 그런 다음 그는 갖가지 물건들을 챙긴 뒤 뗏목에서 내릴 준비를 했다.

그날 밤, 10시경에 우리는 멀리 하류 쪽에서 왼편으로 크게 굽이진 곳에 램프가 보이는 마을까지 왔다.

나는 이곳이 어딘지 물어볼 생각으로 카누를 저어갔다. 그리고 곧 강 위에서 보트를 타고 '주낙'을 놓고 있는 사나이를 발견했으므로 그에게 다가가서 물었다.

"아저씨, 저기가 카이로인가요?"

"카이로인지 아닌지 알고 싶으면 네가 직접 가서 물어봐. 그리고 여기서 30초 이내로 꺼져버려. 더 이상 방해를 했다간 따끔한 맛을 보여줄 테니."

나는 뗏목으로 돌아왔다. 짐이 몹시 실망하자 내가 "걱정할 필요 없어. 분명히 요 다음이 카이로일 거야." 하고 말했다. 언젠가 짐이 카이로 주변에는 높은 언덕 같은 게 없다고 말한 적이 있는데, 나는 그걸 깜박 잊고 있었던 것이다. 그날은 왼쪽 기슭의 가까운 모래톱 위에서 아무 일도 하지 않고 보냈는데 어쩐지 이상하다는 생각이 들어 짐에게 물어보았다.

"안개 낀 밤에 카이로를 지나쳐버린 게 아닐까?"

그러자 짐이 말해다.

"헉, 제발 그 이야기는 하지 말랑께. 불쌍한 검둥이에게는 운이란 게 없는 모양이여. 나는 그 방울뱀의 껍질을 만진 액운이 아직도 끝나지 않았다고 전부터 생각하고 있었당께."

"내가 뱀 껍질을 보지 않았더라면 좋았을 걸 그랬어, 짐."

"네 잘못이 아니여, 헉. 모르고 한 일이었잖어. 그런 걸 가지고 책망하지는 말랑께."

날이 밝은 다음 보았더니, 생각했던 대로 기슭 가까이는 오하이오의 맑은 물이 흐르고 있었고, 건너편에는 미시시피의 탁한 물이 흐르고 있었다. 이것으로 카이로 이야기는 물거품이 되고 말았다 (카이로는 오하이오 강과 미시시피 강의 합류점에 있었으므로, 합류점은 이미 지난 셈이다).

우리는 여러 가지로 의논해보았다. 기슭에 올라가 보았자 소용이 없을 것 같았고, 그렇다고 뗏목으로 강물을 거슬러 올라간다는 것도 불가능한 일이었다. 결국 어두워지기를 기다렸다가 카누로 되돌아가는 것을 시도해보는 수밖에 다른 방법이 없을 것 같았다. 그래서 일을 시작할 때 필요한 힘을 비축해 두기 위하여 낮 동안은 줄곧 고리버들 덤불 속에서 잠을 잤다. 그리고 어두워진 다음 뗏목이 있는 곳으로 가보았더니 카누가 흔적도 없이 사라진 것이었다.

우리는 한동안 말을 잇지 못했다. 말을 하려고 해도 말이 나오지 않았다. 우리는 또다시 그 뱀 껍질이 조화를 부렸다는 사실을 알고 있었지만, 그 말을 해보았자 아무 소용도 없는 일이었다.

한참 후에야 우리는 이대로 기도를 드리며 뗏목을 타고 내려가

다가 카누를 사서 그걸 타고 강을 거슬러 올라가는 수밖에 없다고 결론을 내렸다. 아빠 식으로 주위에 사람들이 없는 틈을 노렸다가 카누를 '실례' 하고 싶지는 않았다. 그런 짓을 하면 남에게 쫓김을 당하게 될지도 모르기 때문이었다.

그래서 우리는 어두워진 다음에 뗏목을 타고 떠났다.

그 뱀 껍질이 우리에게 계속 재난을 가져다주었다는 이야기를 읽고도 뱀 껍질의 조화를 믿지 않는 사람이 있다면, 앞으로의 이야기를 더 읽어보고, 우리가 그 후에도 얼마나 많은 재난을 겪게 되었는지를 알게 된다면 그 사실을 믿지 않을 수 없으리라.

카누 가게는 대부분 여러 개의 뗏목이 기슭에 매어져 있는 앞쪽에 있게 마련이다. 하지만 아무리 보아도 뗏목을 매어둔 곳을 찾을 수가 없었다. 그래서 우리는 세 시간 이상이나 그대로 떠내려갔다. 그런데 그날 밤부터 날씨가 뿌옇게 흐려오기 시작했다.

그것은 안개 다음으로 나쁜 것이었다. 강의 모양을 알아볼 수도 없고, 거리도 짐작할 수 없었다. 밤이 깊어지자 주위는 쥐 죽은 듯이 고요해졌다. 바로 그때 증기선이 강을 올라오고 있었다. 우리는 램프에 불을 켜서 배에서 그것을 볼 수 있도록 했다. 강을 올라오는 증기선은 우리 가까이 오지 않았다. 일부러 얕은 여울을 따라 올라오거나 모래톱 아래 흐름이 약한 곳을 택해서 올라오는 것 같았다. 게다가 이런 캄캄한 밤에는 강을 거슬러 수로를 맹렬히 돌진해 온다.

증기선이 올라오는 소리가 들렸지만 모습을 드러내기까지는 아주 오랜 시간이 걸렸다. 그런데 그것이 우리가 있는 쪽으로 곧장 올라오는 게 아닌가! 우리는 증기선이 뗏목에 부딪치지 않고 얼마나 가깝게 스쳐 지나갈 수 있는지를 시험해보는 일이 종종 있었다. 어떤 때는 때로는 타륜이 큰 노를 빼앗아가는 일도 있었는데 그럴 때는 기관사가 고개를 내밀면서 심술궂게 웃는 것이었다.

아무튼 어찌어찌하여 증기선 가까이까지 왔다. 우리는 뗏목 바로 옆을 스쳐 지나갈 것이라고 짐작했지만 증기선은 진로를 바꿀 기미가 보이지 않았다. 잠시 후 증기선은 위협적인 큰 몸집을 드러냈다. 즐비하게 열어젖혀진 기관실의 문은 마치 새빨갛게 불타는 이빨을 드러낸 것 같았다. 꼭 도깨비처럼 우리를 향해 외치는 듯한 소리도 들렸고, 기관을 끄라는 종소리도 울렸고, 수증기를 내뿜는 쉬 하는 소리를 내는 가운데 짐과 내가 각각 다른 방향으로 강물에 뛰어든 순간 배는 뗏목을 반으로 쪼개놓고 말았다.

나는 물속으로 잠수했는데, 거의 강바닥까지 잠수를 하였다. 직경 30피트의 타륜이 내 머리 위로 지나가야 했으므로 여유 있게 잠수해야만 했던 것이다. 잠수를 하는 동안 거의 심장이 터질 것 같았다. 증기선에 탄 녀석들은 뗏목에 타고 있는 사람 따위는 안중에도 없는 모양이었다. 그래서 또다시 물을 긁으면서 강을 거슬러 올라가 안개 속으로 모습을 감추었다.

나는 열두 번가량 짐의 이름을 불러보았지만 대답이 없었으므로 떠내려온 판자를 붙들고 그것을 앞으로 밀면서 기슭 쪽으로 헤엄쳐 갔다. 그런데 그곳의 물 흐름이 왼쪽 기슭을 향하고 있음을 알았다. 그렇다면 나는 교차점 안으로 들어와 있는 셈이었으므로 그쪽으로 헤엄쳐 갔다.

어쨌든 무사히 상륙해서 둑 위로 기어 올라갔다. 바로 눈앞밖에 보이지 않았지만, 울퉁불퉁한 곳을 손으로 더듬듯이 해서 4분의 1 마일 이상을 걸었다. 그러자 갑자기 큰 통나무로 고풍스럽게 지은 이층집이 나타났다. 나는 급히 그 앞을 지나가려고 하자 여러 마리의 개가 뛰쳐나와 마구 짖어대는 것이었다. 이럴 땐 한 발짝도 움직이지 않는 게 상책이었다.

제 17 장

30초쯤 지나자 누군가의 말소리가 들려왔다.

"그만 짖거라! 거기 있는 게 누구냐?"

내가 대답했다.

"나예요."

"나라니! 나가 누구지?"

"조지 잭슨입니다."

"한데 무슨 일이야?"

"이 집 앞을 지나가려고 하는데 개들이 보내주질 않아서요."

"뭐라고? 이 밤중에 뭣 때문에 이 근처를 어슬렁대고 있는 거지?"

"어슬렁대는 게 아니에요. 증기선에서 떨어졌어요."

"아, 그래? 누가 불 좀 켜봐라. 이름이 뭐랬지?"

"조지 잭슨요. 저는 아직 어린이예요."

"그게 정말이라면 무서워할 필욘 없다. 아무도 너한테 해코지 하지는 않을 테니까. 하지만 움직이진 말거라. 누가 가서 봅과 톰을 깨워라. 그리고 총을 가지고 와. 조지 잭슨, 동행은?"

"저 혼자예요."

이때 집 안에서 사람이 움직이는 소리가 들리며 불이 켜졌다. 그리고 조금 전의 목소리 주인공이 소리를 질렀다.

"이 바보 같은 녀석, 불은 저쪽으로 가지고 가. 벳시, 넌 그렇게도 생각이 없니? 출입문 뒤 마룻바닥에 놓아둬. 봅, 너와 톰은 준비가 끝나면 자기 위치에 가 있어."

"준비 완료입니다."

"자, 그럼 조지 잭슨. 넌 세퍼드슨네 사람들을 알고 있지?"

"아뇨! 들은 적도 없는걸요."

"응, 그럴지도 모르지. 하지만 그렇지 않을지도 몰라. 자아, 준비는 됐어. 조지 잭슨, 앞으로 천천히 걸어와. 누군가 동행이 있으면 뒤에 남겨놓고. 그 녀석이 따라오면 쏴버릴 테니까. 문은 네 손으로 직접 열어."

나는 서두르지 않았다. 서두르고 싶어도 서두를 수가 없었다.

한 발 한 발 천천히 걸음을 옮겼는데, 너무나 조용해서 심장이 뛰는 소리가 들릴 정도였다. 개들도 사람과 마찬가지로 소리를 내지 않고 내 뒤를 따라왔다. 집 앞에 3단의 통나무 계단이 있었는데, 거기까지 가자 안에서 빗장을 뽑고 고리를 푸는 소리가 들렸다. 그래서 나는 문을 천천히 안으로 밀었다. 그러자 누군가가, "좋아, 이젠 됐어. 얼굴을 내밀어." 하고 말했다. 나는 시키는 대로 했지만, 목이 잘리는 게 아닌가 싶을 정도로 겁이 났다.

마룻바닥에 촛불이 놓여 있었는데, 15초쯤 우리는 서로를 바라보았다. 세 사나이가 모두 총부리를 나에게 향하고 있었으므로 정말 겁이 났다. 나이가 가장 많은 사람은 60살쯤 되어 보였다. 머리는 백발이었고, 다른 두 사람은 30이 조금 넘어 보였는데, 모두 미남이었다. 그리고 아주 품위가 있어 보이는 노부인과 젊은 여자 두 사람이 있었는데, 그녀들의 모습은 확실히 보이지 않았다.

나이 많은 신사가 말했다.

"좋아. 문제는 안 될 것 같군. 들어와."

내가 안으로 들어가자 곧 그 노신사가 문을 잠그고 빗장을 걸었다. 그리고 젊은 두 사람에게 총을 가지고 안으로 들어가라고 했으므로, 그들은 모두 바닥에 융단을 깐 객실로 들어가, 정면의 창문으로는 보이지 않는 구석에 가서 섰다. 그들은 촛불을 들고 나를 자세히 들여다보더니, "이 앤 셰퍼드슨네 아이가 아니에요. 셰퍼드슨하곤 전혀 닮지 않았어요." 하고 말했다. 그러자 노신사는, "무기를 가졌나 찾아볼 테니 기분 나쁘게 생각진 마라." 고 하면서

내 옷 위로 두 손을 대고 대충 훑어보더니 됐다고 했다. 그런 다음 나를 안심시킨 뒤 내 신상에 관해 말하라고 했다. 그때 노부인이 끼어들었다.

"이봐요, 솔! 그건 안 돼요. 이 아이는 가엾게도 물에 흠뻑 젖어 있잖아요. 게다가 배도 고플 거예요."

"어, 그렇군! 레이철, 내가 깜빡 잊고 있었소."

그러자 노부인이 말했다.

"벳시. 어서 이 아이에게 뭔가 먹을 것을 갖다 줘. 쯧쯧, 가엾기도 해라. 그리고 너희들(다른 여자들한테) 중의 누가 가서 벅을 깨워 이렇게 일러라. 이 꼬마 손님을 데리고 가서 젖은 옷을 벗기고 자기 옷으로 갈아입히라고."

벅은 키는 나보다 좀 큰 편이었지만 나이는 나와 비슷한 열서너 살쯤 되어 보였다. 옷은 잠옷 윗도리 하나밖에 입지 않았고, 곱슬머리를 하고 있었다. 그는 하품을 하면서 한쪽 주먹으로 눈을 비비며 들어왔는데, 다른 한 손에는 총을 들고 있었다.

"세퍼드슨네 녀석들이 온 게 아닌가요?" 그가 말했다.

그러자 단지 세퍼드슨네 녀석들이 온 것인지도 몰라서 울린 경보였다고 했다. 그러자 그 아이가 말했다.

"정말 왔더라면 한 놈쯤 해치웠을 텐데 안 됐군."

모두 웃음을 터뜨리자 봅이 말했다.

"이봐 벅, 하마터면 녀석들에게 머리 껍질을 벗길 뻔했어. 네가 이렇게 늦게 와서 말이야."

"하지만 아무도 나를 불러주지 않았잖아요. 너무들 했어요. 나도 한몫 하고 싶었는데, 솜씨를 보여줄 기회를 주지 않았잖아요?"

"걱정할 것 없어." 노신사가 말했다. "앞으로 기회는 얼마든지 있으니까. 자, 어서 가서 엄마가 시킨 일을 해."

내가 그 아이의 방으로 따라 들어가자, 그 아이가 나에게 올이 굵은 실로 짠 셔츠와 짧은 윗도리와 바지를 내주었으므로 나는 그 옷으로 갈아입었다. 옷을 갈아입는 동안 그 아이가 내 이름을 물었는데, 내가 채 대답도 하기 전에 녀석은 전전날 숲 속에서 잡은 어치와 새끼토끼 이야기를 하기 시작했다. 그리고 촛불이 꺼졌을 때, 모세는 어디에 있었겠느냐고 물었다. 나는 모른다고 대답했다. 그런 말을 나는 들은 적이 없기 때문이다.

"자아, 맞춰봐." 녀석이 말했다.

"지금까지 그런 이야기를 들어본 적이 없는데 어떻게 맞춘단 말이니?" 내가 말했다.

"아무튼 맞춰봐. 아주 쉬운 거니까."

"그런데 무슨 양초지?" 내가 물었다.

"그거야 네가 알 바 아니야."

"그렇다면 모세가 어디에 있었는지도 알 수 없을걸. 도대체 어디에 있었다는 거야?"

"어둠 속에 있었지. 어둠 속 말고 어디 있었겠어?"

"다 알고 있으면서 뭣 때문에 그런 걸 묻니?"

"참 바보 같은 소릴 하는군. 이게 수수께끼라는 거야. 그것도 몰라? 그런데 넌 언제까지 여기 있게 되는 거니? 오랫동안 있어줘. 여긴 정말 재미있어. 게다가 아직은 학교도 없어. 넌 개를 가지고 있니? 난 한 마리 갖고 있어. 강물에 나무토막을 던지면 뛰어들어 물고 오지. 넌 일요일에 머리 빗는 일 따위를 좋아하니? 그런 바보 같은 짓 말이야. 한데 우리 엄마는 그걸 꼭 시키려고 한단 말이야. 제기랄! 이 헌 바지는 제발 구멍이 났으면 좋겠어. 난 더워서 싫어. 이제 끝났니? 좋아, 그럼 날 따라와."

식은 옥수수빵과 찬 콘비프와 버터와 버터밀크가 아래층에서 우리를 기다리고 있었는데, 나는 그렇게 맛있는 음식은 그때까지 구경한 일조차 없었다. 벅과 녀석의 엄마와 그 밖의 다른 사람들은 옥수수 속대로 만든 파이프로 담배를 피우고 있었는데, 검둥이 여자는 그 자리에 없었고, 젊은 두 여자는 피우지 않았다. 젊은 여자들은 누비 침대 커버로 몸을 감싸고 머리는 등 뒤로 늘어뜨리고 있었다. 모두들 나에게 온갖 질문을 해댔으므로 나는 그들의 질문에 대답해주었다. 대충 이런 얘기들을.

'아빠랑 나를 비롯해 우리 가족은 아칸소의 맨 아래쪽에 있는 작은 농장에서 살았다. 그런데 누나인 메리 앤이 집을 뛰쳐나가 결혼한 후로는 소식이 끊어져 빌이 찾으러 나섰지만 빌도 그 길로 소식이 두절되었다. 톰과 모트가 죽는 바람에 아빠와 나밖에 남지 않았는데, 가난으로 몹시 고생하던 끝에 결국 아빠도 돌아가시고 말았다. 이젠 농장도 우리 것이 아니었으므로, 나는 남은 물건을 챙겨가지고 갑판에 타는 삼등표로 강을 올라오다가 그만 배에서 떨어져 여기까지 오게 된 것이다' 고.

그랬더니 모두들 이곳을 내 집처럼 생각하고, 편안하게 머물라고 했다. 새벽녘이 가까워져서 모두 잠자리에 들자, 나도 벅과 함께 잤다. 그런데 아침에 눈을 떴을 때 그만 내 이름을 잊어버리고 말았다. 그래서 나는 한 시간쯤 누운 채 이름을 생각해내려고 끙끙거렸는데, 마침 벅이 눈을 떴으므로 그에게 말했다.

"벅, 넌 글씨를 쓸 줄 아니?"

"그럼, 쓸 줄 알고말고."

"내 이름은 못 쓸 거야."

"바보 같은 소리, 못 쓰긴 왜 못 써?"

"그럼, 어디 써봐."

"G-e-o-r-g-eJ-a-x-o-n-자, 어때?" 녀석이 말했다.

"역시 쓸 줄 아는군. 난 못 쓸 줄 알았는데. 아무나 쓸 수 있는 이름은 아니니까 말이야. 공부를 하지 않은 사람은 쓰기 힘들지." 내가 말했다.

나는 슬쩍 그것을 적어두었다. 다음번에 누가 나보고 이름을 써 달라고 할지도 모르는 일이었고, 그럴 때는 늘 써왔던 것처럼 익숙하게 써 보이고 싶었기 때문이다.

이곳 사람들은 다 좋은 사람들뿐이었고, 집도 멋졌다. 시골에서 이렇게 근사한 집을 보기는 처음이었다. 현관문도 쇠고리나 사슴가죽 끈을 단 나무고리가 아니었다. 도회지의 집들처럼 놋쇠 손잡이를 돌리도록 되어 있었다. 객실에는 침대 같은 건 없었다. 그리고 바닥을 벽돌로 쌓은 큰 난로가 있었는데, 그 벽돌도 물로 말끔히 씻은 뒤 다른 벽돌로 문질러 씻어 늘 깨끗한 빨간색을 띠고 있었다. 때로는 스페인 갈색이라고 부르는 붉은 수성 페인트로 씻어낼 때도 있었다. 그리고 놋쇠로 만든 큰 장작통은 목재용 통나무를 올려놓아도 끄떡없을 정도였다. 벽난로 위의 선반 한가운데에는 시계가 놓여 있었는데, 시계의 정면 유리 하반부엔 도시의 그림이 그려져 있고, 그 한가운데의 둥근 부분은 태양처럼 되어 있었다. 이 시계의 똑딱똑딱하는 소리는 정말 듣기가 좋았다. 가끔 행상인이 와서 시계를 깨끗이 청소하고 시간을 맞추는 경우에는, 태엽이 다 풀릴 때까지 150번이나 계속해서 칠 때도 있었다. 이 집에 사는 사람들은 아무리 돈을 많이 준다고 해도 이것만은 팔지 않을 것 같다는 생각이 들었다.

이 시계 양쪽에는 그림물감을 칠한 석고로 만들어진 멋진 이국풍의 앵무새 한 마리가 놓여 있었고, 그 옆엔 한쪽에는 도제 고양이, 또 한쪽에는 개가 놓여 있었다. 그것들을 누르면 끼익끼익 하는 소리를 냈다. 이들 뒤에는 야생 칠면조 깃털로 만든 큰 부채 두 개가 펼쳐져 있었다. 그리고 방 한가운데의 테이블 위에는 예쁜 도제 바구니 같은 것이 놓여 있고, 그 안에는 사과며 귤, 복숭아와 포도가 수북하게 담겨 있었다. 그것들은 진짜보다 더 빨갛고 노랗게 보여 아름답긴 했지만, 흠이 있다면 색깔이 벗겨진 곳에 석고 같은 것이 드러나보여 진짜가 아님을 알 수 있다는 점이었다.

이 테이블에는 깨끗한 유포(流布)로 만든 테이블보가 씌워져 있었는데, 거기에는 날개를 펼친 독수리가 빨강과 파란색의 그림물감으로 그려져 있고, 가장자리에도 그림이 그려져 있었다. 이것은 필라델피아에서 가지고 온 것이라고 했다. 그리고 이 테이블에는 책이 몇 권 깨끗이 포개어져 있었다. 그중에는 삽화가 많이 들어 있는 가정용 성서도 있고, 무슨 까닭에서인지 모르지만 가출한 사나이에 대한 『천로역정』이라는 책도 있었다. 나는 그 책을 몇 번 읽은 일이 있다. 이야기는 재미있었지만 좀 어려웠다. 그리고 훌륭한 문구와 시로 가득 찬 『우정의 선물』이라는 것도 있었지만, 나는 시는 읽지 않았다. 그 밖에도 헨리 클레이의 연설집도 있었고, 건 박사의 『가정 의학』이라는 책도 있었다. 거기에는 병에 걸리거나 죽었을 경우에 해야 할 일들이 자세하게 씌어 있었다. 그리고 찬송가와 그 밖의 다른 책들이 잔뜩 있었다. 또한 등나무로 만든 훌륭한 의자도 몇 개 있었는데, 가운데가 바구니처럼 움푹 들어간 것이 아니라 새것이었다.

벽에는 그림이 걸려 있었다. 워싱톤과 라파예트, 그리고 전쟁 그림과 하일랜드 메리의 그림과 〈독립 선언문의 서명〉 따위가 그것이다. 크레용으로 그린 그림도 몇 장 있었지만, 그것은 이미 세상을 떠난 이 집 딸이 15세 때 그린 자화상이라고 했다. 그 그림은 내가 지금까지 보아온 어떤 그림보다도 특별한 것이었는데, 대체적으로 조금 어두웠다. 하나는 겨드랑이 밑을 벨트로 잘록하게 졸라맨 날씬한 검은 드레스를 입은 여자의 그림인데, 소매 한가운데가 양배추처럼 부풀어 있고, 삽 같은 모양의 밀짚모자에 크고 검은 보닛을 쓰고 있었다. 희고 가느다란 발목에는 검은 테이프가 열십자 모양으로 감겨 있고, 마치 끌처럼 작은 검정색 구두를 신고 있었다. 그런 모습으로 가지가 축 늘어진 버드나무 밑에 서서 한 손은 묘석 위에 올려놓고, 다른 한 손은 손수건과 백을 들고 있었다. 그림 밑에는, 「아, 가엾어라, 다시는 너를 볼 수 없다니!」라는 문구가 씌어져 있었다.

다른 하나는 머리카락을 모두 올리고 그것을 마치 의자의 등받이처럼 빗으로 매듭지어 묶은 젊은 귀부인의 그림이었는데, 그 부인은 손수건을 얼굴에 대고 울고 있었다. 그리고 한쪽 손에는 발을 위로 향한 채 죽은 새가 쥐어 있었다. 그 그림 밑에는, 「아, 가엾어라, 너의 아름다운 노랫소리를 다시는 들을 수 없다니!」라는 글이 씌어 있었다.

그리고 젊은 귀부인이 창가에서 달을 바라보는 그림도 있었다. 뺨에는 눈물이 흘러내리고, 한 손에는 밀봉을 뜯은 편지를 들고 있었는데, 네모진 봉투의 가장자리에는 검은 밀랍이 보였다. 그리고 입에는 쇠줄을 물고 있었다. 그 그림 밑에는, 「아, 가엾어라, 그대로 정녕 가버렸는가? 하지만 여기 있도다!」라는 글이 씌어 있었다. 이 그림들은 모두 좋은 그림이라는 생각이 들었지만 왠지 마음이 끌리지는 않았다. 기분이 우울할 때 이런 그림을 보면 마음이 더 언짢아질 것 같았기 때문이다. 이 처녀의 죽음이 그들 가족에게는 이루 말할 수 없는 슬픔을 안겨준 것 같았다. 그도 그럴 것이 이 처녀는 앞으로도 이런 그림을 얼마든지 더 그릴 수 있었을 것이고, 지금까지 그린 것으로 보아 그들이 얼마나 귀중한 것을 잃었는지 누가 봐도 알 수 있었기 때문이다.

하지만 나는 '이런 성격을 지닌 처녀라면 차라리 무덤 속에 있는 편이 더 낫지 않을까' 라는 생각이 들었다. 병에 걸렸을 때 그리기 시작한 그림이 있었는데, 가족들의 말로는 그 그림이 가장 훌륭한 그림이라는 거였다. 처녀는 그 그림이 완성될 때까지만 살게 해 달라고 매일같이 기도를 드렸지만, 그 기원은 이뤄지지 않았다고 한다. 그것은 길고 흰 드레스를 입은 젊은 여자가 다리의 난간 위에 서서 당장이라도 물속으로 뛰어들 것 같은 그림이었다. 머리카락은 모두 등 뒤로 늘어뜨리고 시선은 달을 향한 채 얼굴엔 눈물이 흐르고 있었고, 두 팔은 가슴 위로 모으고 있었다. 또 다른 두 팔은 앞으로 내밀고 있고, 다른 두 팔은 달을 향해 뻗쳐 있었다. 즉, 그중의 어떤 팔이 가장 어울리게 보일는지 일단 시도해본 다음, 가장 마음에 드는 모습이 결정되면 나머지 팔은 전부 지워버릴 작정이었던 것 같았다. 그런데 조금 전에도 말한 것처럼 처녀는 어느 것이 좋을지 결정하기 전에 죽은 모양이었다. 그래서 지금은 그 그림을 딸이 쓰던 방 침대 위에 걸어놓은 것이다. 딸의 생일날이 돌아올 때마다 그 위에 꽃을 걸어놓는 모양이었다. 이 그림 속의 젊은 여자는 나름대로 상냥하고 귀여운 얼굴을 하고 있었지만 너무 팔이 많아서 거미 같은 인상을 주었다.

이 아가씨는 살아 있을 때 스크랩북을 만들어, 〈장로교회 신보〉에서 사망 기사나 부상 기사, 병으로 고생한다는 기사 따위를 오려

내어 모아둔 모양이었다. 그리고 그 하나하나에 자기 머리로 짜낸 시를 써 넣었다. 아주 훌륭한 시였다. 우물에 떨어져 죽은 스티븐 다울링 보츠라는 사내아이에 관해서 쓴 시는 이런 것이었다.

고(故) 스티븐 다울링 보츠에게 바치는 송시

젊은 스티븐은 병들었는가?
젊은 스티븐은 세상을 떠났는가?
슬픔에 젖은 사람들이 모여들었는가?
애도하는 사람들은 눈물을 뿌렸는가?

아니, 그렇지 않았도다, 젊은 스티븐의
운명은 그런 것이 아니었다.
슬퍼하는 사람들이 모여든 것은
병 때문이 아니었다.

그의 육체적 고통은 백일해 때문도 아니었고
홍역으로 인한 반점 탓도 아니었다.
오오, 스티븐 다울링 보츠,
그 성스런 이름을 더럽힌 것은 병이 아니었도다.

곱슬머리를 아프게 한 것은

깨진 사랑에서 오는 슬픔 때문도 아니었다.
젊은 스티븐 다울링 보츠는
위가 나빠 쓰러진 것도 아니었다.

그러면 눈물을 머금고 귀를 기울여라,
내가 말하려는 그의 운명을.
그 영혼은 우물에 빠져서
차디찬 이승을 떠났다.

건져내어 물을 토하게 해도
아아, 때는 이미 늦었나니
그 영혼은 하늘나라로 드높이 사라졌노라.
착한 사람들이 사는 나라에서 살기 위하여.

에멀린 그레인저포드가 14살이 채 되기 전에 이런 시를 쓴 걸 보면 만일 그녀가 좀 더 오래 살았다면 훨씬 더 많은 시를 썼을 것이 틀림없다. 벅의 말로는 이 같은 시는 전혀 어렵게 쓴 것이 아니라 단번에 써내려갔다고 한다. 그리고 운에 맞는 시구가 머리에 떠오르지 않으면, 다른 줄을 단숨에 고쳐 썼다고 한다. 에멀린은 소재의 선택이 별로 까다롭지도 않아서, 가엾고 슬픈 일이기만 하면 무엇이든지 써주었다고 한다.

누군가 사람이 죽으면 남녀노소를 가리지 않고 죽은 사람의 몸이 채 식기도 전에, 헌사를 지어 가지고 그 집으로 갔다는 것이다. 이웃 사람들의 말로는 맨 첫 번째가 의사, 두 번째가 에멀린, 세 번째가 장의사였다고 한다. 불쌍한 에멀린. 그녀의 그림이 마음에 걸려, 그녀의 일로 기분이 언짢을 때면 나는 전에 그녀가 쓰던 위층 방으로 올라가 예의 그 스크랩북을 꺼내어 읽곤 했다.

이 집 사람들은 죽은 여자의 모든 걸 다 좋아해서, 서로가 미묘한 기분으로 정을 붙이며 살아가고 있는 듯했다. 그러나 불공평하기 그지없게도 에멀린은 살아 있는 동안 수많은 죽은 사람들에게 시를 바쳤지만 막상 자신이 죽었을 때는 아무도 헌사를 써주지 않았다고 한다. 그래서 내가 한두 편 써주려고 해봤지만 뜻대로 되지 않았다.

에멀린의 방은 소중하게 관리되고 있었기 때문에, 방 안에 있는 물건들은 그녀가 살아 있을 때와 다름없이 모두 제자리에 깨끗이 정돈되어 있었다. 그리고 그 방에서는 아무도 자지 않았다. 집 안에 검둥이들이 많이 있었지만, 이 방만은 주인아줌마가 손수 치웠으며, 그 방에서 바느질을 하기도 하고 성서를 읽기도 했다.

이 집은 두 채로 된 연립 가옥으로, 집과 집 사이에는 마루가 깔려 있고, 그 위에는 지붕이 덮여 있어 가끔 거기서 식사를 할 때가 있었는데, 식사 장소로는 그만이었다. 게다가 맛있는 요리가 넉넉히 있었으므로 아무 부족함이 없었다.

제 18 장

그레인저포드 대령은 어느 모로 보나 훌륭한 신사였으며, 그 가족들도 마찬가지였다. 그는 사람들이 흔히 말하는 명문가 태생이었는데, 명문가 태생이란 말(馬)과 마찬가지로 혈통이 매우 중요하다고 더글러스 과부댁이 말한 적이 있다. 그리고 과부댁이 우리 마을에서 가장 명문가 출신이라는 건 마을 사람들이 다 인정하는 사실이었다. 우리 아빠도 가끔 그런 말을 했다. 자신은 메기만도 못한 위인이면서도 말이다.

그레인저포드 대령은 키가 훤칠한 사나이였는데, 얼굴은 야위고 핏기가 없어 항상 창백했다. 그의 깡마른 얼굴은 매일 아침 면도를 했기 때문에 깨끗했다. 입술은 더할 나위 없이 얇고 코는 오똑하고 날렵했다. 검은 눈썹 아래의 눈은 아주 검었으며, 지나치게 움푹 들어가 있어서 마치 동굴 속에서 내다보고 있는 느낌이었다. 이마는 넓고, 부드러운 검은 머리카락이 어깨까지 늘어져 있었다. 옷은 머리끝에서 발끝까지 흠 잡을 데라곤 한 군데도 찾아볼 수가 없었는데, 리넨으로 만들어진 옷은 어찌나 희지 눈이 부실 정도였다. 일요일에는 빛나는 놋쇠 단추가 달린 푸른 연미복을 입었다.

그리고 은 손잡이가 달린 마호가니 지팡이를 짚고 다녔는데 몹시 친절하고 신뢰감을 주는 외모를 하고 있었다. 어쩌다가 웃을 때엔, 그 웃는 모습이 아주 보기 좋았다. 그러나 국기 게양대처럼 몸을 꼿꼿이 펴고 눈썹 아래의 눈이 번갯불처럼 번쩍이면 두려움 때문에 당장 나무 위로 도망치고 싶어지게끔 했다. 대령은 다른 사람에게 행실을 똑바로 하라는 말 따위는 하지 않았지만 대령 앞에 서면 누구든지 몸가짐이 단정해졌다. 그리고 거의 모든 사람들이 대령과 가까이하고 싶어 했다.

이 대령 부부가 아침에 위층에서 내려오면 가족들은 모두 의자에서 일어나 아침 인사를 하고, 두 사람이 앉은 다음에 앉았다. 그리고 톰과 봅이 술병이 놓여 있는 찬장으로 가서 술을 한 잔 만들어 대령에게 건네주었다. 그러면 대령은 그것을 들고 톰과 봅이 자기들의 것을 만들 때까지 기다렸다. 그들의 술이 준비되면 두 사람은 고개를 숙이고, "아버님과 어머님께 자식으로서의 의무를 다하겠습니다."라고 말했다. 그러면 대령 부부는 "고맙다."고 대답했다. 그러고는 세 사람이 똑같이 그것을 마셨다. 그리고 봅과 톰이 컵 바닥에 남은 설탕이며 위스키, 애플 브랜디에 물을 섞어서 나와 벅에게 주었는데, 우리들도 노부부를 위하여 건배를 했다.

봅이 가장 맏이이고 그 다음이 톰이었는데, 둘 다 큰 키에 어깨가 딱 벌어지고, 햇볕에 그은 얼굴과 검은 머리카락에 검은 눈을 가진 멋진 사나이들이었다.

그리고 미스 샬롯이라는 스물다섯 살짜리 미모의 여자가 있었는데, 키가 크고 기품이 있어보였다. 평소에는 상냥한 여자였지만, 한번 화를 내면 아빠와 마찬가지로 이쪽에서 힐끗 눈이 마주치기만 해도 저절로 몸이 움츠러들었다.

그녀의 동생인 미스 소피아도 미인이었지만, 서로 개성이 달랐다. 그녀는 비둘기처럼 다정하고 상냥하고 귀여웠으며, 나이는 스무 살이었다.

그들 가족에게는 한 사람 한 사람마다 모두 시중을 드는 검둥이가 딸려 있었는데, 벅에게까지도 시중 드는 검둥이가 있었다. 내 시중을 드는 검둥이와는 아주 편하게 지냈다. 내가 남의 시중을 받는 일에 익숙하지 않았기 때문이다. 하지만 벅의 검둥이는 쉴 새 없이 움직여야 했다.

당시의 가족은 이것이 전부지만 전에는 아들 셋이 더 있었다고 했다. 그러나 모두 피살되었고, 에멀린은 죽고 없었다.

대령은 농장을 많이 가지고 있었고, 검둥이 수도 백 명이 넘었다. 가끔 10마일이나 15마일 떨어진 곳에서 많은 사람들이 찾아왔다가 5, 6일 묵고 갈 때도 있었다. 그럴 때에는 집 부근이나 큰 강가로 피크닉을 가서 낮 동안은 숲 속에서 춤과 산책을 즐기다가 밤에는 집 안에서 무도회를 가졌다. 찾아오는 사람들은 대개가 친척들로 남자들은 총을 갖고 있었으며, 신분이 높은 훌륭한 사람들뿐이었다.

그 근처엔 세퍼드슨이라는 신분이 높은 또 하나의 명문가가 있었는데, 5,6세대의 친척들이 한데 모여 살고 있었다. 이 집안도 그레인저포드 집안 찜쪄 먹게 품위가 있고, 전통도 있고, 돈도 많았다.

어느 날 벅과 내가 집에서 멀리 떨어진 숲 속에서 사냥을 하고 있을 때, 말발굽 소리가 들려왔다. 우리는 마침 강을 건너려던 참이었는데 갑자기 벅이 말했다.

"빨리 숲 속으로 숨어!"

우리는 급히 숲 속으로 뛰어들어, 나뭇잎 사이로 건너편을 내다보았다. 잠시 후 멋지게 생긴 한 청년이 말을 타고 이쪽 길로 달려왔다. 말을 능숙하게 다루는 품이 마치 군인 같았다. 그는 총을 안장머리에 가로로 걸쳐놓고 있었는데, 전에도 본 일이 있는 하니 세퍼드슨이라는 청년이었다. 잠시 후 벅의 총이 땅 하고 터지자마자 하니의 모자가 떨어졌다. 하니는 재빨리 총을 움켜쥐더니 곧장 우리가 숨어 있는 곳으로 말을 달려왔다. 그래서 우리는 미친 듯 숲 속으로 뛰었다. 숲 속에는 나무가 많지 않았으므로, 나는 총알을 피해 어깨 너머로 뒤를 돌아다보았는데, 하니의 총이 벅을 겨누는 것을 두 번 보았다. 얼마 후, 하니는 모자를 주우려는지 되돌아갔다. 하지만 모자를 줍는 모습을 보지는 못했다. 우리는 집까지 계속해서 뛰었다. 우리를 보고 대령은 처음에는 눈빛을 빛냈으나 금방 침착한 얼굴이 되어 부드럽게 말했다.

"나무 뒤에서 쏜 건 못마땅하군. 어째서 길 한가운데로 나가서 쏘지 못하지, 벅?"

"아빠, 세프드슨네 녀석들도 그렇게는 하지 않았어요. 녀석들은 늘 틈을 노리는걸요."

샬롯 아가씨는 벅의 이야기를 들으면서 마치 여왕처럼 고개를 쳐들고 코를 벌름거렸다. 장성한 두 아들은 무서운 표정을 지었지만 아무 말도 하지 않았다. 그러나 소피아 아가씨만은 얼굴이 새파랗게 질려 있었다. 하지만 하니가 아무 데도 다치지 않았다는 것을 알자 다시 본래의 모습을 되찾았다.

나는 나무 아래에 있는 옥수수 창고 옆으로 벅을 데리고 가서 다그치듯이 물었다.

"이봐, 벅! 넌 그 사람을 정말 죽이려고 했어?"

"그야 물론이지."

"그 사람이 너에게 무슨 짓을 했기에 그래?"

"이유는 없어. 다만 원한이 있기 때문이야."

"그 원한이란 게 뭔데?"

"이봐, 넌 어디서 자랐기에 원한이란 것도 모르니?"

"처음 듣는 말이니까 모를 수밖에. 원한이란 게 뭐지?"

"저, 원한이란 건 말이야." 벅이 말했다. "어떤 사람이 다른 사람과 싸움을 해서 상대방을 죽이게 됐을 경우 죽은 사람의 형제가 다시 그 사람을 죽이게 되지. 그렇게 되면 양쪽 형제들이 서로 상대방 형제들을 죽이려 들 거란 말이야. 거기에 이번에는 사촌 형제들까지 끼어들지. 이런 식으로 해서 마지막에는 모든 사람이 죽게 돼. 그러면 원한이고 뭐고 다 없어지게 되지만, 그것이 그렇게 쉽게 끝나지는 않고 오랜 시간이 걸려."

"너의 원한도 오랫동안 계속돼온 거냐, 벅?"

"난 자세히는 몰라. 30년쯤 전에 시작된 거야. 무슨 일로 충돌이 생겨서 그 결말을 짓기 위한 소송이 있었는데, 재판에서 한쪽이 졌지. 그러자 진 쪽의 사나이가 이긴 쪽 사나이를 총으로 쏴 죽인 거야. 그 사람으로서는 물론 당연한 일이었지. 누구라도 그렇게 했을 테니까."

"충돌이라니! 무슨 일로 충돌이 생겼지, 벅? 토지 때문인가?"

"아마 그럴 거야. 정확히는 잘 모르지만."

"그럼 어느 쪽에서 쏜 거야? 그레인저포드네 사람이니? 아니면 셰퍼드슨네 사람이니?"

"그걸 내가 어떻게 알아? 옛날 일인데."

"아무도 모른단 말이야?"

"그야 아빠는 알고 계시겠지. 그리고 다른 나이 많은 어른들 가운데 몇 사람도. 하지만 그 사람들도 맨 처음 무슨 일이 있었는지는 모를 거야."

"지금까지 많은 사람이 죽었니, 벅?"

"장례식이 끊일 날이 없었대. 하지만 늘 죽는 건 아니었어. 우리 아빠만 해도 큰 산탄이 여러 발 몸에 박혀 있어. 그래도 끄떡없어. 몸이 가벼운 사람이니까. 봅만 해도 여러 군데 칼에 찔렸고, 톰도 한두 번 부상을 당한 적이 있어."

"금년에 죽은 사람은 없니, 벅?"

"응, 이쪽에서 한 사람 해치웠고, 저쪽에서도 한 사람 죽였지. 지금부터 석 달 전인데, 버드라고 하는 열네 살 된 내 사촌동생이야.

그 아이가 강 건너편의 숲 속을 말을 타고 지나갔는데, 글쎄 총을 안 가지고 있었지 뭐냐. 어리석었지. 그런데 인적이 드문 곳에 왔을 때, 뒤에서 말발굽 소리가 들려 버드가 돌아보니 볼디 세퍼드슨 영감이 백발을 휘날리면서 총을 들고 쫓아온 거였어. 그런데 버드는 미련하게도 말을 몰아 도망친 거야. 그렇게 두 사람이 모두 50마일 이상이나 같은 거리를 유지하면서 달렸는데, 점차 영감 쪽이 따라붙기 시작했지. 마지막에는 버드도 더 이상 도망칠 수 없다는 걸 깨닫고 말을 세우고 홱 방향을 바꾸었어. 이왕이면 정면에서 총알을 받기 위해서였지. 그리고 그 영감은 미친 듯 버드를 뒤따라와서 죽인 거야. 하지만 그 영감도 자기의 행운을 오랫동안 기뻐할 수는 없었지. 1주일도 채 안 돼서 우리 쪽 사람들이 그 영감을 죽이고 말았으니까."

"그 영감은 비겁한 인간이었군, 벅."

"천만에, 비겁자라니! 세퍼드슨 집안에 비겁한 인간은 단 한 명도 없어. 그것은 우리 그레인저포드 집안도 마찬가지지만. 언젠가 그 영감은 그레인저포드네 사람들을 상대하여 30분 이상이나 버티다가 이긴 적이 있지. 이쪽에서는 말을 타고 있었는데, 영감은 재빨리 말에서 내려 작은 장작더미 뒤로 돌아가 총알을 피한 거야. 그런데 그레인저포드네 사람들은 말을 탄 채 영감 주위를 뛰어다니면서 총을 빵빵 쏘았지. 영감도 적에 대항해서 총을 마구 쏘았어. 영감과 말이 총을 여러 군데 맞고 다리를 질질 끌면서 겨우 집으로 달아났지만, 그레인저포드네 사람들은 남의 등에 업혀서 돌아왔을 정도였어. 그리고 한 사람은 그날 죽고, 또 한 사람은 이튿날 죽었지. 그래, 세퍼드슨 집안에서 비겁자를 찾는다는 건 어리석은 일이야. 세퍼드슨 집안에서 비겁자는 아예 태어나지도 않았으니까."

다음날 일요일, 우리는 모두 말을 타고 3마일쯤 떨어진 곳에 있는 교회로 갔다. 사나이들은 총을 휴대했고, 벅도 가지고 갔다. 그리고 교회에서는 총을 무릎 사이에 끼우거나 가까운 벽에 세워 놓거나 했다. 세퍼드슨네 사람들도 마찬가지였다. 설교는 언제나 비슷한 내용으로, 동포애가 어쨌다느니 하는 지루한 이야기뿐이었다. 하지만 사람들은 그것을 훌륭한 설교였다고 되풀이해 이야기를 했다.

점심을 먹은 후 1시간쯤 지났을 무렵이었다. 가족이 모두 의자에 앉아 있거나 방으로 들어가서 낮잠을 잤으므로 나는 꽤나 지루했다. 벅과 개는 햇빛이 잘 드는 잔디 위에 길게 누워 세상모르고 자고 있었다. 나도 벅과 함께 쓰는 방으로 올라가서 한숨 자려고 했다. 그런데 아름다운 소피아 아가씨가 우리 방 옆에 있는 자기 방문 앞에 서 있는 것이었다. 아가씨는 나를 자기 방 안으로 끌어들이더니, 문을 닫고는 문득 자기를 좋아하느냐고 묻는 것이었다. 그래서 좋아한다고 대답했다. 그러자 자기를 위해서 뭔가 일을 해줄 수 없겠느냐고 물으면서 비밀을 지킬 수 있느냐고 했다. 그래서 나는 그렇게 하겠다고 했다. 그랬더니 아가씨는 깜빡 잊고 자기의 성경책을 다른 두 권의 책 사이에 끼워둔 채 교회에 두고 왔는데, 몰래 집을 빠져나가 그 성경책을 좀 갖다달라는 것이었다. 그리고 그 일에 대해서는 꼭 비밀을 지켜야 한다고 했다. 나는 그러마고 대답하고는 살짝 집을 빠져나가 교회엘 가보았더니, 교회 문이 열린 채 돼지 몇 마리만 나무통처럼 마룻바닥에 뒹굴고 있었다. 여름철이라 돼지들도 시원한 곳을 찾아 온 모양이었다. 잘 생각해보니 사람은 가야 할 때만 교회에 가지만, 돼지란 놈은 그렇지 않았다.

나는 속으로 생각했다. 처녀가 성경책의 일로 그렇게 가슴을 태우는 걸 보면 거기엔 필경 심상치 않은 일이 있을 것 같았다. 그래서 나는 성경책을 한번 흔들어보았다. 그러자 한 장의 종이쪽지가 떨어졌는데, 거기엔 '2시 반' 이란 메모가 적혀 있었다. 나는 성경책을 자세히 살펴보았지만 그 외에는 아무것도 발견할 수가 없었다. 종이쪽지만으로는 뭐가 뭔지 통 알 수가 없었으므로 나는 그 종이쪽지를 다시 책갈피 사이에 끼워 넣었다. 그리고 집으로 돌아와 위층으로 올라갔더니, 소피아 아가씨가 방문 앞에서 기다리고 있다가 나를 방 안으로 끌어들이더니 문을 닫고는 성경책을 뒤져서 그 종이쪽지를 찾아냈다.

그리고 거기에 적혀 있는 내용을 읽고는 금방 얼굴에 기쁜 빛이 가득해지면서 와락 나를 끌어안는 것이었다. 그러고는, "너는 이 세상에서 가장 착한 아이니까 아무에게도 이 사실을 말하지 말라"고 당부하는 것이었다. 그때 나는 아가씨의 반짝거리는 눈빛과 빨갛게 달아오른 얼굴을 보았는데, 그렇게 아름다운 얼굴을 보기는 처음이었다.

나는 마음이 어느 정도 가라앉자 아가씨에게 그 종이는 도대체 무슨 의미를 담고 있느냐고 물었다. 그랬더니 아가씨는 그 종이쪽지를 읽었느냐고 물었다. 나는 읽지 않았다고 대답했다. 그러자 아가씨는 나에게 글을 읽을 줄 모르느냐고 물었다. 나는, "읽을 줄은 알지만 고딕체로 된 것밖에 읽지 못해요." 하고 대답했다. 그랬더니 아가씨는 그 종이쪽지는 읽던 곳을 표시해두는 갈피표로 끼워둔 것뿐이니, 신경 쓰지 말고 나가서 놀라고 하는 것이었다.

나는 방금 들은 말을 곰곰 생각해보며 큰 강 쪽으로 걸어갔다. 그런데 얼마 후 나는 검둥이가 뒤따라오는 것을 알았다. 이윽고 집에서 보이지 않는 곳까지 오자, 녀석은 잠시 뒤쪽과 주위를 살펴보고는 이렇게 말하는 것이었다.

"조지 서방님, 늪이 있는 곳으로 가서 비단방울뱀이 득실거리는 곳을 보여드릴게요."

나는 왠지 좀 이상하다는 생각이 들었다. 어제도 녀석은 똑같은 말을 했기 때문이다. 세상 천지에 비단방울뱀 같은 걸 일부러 찾아 나설 정도로 좋아하는 녀석은 없었기 때문이지요.

"좋아, 그럼 앞장서봐."

그리고 반 마일가량 따라갔더니 늪지가 나왔는데, 녀석은 거기서도 다시 발목까지 빠지는 늪길을 반 마일이나 더 걸어갔다. 그러자 습지가 아닌 평탄한 곳이 나왔다. 그곳은 크고 작은 나무들과 덩굴들이 무성하게 우거져 있었다. 그곳까지 오자 녀석이 말했다.

"조지 나리, 여기서 두서너 발짝만 더 가보십시오. 그러면 그것이 있을 테니까요. 나는 전에도 보았기 때문에 더는 보고 싶지 않습니다."

그렇게 말하고 녀석은 나무들 사이로 사라져버렸다. 나는 좀 더 안쪽으로 걸어가 보았다. 그러자 덩굴이 우거져 있는 침실 정도 크기의 조그만 빈터가 나왔는데, 거기에 한 사나이가 누워 잠들어 있었다. 그런데 그는 바로 나의 옛 친구 짐이었다. 나는 짐을 흔들어 깨우면서, 나를 보면 무척 놀라겠지, 생각했는데 그렇지도 않았다.

그날 밤, 짐이 얘기 하기를 자기가 내 뒤에서 헤엄을 치고 있었으므로 내가 부르는 소리를 듣긴 했지만 대답할 용기가 나지 않았다고 했다. 왜냐하면 누군가에게 도움을 받아 또다시 노예 신세가 되는 것이 싫었기 때문이라는 것이다.

"몸을 다쳐서 빨리 헤엄칠 수가 없었당께. 그래서 너에게서 멀리 떨어지게 되었어라. 그때는 네가 뭍에 올라가면 곧 뒤쫓아갈 수 있으리라 생각했당께. 하지만 그 집이 보였을 때 나는 걸음을 늦췄어. 그 집 사람들이 너한테 뭐라고 하는 것 같았지만 알아들을 수는 없었지. 나는 훨씬 뒤에 처져 있었으니까. 무엇보다도 그 개들이 무서웠어. 하지만 곧 주위가 조용해져서 나는 네가 그 집으로 들어갔다는 걸 알았지. 그래서 나는 숲 속으로 들어가 날이 새기를 기다린 거여. 날이 새고 얼마 안 있어 들일을 나가는 검둥이 몇을 만났는데, 그들이 나한테 이 늪지를 가르쳐줬어. 이곳은 물이 있어 개들이 뒤쫓아오진 못했지. 그리고 녀석들이 매일 밤 먹을 걸 가져다주면서, 네 소식을 알려줬어."

"왜 좀 더 일찍 잭에게 날 이리로 데려오도록 하지 않았어, 짐?"

"헉, 그건 우리가 뭘 어떻게 할 수도 없는 상황에서 널 방해해봤자 아무 소용이 없었기 때문이여. 하지만 이젠 괜찮어. 나는 틈틈이 냄비에다 먹을 걸 장만해놨당께. 밤에는 뗏목을 수리하고."

"이봐, 뗏목이라니?"

"우리 뗏목 말이여."

"그렇다면 우리 뗏목은 박살이 난 게 아니란 말이야?"

"물론이여. 많이 부서지긴 했지만 아주 못 쓸 정도로 박살이 난 건 아니랑께. 하지만 물건은 몽땅 없어졌어. 우리가 너무 깊숙이 잠수하지 않고, 그렇게 멀리까지 헤엄치지 않고, 그날 밤이 그렇게까지 어둡지 않고, 그렇게까지 겁을 먹지 않고, 또 그렇게까지 돌대가리가 아니었더라면 분명히 뗏목을 보았을 거여. 하지만 보았건 안 보았건 마찬가지여. 왜냐하면 지금은 새 뗏목과 진배없을 정도로 잘 수리되어 있고, 물건도 새것으로 듬뿍 장만했으니까 말이여."

"이봐, 짐! 대관절 어떻게 그 뗏목을 다시 손에 넣었지? 짐이 건져냈나?"

"숲 속에 있었는데 어떻게 뗏목을 건져낸당가? 그건 검둥이 녀석들이 나무들 사이에 걸려 있는 뗏목을 발견하고, 작은 개울로 끌고 올라와 버드나무 그늘에 감춰뒀기 때문이여. 그러고는 서로가 그 뗏목의 임자라고 옥신각신하는 바람에 그 소리를 듣게 됐당께.

그래서 내가 나서서 이 뗏목은 너희들 게 아니라 헉과 나의 소유라고 말해 싸움을 가라앉혔지. 그러고 나서 한 사람 당 10센트씩 줬지. 그랬더니 녀석들은 신이 나서 좀 더 많은 뗏목이 떠내려와서 자기네들을 부자로 만들어주었으면 좋겠다고 하더군. 헉, 그 잭 녀석 말이여, 그 검둥인 착하기도 하지만 머리도 좋더라니께."

"응, 정말 그래. 녀석은 짐이 여기 있다는 말을 하지 않고, 따라오면 많은 뱀을 보여주겠다고 했어. 만일 무슨 일이 생기더라도 발뺌을 할 수 있도록 한 거지."

이튿날 새벽녘에 잠을 깬 나는 돌아누워서 한잠 더 자려고 했는데, 바로 그때 사방이 텅 빈 것처럼 고요하다는 것을 느꼈다. 아무 움직임이 없었다. 그리고 나는 벅이 침대에서 빠져나가 어디론가 사라져버렸음을 알았다. 이상한 생각이 든 나는 아래층으로 내려가 보았더니 아무도 없었다. 모든 게 쥐 죽은 듯 고요했다. 그때 장작더미 있는 곳에서 잭을 만났으므로 그에게 물어보았다.

"도대체 어찌 된 일이지?"

그러자 녀석이 말했다.

"아직 모르고 계셨나요, 조지 나리? 실은 소피아 아가씨가 도망을 쳤답니다! 한밤중에요. 도망친 건 하니 세프드슨이란 청년과 결혼하기 위한 거라고 짐작하고 있어요. 가족들이 30분 전에 그 사실을 알았지 뭡니까? 아니, 그보다 훨씬 더 전인지도 모르지만요. 모두들 시각을 지체하지 않고 총과 말을 준비하더군요. 그렇게 서두르는 건 지금까지 본 적이 없어요. 여자분들은 친척들에게 알리러 갔고, 소울 큰나리와 젊은 나리들은 총을 들고, 세퍼드슨네 청년이 소피아 아가씨를 데리고 강을 건너기 전에 붙잡아 죽이겠다면서 강 쪽으로 달려갔답니다. 틀림없이 큰일이 벌어지고 말 거예요."

"벅 녀석, 날 깨우지도 않고 가다니!"

"그야 당연하지요. 가족 일에 나리까지 말려들게 하고 싶지 않았으니까요. 벅 나리는 총에 탄알을 넣으면서, 무슨 일이 있어도 세퍼드슨네 녀석을 한 놈 잡아가지고 오겠다고 하셨어요. 하기야 세퍼드슨네 녀석들도 우르르 몰려나올 테니까, 벅 나리도 운만 좋으면 한 놈 잡을 수 있을는지도 모르죠."

나는 강기슭을 전속력으로 달렸는데, 잠시 후 총소리가 들렸다. 그리고 총알이 날아오지 않는 곳에 서 있는 고리버들나무에 기어올라가 앞을 바라보았다. 그 나무 바로 앞에 4피트 정도의 높이로 쌓아놓은 재목더미가 있었는데, 나는 처음엔 그 뒤에 숨으려고 했다. 하지만 그곳에 숨지 않은 게 다행이었던 것 같다.

제재소 앞의 공터에서 4,5명의 사나이들이 말을 탄 채 욕설을 퍼부으며 이리 뛰고 저리 뛰었는데, 증기선이 닿는 곳 옆에 있는 재목더미 뒤에 숨은 두 젊은이를 해치우려고 했지만 뜻대로 되지 않았다. 그들은 젊은이가 모습을 보일 때마다 총알을 날렸다. 재목더미 뒤에 숨어 있던 두 사람은 등을 맞대고 엎드려서 양쪽을 살피고 있었다.

잠시 후 사나이들은 소리 지르는 것을 중지하고 제재소 쪽으로 가기 시작했다. 그러자 한 젊은이가 일어나 재목더미 위에서 총을 쏘아 사나이들 가운데 한 사람을 말에서 떨어뜨렸다. 사나이들은 급히 말에서 뛰어내려, 부상당한 사람을 부축해 제재소 쪽으로 데려갔다. 그 틈에 두 젊은이는 뛰기 시작했다. 그들은 내가 있는 나무 근처까지 왔을 때 사나이들이 눈치를 채고는 말을 타고 젊은이들을 쫓아왔다. 사나이들은 점점 거리를 좁히면서 쫓아왔지만 헛수고였다. 젊은이들의 출발이 한 발 더 빨랐기 때문이다. 젊은이들은 내 바로 앞에 있는 재목더미까지 오자 그 뒤에 숨어버렸다. 그래서 젊은이들은 또다시 사나이들보다 유리한 위치를 점하게 되었다. 젊은이들 중 한 명은 벅이었고 또 한 명은 19살가량 된 가냘픈 청년이었다.

사나이들은 잠시 동안 미친 듯이 뛰어 돌아다니다가 얼마 후엔 어디론가 사라져버렸다. 나는 그들이 완전히 자취를 감출 때까지 기다렸다가 벅에게 녀석들이 가버렸다고 알려주었다. 벅 녀석, 처음에는 나무속에서 내 말을 듣고 어리둥절한 모양이었지만, 얼마 후에는 나더러 잘 보고 있다가 녀석들이 다시 오면 알려달라고 말했다. 녀석들은 무슨 간계를 꾸미려고 간 것이니까 곧 돌아올 거라는 것이었다. 나는 나무에서 내려가고 싶었지만 발이 떨어지지 않았다. 벅은 큰 소리로 떠들며, 자기는 사촌 형 조(조란 벅과 함께 있는 젊은이의 이름이었다)와 지금부터 오늘의 앙갚음을 하겠다고 말했다. 아빠와 두 형이 모두 저들의 손에 죽었고, 상대편도 두세 사람은 죽었다고 했다. 세퍼드슨네 놈들이 잠복하여 아빠와 형들을 기다리고 있다는 것이다. 그러면서 벅은 아빠와 형들은 친척들이 올 때까지 기다렸어야 옳았다고 했다. 그리고 세퍼드슨네 놈들은 아주 강적이라고 했다. 내가 하니와 소피아 아가씨가 어떻게 되었느냐고 물었더니 벅은 두 사람 모두 무사히 강을 건너갔다고 대답했다. 나는 그 말을 듣고 안심했다. 하지만 벅은 하니를 쏘았던 그날, 그 녀석을 죽이지 못한 것이 한스럽다고 했다.

그때 빵, 빵, 빵 하고 서너 발의 총성이 울렸다. 아까 그 사나이들이 말에서 내려 슬쩍 숲 속을 돌아 뒤에서 나타난 것이다. 벅과 조는 강으로 달려가서 물속으로 뛰어들었다. 그리고 흐름을 따라 헤엄쳐 가는 것을 사나이들이 기슭을 따라 달려가면서, "죽여버려! 죽여버려!" 하고 소리치며 총을 쏘아 댔다. 나는 속이 메스꺼워 하마터면 나무에서 떨어질 뻔했다. 아니, 그날 있었던 일은 더 이상 되풀이하고 싶지 않다. 그러면 또다시 속이 메스꺼워질 것이기 때문이다.

나는 나무 위에서 내려가기가 무서워 어두워질 때까지 그대로 있었다. 가끔 멀리 숲 속에서 총소리가 들렸고, 두 번쯤 사나이들 몇이 한 덩어리가 되어 총을 든 채 제재소 앞을 말을 타고 지나갔다. 그래서 나는 소동은 아직도 계속되고 있음이 틀림없다고 생각했다. 나는 우울해져 두 번 다시 그 집에는 가지 않겠다고 마음먹었다. 하지만 일이 이렇게 된 것은 내 잘못이기도 하다는 생각이 들었다. 그 종이쪽지는 소피아 아가씨가 2시 반에 어디에선가 하니와 만나서 도망치자는 뜻이었다. 나는 그 종이쪽지와 소피아 아가씨의 수상쩍었던 태도를 그녀의 아빠에게 알려주었어야 했던 것이다. 그랬더라면 아저씨는 소피아 아가씨를 방 안에 가두어두었을 것이고, 그러면 이런 소동도 일어나지 않았을 것이다.

나는 나무에서 내려와 강둑을 따라 하류 쪽으로 살금살금 걸어가다 보니 강가에 시체 두 구가 있었으므로 그것을 기슭으로 끌어올려 얼굴을 천으로 덮어 가려주고는 급히 도망쳤다. 벅의 얼굴을 가릴 때는 눈물이 나왔다. 나한테 너무 잘해주었기 때문이다.

이제 날은 완전히 어두워져 있었다. 그러나 나는 그 집 쪽으로 가지 않고, 숲 속을 빠져나와 늪지로 향했다. 그런데 짐이 보이지 않았다. 나는 이런 이상한 곳에서 한시 바삐 빠져나가고 싶었으므로, 개울 쪽을 향해 서둘러 갔다. 그런데 그곳으로 가보았더니 있어야 할 뗏목이 없지 않은가! 그래서 크게 소리를 내어 불러보았다. 그러자 25피트쯤 떨어진 곳에서 대답이 들려왔다.

"제발 조용히 좀 해. 그렇게 큰 소리로 떠들지 말라니께."

그건 짐의 목소리였다. 나는 강둑을 조금 달려가 뗏목에 올라탔다. 그러자 짐은 나를 다시 만난 것이 그다지도 기쁜지 나를 꼭 끌어안고 이렇게 말했다.

"아아, 헉! 정말 반가워. 나는 네가 죽은 줄 알았당께. 잭 녀석이 말하기를 네가 집에 돌아오지 않는 걸 보면 총에 맞아 죽은 것 같다는 거여. 그래서 나는 조금 전에 뗏목을 내어 개울 입구로 나가던 중이었당께. 잭이 다시 한 번 찾아와 네가 정말 죽었다고 알려주면 곧장 떠나려고 준비를 하고 있던 중이었지. 한데 다행이여. 정말 잘 돌아와 주었어, 헉."

그래서 나도 한마디 해주었다.

"아, 정말 잘됐어. 집안사람들은 내가 총에 맞아 강 하류로 떠내려갔다고 생각할 거야. 그렇게 믿도록 하기 위한 그럴 듯한 구실이 있어. 그러니까 짐, 빨리 큰 강으로 나가야 해."

나는 뗏목이 2마일쯤 아래로 내려가 미시시피 강의 한가운데로 나갈 때까지 안심할 수가 없었다. 거기까지 나가서야 비로소 우리는 쫓기는 몸이 아니라는 생각이 들었다. 나는 어제부터 빵 한 조각도 입에 댄 적이 없었다. 그때 짐이 옥수수빵과 버터밀크와 돼지고기와 양배추와 과일을 주었다. 제대로 요리된 음식을 대하는 것만큼 기분 좋은 일은 세상에 없는 법이다. 그러고 난 뒤 저녁 식사를 하면서 이야기를 나누었는데 아주 재미있었다. 나는 그 원수인가 뭔가 하는 것으로부터 빠져나온 것이 기뻤고, 짐은 늪지에서 빠져나온 것이 기쁘다고 했다. 우리는 뭐니 뭐니 해도 뗏목처럼 좋은 집은 없다고 말했다. 다른 곳은 좁아서 숨이 막힐 것 같았지만 뗏목은 그렇지가 않았다.

제 19 장

그로부터 이틀인가 사흘이 지났다. 헤엄을 쳐서 지나갔다고 할 수 있을 정도로 아주 조용하고 편안한 나날을 보냈다. 우리가 머무는 주변은 강폭이 대단히 넓어서 어떤 곳은 폭이 1마일 반이나 되었다. 우리는 밤에는 움직이고 낮에는 숨어서 잠을 잤으므로 날이 밝으면 뗏목을 매어두었는데, 대개는 모래톱 아래 물이 고여 있는 곳에 두었다. 그리고 고리버들이나 어린 버드나무를 잘라서 뗏목을 가려놓았다. 그런 다음 주낙을 드리워놓고는, 강에 뛰어들어 헤엄을 쳤다. 그러고는 물이 무릎 정도 오는 얕은 곳에 앉아서 해가 뜨는 것을 바라보았다. 사방은 쥐 죽은 듯이 고요했다.

저 멀리 강을 바라보고 있노라면 희미한 선 같은 것이 떠올랐다. 그것은 건너편 강둑의 숲이었다. 그 밖에는 아무것도 보이지 않았다. 그러는 동안 하늘에 희뿌연 것이 나타나면서 그 빛이 점차 주위로 퍼져나갔다. 그러면 강물 저쪽이 뿌옇게 밝아지면서 잿빛으로 변해 아주 멀리에서 자그마한 검은 점 같은 장삿배가 보였다. 그리고 검은 띠 같은 것이 보였는데, 그것은 뗏목이었다. 이따금 큰 노의 삐걱거리는 소리가 들려오기도 하고, 그 소리에 섞여 사람의 말소리가 들려올 때도 있었다. 너무 조용해서 아주 먼 곳의 소리까지 들려왔다.

우리는 낚시에 걸린 물고기를 건져 올려 따끈따끈한 아침 요리를 만들었다. 그런 다음 쓸쓸한 강 풍경을 바라보며 앉아 있다가 스르르 잠이 들었다. 그리고 얼마 후 잠이 깨어 도대체 무엇 때문에 잠이 깼을까 하고 주위를 둘러보면, 통통통통 소리를 내면서 강을 거슬러 올라오는 증기선이 보였다. 그것은 너무 멀리 떨어져 있어서 물바퀴가 고물에 달려 있는지 옆구리에 달려 있는지만 구별할 수 있을 뿐 다른 것은 전혀 알 수가 없었다. 그러고 나면 1시간 가량은 아무것도 들리지도 보이지 않아 사방이 적막에 잠겼다.

때로는 멀리 뗏목이 떠내려가는 것이 보이기도 했다. 뗏목 위에서 얼간이 하나가 장작을 패고 있을지도 모를 일이었다. 뗏목 위에서 가끔 장작을 쪼갤 때가 있기 때문이다. 그럴 때는 도끼날이 번쩍이는 것은 보이지만 소리는 들리지 않았다.

한번은 짙은 안개가 주위를 에워싸고 있었는데, 그때는 지나가는 뗏목이나 증기선에 부딪치지 않도록 양철 냄비를 두들기면서 가야 했다. 거룻배인지 뗏목인지는 알 수는 없어도, 우리 옆을 지나는 뭔가가 떠들며 고함치고 웃어대는 소리가 들릴 때가 있었기 때문이다. 음성은 분명히 들렸지만 모습은 보이지 않아서 언짢았다. 마치 유령들이 소동을 피우고 있는 것 같았기 때문이다. 짐이 분명히 유령이라고 우겼으므로 내가 이렇게 말했다.

"그게 아니야, '이런 염병할 안개 같으니라고' 라는 말을 하는 유령이 세상에 어디 있어."

밤이 되면 우리는 재빨리 뗏목을 풀어 강 한가운데까지 저어나가 강물의 흐름에 몸을 내맡긴 채 담배를 피우면서 물속에 발을 담그고 온갖 이야기를 나누었다. 우리는 모기가 심하게 덤비지 않을 때는 늘 벌거벗고 지냈다. 벅의 가족들이 지어준 옷은 너무 고급스러워 입기가 거북했다. 게다가 나는 본래부터 옷이란 것을 별로 좋아하지 않았다.

때로는 아주 오랜 시간 드넓은 강에 우리 둘밖에 없을 때가 있었다. 저 멀리에 강둑이며 섬 같은 것이 있었고, 번쩍 하고 빛나는 무언가가 보일 때도 있었다. 그것은 오두막의 창으로 새어나오는 양초의 불빛이었다. 그리고 이따금 물 위에 한두 가닥 빛이 번쩍일 때도 있었는데, 그것은 뗏목이나 거룻배의 불빛이었다. 그리고 배 위에서 바이올린이며 노랫소리가 들려올 때도 있었다. 뗏목 위에서 산다는 것은 정말 마음이 편했다. 우리는 벌렁 누워서 머리 위의 무수한 별을 바라보곤 했다. 그리고 우리는 그 별들이 만들어진 것이라느니, 자연적으로 생긴 것이라느니 하면서 입씨름을 했다. 짐은 그것이 만들어진 것이라고 했지만, 나는 자연적으로 생긴 것이라고 했다. 만일 만들어진 것이라면, 저렇게 많은 별을 만들 시간이 있었을까 하고. 하지만 짐은 달님이 낳은 것이라고 주장했다. 그 말을 듣고 보니 정말 그럴 듯하기도 해서 반대를 하지 않았다. 개구리만 해도 저 정도 수의 알을 낳는 것을 본 일이 있었으므로, 달님이라면 충분히 낳고도 남을 일이었다. 우리는 별똥이 떨어지는 것도 자주 보았다. 그것은 길게 꼬리를 끌면서 떨어졌다. 짐은 그 별은 썩었기 때문에 하늘나라에서 버림을 받은 것일 거라고 했다.

한 번인가 두 번, 증기선이 어둠 속을 지나간 적이 있었다. 이따금 굴뚝으로 불꽃을 힘차게 뿜어냈는데, 그 불꽃들이 빗줄기처럼 물 위에 떨어지는 모습은 정말이지 아름다웠다. 배가 강굽이를 돌아가면 반짝이는 불꽃도 시끄러운 소음도 다 사라져 주위는 또다시 적막 속에 잠기면 배가 일으킨 파도가 우리들이 있는 데까지 밀려와서 뗏목을 흔들었다. 그런 다음에는 한동안 아무 소리도 들리지 않았다.

밤이 깊어지면 강기슭에 사는 사람들은 모두 잠자리에 들어가, 오두막의 창에서 새어나오던 불빛은 더 이상 볼 수 없게 된다. 이렇게 창 밖으로 비치는 불빛이 우리들의 시계였다. 그 후 다시 불빛이 보이기 시작하면 그것은 날이 밝아오고 있다는 의미였으므로, 우리는 서둘러 뗏목을 감춘 후 숨을 만한 장소를 찾았다.

그러던 어느 해가 뜰 무렵, 카누 한 척을 발견한 나는 그것을 타고 좁은 수로를 지나 반대편 강기슭까지 저어갔다. 그리고 딸기라도 구할 수 있지 않을까 하고 측백나무 숲 속의 개울을 1마일 정도 저어 올라갔다. 그런데 마침 소들이 지나다니는 길인 듯싶은 작은 오솔길이 개울을 가로지르고 나 있는 곳까지 왔을 때, 사나이 둘이 바쁘게 달려오고 있었다. 나는 이제는 끝이로구나 생각했다. 나는 누구든 사람을 쫓고 있는 자들을 보면 늘 내가 쫓김을 당하고 있다는 생각이 들었다. 아니면 짐이 쫓기든가. 나는 급히 도망치려고 했지만 그 사나이들은 이미 내 가까이까지 와 있었다. 한데 그들은 나더러 살려달라고 큰 소리로 애원하는 것이었다. 자기들은 별로 나쁜 짓을 한 것도 없는데 쫓기고 있다면서 카누 안으로 뛰어들려고 했으므로 내가 말했다.

"잠깐 기다려요. 개 짖는 소리도 말발굽 소리도 아직은 들리지 않으니, 덤불 사이로 해서 좀 더 위로 올라올 만한 시간은 있어요. 그 위에서 물속을 걸어서 내가 있는 곳까지 내려와서 카누를 타야 해요. 그래야만 개들이 냄새를 맡지 못하니까요."

두 사람은 내 말대로 했다. 나는 두 사람이 카누에 올라타자마자 쏜살같이 모래톱을 향해 노를 저었다. 그리고 5분이나 10분쯤 지났을 무렵 사람 소리와 개 짖는 소리가 들렸다. 하지만 사람 모습은 보이지 않았다. 어딘가에서 머뭇머뭇하고 있는 모양이었다. 그러나 우리는 그동안에도 계속 노를 저어 내려갔으므로, 어느새 그 소리도 들리지 않게 되었다. 그리고 1마일쯤 숲을 지나 강을 나왔을 때쯤에는 완전히 조용해졌다.

그 두 사람 중 한 사람은 70세쯤 되어 보였는데, 대머리에 흰 수염을 기르고 있었다. 그는 낡은 중절모자에 때가 꾀죄죄한 푸른 모직 셔츠에 누더기 같은 푸른 바지를 입고 있었다. 그리고 빤질빤질한 놋쇠 단추가 달린 푸른 천으로 만든 낡은 코트를 팔에 걸치고 있었다.두 사람 모두 배가 불룩한 헌 여행 가방을 들고 있었다.

또 한 사람은 30세쯤 되어 보였는데, 그도 노인 못지않게 초라한 차림이었다. 아침 식사를 마친 우리는 편안하게 앉아서 이야기를 했다. 그런데 맨 먼저 알게 된 것은 두 사람이 전혀 모르는 남남이라는 사실이었다.

"자넨 어쩌다가 이런 시끄러운 일을 일으켰는가?" 대머리가 다른 사람에게 물었다.

"난 치석을 제거하는 물건을 팔고 있었습니다. 그 약은 정말로 치석을 없애주지요. 때로는 이의 법랑질까지 벗겨내어 문제지만요. 당신을 만난 건 다른 마을로 옮길 때쯤 해서 조금 늑장을 부리다가 그렇게 되었습니다. 당신도 누군가에게 쫓기는 몸이고, 나도 귀찮은 일에 말려들어 함께 도망친 것뿐입니다. 당신은 어떻게 된 거요?"

"음, 나는 1주일 정도 그곳에서 금주 부흥회를 열어서 술꾼들을 몰아세웠지. 그래서 아줌마며 할머니들에게 인기가 대단하여 하룻밤에 5,6달러씩 벌었어. 장사가 한창 잘 돼가는 중에 내가 남몰래 술을 마시고 있다는 소문이 퍼져버렸어. 그리고 오늘 아침, 한 검둥이가 나를 깨우더니, 마을 사람들이 개와 말을 데리고 슬슬 모여 들고 있다고 귀띔을 해주지 않겠어? 그러고는 나를 한 발 먼저 떠나게 한 다음 30분쯤 뒤에 쫓아온다는 거야. 그리고 말하길 나를 붙잡으면, 몸에 타르를 칠하고 깃털을 꽂아 큰 막대기에 태워서 끌고 다니기로 했다는 거야. 그래서 아침 식사를 할 틈도 없었다니까."

"그런데 영감!" 젊은이가 말했다. "우리 공동 작업을 해보는 게 어떻겠소? 그럴 의향이 없으시오?"

"그야 뭐 나쁠 건 없지. 그런데 당신이 하는 일은 뭐지?"

"직업은 인쇄공인데, 특별한 약도 팔아요. 게다가 연극배우로 활동하기도 하는데, 주로 비극 쪽이지요. 그리고 기회가 되면 최면술이며 관상도 봐주고, 기분 전환으로 음악과 지리 선생도 하고, 때로는 연설을 해주기도 합니다. 정말 여러 가지 일을 닥치는 대로 해요. 한데 영감이 하는 일은 뭐요?"

"나는 젊었을 때는 의사 노릇을 했지. 안수 요법이 내 특기인데, 손으로 만지기만 해도 암이나 중풍 같은 병을 척척 고쳤지. 그 다음에 한 일은 점쟁이였어. 그것도 꽤 실력이 있었지. 누군가가 몰래 당사자의 신변 이야기를 알려주면 더욱 좋았지. 그리고 설교는 내 전매특허야."

얼마 동안 아무도 입을 열지 않았다. 한참 후에 젊은이가 크게 한숨을 쉬면서 이렇게 말했다.

"한심하군!"

"뭐가 한심하다는 거지?" 대머리가 물었다.

"지금까지 살아온 결과가 이 꼴이고, 또 당신 같은 사람과 짝패가 되었다고 생각하니 말이오." 그러고는 누더기 헝겊으로 눈두덩을 훔쳤다.

"건방진 소리 작작해. 내가 당신의 짝패가 되기에 부족하단 말이야?" 대머리는 정색을 하고 위엄 있는 목소리로 말했다.

"천만에, 부족하다니! 나에겐 과분한 짝이오. 하지만 그렇게 높은 자리에 있던 나를 이렇게 비참한 신세가 되게 한 건 도대체 누구지? 다름 아닌 바로 나란 말이오. 난 당신 같은 신사들을 책망하진 않소. 모든 게 자업자득이니까. 차디찬 세상에서는 가능한 한 차게 대하는 게 좋아요. 하지만 한 가지만은 분명하오. 나에게도 어딘가에 묻힐 곳이 있다는 사실 말이오. 세상은 지금까지와 마찬가지로 앞으로도 나에게서 많은 걸 빼앗아 가겠지. 사랑하는 사람이며 재산, 그리고 그 밖의 많은 것들을……. 하지만 묘지만은 빼앗아 갈 수가 없어. 언젠가 나는 거기에 누워서 모든 걸 잊고, 내 깨진 가슴은 안식을 구할 거요."

"가련하게도 깨진 가슴이라니! 정말 웃기는군." 대머리가 말했다. "어째서 그 가련하게 깨진 가슴을 우리와 연관시키는 거지? 우리가 뭘 어쨌다는 거야?"

"옳아요. 그건 나도 잘 알고 있어요. 신사 여러분! 나는 당신들을 조금도 원망하지 않습니다. 나를 이 꼴로 타락시킨 건 바로 나 자신이니까요."

"타락했다니, 뭐가 타락했다는 거야?"

"말해보았자 믿어주지도 않을 거요. 이 세상에선 아무도 믿어주지 않으니까 내버려둬요. 대단한 일은 아니오. 내 출생의 비밀 말이오."

"뭐, 출생의 비밀이라고?"

"신사 여러분." 젊은이는 엄숙한 얼굴로 말했다. "여러분한테만은 그 비밀을 털어놓겠습니다. 여러분은 믿을 만한 사람들처럼 보이니까요. 실은 나는 공작입니다."

이 말을 듣자 짐은 눈을 크게 떴지만, 내 눈도 아마 그와 똑같았을 것이다. 그러자 대머리가 말했다.

"무슨 농담을 그렇게 하는 거야?"

"농담이 아닙니다. 내 증조부 브리지워터 공작의 장남은 깨끗하고 자유로운 공기를 마시기 위해 지난 세기가 끝날 무렵 조국을 도망쳐 나와 이 나라에서 결혼하여 아들 하나를 남기고 세상을 떠났습니다. 그와 거의 같은 시기에 그 장남의 부친도 세상을 떠났습니다. 그런데 죽은 공작의 둘째 아들이 작위와 재산을 가로채버렸기 때문에, 아직 나이 어린 공작은 그들에게 완전 무시당하고 말았지요. 나는 그 어린 공작의 직계 자손으로, 브리지워터의 정통공작입니다. 그런 내가, 높은 지위에서 끌어내려져 이렇게 외톨박이가 되어 사람들에게 멸시를 당하고, 넝마를 걸친 채 뗏목 위의 못된 악당들과 한 패거리가 될 정도로 타락하다니!"

짐은 그를 무척 가엾게 여겼는데, 나 역시 마찬가지였다. 우리는 어떻게 해서든지 그를 위로해주려고 했지만 그것이 통하지 않았다. 위로를 받아보았자 위로가 되지 않는다는 것이었다. 다만 우리들이 그의 작위를 인정해준다면 조금은 위로가 되겠다고 했다. 그래서 우리는 어떻게 해야 하는지 방법을 가르쳐주면 시키는 대로 하겠다고 했다. 그러자 그는 자기에게 말을 붙일 때는 고개 숙여 인사를 한 후 해야 하며, 또 '각하' 라든가 '전하' 라든가 '경' 따위의 용어를 붙여야 한다고 했다. 그리고 식사 때에는 우리들 중 누군가가 자기한테 개인적 시중을 들어주어야 하며, 무슨 일을 부탁하면 그것이 아무리 사소한 일이라도 들어줘야 한다고 했다.

그런 거라면 별 대수롭지 않는 일이었으므로, 우리는 그가 원하는 대로 해주었다. 식사 땐 짐이 곁에 붙어 서서 식사가 끝날 때까지 시중을 들어주면서, "각하, 이것 좀 잡숴보시지요. 저건 어떨까요?" 했는데, 그것이 공작으로서는 무척 기분이 좋은 모양이었다.

그런데 이번에는 영감 쪽이 시무룩해져서 좀체 입을 열지 않았다. 공작이 우리에게 후한 대접을 받는 것이 못마땅한 모양이었다. 그는 오후가 되자 이렇게 말문을 열었다.

"이봐, 빌지워터. 나는 당신을 동정은 해. 하지만 당신 같은 처지가 된 건 당신만이 아니야. 출생의 비밀을 가지고 있는 건 당신만이 아니라고." 그러면서 이번에는 대머리가 울음을 터뜨리는 게 아닌가!

"잠깐! 이게 도대체 어찌 된 일이지?" 젊은이가 말했다.

그러자 영감은 훌쩍거리면서 말했다.

"빌지워터, 당신은 신용할 수 있는 사나인가?"

"신용해도 좋고말고요!" 젊은이는 대머리의 손을 힘껏 쥐면서 말했다. "당신의 출생에 대한 비밀은 죽어도 말하지 않겠소."

"빌지워터, 나야말로 전에 프랑스의 황태자였던 사람이야!"

짐과 나는 그때만은 정말 당황했다. 그러자 공작이 말했다.

"당신이 뭐이라고?"

"정말이야. 믿어지지 않겠지. 지금 당신 눈앞에 서 있는 사람은 행방불명된 프랑스의 가엾은 황태자 루이 17세야. 루이 16세와 마리 앙투아네트 사이에서 태어난 아들이지."

"당신이 그 나이로! 당치도 않은 소리 마! 그러느니 차라리 고 샤를마뉴 대제가 본인이라고 하는 게 더 어울리지 않을까? 아무리 적게 먹었어도 당신은 6,7백 살은 먹어야 하는 것 아니오?"

"고생을 한 탓이지, 빌지워터. 머리가 벗겨지고 백발이 된 것도 다 고생 때문이오. 신사 여러분! 지금 여러분의 눈앞에 넝마 같은 푸른 옷을 걸치고 서 있는 이 사람은 추방당한 뒤 여기저기 떠돌아 다니고 있는 프랑스의 정통 국왕이오."

그렇게 말하고 영감이 어찌나 슬프게 우는지, 짐과 나는 어찌 할 바를 몰랐다. 측은한 생각이 드는 한편 그런 유명한 사람이 우리와 함께 있다고 생각하자 자랑스럽기도 했다. 그래서 우리는 공작에게 한 것과 똑같은 식으로 그 영감을 위로해주기로 했다. 그러나 그는 그런 짓을 해보았자 아무 의미도 없으며, 죽어서 모든 걸 다 잊기 전까지는 무엇을 해도 소용이 없다고 했다. 하지만 모든 사람이 자기를 신분에 알맞게, 즉 말을 할 때에는 한쪽 무릎을 꿇고 '폐하'라 부르며, 식사 때에는 맨 먼저 음식을 자기한테 갖다 바치며, 자기 앞에 앉으라는 말이 있기 전까지는 앉지 않는 예우를 갖춘다면 어느 정도 울분이 풀어질 것 같다고 했다. 그래서 짐과 나는 그를 폐하라고 부르면서, 무슨 일이건 잘 보살펴주고, 앉아도 좋다고 말할 때까지는 서 있었다. 그것이 효험이 있었는지 그는 희색이 만

면하여 아주 우쭐해 했다. 그러나 공작이 못마땅한 얼굴을 하고 있었으므로, 결국은 왕이 이렇게 말했다.

"빌지워터, 어차피 우리는 이 뗏목 위에서 오랫동안 같이 지내야 하는데 그렇게 못마땅한 얼굴을 하면 좀 곤란하지 않을까? 내가 공작으로 태어나지 않은 것이 내 탓이 아니고, 또 자네가 왕으로 태어나지 않은 것도 자네 탓이 아니야. 그러니까 속상해할 건 없어. 모든 일을 운명에 맡기게나. 우리가 이 뗏목을 타게 된 것도 운이 좋았던 거야. 먹을 건 넉넉하게 있고 또 마음도 편한 곳이니 말이야. 자아, 공작! 우리 악수하고 사이좋게 지내자고!"

공작은 그의 말대로 악수를 했다. 그것을 보고 짐과 나도 마음이 놓였다. 만일 뗏목 위에서 의라도 상한다면 우리로선 정말이지 못할 노릇이었기 때문이다. 뗏목 위에서 생활하는 데 무엇보다도 중요한 것은 모두가 만족한 가운데 서로에게 호의를 가져야 했기 때문이다.

이 두 사람이 자기들을 왕이니 공작이니 지칭했지만, 사실은 하찮은 사기꾼에 지나지 않는다는 것을 금세 알 수 있었다. 하지만 그저 모르는 척했다. 귀찮은 일이 일어나지 않게 하려면 그러는 수밖에 없었다. 녀석들을 왕이며 공작이라고 불러주어서 우리 일행의 평화가 유지될 수만 있다면 더 바랄 게 없었다. 그리고 짐에게 말해보았자 아무 소용이 없을 것 같아서 잠자코 있었다. 나는 아빠한테서 무엇 한 가지 배우거나 얻은 게 없었지만, 이런 녀석들과 별 탈 없이 지내려면, 녀석들의 비위를 맞춰주는 게 가장 좋은 방법이란 것은 배워두었다.

제 20 장

두 사람은 우리에게 어째서 뗏목을 그런 식으로 감추어두는가, 왜 낮 동안은 뗏목을 띄우지 않고 쉬는가, 짐은 탈주한 노예가 틀림없다는 등 여러 가지 궁금한 점을 물어왔다. 그래서 나는 이렇게 대답했다.

"천만의 말씀, 도망친 노예라면 남쪽으로 올 리가 있겠어요?"

그건 녀석들도 이해가 되는 모양이었지만, 나는 뭐라고 더 설명을 해야 할 것 같아서 이렇게 말했다.

"우리 가족은 미주리 주의 파이크 군에서 살고 있었어요. 태어난 곳도 거기예요. 그런데 나와 아빠와 동생인 아이크만 빼놓고는 모두 죽었어요. 그래서 아빠는 집을 정리하고 남쪽에 있는 벤 큰아빠네 집에서 함께 살겠다고 했어요. 벤 큰아빠는 올리언스에서 44마일쯤 내려간 강기슭에 조그만 농장을 가지고 있었지요. 아빠는 재산을 탕진한데다 빚도 좀 있는 상태여서 모든 걸 정리하고 보니 16달러와 검둥이 짐만 남았어요. 그걸로는 바람을 피할 수 없는 싸구려 3등 갑판에 탄다 해도, 1400마일이란 거리를 여행하기엔 부족했지요. 그런데 마침 강물이 불어나는 시기여서 아빠는 운 좋게 이 뗏목을 건져 그걸 타고 올리언스까지 내려가기로 했답니다. 그런데 아빠의 운은 오래 가지 않았어요. 어느 날 밤, 증기선 한 척이 뗏목 한쪽 끝을 들이받는 바람에 우리는 모두 강물에 뛰어들어 증기선 밑으로 잠수하여 들어가게 되었지요. 짐과 나는 곧 물 위로 떠올랐지만, 아빠는 술에 취해 있었고 아이크는 아직 네 살밖에 안 된 어린애여서 그대로 가라앉고 말았어요. 그런데 그 다음 날도 또 그 다음 날도 아주 귀찮은 일이 연속해서 일어났어요. 사람들이 우리를 보기만 하면 보트를 타고 쫓아와서 짐을 도망친 노예로 알고 데려가려 하는 거였어요. 그래서 그 다음부터는 밤에만 다니기로 했지요. 밤에는 아무도 귀찮게 굴지 않으니까요."

그러자 공작이 이렇게 말했다.

"낮에도 갈 수 있는 방법을 생각해낼 테니까, 그 문제는 나한테 맡기라고. 그럴듯한 계책을 세우겠어. 오늘은 예전처럼 밤에 다니기로 해. 그런데 건너편 마을을 지나가는 건 안전할 것 같지 않아."

저녁이 되자 주변이 어두워지면서 비가 올 것 같았다. 그래서 공작과 왕은 침대의 형편을 알아보기 위하여 오두막 안으로 들어갔다. 내 침대는 갈대를 깐 것으로, 짐의 침대보다는 고급이었다. 짐의 침대는 옥수수 껍질을 깐 것이었는데, 껍질이라고는 하지만 이삭이 하나 둘 섞여 있어서 그것에 몸이 배겨 아팠다. 게다가 몸을 뒤척거리기라도 하면 마른 껍질이 바스락대는 소리를 내어, 마치 산더미처럼 쌓인 마른 잎 위에서 뒹구는 것 같아 잠을 잘 수가 없었다. 결국 공작이 내 침대를 차지하겠다고 하자 왕이 거절의 이유로 이렇게 말했다.

"신분상 옥수수 껍질 침대가 나한테 어울리지 않는다는 건 자네도 알지 않나? 공작 각하는 옥수수 침대를 차지하게나."

짐과 나는 두 사람 사이에 또다시 충돌이 일어나지 않을까 해서 마음이 조마조마했다. 그래서 공작이 이런 말을 내뱉었을 때는 참으로 기뻤다.

"소 발굽에 짓밟혀 항상 진창 속에 처박혀 사는 게 내 운명이오. 그래서 일찍이 더할 나위 없이 고매했던 내 정신도 역경을 견디어 오는 동안에 산산조각이 나고 말았소. 굴복하고 복종하는 운명이 되었단 말이오."

사방이 완전히 어두워지자 우리는 곧 출발했다. 왕은 뗏목이 강의 한복판까지 나가자, 마을로부터 한참 아래까지 내려갈 동안은 불을 켜면 안 된다고 했다. 얼마 후 작은 불빛이 비쳤는데, 마을이 있다는 증거였다. 우리는 마을로부터 반 마일쯤 떨어져 무사히 통과했다. 그리고 4분의 3마일쯤 내려왔을 때 신호등을 켰다. 그런데 10시경이 되자 비바람과 함께 천둥과 번개가 치기 시작했다. 그러자 왕은 나와 짐에게 날씨가 좋아질 때까지 망을 보고 있으라고 하고는, 공작을 데리고 오두막 안으로 자러 들어가는 것이었다. 나는 12시까지는 비번이었지만, 설사 침대가 있다 해도 침대 속으로 들어가지는 않았을 것이다. 이런 폭풍우란 1주일 동안 매일 있는 것은 아니었다.

바람 소리는 정말 요란했다. 1, 2초 사이를 두고 번개가 번쩍 내리칠 때마다 사방 반 마일 안의 흰 물결이 보이면서 여기저기에 흩어진 섬들이 뿌옇게 드러났다. 그런 다음 또다시 우르릉 쾅! 하고 째지는 소리가 울렸다. 때로는 파도에 휩쓸려 뗏목에서 떨어질 뻔하기도 했지만, 나는 벌거벗고 있었으므로 겁날 건 없었다. 뗏목이 물속에 잠겨 있는 나무 등걸에 부딪칠 염려는 없었다. 사방에서 번갯불이 번쩍였기 때문에 주변을 살필 수 있었으므로 뗏목의 머리를 이리저리 돌려 피할 수 있었다.

내가 망을 보는 시간은 자정부터 새벽 4시까지였는데, 나중에는 마구 졸음이 덮쳐와 견딜 수가 없었다. 그래서 짐이 보초를 대신 서주겠다고 했다. 나는 오두막 안으로 기어들어갔지만, 왕과 공작이 다리를 쩍 벌린 채 자고 있었으므로 도저히 들어갈 틈이 없었다. 그래서 할 수 없이 밖에서 잤다. 비 같은 건 아무래도 좋았다. 어차피 더운데다가 파도도 한결 잔잔해졌기 때문이다. 하지만 2시경이 되자 파도가 또다시 높아졌다. 그래서 짐은 나를 깨우려고 했다가 생각을 바꾸었는지 그대로 두었다. 아직은 위험할 정도로 파도가 높지 않다고 생각했기 때문이다. 그런데 그것은 큰 착오였다. 곧 산더미 같은 파도가 밀려와 나를 휩쓸어가 버렸다. 짐은 허리가 부러질 정도로 웃어댔는데, 짐처럼 싱겁게 잘 웃는 사람을 본 적이 없다.

내가 망을 보게 되자 짐은 자리에 누워 코를 골며 잠들어버렸다. 얼마 후에 폭풍우는 사라졌다. 그리고 오두막의 불빛이 보였다. 그래서 나는 짐을 깨워 둘이서 뗏목을 감추어둘 만한 곳을 찾아 감추었다.

조반이 끝나자 왕은 때가 묻은 헌 트럼프를 꺼내어 공작과 둘이서 한판에 5센트씩 걸고 얼마 동안 세븐 업 게임을 했다. 그리고 트럼프 놀이가 싫증이 나자 공작은 '유세 계획 수립' 이라는 것을 해보자고 하면서 여행 가방 속에서 인쇄한 광고 쪽지를 꺼내어 큰 소리로 읽었다. 그중 한 장엔, 모월모일 어떤 장소에서, '파리의 유명한 아르망 드 몽타르방 박사' 가 입장료 10센트로 '골상학 강연' 을 한다. 그리고 '성격에 관한 도표는 장당 25센트에 배포한다' 고 씌어 있었다. 그런데 공작은 여기에 나오는 박사란 바로 자기 자신이라고 했다. 그리고 또 한 장의 광고에는 '세계적으로 명성을 떨친 셰익스피어의 비극 배우, 런던의 드루리 레인 극장의 개릭 2세' 라고 되어 있었다. 또 다른 광고에는 다른 이름들이 있었는데, 공작은 '점치는 지팡이' 로 물이 나오는 곳과 금이 묻혀 있는 곳을 알아맞히기도 하고, '마녀의 주문' 을 외기도 하고, 그 밖에도 여러 가지 일을 한다고 씌어 있었다. 얼마 후 공작은 이렇게 말했다.

"하지만 내가 가장 좋아하는 건 연극 예술의 세계지. 폐하, 폐하께서는 지금까지 무대에 서본 경험이 있습니까?"

"없네." 왕이 대답했다.

"그렇다면 타락한 왕이여, 내가 사흘 안으로 무대에 서게 해드리지요. 적당한 읍내에 닿게 되면, 공회당을 빌려서 『리처드 3세』의 검극 장면과 『로미오와 줄리엣』의 발코니 장면을 해보기로 합시다. 당신 의견은 어떻소?"

"나는 말이야, 빌지워터. 돈을 벌 수 있는 일이라면 무엇이든지 열심히 하는 사람이지만 연극에 관해서는 아는 게 없는데다가 지금까지 본 일도 없단 말이야. 부친이 궁전에서 연극을 상연시켰던 당시는 내가 아직 어린애였으니까. 이봐, 자넨 나를 가르칠 수 있다고 생각하는가?"

"그야 간단하죠!"

"그럼 됐어. 어쨌든 난 새로운 것에는 흥미를 느끼는 사나이니까 당장 시작하기로 하지."

그래서 공작은 왕에게 로미오란 어떤 남자고 줄리엣이란 어떤 여자인지 자세히 설명하고는, 자기는 늘 로미오를 해왔으니까 왕은 줄리엣이 되는 게 좋겠다고 했다.

"그런데 공작, 줄리엣이 그렇게 젊은 처녀라면 내 이 대머리와 흰 수염이 우습게 보이지 않겠나?"

"별 걱정 다하시네. 이런 산골짝에 사는 사람들이 그런 걸 알 게 뭐요. 게다가 무대 의상을 걸치면 사람이 달라져요. 줄리엣은 무대에 나와서 달빛을 즐기다가 금세 잠자리로 들어가지요. 그러니까 잠옷을 입고 주름 장식이 달린 나이트캡을 써야 하는데, 여기 그 역할을 맡은 사람이 입는 의상이 있어요."

그렇게 말하고 공작은 커튼용 사라사 천으로 만든 옷을 두세 벌 꺼냈는데, 그것은 리처드 3세와 그 상대역이 입는 중세의 갑옷이라고 했다. 이어서 길고 흰 무명천으로 만든 잠옷과 거기에 어울리는 주름 장식이 달린 나이트 캡을 꺼냈다. 그것을 보고 왕은 만족스런 표정을 지었다. 그러자 공작은 책을 꺼내 들고는 아주 거만한 태도로 대사를 외며 연기 지도를 했다. 그러고는 책을 왕에게 건네주면서 당신이 해야 할 대사를 외라고 했다.

강이 굽이진 곳에서 3마일쯤 내려간 곳에 작은 마을이 하나 있었는데, 저녁 식사가 끝나자 공작은 짐이 낮에 마음놓고 다녀도 안전한 묘안이 떠올랐다고 했다. 그리고 지금 자신이 마을로 가서 그 준비를 하겠다고 했다. 그러자 왕은 자기도 가서 무언가 좋은 일이 없는지 보고 오겠다고 했다. 마침 커피가 바닥난 참이라 짐은 나더러 카누를 타고 따라가서 커피라도 사오는 게 어떻겠느냐고 했다.

셋이 마을에 도착해 보니 개미 한 마리 보이지 않을 정도로 텅 비어 있어 마치 일요일 같았다. 이때 우리는 뒤뜰에서 일광욕을 하고 있는 병든 검둥이 하나를 만났는데, 그 검둥이 말로는 아주 나이가 어리거나, 병자거나, 늙은 사람이 아니면 모두 숲 속으로 2마일쯤 들어간 곳에서 펼쳐지는 야외 집회에 갔다는 것이었다. 그러자 왕은 그곳으로 가는 길을 물은 후, 야외 집회장에서 한바탕 벌여보자고 했다. 그리고 나보고도 갈 테면 함께 가도 좋다고 했다.

공작은 인쇄소를 찾아보겠다고 하더니 목공소 2층에 있는 초라한 인쇄소를 찾아냈는데, 목수와 인쇄공들도 모두 야외 집회에 나가 문에는 자물쇠가 채워져 있었다. 그곳은 사방에 잉크가 얼룩져 있는 지저분한 인쇄소로, 벽에는 말이며 탈주노예 같은 그림을 인쇄한 삐라가 잔뜩 붙어 있었다. 공작은 윗옷을 벗으며 이젠 됐다고 했다. 그래서 나와 왕은 야외 집회 장소를 향해 발걸음을 옮겼다.

우리는 30분 후에 그곳에 도착했는데, 날씨가 더워 땀이 비 오듯 했다. 사방 30마일 안에서 사람들이 모여들어 그 숫자는 거의 1천여 명이나 되었다. 숲 속의 여기저기에는 짐마차가 매여 있었는데, 말들은 여물통에서 여물을 먹으며 발을 굴러 파리를 쫓고 있었다. 나무로 기둥을 세우고 나뭇가지를 엮어 만든 판잣집이 몇 채 있었는데, 거기서 레모네이드와 생강이 든 케이크를 팔고 있었다. 거기에는 수박과 옥수수 같은 것들이 산더미처럼 쌓여 있었다.

설교는 그 판잣집에서 행해지고 있었는데, 판잣집은 매우 널찍해서 많은 사람들이 들어갈 수 있었다. 오두막의 한쪽 끝에는 높은 단이 만들어져 있었고, 그 위에는 설교사가 서 있었다.

그곳 여자들은 햇빛을 가리는 모자를 쓰고 있었는데, 그 가운데에는 양모와 아마를 섞어서 짠 옷을 입고 있는 사람이 있는가 하면, 갱사 옷을 입고 있는 사람도 있었다. 젊은 처녀들 가운데는 사라사 옷을 입고 있기도 했다. 그리고 맨발의 젊은 남자도 있었고, 거칠게 짠 삼베 셔츠 한 장만 입고 있는 아이도 있었다. 몇몇 노파는 뜨개질을 하고 있었고, 몇몇 젊은이는 몰래 여자를 유혹하고 있었다.

맨 첫 번째 집에서는 설교사가 찬송가를 읽어 내려가고 있었다. 설교사가 두 줄을 먼저 부르면 사람들이 따라 불렀는데 아주 당당했다. 노래를 부르는 동안 흥분한 사람들의 노랫소리는 점점 커졌고, 마지막에는 신음 소리를 내는 사람이 있는가 하면 악을 쓰는 사람도 있었다.

그쯤에서 설교가 시작되었는데, 아주 열띤 설교였다. 설교사는 처음엔 연단의 이쪽 끝에 서 있는가 싶었는데, 어느 틈에 그 반대쪽으로 가서 서 있었다. 그런가 하면 연단 앞으로 몸을 내밀고 양팔과 몸을 움직이면서 목청을 한껏 돋우어 성경책을 펼쳐 들고 그것을 이리저리 흔들어 보이고는 큰 소리로, "이것이 황야의 뻔뻔스러운 뱀이니라! 이것을 보고 살지어다!"라고 외치는 것이었다. 그러자 사람들이, "영광 있으리, 아아멘!" 하고 외쳤다. 이런 식으로 설교사는 설교를 계속해 나갔는데, 그동안 사람들은 신음 소리를 내기도 하고, 소리를 지르기도 하고, 아멘을 외쳤다.

"아아, 회개하는 자의 자리로 오라! 자, 죄로 더럽혀진 자여! '아멘!' 자아, 병든 자와 상처 입은 자여! '아멘!' 오라, 다리를 저는 자, 눈이 먼 자! '아멘!' 오라, 부끄러움에 몸 둘 바를 모르는 자, 가난한 자! '아멘!' 오라. 핍박받고 더럽혀지고 고뇌하는 모든 자! 영혼이 깨어진 자들은 오라! 회개하는 마음을 가지고 오라! 오, 주 안에 들어와 쉴 지어다!"

그런데 떠들고 외치는 소리 때문에 설교사가 무슨 말을 하고 있는지 알아들을 수가 없었다. 청중들은 여기저기서 일어나 눈물을 흘리며 회개하는 자의 자리로 몰려나갔다. 그리고 그들은 한 덩어리가 되어 맨 앞줄에 있는 벤치까지 가더니 악을 쓰듯 노래를 하고는 짚단 위에 몸을 던지는 등 법석을 떨어 그야말로 수라장을 이루었다.

그런데 잠시 정신을 차리고 보니 왕이 그들 회개자들 틈에 끼여 누구보다도 큰 소리로 외치고 있었다. 그러다가 연단 앞까지 걸어 나갔는데, 설교사는 그에게 다른 사람들을 위해 이야기를 해달라고 부탁하는 것이었다. 그러자 왕이 연단으로 올라가 청중들을 향해 자기는 해적으로, 30년간 인도양에서 해적질을 하다 돌아왔다. 금년 봄의 싸움에 부하들을 많이 잃었으므로 새로운 부하들을 구하러 고국을 찾아왔지만, 운이 없게도 어젯저녁에 돈을 다 빼앗겨 증기선에서 쫓겨나고 말았다. 그러나 그렇게 된 것이 오히려 다행이다. 덕분에 지금은 새로 태어난 기분이며, 지금까지 살아오는 동안 처음으로 행복한 기분을 맛보았다. 그리고 지금은 비록 가난하지만 곧 새출발하여 어떻게든지 인도양까지 가서 앞으로의 생애는 해적들을 참다운 인간이 되어 돌아오도록 하는 데 바칠 작정이다. 인도양의 해적들이라면 모두 아는 처지니까, 이 일을 자기보다 더 잘할 사람은 없다. 물론 빈털터리니까 인도양까지 가자면 오랜 시간이 걸리겠지만, 아무리 시간이 걸려도 반드시 갈 것이다. 그리하여 해적들이 마음을 돌릴 때마다, "나한테 감사할 게 아니야. 이건 모두가 태어나면서 인류의 형제이며 은인인 포크빌의 야외 집회에 모인 분들과, 그리고 해적들한테는 지금까지 유례가 없을 정도로 성실하고 친절한 설교사님 덕분이야!" 라고 말하겠다고 했다.

이 말을 하자마자 영감은 별안간 울음을 터뜨렸다. 그러자 거기 있던 사람들도 울기 시작했다. 이어서 누군가가 큰 소리로 말했다.

"우리 저 사람을 위해서 헌금합시다!" 그 말과 함께 당장 대여섯 사람이 모금을 나섰는데, 누군가가 또 나서더니, "그 사람에게 직접 모자를 돌리게 하는 게 어때?" 하고 소리쳤다. 그러자 설교사를 포함하여 모든 사람들이 그게 좋겠다고 찬성했다.

그래서 왕은 모자를 들고 눈물을 닦으면서 사람들 사이를 빠짐없이 돌아다녔다. 그리고 축복의 말을 하거나 치하하기도 하면서, 먼 곳에 있는 불쌍한 해적들을 생각해주다니 정말 감사하다고 말했다. 그리고 아주 예쁜 처녀들이 두 뺨에 눈물을 흘리면서 다가와서는, 당신을 기억해두기 위해서이니 키스를 하게 해주지 않겠느냐고 하자 영감은 그것을 즐겁게 승낙하고는, 그 가운데 몇몇 처녀와는 대여섯 번이나 껴안고 키스를 했다. 그리고 누군가가 1주일쯤 자기 집에 머물러달라고 하자, 다른 사람도 기다렸다는듯 자기 집에 머물러달라고 하는 것이었다. 하지만 왕은 오늘은 야외 집회의 마지막 날이고, 또 자기는 하루 빨리 인도양으로 돌아가 해적들을 회개시켜야 하기 때문에 그럴 수가 없다고 했다.

뗏목에 돌아와 왕이 받은 돈을 계산해보니, 87달러 75센트나 되었다. 게다가 숲 속을 지나오는 길에 짐마차 밑에 있던 3갤런들이 위스키 통까지 슬쩍 집어왔다. 왕의 말로는 지금까지 전도 사업으로 오늘처럼 톡톡히 재미를 본 날은 없다는 것이었다. 그리고 야외 집회에서 '해적' 이란 캐릭터는 이교도 따위를 빙자하는 것보다 몇 백 배나 더 효과가 있다고 했다.

공작은 왕이 돌아올 때까지는 크게 한몫 보았다고 우쭐해 있었지만, 막상 그가 돌아와서 하는 이야기를 듣고는 자기가 한 일은 아무것도 아니라고 생각하게 되었다. 그는 잠깐 동안 인쇄소에서 농부들을 위해 두 가지의 일－그것은 말 광고라고 했는데－을 해주고 4달러를 벌었다는 것이다.

그리고 신문에 내주겠다며, 10달러 분의 광고를 선금으로 내면 4달러로 감해준다고 하여 4달러를 받고, 신문 요금은 1년에 2달러이지만 선금일 경우엔 50센트로 해주겠다고 하여 세 사람으로부터 예약을 받았다고 했다. 그들 세 사람은 늘 하는 식으로 장작이나 둥근 파로 지불을 대신하겠다고 했지만, 공작은 인쇄소를 방금 샀기 때문에 신문 대금을 현금으로 받아 그것으로 경영해 나갈 작정이라고 했다는 것이다. 그는 또 자기가 직접 쓴, 「그래, 냉혹한 세상이여! 이 찢어진 가슴을 부숴버려라」라는 제목의 달콤하면서 슬픈 내용의 3절로 된 짤막한 시를 활자로 짜서 가지고 왔다. 그는 그것을 인쇄하여 신문에 실을 수 있도록 해놓았는데, 그 대금은 한 푼도 지불하지 않았다고 했다. 그렇게 해서 공작은 9달러 50센트를 벌었다. 그는 이 정도면 하루의 일당치고는 괜찮은 편이라고 했다.

그리고 그는 인쇄는 했지만 팔지 않은 것 한 장을 우리에게 보여주었다. 거기에는 도망친 검둥이의 그림이 그려져 있었는데, 어깨에 멘 막대기 끝에 짐이 꿰어져 있었다. 그리고 그 아래엔 「현상금 20달러」라고 씌어 있었다. 글의 문구는 모두 짐에 관한 것들로, 인상 따위가 자세히 씌어 있었다. 「지난 겨울 뉴올리언스에서 40마일 아래에 있는 세인트재크 농장에서 도망쳤는데, 북쪽으로 향한 것 같음. 이 자를 붙잡아 오는 사람에게는 위에 적은 상금과 그에 따른 경비를 지불하겠음」이라고 적혀 있었다.

"그러니까," 공작이 말했다. "오늘밤부터는 우리도 대낮에 얼마든지 돌아다닐 수 있어. 사람이 오는 게 보이면 짐의 손발을 묶어 오두막 안에 굴려놓고 이 광고 전단을 보이면 되는 거야. 그런 다음 짐을 상류에서 붙잡았는데 증기선을 탈 돈이 없어 친구로부터 이 뗏목을 사 지금 상금을 받으러 가는 길이라고 말하는 거야. 수갑을 채우는 것이 어울리겠지만, 그러면 가난하다는 이야기가 앞뒤가 맞지 않아. 밧줄로 묶는 것이 안성맞춤이야. 연극에서 말하는 '일치' 라는 것을 지키지 않으면 안 돼."

우리는 모두 공작의 아이디어를 칭찬하고, 이제부터는 낮에도 떠날 수 있게 되었다고 좋아했다. 공작이 인쇄소에서 한 일 때문에 그 작은 마을에선 틀림없이 대소동이 일어났겠지만, 우리는 그 소동에 말려들지 않을 만큼 재빨리 떠날 수 있으리라 판단했다. 그리고 마음만 먹으면 언제라도 떠나고 싶을 때 떠날 수 있었다.

우리는 조용히 숨어 있다가, 밤 10시경에 뗏목을 띄워 마을에서 멀리 떨어진 곳으로 몰래 떠났다. 새벽 4시가 되자 짐은 망 보는 걸 교대해달라고 했다.

"헉, 넌 이번 여행길에 앞으로도 왕을 몇 사람 더 만나게 될 거라고 생각하는 거여?"

"아니, 그렇게는 생각지 않아." 내가 대답했다.

"그렇다면 다행이여. 왕도 한둘이라면 모르지만, 그 이상이라면 곤란하다니께. 지금 왕은 술주정뱅이인데다가 공작이란 사람도 그에 비해 조금도 나을 게 없당께."

짐은 프랑스 말이 듣고 싶다며 왕에게 프랑스 말을 해보라고 했다. 그런데 왕은 미국에 온 지 너무 오래 되어 다 잊어버렸다고 했다.

제 21 장

해가 뜬 지 오래 되었지만 우리는 뗏목을 매어두지 않고 그대로 하류를 향해 내려갔다. 얼마 후 왕과 공작도 잠에서 깨어났는데, 전날 마신 술이 아직도 덜 깬 것 같았다. 하지만 강물에 뛰어들어 한바탕 헤엄을 치고 나자 어느 정도 정신이 드는 모양이었다. 조반을 마치자 왕은 구두를 벗은 뒤 바짓가랑이를 걷어 올리고는, 뗏목가에 앉아 발을 물에 담근 채 파이프를 물고 로미오와 줄리엣의 대사를 외기 시작했다. 어지간히 외게 되자, 이번에는 공작과 둘이서 연습을 시작했다. 공작은 왕에게 한 어절 한 어절을 몇 번씩 되풀이하여 가르쳐주었다. 대사와 함께 한숨을 쉬어 보이기도 하고, 가슴에 손을 얹어 보이기도 하는 연기를 가르쳤는데, 어느 정도 훈련이 되자 그만하면 아주 훌륭하다고 칭찬해주었다.

"한데 로미오라고 부를 때 그렇게 황소 같은 소리를 내서는 안 돼요. 부드럽고 가냘프고 간절하게 불러야 해요."

그런 뒤 두 사람은 가는 떡갈나무로 만든 긴 칼 두 자루를 가지고 와서 칼싸움 연습을 하기 시작했는데, 서로 상대방을 베고 찌르는 시늉을 하면서 뗏목 위를 이리 뛰고 저리 뛰는 모습은 정말 볼 만한 구경거리였다.

이때 왕이 발을 헛디뎌 강물 속으로 떨어졌으므로, 연습을 중단하고, 지금까지 그들이 겪은 갖가지 모험담을 털어놓기 시작했다.

저녁 식사가 끝났을 때 공작이 말했다.

"이봐요, 카페 왕! 이번 것은 제1급의 무대로 만듭시다. 그러니 뭔가를 좀 더 덧붙이는 게 좋을 것 같아요. 어차피 앙코르에 답할 만한 것이 약간은 있어야 하니까 말이오."

"앙코르라니! 그게 뭐지, 빌지워터?"

그러자 공작이 이렇게 말했다.

"나는 스코틀랜드춤이나 뱃사람들이 추는 '혼파이프'를 출 건데, 당신은 뭐가 좋을까? 옳지, 햄릿의 독백이 좋겠군."

"햄릿의 뭐라고?"

"햄릿의 독백 말이오. 셰익스피어 극 중에서 가장 유명한 것으로, 숭고하기 이를 데 없는 것이라오. 그걸 들으면 관객 모두가 흥분하지요. 이 책엔 들어 있지 않지만……. 어쩌면 기억의 실마리를 풀어낼 수 있을는지도 모르겠소. 잠깐 왔다 갔다 하면서 기억의 무덤 속에서 그걸 불러내 보겠소."

그렇게 말하고 그는 얼굴을 찡그리기도 하면서 뗏목 위를 왔다 갔다 하기 시작했다. 그러고는 눈썹을 치켜올리기도 하고 이마에 손을 얹고 비틀거리며 신음 소리를 내기도 했다. 그런 다음 한숨을 쉰 후 눈물을 흘리는 시늉을 했다. 그것은 대단한 구경거리였다. 마침내 그는 뭔가를 기억해냈는지 우리더러 잘 들어보라면서 제법 고상한 자세를 취하고 서 있었다.

그는 한쪽 발을 앞으로 내민 다음 두 팔을 높이 쳐들고 고개를 위로 젖혀 하늘을 올려다보았다. 그러고는 이를 바득바득 갈면서 대사를 외는 동안 줄곧 가슴을 내미는 등 온갖 폼을 다 잡으면서 다음과 같은 독백을 했다.

사느냐 죽느냐 이것이 단검이로다
이 단검이 있기에 인생은 불행하게 마련이지.
그 누가 지루한 세상의 짐을 진 채 버남의 숲이 던시네인까지 올 때까지 참을 것이냐.
죽음 뒤의 어떤 공포가
대자연의 두 번째 선물인 죄 없는 잠을 죽이고
우리들로 하여금 미지의 운명에 따르기보다는
가혹한 운명의 화살을 쏘게 하는 일만 없다면
……………………………………………

왕은 이 독백이 마음에 들었는지 금방 외워버리고는 제법 그럴

듯하게 읊조릴 수 있게 되었다. 마치 이 독백을 위해 세상에 태어난 것 같았다. 익숙해져서 제 흥에 겨워지자, 독백 문구를 외면서 이리 뛰고 저리 뛰며 야단법석을 떨었는데, 정말이지 꼴불견이었다.

공작은 맨 처음 얻어 걸린 기회를 놓치지 않고 연극 광고 전단을 인쇄했다. 그 후 2, 3일 동안 강물을 따라 떠내려가는 뗏목 위는 전에 없이 활기가 돌고 흥겨웠다. 그래서 아침부터 밤중까지 검극과, 공작이 말하는 소위 '리허설' 이란 것이 반복되었다. 어느 날 아침, 아칸소에서 얼마간 내려와 강이 급격히 굽이진 곳에 당도하자 조그마한 마을이 보였다. 그래서 우리는 마을에서 4분의 3마일쯤 상류인, 사이프러스나무가 무성하게 우거져 터널을 이룬 샛강 입구에 뗏목을 맸다. 그리고 짐을 제외한 나머지 사람들은 카누를 타고 그 마을에서 연극을 할 수 있는지를 알아보기 위해 떠났다.

마을에 가보았더니 운 좋게도 그날 낮부터 서커스가 열릴 예정이어서, 벌써부터 사람들이 가지각색의 낡은 고물 마차며 말을 타고 모여드는 중이었다. 연극을 상연하기에는 다시없이 좋은 기회였다. 왕이 그곳의 관청 청사를 빌렸으므로, 우리는 마을 곳곳에 광고 전단을 붙이며 돌아다녔다. 그 광고 전단에는 이렇게 씌어 있었다.

셰익스피어 재상연!

미증유의 인기 프로!

오늘밤뿐임!

세계적인 비극 배우인

런던 드루리 극장 전속 데이비드 개릭 2세 및

런던 피카딜리 푸딩 레인 화이트 채플

헤이마켓 왕립 극장 및 왕립 대륙 극장의 전속 에드먼드 킨 1세

이들 두 명의 명배우가 출연하는 셰익스피어 최고의 장면

『로미오와 줄리엣』 중의 발코니 장면!

로미오 역…………개릭 씨

줄리엣 역…………킨 씨

극단원 전원 총출연!

의상, 배경, 도구 모두 신제품.

이 밖에도 피가 얼어붙을 정도의 스릴에 찬 결투 장면이 있는

『리처드 3세』도 공연!

리처드 3세 역…………개릭 씨

리치먼드 역…………킨 씨

이 밖에 특별 요청에 응하여

『햄릿』의 불후의 독백!

그 이름도 빛나는 킨 출연!

파리에서 3백 회 연속 흥행!

유럽에서의 흥행으로 오늘밤에만 한함.

입장료 : 어른 25센트, 어린이 및 하인 10센트.

우리는 광고 전단을 붙이고 나서 마을을 돌아다녀 보았지만, 가게와 집들은 너무나 낡아, 페인트 같은 걸 칠했던 흔적은 아예 눈에 띄지도 않았다. 그 집들은 지면에서 3, 4피트쯤 올려 지어져 있어 미시시피 강이 범람해도 물에 잠기지 않을 정도였다. 문은 돌쩌귀가 대부분 하나밖에 달려 있지 않았으며, 어떤 것은 가죽으로 만든 것까지 있었다. 사람들이 뜰에서 놀고 있는 돼지를 몰아내고 있었다.

가게는 하나밖에 없는 한길에 모여 있었다. 가게 앞에는 집 주인들이 흰 광목으로 만든 차일이 쳐져 있었는데, 시골에서 온 사람들은 차일 기둥에 말을 매놓고 있었다. 차일 밑에는 옷감 따위가 들어 있던 빈 상자가 놓여 있었고, 건달들이 하루 종일 그 위에 앉아 닭이 쪼듯이 칼로 상자를 깎거나 담배를 씹기도 하고, 입을 크게 벌려 하품을 하면서 기지개를 켰다. 그들은 대개 양산만큼이나 큰 밀짚모자를 쓰고 있었지만, 조끼며 윗도리는 입지 않았다. 그리고 서로 빌이니 벅이니 행크니 조니 앤디니 하고 부르면서 느릿느릿 매우 저속한 말을 주고받았다. 차일 기둥 밑에는 어디에나 이런 건달들이 하나씩 붙어 있었으며, 그들은 하나같이 바지 주머니에 손을 찌르고 있었다. 손을 꺼낼 때는 남에게 씹는담배를 빌려줄 때나 가려운 데를 긁을 때뿐이었다. 그런데 그런 녀석들이 하는 수작은 늘 이런 투였다.

"행크, 담배 한 모금만."

"안 돼. 한 모금밖에 안 남았어. 빌 녀석한테나 달라고 해."

이런 건달들은 대부분 수중에 단돈 1센트도, 단 한 개비의 담배도 가지고 있지 않는 치들이었으므로, 씹는담배는 늘 남한테서 얻어 피웠다.

가게에서 파는 담배는 대부분 검고 납작한 것이었는데, 이런 건달들은 대개가 생담배 잎을 그대로 꼬아 만든 걸 씹고 있었다. 이들이 담배를 나눠줄 때는 납작한 것을 칼로 자르거나 하지 않고, 한쪽 끝을 이빨로 물고 손으로 찢어 주었다. 간혹 담배를 빌려간 녀석이 이로 물어뜯은 나머지 부분을 갖고 왔을 땐 담배를 빌려준 녀석은 몹시 못마땅하게 바라보면서 이렇게 말했다.

"야, 인마! 네가 물고 있는 걸 나한테 주고, 네가 이걸 가져!"

그곳은 큰 길이건 작은 골목이건 모두가 진흙투성이였는데 그것도 타르처럼 시커먼 진흙이었다. 그리고 어딜 가나 돼지들이 꿀꿀거리면서 돌아다녀 거리는 진흙을 뒤집어쓴 암돼지와 새끼돼지투성이였다. 때로는 암돼지가 한길 한복판에 떡하니 누워 있을 때도 있어, 사람들은 이들 돼지 옆을 피해서 지나가야만 했다. 새끼돼지가 젖을 빨고 있는 동안 어미돼지는 눈을 지그시 감고 두 귀를 쫑긋거리면서 마치 월급이라도 받는 것처럼 행복하게 누워 있었다.

얼마 후 건달 중의 누군가가, "쉭, 타이그, 저놈을 물어라!" 하고 소리를 지르자 암돼지는 끼익끼익 비명을 지르며, 양쪽 귀를 물고 늘어진 두어 마리의 개를 질질 끌면서 도망쳤다. 그러자 그 뒤를 3, 40마리의 개가 뒤쫓아 갔다. 건달들은 벌떡 일어나 돼지가 보이지 않을 때까지 깔깔대며 웃어댔다. 그런 다음 녀석들은 다시 조용해져서 꼼짝도 않고 있다가 개싸움이 시작되자 긴장했다. 녀석들은 개에게 장난치는 걸 좋아했는데 똥개에다 테라핀 기름을 끼얹고 불을 지르거나 개 꼬리에 양철 냄비를 매달아 죽도록 뛰어다니게 하고는 미치도록 낄낄거렸다.

강가에 세워진 집 중에는 지붕이 내려앉고 벽이 허물어져 당장이라도 강물 속으로 무너져 내릴 것 같은 집도 있었는데, 대개 집주인들은 벌써 떠나가고 없었다. 또 어떤 집은 한쪽 구석 토대에 밑의 강둑이 떨어져나가, 그 부분이 공중에 떠 있는 곳도 있었다. 그런 집에는 아직 사람이 살고 있었지만, 지면이 집 폭만한 넓이로 한꺼번에 폭삭 내려앉은 집도 간혹 있으므로 아주 위험했다. 때로는 4분의 3마일 정도의 폭이 무너지기 시작하여 그 일대가 전부 강물 속으로 가라앉는 일도 있었다. 그런 마을은 강물이 조금씩 침범해 들어오기 때문에 자꾸만 뒤로 물러나지 않으면 안 되었다.

그날은 한낮이 가까워짐에 따라 마을의 거리는 마차와 말로 붐볐는데, 마차는 쉴 새 없이 쏟아져 들어왔다. 시골 사람들은 대부분 도시락을 싸가지고 와서 마차 안에서 먹었다. 간혹 위스키를 마시는 사람도 적지 않아서 싸움이 세 건이나 있었다. 그러는 동안 누군가가 큰 소리로 외쳤다.

"저기 보그스 영감이 왔다! 술을 마시려고 시골에서 한 달에 한 번은 오지."

그 소리를 듣자 건달들의 얼굴이 환해졌다. 녀석들은 보그스 영감을 좋은 놀림감으로 삼고 있었다. 이때 건달 중의 하나가 말했다.

"저 영감, 이번엔 누구를 해치울 작정일까? 만일 저 영감이 근 20년 동안 해치우려고 한 녀석들을 정말로 해치웠다면 지금쯤은 꽤 유명해졌을 거야."

그러자 다른 녀석이 말했다. "이번엔 나를 해치우겠다고 한다면 좋겠구먼. 그러면 천 년은 끄떡없을 테니까."

그때 보그스가 인디언처럼 '호이호이' 소리를 지르면서 말을 몰아 와서는 외쳤다.

"어서 비켜! 난 지금 전쟁터에 가는 길이야. 앞으로 관 값이 크게 오를 거야."

영감은 술이 취해 있었으므로, 말안장 위에서 몸을 제대로 가누지 못했다. 뻘겋게 얼굴이 달아오른 그 영감은 나이가 50이 넘어 보였다. 건달들은 영감을 향해 소리를 지르기도 하고, 낄낄대며 욕을 퍼붓기도 했다. 그러자 영감도 지지 않고 말대꾸를 했다. 그러고는 나를 보더니 말을 탄 채 다가와서 말했다.

"이봐, 어디서 굴러들어온 녀석이야? 죽을 각오는 돼 있겠지?"

하고 사라졌는데, 나는 겁이 덜컥 났다. 그때 한 사나이가 말했다.

"저건 진심이 아냐. 술에 취하면 늘 하는 소리니까. 술에 취했거나 취하지 않았거나 간에 남에게 손톱만큼도 해를 끼친 적은 없어."

보그스는 마을에서 가장 큰 가게 앞에서 말을 세우더니, 고개를 숙여 차일 안을 들여다보며 소리쳤다.

"이봐 서번, 이리 와라! 나와서 네놈이 속여먹은 사나이 앞에 나서라구! 여기까지 쫓아온 이상 절대로 놓치지 않겠다!"

그러면서 셔번한테 욕설을 마구 퍼부었다. 어느새 한길은 보그스의 고함 소리를 듣고 몰려온 사람들로 가득 찼다. 얼마 후, 55세쯤 되어보이는 거만하게 생긴 사나이가 가게에서 나오자 구경꾼들이 양쪽으로 물러서서 그에게 길을 터주었다. 그 사나이는 아주 침착한 음성으로 보그스 영감을 보며 말했다.

"이제 이런 일은 신물이 날 정도지만, 1시까지는 참아주지. 알겠어? 1시까지야. 만일 1시가 지나서까지 이따위로 주둥아릴 놀리면 네놈이 어디로 도망치건 꼭 붙잡아서 혼쭐을 내주고 말 테다."

그렇게 말하고 그 사나이는 홱 돌아서서 가게 안으로 들어가고 말았다. 건달들은 꼼짝도 하지 않았고, 웃는 녀석도 없었다. 보그스는 또다시 목청을 돋우어 셔번한테 욕을 퍼붓고는 말을 타고 저쪽으로 가더니 잠시 후 또다시 셔번의 가게 앞으로 돌아와 계속 욕지거리를 퍼부었다. 몇 사람이 그에게 다가가 그만 입을 다물게 하려고 했지만 보그스는 듣지 않았다. 있는 힘을 다해 욕을 퍼붓더니 진창 속에 모자를 내던진 뒤 그것을 말발굽으로 짓밟았다. 그러고는 바람에 백발을 휘날리면서 한길 저쪽으로 달려갔다. 사람들이 그를 어딘가에 감금하여 술이 깨게 하려고 말에서 끌어내리려 했지만 헛수고였다. 영감은 또다시 가게 앞으로 달려와서 셔번한테 욕을 퍼부었다. 그러자 구경꾼 중의 누군가가 소리쳤다.

"영감의 딸을 불러 와. 딸 말은 듣는 수도 있으니까."

그래서 누군가가 딸을 부르러 뛰어갔다. 나는 얼마쯤 그 거리를 걸어가다가 다시 걸음을 멈추었다. 그로부터 5분에서 10분쯤 지났을 때 보그스가 다시 나타났다. 한데 이번엔 맨머리에 이리저리 비틀거리며 내가 있는 쪽을 향해 걸어왔다. 양쪽에서 친구들이 그를 부축하고 있었다. 그때 누군가가 버럭 소리를 질렀다.

"보그스!"

목소리의 주인공이 누군가 하고 소리 나는 쪽을 바라보았더니, 바로 서번 대령이었다. 그는 오른손에 피스톨을 쥔 채 거리 한복판에 우뚝 서 있었는데, 총구는 비스듬히 하늘로 향해 있었다. 그때 한 젊은 처녀와 남자 두 사람이 달려오는 것이 보였다. 두 남자는 피스톨이 보이자 한쪽으로 피했다. 그 순간 피스톨은 천천히 아래로 내려오면서 팔과 수평을 이루었는데, 이연발의 격철 두 개가 다 일어나 있었다. 보그스는 재빨리 두 손을 들고, "아아, 제발 부탁이야, 쏘지 마." 하고 외쳤다. 그때 첫 번째의 총소리가 울렸다. 영감은 뒷걸음질을 치면서 허공에 손을 허우적거렸다. 탕! 하고 두 번째의 총소리가 울렸다. 영감은 양손을 털썩 떨어뜨리고 뒤로 벌렁 나자빠졌다. 그러자 조금 전의 처녀가 비명을 지르며 달려와서 부친의 몸을 감싸안으며 소리쳤다. "아아, 저놈이 우리 아버질 죽였어!" 사람들은 그 광경을 보려고 어깨를 서로 밀치며 두 사람 주위로 몰려와 목을 길게 뽑았다. 그러자 안에서 누군가가 덮쳐누르는 사람들을 떠밀어내면서 말했다.

"비켜요, 비켜! 바람을 통하게 해야 해요, 바람을!"

서번 대령은 땅바닥에 피스톨을 내던지고는 홱 등을 돌려 그대로 가버렸다.

사람들은 보그스를 조그마한 약방으로 떠메고 갔는데, 많은 사람들이 그 뒤를 따랐다. 나도 달려가서 보그스의 모습이 잘 보이는 창가에 가 섰다. 사람들은 보그스를 마룻바닥에 눕힌 다음, 두툼한 성서로 머리를 괴고 또 한 권은 가슴 위에 펼쳐놓았다.

하지만 그 전에 사람들이 셔츠를 찢어서 벌려놓았으므로, 탄알 하나가 어디를 뚫고 지나갔는지 알 수 있었다. 보그스는 열 번쯤 숨을 헐떡였는데, 숨을 쉴 때마다 가슴 위에 얹어놓은 성서가 들썩거리더니 곧 죽고 말았다. 그가 죽자 울며 날뛰는 딸을 사람들이 억지로 아버지로부터 떼어내어 다른 곳으로 데리고 갔다. 딸은 15세쯤 되어보였는데 아주 예뻤다. 그녀는 새파랗게 질려 벌벌 떨고 있었다.

얼마 후 마을 사람들이 창가로 몰려와 죽은 자를 보려고 소란을 피웠다. 그렇지만 창가에 먼저 자리를 잡고 있던 사람들이 좀처럼 비키려고 하질 않았다. 그래서 나중에 온 사람들이, "자아, 당신들은 볼 만큼 봤잖소. 우리도 볼 권리가 있으니 자리 좀 비켜주시오." 하고 불평을 했다.

나중에 온 사람들에 대해 대꾸하는 측도 만만치 않았으므로, 또 다시 큰 소동이 일어날 것 같아 나는 슬쩍 자리를 빠져나왔다. 거리는 사람들로 가득 찼는데 모두가 흥분해 있었다. 쏴 죽이는 장면을 본 사람들은 자기들이 본 상황을 다른 사람들에게 신이 나서 들려주고 있었다.

머리를 길게 기르고 흰 모피로 만든 높직한 실크해트를 삐딱하게 쓴 삐쩍 마른 키 큰 사나이가, 보그스가 서 있던 장소와 셔번이 서 있던 장소에 표시를 했다. 그러자 사람들은 그 사람 뒤로 우르르 몰려가 그가 하는 걸 뚫어져라 바라보았다. 사나이는 셔번이 서 있던 곳에서 몸을 곧추세운 뒤 얼굴을 찡그리고 모자를 깊숙이 눌러쓰더니, "보그스!" 하고 소리쳤다. 그리고 스틱을 위에서 천천히 아래로 내려 수평이 되게 하고는, "탕!" 소리를 내며 뒤로 비틀거렸다. 그리고 다시 한 번 "탕!" 소리를 내고는 벌렁 나자빠졌다.

그러는 동안 누군가가 셔번을 린치해야 한다고 하자 1분도 채 안 되어 모두가 입을 모아 맞장구를 쳤다. 사람들은 미친 듯이 고함을 지르면서 닥치는 대로 빨랫줄을 끊어가지고, 이것으로 그를 목매달아야 한다며 달려갔다.

제 22 장

사람들은 마치 인디언처럼 '호이호이'라고 외치면서 셔번의 집으로 몰려갔다. 그들의 앞에 있는 것은 비키지 않으면 당장 발로 깔아뭉개어질 판이어서 여간 무서운 광경이 아니었다.

아이들은 길옆에서 폭도들을 피하려고 비명을 질러댔고, 거리에 면한 집의 창에는 여자들이 얼굴을 내밀고 있었으며, 나무에는 검둥이 아이들이 올라가 있었고, 울타리 너머에는 검둥이 남녀가 내다보고 있다가 폭도가 가까이 오면 황급히 안전한 곳으로 도망쳤다. 그리고 여자들은 새파랗게 질린 얼굴로 울어대는 통에 그야말로 아수라장이었다.

폭도들은 한 덩어리가 되어 셔번의 집 울타리 앞까지 몰려갔는데, 어찌나 시끄러운지 자신의 목소리조차 들을 수 없을 정도였다. 집 앞의 뜰은 20피트 정도 되었는데, 그들 중의 누군가가, "울타리를 쓰러뜨려!" 하고 소리쳤다. 그러자 순식간에 울타리가 무너졌다. 울타리가 무너지자 폭도의 선두에 섰던 사람들이 파도처럼 안으로 밀려들었다.

바로 그때, 셔번이 이연발총을 손에 들고 집 정면의 작은 현관 지붕 위에 나타나 침착한 모습으로 서 있었다. 소동은 순식간에 잠잠해지고 사람들의 물결도 뒤로 멈칫 물러났다.

셔번은 무겁게 입을 다문 채 사람들을 물끄러미 내려다보고 있었다. 기분 나쁠 정도로 침착한 태도였다. 사람들은 그와 눈싸움을 해서 이기려고 했지만 그것은 도저히 불가능했다. 얼마 후 셔번은 입가에 웃음을 띠었는데, 그것은 기분 좋은 웃음이 아니라, 빵을 먹는 도중에 모래를 씹은 듯한 그런 음산한 웃음이었다.

잠시 후 그는 사람들을 깔보는 투로 말했다.

"너희들이 누구를 린치한다고? 거 참 웃기는군. 너희들이 한 사나이를 린치할 만한 배짱이 있다고 생각하는 게 웃긴단 말이야. 친구도 없고 의지할 데도 없는 가엾은 여자에게 타르를 끼얹고 깃털을 달아줄 만한 용기가 있을는지는 모르지만, 한 사나이에게 손을 댈 만한 배짱이 있다고 생각하나? 어림도 없지. 너희들 같은 녀석 1만 명이 뭉쳐 있다 해도 나는 꿈쩍도 안 해. 등 뒤에서 공격당하지만 않는다면 말이야. 서부에서 태어나 남부에서 자라고, 북부에서 살아온 나야. 그래서 평범한 인간의 속성에 대해 너무 잘 알아. 평범한 인간은 대부분 겁쟁이지. 북부의 평범한 인간은 자기를 짓밟는 사람에게는 짓밟게 내버려두고, 집에 돌아와서는 그것을 참고 견디는 겸손한 정신을 주옵소서, 하고 기도를 드리지. 하지만 남부에서는 대낮에 사나이 혼자서 사람이 가득 탄 역마차를 세운 뒤 사람들로부터 돈을 빼앗는단 말이야. 너희들은 신문에서 너희들을 용감하다고 써주니까, 너희들 자신이 진짜 용감한 줄 알고 있어. 하지만 너희들은 평범 그 이상도 이하도 아니야. 너희들은 정말로 마음이 내켜서 온 건 아닐 거야. 평범한 사람이란 번거로운 일과 위험한 일을 좋아하지 않는 법이지. 이봐, 너희들은 꼬리를 늘어뜨리고 집이란 구멍으로 기어들어가는 것이 더 어울린단 말이야. 만일 진짜로 린치를 하고 싶다면, 남부식으로 한밤중에 하는 거야. 그리고 몰려올 때도 복면을 하고, 사나이다운 사나이를 하나 데리고 오는 거야. 자아, 어서 돌아가. 너희들을 충동질한 반푼어치짜리 녀석을 데리고 가는 걸 잊지 마." 하고 말하면서 그는 왼팔로 총을 옮기더니 찰칵 격철을 올렸다.

군중들은 황급히 뒤로 물러나 뿔뿔이 흩어졌고, 특히 벅 하네스란 녀석은 볼썽사나운 꼴로 다른 사람들의 뒤를 따라 도망치고 말았다. 나는 그곳에 그대로 남으려면 남을 수도 있었지만, 별로 그러고 싶은 생각이 없었다.

그런 뒤 서커스 구경을 가서 뒤쪽에서 어슬렁대다 감시인이 지나가기를 기다렸다가 재빨리 텐트 밑으로 기어들어갔다. 수중에는 20달러짜리 금화에다 잔돈이 얼마 더 있긴 했지만, 이렇게 집에서 멀리 떠나 있는 데다가 생판 모르는 사람들 속에 있는 처지였으므로 되도록 아껴두는 편이 좋을 것 같다고 생각했다. 미래를 대비하는 것보다 좋은 일은 없기 때문이다. 달리 방법이 없다면 돈을 내고서라도 볼 수 있겠지만 서커스를 보는 데 돈을 낭비하고 싶지는 않았다.

그것은 정말 멋진 서커스였다. 그렇게 멋진 구경거리는 흔치 않았다. 모두가 두 사람씩 짝을 지어 말을 타고 나왔는데, 아주 잘생긴 남녀가 나란히 나타났다. 남자는 바지와 셔츠만 입었을 뿐, 맨머리에 맨발인 채로 허벅지 위에 양손을 자연스럽게 올려놓고 있었다. 모두 스무 명은 되는 것 같았다. 그리고 여자 쪽은 모두 혈색이 좋은데다가 흠잡을 데 없는 미인들이었다. 입고 있는 옷은 다이아몬드가 잔뜩 박혀 있었으므로 틀림없이 수백만 달러는 나갈 것 같았다. 정말 아름다웠는데, 그렇게 아름다운 광경을 보는 것은 난생 처음이었다. 얼마 후 모두가 말 등에서 일어나 천천히 링 주위를 돌았다. 똑바로 선 남자들은 키가 아주 커 보여 머리가 천장에 닿을 정도였다. 그들은 남실남실 고개를 끄덕이며 돌았다. 여자들은 모두가 장미꽃잎 같은 옷을 입고 있었는데, 허리 근처에서 하늘대는 비단물결은 마치 이 세상에서 가장 아름다운 파라솔 같았다.

그러는 동안 동작이 점점 빨라지면서 모두가 신나게 춤을 추었다. 한쪽 다리를 들어 올렸다가 다시 다른 쪽 다리를 들어올렸다. 말은 점점 몸을 앞으로 숙였고, 단장은 한가운데 있는 기둥 주위를 채찍을 휘두르면서, "하잇! 하잇!" 소리를 지르며 돌았으며, 그 뒤에서 광대가 익살스런 만담을 늘어놓고 있었다. 그러고는 얼마 후 모두가 말고삐를 놓는 것이었다. 이때 여자들은 손을 머리에 갖다 대고, 남자들은 팔짱을 꼈다. 그리고 말들은 고개를 앞으로 숙이면서 등을 굽혀 몸을 둥글게 했다. 그와 동시에 말에 탔던 사람들은 한 사람씩 링 위로 뛰어내려 놀라울 정도로 공손하게 절을 하고는 사라졌다. 관중들은 박수를 치면서 미친 듯 환호했다.

정말이지 서커스는 처음부터 끝까지 놀라움으로 입을 다물지 못하게 했다. 단장이 뭐라고 한마디 할 때마다 광대는 말대꾸를 했는데, 그것이 관중의 배꼽을 쥐게 했다. 어떻게 그처럼 재밌는 이야기를 즉석에서 척척 내뱉을 수 있는지 나로서는 도무지 이해가 가지 않았다. 그러는 동안 술주정뱅이 하나가 말을 타고 싶다며 링으로 나오려고 했다. 서커스 단원들은 그 사람이 링으로 나오지 못하게 하려고 만류했지만 그는 막무가내였다. 그 때문에 서커스는 중단되고 말았다. 그래서 관중들이 그를 향해 소리를 지르며 야단을 치자 주정꾼은 더욱 기고만장해서 날뛰었다. 그 바람에 구경꾼들 사이에서는 소동이 일어났고, 많은 사람들이, “저놈을 끌어내! 저놈을 내쫓아 버려!” 하면서 자리를 박차고 링으로 몰려나왔다. 그러자 단장이 나서서 관중을 진정시키고는 과연 저 자가 말을 탈 수 있는지 어떤지는 알 수 없지만, 더 이상 소란을 피우지 않겠다고 약속한다면 말을 타게 해줄 수도 있다고 했다. 관중들이 단장의 말에 찬성하자 마침내 사나이는 말 등에 올라탔다. 그런데 말은 사나이가 타자마자 제멋대로 날뛰었다. 서커스 단원 두 사람이 고삐를 잡고 말을 진정시키려 했지만 실패하고 말았다.

술주정뱅이는 말의 목을 바짝 끌어안았지만, 말이 껑충껑충 뛸 때마다 두 다리가 허공으로 튀어올랐다. 관중들은 모두 자리에서 일어나 눈물이 나올 정도로 웃어댔다. 드디어 말은 고삐를 잡고 있던 서커스 단원의 손을 뿌리치고 링 위를 맹렬한 기세로 달리기 시작했다. 그러자 술주정뱅이는 말 등에 죽어라 매달렸으므로 관중은 더욱 열광했다.

하지만 나는 우습지 않았다. 너무나 위험하게 느껴졌으므로 몸이 부들부들 떨려 차마 볼 수가 없을 정도였다. 그런데 얼마 후 술주정뱅이가 용케도 몸을 일으켜 세우더니, 말고삐를 찾아 쥐었다. 그러고는 말 등 위에 꼿꼿이 몸을 세우더니 고삐를 놓는 게 아닌가. 그러자 말은 맹렬하게 내달렸다. 달리는 말 등에서 술주정뱅이는 멀쩡해진 얼굴로 경쾌하게 말을 모는 것이었다. 그러고는 입고 있던 옷을 하나씩 벗어 공중으로 집어던졌다. 벗어 던진 옷이 모두 열일곱 개나 되었는데, 옷을 벗어 던지고 나자 그는 정말 잘생긴 미남인데다가 속에는 아주 멋진 옷을 입고 있었다. 그는 채찍질을 하여 말을 쏜살같이 달리다가 마지막으로 말에서 사뿐히 뛰어내려 인사를 하고는 춤추는 듯한 걸음걸이로 대기실 쪽으로 물러갔다. 관중은 기쁨과 놀라움으로 와아와아 하고 탄성을 지르면서 소란을 피웠다.

그때야 서커스 단장은 자기가 완전히 속아 넘어갔다는 것을 알았다. 단장의 그 얼빠진 꼴이란 두 번 다시 볼 기회가 없을 것이다. 왜냐하면 조금 전의 그 주정뱅이는 서커스 단원 중의 한 사람이었기 때문이다. 그것을 몰랐다니!

그런데 그날 밤, 우리도 쇼를 상연했다. 하지만 관객은 고작 12명뿐이어서 경비를 건지는 데 만족해야 했다. 게다가 관객이 시종 웃기만 하여 공작은 화를 냈다. 아무튼 쇼가 채 끝나기도 전에 관객이 모두 자리를 뜨고 말았다. 아니, 꼭 한 사람 남아 있었는데, 그는 잠든 어린아이였다. 그래서 공작은 아칸소의 이런 저능한 사람들에게는 셰익스피어극이 분에 넘친다고 했다. 그러고는 이 고장 녀석들의 취향을 알았다면서, 다음날 아침에는 큰 포장지 대여섯 장과 검은 페인트를 구해 가지고 와서 당장 광고 전단을 만들어 거리에 붙였다. 광고 전단에는 이렇게 씌어 있었다.

마을 회관에서!

사흘 밤뿐임!

세계적으로 명성을 떨치고 있는 비극배우

데이비드 개릭 및 초대 에드먼드 킨 1세!

런던 및 유럽 대륙 극장 전속 배우.

스릴 만점의 비극

『국왕의 기린(麒麟)』

일명 왕국의 걸작

입장료 50센트

그리고 맨 끝에 큰 글씨로 이렇게 적혀 있었다.

부인과 어린이의 입장은 금함!

"자아, 이거면 됐어. 마지막에 덧붙인 문구를 보고도 손님이 오지 않는다니, 아칸소 녀석들은 정말 알다가도 모를 사람들이야."

하고 말했다.

제 23 장

공작과 왕은 무대를 만들고, 막을 치고, 각광(脚光)으로 쓰이는 양초를 진열하는 일로 하루 종일 분주했다. 밤이 되자 공연장은 관객으로 가득 찼다. 이제 한 사람도 들어올 수 없을 정도가 되자, 공작은 입구의 문지기 노릇을 그만두고 뒤쪽으로 돌아가 무대 위로 올라가더니 막 앞에 우뚝 섰다.

그러고는 잠시 연설을 하고 나서 그날 상연할 비극에 대해 입에 침이 마르도록 광고를 해댔다. 초대 에드먼드 킨에 관해서도 칭찬을 늘어놓고는 그가 이번 연극에서 주연을 맡는다고 했다. 그리하여 사람들이 보고 싶어서 안달을 하게 되었을 때, 스르르 막이 올라갔다. 그러자 왕이 벌거벗은 채 네 발로 기어서 무대 위로 깡충깡충 뛰어나왔다. 몸에는 줄무늬가 무지개처럼 화려하게 그려져 있었는데 제정신이 아닌 것 같았다. 관객들은 그걸 보고 배꼽을 쥐며 웃어댔다. 왕이 이리 뛰고 저리 뛰다가 무대 뒤로 사라져 버리자 관객들은 박수와 함께 괴성을 지르면서 법석을 떨었다. 그러자 왕은 다시 기어나와 그 짓을 되풀이했는데, 그가 사라지면 앙코르가 계속되었다. 정말 그 바보 같은 영감이 노니는 꼴을 보았다면

암소라도 웃었을 것이다.

그런 다음 공작이 막을 내린 뒤 관객을 향해 인사를 했다. 그는 이 위대한 비극이 런던 드루리 레인 극장에서 상연할 날이 가까웠고, 그 극장에선 이미 표가 매진된 상태라 여기서는 부득이 이틀 밤밖에 공연할 수 없게 되었다면서 다시 한 번 정중히 인사를 했다. 그리고 덧붙여 말하기를, 이 극이 정말 재미있다고 생각한다면 주변 사람들에게도 관람을 권해주시면 고맙겠다고 했다. 그러자 스무 명가량의 사람들이 소리를 지르기 시작했다.

"뭐라고? 이것으로 끝이라고? 연극이 이게 전부란 말이야?"

공작은 그렇다고 대답했다. 그 다음부터가 볼 만했다. 관객들은 너나 할 것 없이 "속았다!"고 소리를 지르고는, 험상궂은 얼굴로 배우들이 있는 무대 쪽으로 달려들려고 했다. 그런데 이때 체격이 당당하고 잘생긴 한 사나이가 벤치 위에 올라서서 사람들에게 소리쳤다.

"여러분, 잠깐 진정하고 제 말을 들어보십시오." 그러자 사람들은 잠시 마음을 진정시키고 귀를 기울였다. "우리는 속았소. 아주 멋지게 속았소. 그러나 마을 사람들에게 웃음거리가 되고 싶지는 않소. 여러분도 마찬가지일 거요. 그러니까 지금은 얌전하게 나갑시다. 그리고 아주 훌륭한 연극이었다고 떠들어대 다른 사람들에게 한방 먹이는 게 어떻소? 그렇게 되면 우리 모두 피장파장이 되는 셈 아니겠소? 내 말이 틀렸소?"

그러자 사람들이 이구동성으로 그 말이 옳다고 했다.

"그럼 집으로 돌아가거든 다른 사람들에게 이 비극을 보라고 권하는 거요."

이튿날은 온 마을이 그 비극을 칭찬하는 소리로 떠들썩했다. 그리고 밤이 되자 공연장은 어제와 마찬가지로 초만원을 이루었고, 우리는 그 관객을 또다시 속여주었다. 그런 다음 나와 왕과 공작은 뗏목으로 돌아와 뗏목을 강 복판으로 끌고 나가 마을로부터 2마일쯤 하류로 내려가 뗏목을 감추었다.

사흘째 밤이었다. 공연장은 또다시 만원이었는데, 그날 밤에는 새로 구경 온 손님이 아니라, 어제와 그젯밤에 한번 구경을 왔던 손님들이었다. 나는 공작과 나란히 입구 쪽에 서 있었다. 그런데 자세히 보니, 입장객들의 주머니며 윗도리가 불룩해져 있었다. 게다가 거기서 풍기는 냄새로 판단하건대, 그것은 절대로 향기로운 물건은 아니고 썩은 계란이나 양배추 따위가 분명했다. 고양이 시체에서 풍기는 냄새가 어떤 것인지 알고 있었기 때문에, 만약 내 짐작이 틀림없다면 분명 썩은 고양이가 예순네 마리쯤은 들어 있을 것 같았다. 나는 잠깐 안으로 들어가 보았다. 그런데 어찌나 냄새가 지독한지 도저히 견딜 수가 없었다. 얼마 후 관객이 더 들어오려야 들어올 틈이 없게 되었을 때, 공작은 한 사나이에게 25센트를 쥐어주면서 잠깐만 문지기 노릇을 해달라고 부탁하고는 무대 뒤로 돌아갔다. 그래서 나도 그 뒤를 따라갔다. 그런데 모퉁이를 돌아 어두운 곳까지 오자 갑자기 공작이 말했다.

"이봐, 빨리 여길 빠져나가. 그리고 일단 마을을 벗어나면 악마에게 쫓기고 있다는 생각으로 뗏목 있는 데로 달려가야 해!"

나와 공작은 서둘러 그곳을 빠져나와 동시에 뗏목에 도착했는데, 그로부터 2초도 채 안 되어 우리는 어두운 강물 위를 조용히 흘러가기 시작했다. 우리는 강 복판을 향해 비스듬히 떠내려갔는데, 약속이나 한 듯이 아무 말도 하지 않았다. 나는 왕이 가엾게도 관객에게 붙잡혀 혼쭐이 나고 있는 게 아닐까 걱정했지만 큰 착각이었다. 얼마 후 왕이 뗏목 오두막 안에서 기어나와 이렇게 말하는 게 아닌가!

"이봐, 공작! 이번엔 재미가 어땠어?"

그는 애당초 마을엔 가지도 않았던 것이다. 우리는 램프도 켜지 않은 채 그 마을에서 10마일쯤 하류로 내려갔다. 그러고는 램프를 켜고 저녁 식사를 했다. 왕과 공작은 멋지게 마을 사람들을 골려주었다면서 허파가 끊어질 듯이 웃어댔다. 얼마 후에 공작이 말했다.

"머저리 같은 놈들! 나는 첫날 왔던 관객들이 사실을 숨긴 채 다른 놈들을 불러들이리라는 걸 훤히 꿰뚫고 있었어. 그리고 사흘째 되는 밤엔 잔뜩 벼르고 있다가 우리를 혼내주려 했다는 것도 알고 있었지. 즉, 오늘밤이 바로 놈들이 우릴 골탕 먹일 차례였지. 그래서 나는 그들이 어떤 식으로 우릴 노렸고, 또 어떤 효과를 보려 했는지 정말 궁금했어. 그럴 생각만 있었다면 주제를 확 바꾸어 피크닉이라도 할 수 있었을 거야. 어차피 먹을 건 잔뜩 가지고 왔으니까."

두 악당은 사흘 밤 동안 460달러를 거두어들였다. 그런 식으로

돈이 무더기로 들어오는 걸 나는 처음 보았다. 얼마 후 두 사람은 잠이 들어 코를 골기 시작하자 짐이 말했다.

"이봐, 헉! 이 왕이란 자들이 하는 짓 놀랍지 않아?"

"아니, 별로." 내가 대답했다.

"별로라니 왜?"

"왜는 뭐가 왜야. 왕으로 태어났으니까 그렇지. 왕이란 모두 그 본새라고."

"하지만 헉, 이치들은 진짜 악당들이야, 정말이야. 태어나길 악당으로 태어났단 말이야."

"그래, 나도 그 얘기를 하고 있는 거야. 내가 알기엔 왕이란 모조리 악당들이야."

"그래?"

"그렇다니까. 왕의 이야기를 쓴 책을 한번 읽어봐. 그럼 알 수 있을 거야. 헨리 8세라는 책을 읽어보라고. 헨리 8세를 보면 거기에 나오는 왕은 흡사 주일 학교 교장 같아. 그리고 찰스 2세, 루이 14세, 루이 15세, 제임스 2세, 에드워드 2세, 리처드 3세, 그 밖에도 40명이나 있어. 또 옛날 색슨 족의 칠왕국 시대의 왕노릇을 한 녀석들도 모두 깡패들이나 다름없었지. 한창 때의 헨리 8세를 보라고. 그 녀석은 정말 화려했지. 매일 새로운 여자와 결혼하고 이튿날 아침에는 그 아내의 목을 댕강 잘랐거든. 더욱이 그 일을 마치 계란이라도 가지고 오라고 분부하는 것처럼 눈썹 하나 까딱하지 않고 명령했지. '넬 귄을 대령하렷다.' 하고 명령한 뒤 신하들이

넬 귄을 데려오면 이튿날 아침엔, '목을 잘라라.' 했지. 그러면 신하가 목을 자른 거야. '제인 쇼어를 데려와.' 하면 제인 쇼어가 오고, 이튿날 아침에 '목을 잘라라.' 하면 신하가 또 목을 잘랐지. '페어 로저먼을 불러와.' 그러면 부름을 받아 페어 로저먼이 나타나고, 이튿날 아침에는 '목을 잘라라.' 고 했지. 이렇게 부른 여자들에게 녀석은 매일 밤 이야기를 한 가지씩 시켜 그것을 적어두었는데, 그 이야기가 천한 개가 되었을 때 그것을 모아서 한 권의 책을 만들었지. 그리고 책 제목을 『최후 심판일의 대장』이라고 했어. 어때, 그럴듯한 이름이지? 책 제목은 그 내용을 잘 설명하고 있는 셈이야. 짐은 왕이란 걸 잘 모르겠지만 나는 잘 알고 있어. 우리가 모시고 있는 악당들은, 내가 역사책 속에서 본 왕들에 비하면 아주 얌전한 편이야. 저 헨리인지 무언지 하는 녀석은, 우리나라와 겨루려고 갖은 궁리를 했었지. 그리고 미리 예고를 하여 상대방에게 싸울 준비를 할 기회나 줬는 줄 알아? 천만의 말씀이야! 갑자기 보스턴 항구에 있던 차를 몽땅 바다 속에 풍덩 집어던진 다음 독립선언서를 내동댕이치고는, '자, 올 테면 와봐라' 는 식이었지. 그것이 녀석의 수법이었어. 자기의 친아버지까지도 의심한 녀석이야. 친아버지는 웰링턴 공작이었는데, 친아버지에게 의혹을 품고 있던그 녀석이 어떻게 했는지 알아? 좀 나와주십사고 부탁했을 것 같아? 천만의 말씀이야. 고양이처럼 포도주 통에 넣어서 물속에 처넣어 버렸어. 게다가 누군가가 깜빡 잊고 녀석 옆에 돈을 놓고 가면 그 작자는 어떻게 했는 줄 알아? 자기 멋대로 써버렸어. 가령 놈과 함께 무얼 하기로 하고 그것에 대한 계약을 맺었을 경우에 놈은 어떻게 했는 줄 알아? 놈은 온갖 구실을 붙여서 일을 질질 끌었지. 만일 놈이 입을 열면 재빨리 그 입을 틀어막지 않는 이상 반드시 거짓말을 듣게 마련이었지. 헨리란 놈은 그렇게 나쁜 놈이었어. 우리들의 왕 대신 헨리란 왕이 지금 이 자리에 있었다면 아마 마을 사람들을 훨씬 더 골탕 먹였을지도 몰라. 나는 우리 왕이 어린 양처럼 온순한 사람이라고 말하는 건 아니야. 왜냐하면 실제로 그런 사람이 아니니까. 하지만 그 헨리란 숫양에 비하면 우리의 왕들은 그래도 나은 편이야. 내가 말하는 건 어쨌든 왕은 왕이니까 봐주지 않으면 안 된다는 거야. 역사상 대부분의 왕들은 아주 고약한 녀석들이었어. 자라나길 그렇게 자라났으니까 말이야."

"하지만 헉, 여기 있는 왕은 정말 지독한 놈이여. 그런데 공작이란 치는 그래도 좀 나은 것 같지 않은가?"

"응, 조금 낫다고 할 수 있지. 하지만 뭐 그게 그거야. 여기 있는 공작도 공작으로선 꽤나 못된 친구야. 술에 취했을 때 보면 왕과 그치를 구별할 수가 없을 정도야."

"아무튼 헉, 나는 이런 치들은 딱 질색이여. 이 두 놈을 보고 완전 손 들어버렸당께."

"나도 마찬가지야, 짐. 하지만 어차피 우리가 녀석들을 떠맡은 이상 어쩔 수 없는 일이야. 녀석들이 누구라는 걸 알고 정상을 참작해 줘야 해. 그냥 눈감고 봐주는 거야. 나도 왕이란 것이 존재하지 않는 나라는 없나 하고 생각할 때가 가끔 있어."

녀석들이 실은 왕도 공작도 아니라는 걸 짐에게 이야기해보았자 무슨 소용이 있겠는가! 득 될 것이 아무것도 없었다. 게다가 녀석들이 모두 가짜라는 뚜렷한 증거도 없지 않은가.

나는 그대로 잠이 들어버렸고, 짐은 내가 뗏목을 지킬 차례가 되었는데도 나를 깨우지 않았다. 짐은 가끔 그랬다. 날이 샐 때쯤 눈을 떠 보니, 짐은 두 무릎 사이에 머리를 처박고 앉아 슬프게 흐느끼는 것이었다. 나는 못 본 척하고 그대로 내버려두었다. 짐이 왜 그러는지 너무나 잘 알고 있었다. 멀리 북쪽에 두고 온 아내와 자식 생각에 마음이 서글퍼졌던 것이다. 그것은 그가 집을 떠나 멀리 있는 것이 이번이 처음이었기 때문이다. 자기 가족을 생각하는 마음은 검둥이나 백인이나 마찬가지였다. 짐은 밤중에 내가 잠들어버린 줄 알고 지금처럼 저렇게 슬피 운 적이 가끔 있었다. 그리고 "불쌍한 엘리자베스! 불쌍한 조니! 아아, 정말 괴롭다. 다시는 너희들을 만날 수 없을 걸 생각하니. 다시는, 아아!" 하면서 괴로워했다. 그 정도로 짐은 마음씨가 착한 검둥이였다.

그런데 이번에는 나도 모르는 사이에 불쑥 짐에게 그의 처자 이야기를 하고 말았다. 그러자 짐은 이런 이야기를 하기 시작했다.

"지금 내가 마음 아파하는 것은, 조금 전에 저쪽 강기슭에서 철썩 하고 무엇인가를 때리는 소리가 들려왔는데, 그 소리를 들으니 엘리자베스에게 심하게 했던 일이 생각났기 때문이여. 그 아이는 이제 겨우 4살인데, 성홍열에 걸려 죽을 고생을 하다가 가까스로 살아났당께. 어느 날 그 애가 내 옆에 서 있기에 이렇게 말했지.

'문 좀 닫아라'. 그런데 그 애는 문을 닫으려 하지 않고 멍청히 선 채 나를 보고 생글생글 웃기만 하더랑께. 나는 화가 나서 다시 한 번 크게 소리를 질렀지. '내 말 안 들려? 문을 닫지 못하겠어!' 했지. 그런데도 여전히 우뚝 서서 웃고만 있는 거여. 나는 화가 머리끝까지 치밀어 '말을 듣지 않으면 듣도록 해주지!' 하면서 엘리자베스의 뺨을 한 대 후려친 거여. 그랬더니 그 애는 그 자리에 푹 쓰러지더랑께. 그리고 나는 다른 방으로 갔다가 10분쯤 지난 후에 다시 돌아왔는데, 문은 그대로 열려 있고, 애는 문 앞에 서서 고개를 숙이고 눈물을 뚝뚝 흘리고 있었당께. 나는 도저히 화를 참을 수가 없어서 다시 한 번 따끔하게 혼내주려고 했는데, 때마침 불어온 바람이 쾅! 하고 요란한 소리를 내면서 문이 그 애 뒤에서 닫히는 거였지. 그런데도 그 애는 꿈쩍도 하지 않는 거여. 그 순간 나는 숨이 콱 막히는 것 같았당께. 그때의 기분을 뭐라고 표현해야 할까? 그 왜 있잖아…… 저, 어떻게 말로 표현할 수가 없당께. 나는 몸을 부들부들 떨면서 조용히 방에서 나와 문 뒤로 다가가서 가만히 문을 열고, 그 애 뒤에서 불쑥 얼굴을 내밀었당께. 그리고 힘껏 목청을 돋우어 '와!' 소리를 질렀지. 그런데도 그 애는 꿈쩍도 안 하는 것이여. 아아, 헉, 나는 그 애를 끌어안고 통곡을 했당께. 그러고는 '아아, 가엾어라! 전지전능하신 하느님이시여, 이 짐 녀석을 용서해주십시오. 이 몸은 죽을 때까지 용서받지 못할 것입니다!' 하고 빌었지. 아아, 헉! 그 애는 귀머거리가 되었던 거여. 그런 가엾은 애를 그토록 모질게 때렸으니!"

제 24 장

다음 날, 해가 져서 어둑어둑해질 무렵, 우리는 버드나무가 서 있는 강 한가운데의 조그만 모래톱 덤불 속에 뗏목을 매두었다. 양쪽 기슭에 마을이 보였으므로 공작과 왕은 그 두 마을에서 한탕 할 계획을 세우기 시작했다. 짐은 공작에게 어떻게 두세 시간 안에 끝내줄 수 없겠느냐고 하면서, 밧줄에 묶인 채 오두막 안에서 하루 종일 뒹굴고 있자니 지루해서 견딜 수가 없다고 했다. 그렇다고 짐을 데리고 갈 수는 없는 일이었으므로 우리는 그를 묶어둘 수밖에 없었다. 만일 누군가가 짐 혼자 있는 걸 본다면, 더군다나 그가 멀쩡하게 있는 걸 본다면 틀림없이 도망친 노예라고 생각할 것이 뻔했기 때문이다. 그러자 공작은 묶여 있지 않아도 될 방법을 연구해보자고 말했다.

공작은 대단히 머리가 좋은 녀석이었으므로 곧 묘안을 생각해냈다. 그는 짐을 완전히 리어 왕의 모습으로 분장시켜놓았다. 커튼을 만드는 사라사 천으로 긴 가운을 만들어 입히고, 백마의 털로 만든 가발을 씌우고 수염을 붙였다. 그리고 분장할 때 쓰는 안료로 짐의 얼굴과 손, 귀, 목 전체에 칙칙한 푸른색을 칠했다. 그렇게 해놓고 보니, 마치 9일 동안이나 물속에 잠겨 있던 익사체처럼 보였다. 정말 그처럼 무섭고 기분 나쁜 인간의 몰골은 난생 처음이었다. 그런 뒤 공작은 널빤지를 가져오더니 이렇게 썼다.

병든 아라비아인 – 단, 미쳐 있지 않을 때는 안전함.

그리고 그 널빤지를 얇은 나무판자에 대고 못질을 하더니, 그것을 오두막의 4, 5피트 앞에 세워놓았다. 짐은 아주 기뻐했다. 2년 동안이나 밧줄에 묶여서 무슨 소리가 들릴 때마다 부들부들 떨던 생활에 비해 훨씬 편안하다고 했다. 공작은 짐에게 이제는 편히 있어도 된다면서, 만일 누군가가 와서 귀찮게 굴려고 하면 오두막 안에서 뛰쳐나와 잠깐 날뛴 다음 한두 번 짐승처럼 짖어대라고 했다. 그러면 상대방은 '걸음아 날 살려라' 하고 도망칠 것이라면서. 짐의 몰골은 죽은 송장 정도가 아니라 그보다 몇 곱절 더 무시무시하게 보였기 때문이다.

두 악당은 다시 한 번 걸작을 만들어보고 싶어 했다. 큰돈이 들어오기 때문이었다. 그러나 그 짓을 되풀이한다는 건 위험했다. 그때의 사건이 사방에 소문이 나 있을지도 모르는 일이었다. 그렇다고 해서 달리 뾰족한 수가 떠오르는 것도 아니어서 공작은 한두 시간 휴식을 취하면서 마을에서 한탕 할 수 있는 방법을 생각해보겠다고 했다.

왕에게는 별다른 계획이 없었다. 그러나 어떻든 새로운 마을로 떠나자면서, 모든 걸 하느님의 섭리에 맡기자고 했다. 왕이 말하는 하느님의 섭리란 사실 악마의 섭리처럼 생각되었다. 우리는 전에 상륙했던 곳에서 멋진 옷을 샀는데, 왕은 그 옷을 입더니 나에게도 새 옷을 입으라고 했다. 나는 물론 그 말에 따랐다. 왕의 옷은 새까만 옷이었는데, 그것을 입자 정말이지 딴사람처럼 의젓해 보였다. 옷이 그처럼 사람을 달라지게 하는 걸 나는 처음 알았다. 전에는 말할 수 없이 천하게 보이던 사람이 새로 산 흰 실크해트를 벗어 들고 미소를 지으며 인사를 하자 정말 신앙심이 깊은 선량한 사람처럼 보였다. 마치 노아의 방주에서 나온 사람 같기도 하고 '레위기' 에 나오는 주인공 같기도 했다. 짐은 카누를 깨끗이 청소했고 나는 노를 점검했다. 멀리 보이는 갑 아래쪽으로 큰 증기선이 기슭에 닿아 있었다. 마을에서 3마일쯤 위쪽이었는데, 두 시간 전부터 정박해 있으면서 짐을 싣고 있었다. 왕이 말했다

"이런 차림을 하고 있으니, 나는 세인트루이스나 신시내티 같은 큰 도시에서 강을 타고 내려온 것으로 해두는 게 좋겠어. 허클베리, 저 증기선에 가보자. 그리고 저 배를 타고 마을 아래쪽으로 내려가보는 거야."

나는 증기선을 타러 간다는 말에 뭐라고 대꾸할 필요조차 느끼지 못했다. 마을에서 반 마일쯤 상류의 강기슭까지 카누를 저어간 다음, 거기서부터는 흐름이 약한 벼랑 밑을 따라 힘껏 저어갔다. 그러자 얼마 후, 통나무 위에 걸터앉아 이마의 땀을 씻고 있던 순박해 보이는 시골 젊은이와 마주쳤다. 젊은이의 옆에는 큰 여행 가

방이 놓여 있었다.

"배를 기슭에 대라." 왕이 말하자 나는 그의 말대로 따랐다.

"이봐, 젊은이는 어디로 가는 길인가?"

"저 증기선을 타려요. 올리언스에 가는 길입니다."

"그럼 이 배를 타라고." 왕이 말했다. 그러고는, "잠깐 기다려. 내 하인을 시켜서 그 가방을 여기 싣게 할 테니까. 아돌프스, 가서 저 신사 양반 좀 도와드려라." 아돌프스란 나를 가리키는 말이었다.

나는 시키는 대로 했다. 그리고 셋이 카누를 타고 갔다. 젊은이는 무척 고마워하며 이렇게 더운 날, 짐을 들고 걷는다는 건 여간 성가신 일이 아니라고 했다. 그리고 왕에게 어디로 가는 길이냐고 물었으므로, 왕은 북쪽에서 와서 오늘 아침 건너편 마을에 상륙했는데, 5, 6마일쯤 상류에서 농장을 경영하고 있는 친구를 만나러 가는 길이라고 대답했다. 그러자 젊은이가 말했다.

"당신을 처음 뵈었을 땐, '아아, 윌크스 씨로군. 조금만 일찍 왔더라면 좋았을걸.' 하고 생각했어요. 하지만, '아니야, 윌크스 씨가 아니야. 윌크스 씨라면 카누를 타고 강을 올라올 리가 없지.' 하고 다시 생각했습니다. 설마 윌크스 씨는 아니겠죠?"

"아아, 나는 블로젯이야. 알렉산더 블로젯……. 주님의 심부름꾼이지. 그야 그렇고 윌크스 씨를 만나지 못해서 안 됐군. 만나지 못해서 손해라도 본다면 낭패니까. 설마 손해를 보는 건 아니겠지?"

“천만에요. 금전적인 손해는 없어요. 돈은 어차피 윌크스 씨에게로 돌아갈 테니까요. 단지 윌크스의 형님이신 피터 씨의 임종을 보지 못한 게 안타깝지요. 하지만 피터 씨는 죽기 전에 윌크스 씨를 볼 수만 있다면 가진 건 무엇이든 다 주었을 겁니다. 죽기 전 3주일 동안에는 온통 그 얘기뿐이었으니까요. 두 분이 어릴 때 헤어진 이후 서로 만난 적이 없었다는군요. 게다가 공생 윌리엄은 한번도 본 적이 없는데, – 윌리엄이라는 사람은 귀머거리에다 벙어리인 동생을 말합니다 – 윌리엄의 나이는 서른인가 서른다섯밖에는 되지 않았을 겁니다. 미국으로 이주해 온 사람은 피터 영감과 조지 영감 둘뿐이지요. 조지란 결혼한 동생을 말하지요. 조지와 그 마나님은 둘 다 작년에 세상을 떠나고 말았지요. 이제 남아 있는 건 하비랑 윌리엄 둘뿐이랍니다. 그런데 아까도 얘기했지만 이 사람들은 임종에 맞춰 오지 못한 거지요.”

“그 두 사람에게 알리기는 했나?”

“물론 알렸죠. 한 달인가 두 달 전에 피터 씨가 병이 들면서 알렸죠. 피터 씨의 말이, 어쩐지 이번에는 무사히 넘길 것 같지 않다고 했으니까요. 피터 씨는 나이가 많은데다 조지 씨의 딸들은 너무 어려서, 빨간 머리 메리 제인을 제외하고는 이야기 상대가 없었어요. 그리고 조지와 그의 아내가 세상을 떠난 후로 피터 씨는 별로 세상 살 재미가 없는 것처럼 보였지요. 그래서 하비 씨를 무척 만나고 싶어 했습니다. 그런 점에선 윌리엄 씨도 만나고 싶어 했지요. 왜냐하면 피터 씨란 분은 유언장 같은 걸 쓰는 성격이 아니었으니까요. 그래서 하비 씨에게 보내는 편지 한 통을 남겨놓고 세상을 떠났는데, 편지엔 돈을 숨겨놓은 장소를 적어놓았다고 하더군요. 그리고 나머지 재산은 조지 씨의 딸들이 고생하지 않도록 나누어주라고 써놓았다는 겁니다. 어쨌든 조지 씨는 돈을 한 푼도 남겨놓지 않고 세상을 떠났으니까요. 그 편지는 사람들이 피터 씨에게 권하여 겨우 쓰게 했다더군요."

"자넨 어째서 하비 씨가 오지 않을 거라고 생각하는 거지? 하비 씨는 지금 어디서 살고 있지?"

"영국 셰필드에서 목회자로 있습니다. 미국에는 한번도 오지 않았어요. 시간을 낼 수가 없는데다가…… 어쩌면 그 편지조차 받지 못했는지도 몰라요."

"그것 참 안 됐군. 동생들을 만나지도 못하고 세상을 떠나다니, 가엾어라. 자넨 올리언스에 간다고 했지?"

"네에, 하지만 올리언스가 목적지는 아니에요. 전 배를 타고 수요일에 리우데자네이루로 떠나요. 그곳에 숙부님이 계시거든요."

"꽤 긴 여행을 하는군. 하지만 여행은 즐거운 거야. 나도 한번 가보고 싶어지는군. 그 메리 제인이란 아가씨가 맏딸인가? 다른 딸들은 몇 살이나 됐는데?"

"메리 제인이 열아홉 살, 수전이 열다섯 살, 조안나가 열네 살인데……. 그 애는 자선 사업에 열을 올리고 있는 언청이죠."

"가엾어라! 이런 냉혹한 세상에 딸 셋만 남겨놓다니!"

"하지만 그렇게 딱한 형편은 아니랍니다. 피터 씨에게는 친구가 여럿 있어서, 그분들이 딸들을 고생하게 내버려두지는 않을 테니까요. 침례파 목사인 홉슨 씨, 그리고 집사인 롯 하비 씨, 벤 럭커 씨, 앱너 새클포드 씨, 변호사 레비 벨 씨, 의사인 로빈슨 씨 그리고 그분들의 부인과 미망인 바틀리도 있습니다. 그러니까 하비 씨가 여기에 왔더라면 친구를 찾는데는 그다지 고생하지 않았을 겁니다."

이런 식으로 왕은 온갖 일을 꼬치꼬치 캐물어, 그 젊은이로 하여금 모든 것을 털어놓게 했다. 그리고 마지막에는 피터 씨가 하던 장사에 관한 일도 물었다. 그런 식으로 하나에서부터 열까지 캐묻고 나서 이렇게 말했다.

"어째서 자넨 저기 있는 증기선까지 걸어가려고 했지?"

"그건 올리언스 행의 큰 배기 때문에 저곳엔 대지 않을 줄 알았죠. 짐이 많을 땐 손을 들어도 잘 서지 않아요. 신시내티에서 오는 배는 서지만 저것은 세인트루이스에서 오는 배거든요."

"피터 윌크스는 부자였나?"

"물론이죠. 그는 큰 부자였어요. 집도 여러 채가 있는데다가 땅도 많이 있었고, 게다가 현금도 4천 달러를 어딘가에 감춰놓았다고 하더군요."

"언제 세상을 떠났다고 했지?"

"어젯밤에 세상을 떠났어요."

"그렇다며 장례식은 내일이겠군."

"네, 정오경입니다."

"정말 딱한 이야기군."

우리가 증기선에 도착했을 때는 마침 짐을 다 실었을 때였으므로 배가 곧 출발했다. 왕은 그 배를 타자는 말을 하지 않았으므로 증기선에 탈 기회를 놓치고 말았다. 배가 멀리 가버리자 왕은 상류 쪽으로 1마일을 더 올라가자고 했다. 그러고는 으슥한 곳까지 와서 기슭에 내리더니 이렇게 말했다.

"자, 빨리 되돌아가서 공작을 데려오고, 그 새 여행 가방도 가져와. 만일 공작이 강 건너편 쪽으로 갔다면 빨리 뒤따라가서 그를 데려오도록 해. 그리고 돈 걱정은 조금도 하지 말라고 해. 자, 빨리 가!"

나는 그가 무슨 꿍꿍이속인지 잘 알고 있었다. 하지만 아무 말도 하지 않았다. 내가 공작을 데리고 오자 녀석은 카누를 감추고 나서 통나무 위에 앉아 있었다. 그리고 왕은 공작에게 그 젊은이가 말한 것을 모두 이야기해주었다. 그는 영국 사람처럼 말하려고 애를 썼는데, 나름대로 제법 능숙했다. 나는 죽었다 깨어나도 그런 흉내를 낼 수가 없었으므로 숫제 그런 흉내를 내보려고도 하지 않았다. 그는 공작에게 이렇게 말했다.

"빌지워터, 자넨 벙어리 흉내를 낼 수 있겠지?"

공작은 그런 일이라면 문제없다고 했다. 무대에서 벙어리 역할을 한 적이 있다는 것이다. 그런 식으로 이야기를 끝내더니 그들은 증기선이 오기를 기다렸다.

오후가 절반이 지났을 무렵, 작은 기선 두 척이 나타났다. 그러나 상류에서 내려오는 게 아니어서 그대로 지나치게 했다. 그러다가 마침내 큰 배가 왔으므로 "어이!" 하고 불렀다. 그러자 배에서 보트를 내주어 우리는 그 보트를 탔다. 보트는 신시내티에서 온 것이었는데, 우리가 4마일이나 5마일밖에 가지 않는다는 걸 알자 선원들은 화를 내면서 심한 욕을 퍼붓고는 우리를 내려주지 않겠다는 것이었다. 그러자 왕이 침착한 어조로 이렇게 말했다.

"보트에 태워준다는 조건으로 신사 한 사람 몫으로 1마일당 1달러씩 지불하면 증기선이라도 그 손님들을 실어다줄 수 있을 텐데?"

그러자 선원들은 화를 누그러뜨리며 좋다고 했다. 그리고 목적지인 마을까지 왔을 때, 그들은 우리를 보트에 태워 강기슭에 상륙시켜주었다. 보트가 오는 것을 보고 20여 명의 사람들이 모여들었다. 왕이 그들을 보고 말했다.

"여러분들 중 피터 윌크스 씨 집을 아는 분 계신가요?"

그러자 사람들은 서로 얼굴을 쳐다보더니, "그것 봐, 내 말이 틀림없잖아." 하는 투로 고개를 끄덕였다. 이때 누군가가 상냥하고 친절한 태도로 이렇게 대답했다.

"불행하게도 어제 저녁까지 거처하시던 집밖에는 가르쳐드릴 수가 없게 되었습니다."

그러자 그 더러운 영감 녀석은 그 말을 한 사나이한테 쓰러지며 상대방의 어깨에 턱을 괴고는 울면서 푸념을 했다.

"아아, 가엾은 우리 형님! 이젠 두 번 다시 만나뵐 수 없다니……. 하늘도 무심하셔라!"

왕은 흐느끼면서 공작 쪽으로 돌아서더니 두 손으로 벙어리 흉내를 내보였다. 그러자 이번에는 공작 녀석도 여행 가방을 털썩 바닥에 떨어뜨리더니 왁 하고 울음을 터뜨리는 게 아닌가! 이렇게까지 근성이 더럽고 치사한 사기꾼 놈을 본 건 처음이었다.

그러자 마을 사람들은 두 사람을 동정하며 위로의 말을 해주고는, 그들의 여행 가방을 대신 들어 둑 위에까지 옮겨다주었다. 그러고는 두 사람이 자기들에게 기대어 실컷 울도록 배려하면서, 형님이 돌아가실 때의 모습을 왕에게 자세히 들려주는 것이었다. 그러자 왕은 그 말을 손짓으로 공작에게 알려주었다. 그리고 두 사람이 죽은 무두장이 형을 애도하는 꼴은, 마치 12사도를 잃기라도 한 것 같았다. 원, 세상에! 이런 일이 있어도 상관없단 말인가. 그런 꼴을 보니 사람으로 태어난 것이 부끄러울 정도였다.

제 25 장

이 소식은 2분도 채 안 되어 온 마을에 퍼졌다. 그리고 사방팔방에서 사람들이 모여들었는데, 그중에는 뛰어오면서 윗도리 소매를 끼우는 사람도 있었다. 이윽고 우리는 많은 사람들에게 둘러싸이게 되었으므로, 사람들의 발소리는 마치 군대가 행진하는 소리 같았다. 창문과 뜰은 우리를 구경하는 사람들로 가득 찼다. 그리고 거의 1분마다 한 번씩 누군가가 울타리 안에서 소리를 질렀다.

"그 양반들인가?"

그러면 급히 걸어가고 있던 군중 속에서 누군가가 대답했다.

"물론이지."

윌크스 씨 집에 이르러보니 집 앞의 한길은 사람들로 북적거렸고, 문 앞에는 세 조카가 서 있었다. 메리 제인은 빨강머리로 대단한 미인이었다. 그리고 얼굴이며 눈이 후광을 발하는 것처럼 빛나고 있었다. 숙부님이 온 게 무척 기뻤던 모양이다. 왕 녀석이 두 팔을 벌리자 메리 제인이 왕에게 달려가고 언청이는 공작에게 달려갔다. 그러고는 모든 것이 감격의 연속이었다. 일가친척이 서로 만나서 이렇게 기뻐하는 것을 보고 여자들은 눈물까지 흘렸다.

그러자 왕이 공작을 슬쩍 팔꿈치로 찔렀다. 아무도 모르게 그렇게 했지만 내 눈에는 보였다. 얼마 후 왕이 주위를 둘러보고는 한쪽 구석에 있는 두 개의 의자 위에 관이 놓여 있는 것이 눈에 띄자, 공작과 함께 한 팔은 서로의 어깨를 부둥켜안고, 다른 한 팔은 눈두덩이에 대고 그쪽으로 엄숙하게 걸어갔다. 사람들은 뒤로 물러나 그들 두 사람에게 길을 터주며 "쉿!" 하는 소리를 내면서 말을 중단했다. 두 사람은 관 있는 데까지 가자, 몸을 굽혀 안을 들여다보았다. 그러고는 갑자기 올리언스까지 들릴 정도의 큰 소리로 울음을 터뜨렸다. 나는 남자들이 그렇게 많은 눈물을 흘리는 것을 처음 보았다.

얼마 후 왕은 자리에서 일어나 조금 앞으로 나오더니 일장 연설을 하기 시작했다. 눈물을 흘리면서 하는 엉터리 연설이었다. 4천 마일 밖에서 찾아온 보람도 없이 살아 계신 모습을 뵙지 못했으니, 이것은 자신과 동생에게 참으로 쓰라린 시련이라고 했다. '그러나 여러분들이 이렇게 동정을 베풀어주신 덕분에 슬픔도 어느 정도 가라앉아 크게 위안을 받았다. 그러므로 동생과 함께 여러분들에게 진심으로 감사를 드리는 바이다. 그것은 말로는 도저히 표현할 수 없을 정도' 라고 우는 소리로 늘어놓았는데, 정말 구역질이 날 지경이었다. 그리고 녀석은 아주 믿음이 깊은 사람처럼 그럴듯하게 아멘인가 뭔가를 중얼거리고는, 가슴이 터지지나 않을까 염려가 될 정도로 큰 소리로 울어댔다.

왕의 연설이 끝나자마자 거기 모인 사람 가운데서 누군가가 〈영광의 송가〉를 부르기 시작했다. 그래서 다른 사람들도 큰 소리로 함께 불렀으므로, 덕분에 교회의 예배 시간이 끝난 것처럼 속이 후련해졌다. 역시 음악은 좋았다.

노래가 끝나자 왕은 또다시 말을 꺼냈는데, 이 집안과 친했던 친구 몇 분이 오늘 저녁 여기서 식사를 하고, 고인의 유해 옆에서 함께 밤을 새워준다면, 자신과 자신의 조카딸들에게 더없는 영광일 것이라고 했다. 그리고 저기 잠들어 있는 불쌍한 형님이 만일 한마디만 할 수 있다면 그분이 누구의 이름을 부르리라는 걸 자기는 잘 알고 있으며, 그 사람들은 형님에게는 매우 소중한 이름으로서, 가끔 자기에게 보낸 편지 속에도 그 이름들이 적혀 있었다고 했다. 그러고는 자기는 이제부터 그분들의 이름을 부르겠다고 하면서, 홉슨 목사님, 롯 하비 집사님, 벤 럭커 씨, 앱너 섀클포드 씨, 레비 벨 씨, 의사인 로빈슨 선생, 그리고 그들의 부인과 버틀리 미망인을 지명했다.

홉슨 목사와 의사인 로빈슨은 마을에서 조금 떨어진 곳으로 함께 사냥을 나가고 없었다. 사연인즉 의사 쪽은 병자를 저 세상에 보내기 위해서, 목사는 병자가 갈 곳을 가르쳐주러 간 셈이었다. 변호사인 벨 씨는 마침 일이 있어서 루이스빌에 가 있었지만, 다른 사람은 거기에 있었으므로 모두 왕한테 다가와서 악수를 하고 위로의 말을 했다. 그 다음에는 공작에게 악수를 했는데, 그들은 아무 말도 하지 않고 바보처럼 웃으며 연방 고개를 끄덕였다. 한편 공작은 공작대로 손짓을 하면서, 아무것도 모르는 갓난애처럼, "으으으으." 하는 소리를 내었다.

그런 다음에도 왕은 계속 엉터리 수작을 부리면서 마을 사람이며 개에 관해서 일일이 이름을 대가며 묻는 것이었다. 그리고 마을 안에서 일어난 사소한 일과 조지네 집안과 피터에게 생긴 일 따위를 쉴새없이 지껄여댔다. 녀석은 그것이 모두 피터가 편지로 알려준 것처럼 지껄였지만 그것은 모두가 새빨간 거짓말이었고, 얼마 전 우리가 카누로 증기선까지 데려다 준 그 젊은 멍청이한테서 들은 이야기였다.

한참 후에 메리 제인은 숙부가 써서 남긴 편지를 가지고 왔다.

왕은 그 편지를 소리 내어 읽고는 또다시 눈물을 비 오듯 흘렸다. 거기에는 「집과 금화 3천 달러를 조카들에게 준다. 그리고 가죽 무두질 공장과 집과 땅(그것은 적게 잡아도 7천 달러의 값어치는 있었다), 금화 3천 달러는 하비와 윌리엄에게 준다」고 씌어 있었고, 현금 6천 달러가 숨겨져 있는 지하실 안의 위치가 적혀 있었다. 그래서 이 두 사기꾼은 모든 일은 공명정대하게 처리하는 게 좋다면서 나더러 촛불을 들고 따라오라고 했다. 우리는 지하실로 내려가서 문을 닫았다. 그리고 돈자루가 눈에 띄자, 그것을 지하실 바닥에 쏟았다. 아, 그건 정말 눈이 번쩍 뜨이는 광경이었다. 모두가 금화였다. 왕의 눈이 반짝이는 꼴이라니! 왕은 공작의 어깨를 두드리며 이렇게 말했다.

"아아, 정말 멋져! 아니, 멋진 정도가 아니야! 안 그래, 빌지? 제아무리 '걸작' 도 이것에 비하면 아무것도 아닐 거야!"

공작은 그 말이 옳다고 대답했다. 두 사람은 금화를 긁어모아 짤랑짤랑 소리가 나게 손가락 사이로 떨어뜨리기도 했다. 잠시 후 왕이 말했다.

"말하면 잔소리지. 자네와 나는 죽은 부자 양반의 동생이며, 재외(在外) 상속인 대표란 말이야. 나는 거의 안 해본 일이 없지만 뭐니 뭐니 해도 신의 섭리가 제일 소중해."

보통 녀석이라면 이만한 금화더미를 보면 그만 입이 딱 벌어져서 계산 같은 건 하지도 않을 것이었다. 하지만 이 녀석들은 어쨌든 계산은 해보아야 한다면서 그것을 하나하나 세어보았다. 그랬

더니 415달러가 부족했다. 그러자 왕이 말했다.

"빌어먹을 피터 녀석! 415달러는 어떻게 했을까?"

두 사람은 잠시 그 부근을 돌아다니며 열심히 계산을 했다. 얼마 후 공작이 말했다.

"계산을 잘못할 수도 있어. 모르는 척하고 그냥 덮어두자고. 415달러 정도야 없어도 그만이잖아."

"그도 그래. 그까짓 것 없어도 괜찮아. 그런 건 상관없어. 내가 생각하고 있는 건 계산하는 일이야. 알겠어? 우리는 여기서 공명정대하게 행동해야 한다는 거야. 이 돈을 가지고 올라가 여러 사람 앞에서 계산해보는 거야. 그러면 수상할 게 하나도 없지. 하지만 피터 녀석은 분명 6천 달러가 있다고 했는데……."

"가만있자, 부족한 금액을 우리 돈으로 채워 넣으면 어떨까?" 공작이 말했다. 그러고는 자기 주머니에서 금화를 꺼내기 시작했다.

"공작, 그것 참 명안이야. 자네 모가지 위엔 정말 영리한 대가리가 얹혀 있단 말야." 왕이 말했다. "이번에도 그 '걸작' 덕분에 도움이 된 셈이야." 그러면서 왕도 금화를 꺼내어 쌓기 시작했다.

마침내 두 사람은 완전히 빈털터리가 되었지만, 어쨌든 6천 달러는 정확하게 액수가 맞았다.

"이봐," 공작이 말했다. "한 가지 좋은 생각이 있어. 위로 올라가서 이 돈을 계산한 다음 깨끗이 딸들에게 주어버리는 거야."

"맞았어, 공작. 대단히 좋은 생각이야. 자네를 좀 껴안게 해주게!

자넨 정말 천하에 둘도 없는 머리가 좋은 사기꾼이야."

우리가 위로 올라갔을 때 사람들은 테이블 주위에 모여 있었다. 왕이 금화를 계산해서 3백 달러씩 쌓아놓자, 멋진 금화더미가 스무 개나 생겼다. 사람들은 부러운 눈초리로 바라보면서 군침을 삼켰다. 얼마 후 두 사람은 금화를 다시 자루 속에 집어넣었다. 그리고 왕은 가슴을 펴고 또 한 차례 연설을 시작했다.

"여러분! 저기 잠들어 있는 가엾은 형님께선 슬픔의 골짜기에 남겨진 사람들을 위해 아낌없이 자비를 베푸셨습니다. 형님이 만일 사랑하는 윌리엄과 내 마음을 상하게 하는 걸 염려하지 않았더라면, 이 어린 양들에게 좀 더 많은 자비를 베풀었으리라는 것은, 형님을 잘 아는 우리들로선 충분히 알고도 남는 일입니다. 그렇다면 지금 같은 상황에 형님의 마음을 방해하는 동생이 있다면 그건 어떤 종류의 동생일까요? 또 이런 때에 형님이 그렇게도 사랑하던 이 가엾은 어린 양들로부터 돈을 훔치는…… 네, 그렇습니다, 돈을 훔치는 것이나 다를 바가 없는 것입니다. 그런 숙부가 있다면 그건 어떤 종류의 숙부일까요? 난 윌리엄이란 인간을 잘 알고 있습니다만, 내 생각이 틀리지 않는다면 그도…… 아니, 그 전에 잠깐 그에게 물어보기로 합시다." 하고 말하면서 왕 녀석은 돌아서서 공작에게 여러 가지 손짓을 해보였다. 공작은 잠시 멍청한 얼굴로 상대방을 쳐다보고 있더니, 이윽고 상대방이 말하려는 뜻을 알아차린 듯이, 기뻐서 견딜 수 없다는 표정으로 "으으으으!" 소리를 지르며 왕에게 달려가 열다섯 번이나 그를 껴안았다. 그러자 왕이 말했다.

"내 생각이 틀림없어요. 이것으로 그의 마음을 아셨으리라 믿습니다. 자아, 메리 제인, 수전, 조안나, 이 돈을 받아라. 이것은 저기에 차갑게 굳어 있지만 기쁜 마음으로 잠들어 있는 사람이 너희들에게 주는 선물이다."

메리 제인은 왕에게 달려갔고, 수전과 언청이는 공작에게 달려가 껴안고 키스를 하는 등 야단법석을 떨었다. 사람들은 모두 눈물을 글썽이며 두 사람 곁으로 다가와 사기꾼들의 손이 빠질 정도로 악수를 하고는 이렇게 말했다.

"정말 착한 분들이야! 어쩌면 이렇게도 아름답고 거룩한 마음씨를 가진 분들이실까!"

그러고는 고인의 이야기를 하기 시작했다. 아주 선량한 사람이었다는 둥, 아까운 사람을 잃었다는 둥, 그런 이야기를 늘어놓았다.

그런데 얼마 후 턱이 쇠처럼 단단해 보이는 몸집이 큰 사나이가 밖에서 사람들을 헤치며 들어왔다. 그리고 아무 말도 하지 않고 우뚝 선 채 사람들이 하는 말에 귀를 기울이고 있었는데, 사람들도 그에게는 한 마디도 말을 하지 않았다. 왕이 계속 떠들고 있었으므로, 사람들은 그의 말을 듣느라 정신이 없었기 때문이다. 왕은 이런 말로 끝을 맺었다.

"……그 사람들은 고인의 각별한 친구였습니다. 그래서 오늘밤은 이곳에 있어주십사고 초대를 한 겁니다. 하지만 내일은 여러분 모두가 와주시길 바랍니다. 왜냐하면 고인께선 모든 사람들을 존경했고, 모든 사람을 다 좋아했기 때문입니다. 그러므로 고인의 축하식은 공개적로 하는 것이 당연합니다."

왕은 홍이 나서 지껄이는 바람에 저도 모르게 자꾸만 '축하식'이란 말을 되풀이했기 때문에 공작은 듣다못해, 「축하식이 아니라 장례식이다, 이 멍텅구리야」라고 쓴 작은 종이쪽지를 접어서 으으으 하며 사람들의 머리 너머로 손을 뻗쳐 왕에게 넘겨주었다. 왕은 그것을 받아서 읽어보고는 주머니 속에 집어넣고 이렇게 말했다.

"가엾은 윌리엄, 윌리엄은 저런 고통을 받으면서도 항시 올바른 마음을 갖고 있었습니다. 그는 장례식엔 모든 사람을 다 초대하라고 부탁하였군요. 하지만 그건 걱정할 필요가 없습니다. 지금 제가 그 이야기를 하려던 참이었으니까요."

그리고 왕 녀석은 침착한 태도로 계속 지껄였는데, 전과 같은 대목에 와선 또다시 '축하' 란 말을 하고 말았다. 그리고 세 번째 '축하' 라는 말을 썼을 때, 그는 이렇게 말했다. "제가 '축하' 라는 말을 썼는데 이것은 흔히 쓰는 말은 아닙니다. 일반적인 말로는 '장례' 라고 하지요. 하지만 '축하' 라는 말이 바른 표현입니다. '장례' 란 말은 영국에서는 이미 오래 전에 사라지고 '축하' 라는 말을 쓰지요. 왜냐하면 '축하' 란 말이 어미 전달이 훨씬 정확하기 때문입니다. '축하' 란 말은 바깥 또는 문 밖의란 뜻인 그리스어의 '오르고' 와 심다, 씌운다, 따른다, 메운다는 뜻인 히브리어의 지숨이 결합된 말로써(이 어원의 설명은 모두가 엉터리다) 파묻다는 뜻을 지니고 있습니다. 즉 '축하' 라는 말은 공개적으로 거행되는 장례식이란 뜻입니다."

이처럼 지루하고 시시한 연설을 나는 한번도 들어본 적이 없다. 그때 좀전의 그 쇠 같은 턱을 가진 사나이가 왕을 향해서 하, 하, 하, 하고 웃어댔으므로 사람들은 깜짝 놀랐다. 그래서 사람들은 모두, "어인 일입니까, 로빈슨 선생! 당신은 아직 소식을 못 들은 모양이군요. 이쪽은 하비 윌크스 씨랍니다." 하고 말했다.

왕은 애써 미소를 짓고 손을 내밀면서 말했다.

"아아, 당신이 바로 죽은 우리 형님과 절친했던 의사이십니까? 저는……."

"손을 저리 치워! 네놈은 영국인 흉내를 내고 있다고 생각하겠지만 난 그런 엉터리 영국인은 본 적이 없어. 네놈이 피터 윌크스의 동생이라고? 흥, 네놈은 사기꾼이야. 너 같은 놈을 보고 사기꾼이라는 거야."

사람들은 모두 흥분할 대로 흥분하여 의사 곁에 모여 그를 달래려고 애썼다. 그러자 그는 자기가 진짜 하비라는 사실을 마흔 가지나 보여주겠다는 둥, 모든 사람의 이름을 다 알고 있다는 둥, 하다못해 개의 이름까지 알고 있다면서, 제발 하비의 마음을 상하게 하지 말아달라고 부탁했다. 하지만 의사는 여전히 고래고래 소리를 지를 뿐이었다. 영국인이라면서 영국 말을 저 정도밖에 하지 못하는 걸 보면 저놈은 틀림없이 사기꾼이며 거짓말쟁이라는 것이었다.

"나는 너희 아빠의 친구이자 너희들의 친구야. 그래서 너희들을 보호해주고 싶은 거야. 너희들이 속임수에 넘어가게 하고 싶지가 않아. 내가 경고하겠는데, 저런 악당들을 상대해선 안 돼. 그리스어니, 히브리어니 하면서 엉터리 소리를 지껄이는 저런 무식한 사기꾼들과는 손을 끊으란 말이야. 어디서 얻어 들었는지는 모르지만, 사람들 이름과 이곳의 형편을 알아가지고 온 게 분명해. 그걸 너희들은 확실한 증거라고 착각하고 있어. 게다가 여기 있는 눈뜬 장님이며 멍청이들까지 한패가 되어 너희들의 눈을 어둡게 하고 있는 거야. 메리 제인 윌크스, 너는 내가 너의 친구라는 걸 알고 있을 거야. 사심이 없는 친구란 사실을 말이야. 그러니까 내 말을 잘 들어."

메리 제인은 몸을 반듯이 폈는데, 정말 아름다웠다. 그리고 이렇게 말하는 것이었다.

"그럼, 대답해드리죠. 이것이 저의 대답입니다." 하고는 금화가 든 자루를 들어서 왕에게 넘겨주며 이렇게 말했다. "이 6천 달러를 받아주십시오. 그리고 저와 동생들을 위해 투자해주세요. 영수증 같은 건 필요 없어요."

그리고 메리 제인이 왕을 껴안았는데, 수전과 언청이도 다른 쪽에서 그를 껴안았다. 사람들은 손뼉을 치고 발로 마룻바닥을 구르면서 환호성을 질렀다. 왕은 목에 힘을 주고 자못 만족스런 미소를 지었다. 그러자 의사가 말했다.

"그렇다면 좋아. 나는 이 일에서 완전히 손을 떼겠어. 하지만 너희들에게 미리 경고해두겠어. 오늘 일을 생각할 적마다 가슴을 쓸어내릴 날이 멀지 않다는 걸." 그리고 의사는 떠나고 말았다.

그 말을 듣자 왕은 의사를 비아냥거리듯이, "선생님, 잘 알았습니다. 가슴이 아플 땐 선생님을 모시러 가죠." 하고 말했다. 이 말에 사람들은 모두들 웃고는 말 한번 잘했다고 한마디씩 했다.

제 26 장

사람들이 모두 가버리자 왕은 메리 제인에게 손님용 방이 있는지 물었다. 그러자 메리 제인은 손님용 방은 하나밖에 없는데 그것은 윌리엄 숙부가 쓰고, 자기는 동생들 방의 간이침대에서 자겠다고 대답했다. 그리고 이층에 작은 다락방이 하나 있는데, 거기에 짚이불이 깔려 있다고 하자 왕은 그곳은 자기 하인 방으로 사용하겠다고 했다. 글쎄, 나더러 자기 하인이라는 것이었다.

그래서 메리 제인은 우리를 이층으로 데리고 올라가 방을 보여주었다. 방에는 아무런 장식은 없었지만 그런대로 쓸 만한 방이었다. 메리 제인은 자기 방에는 옷가지며 잡동사니들이 많은데, 하비 숙부님에게 방해가 된다면 치워드리겠다고 했지만 왕은 괜찮다고 했다. 옷들이 벽에 죽 걸려 있었고, 그 위에 바닥까지 닿는 사라사 커튼이 쳐져 있었다. 한쪽 구석엔 털가죽으로 만든 헌 트렁크가 하나 있었고, 다른 한쪽 구석에는 기타 상자가 놓여 있었다. 그리고 흔히 여자들이 자기 방을 장식하기 위해 사용하는 작은 물건들이 여기저기 잔뜩 놓여 있었다. 그것을 보고 왕은 방에 그런 물건들이 있는 것은 오히려 가정적인 냄새를 풍겨 기분이 좋으니 그대로 놔 두는 게 좋다고 했다.

그날 밤의 저녁 식사는 정말 훌륭했다. 낮에 왔던 사람들이 모두 왔는데, 나는 왕과 공작의 의자 뒤에 서서 시중을 들었고, 다른 사람들은 검둥이들이 시중을 들었다. 식탁 상좌에는 메리 제인이 앉고 그 옆엔 수전이 앉았다.

손님들은 모든 음식이 정말 맛있게 요리되었음을 알고 이렇게 말했다. "어떻게 하면 비스킷을 이렇게 먹음직스럽게 구울 수가 있지?"라든가, "이렇게 맛있는 오이절임은 어디서 구했지?"라면서, 손님이 식사에 초대받았을 때 으레 하는 말을 늘어놓는 것이었다.

나는 손님들이 식사를 다 끝낸 다음 언청이와 함께 부엌에서 남은 음식을 먹었는데, 다른 사람들은 검둥이들이 설거지하는 것을 도왔다. 그런데 언청이가 자꾸만 영국 이야기를 묻는 통에 나는 마치 살얼음판 위에 서 있는 기분이었다. 언청이는 이런 걸 물어왔다.

"넌 임금님을 본 적이 있니?"

"어느 임금? 윌리엄 4세 말이야? 물론이지, 보고말고. 우리가 다니는 교회에 나오는걸."

나는 윌리엄 4세가 이미 몇 년 전에 세상을 떠났다는 사실을 알고 있었지만 그렇게 말한 것인데, 언청이가 이렇게 질문을 하는 것이었다.

"정말? 늘 나오니?"

"그럼, 늘 나오지. 전하의 자리는 우리 맞은편이야. 설교단 건너편이지."

"하지만 너희 집은 셰필드 아니니?"

나는 그만 말문이 막히고 말았다. 그래서 닭뼈가 목구멍에 걸린 시늉을 하고는 어떻게든 빠져나갈 궁리를 했다. 잠시 후 나는 이렇게 말했다.

"내 말뜻은 전하가 셰필드에 있을 때는 늘 우리 교회에 오신다는 소리야. 여름뿐이지만. 전하는 해수욕을 하기 위해 셰필드에 오시거든."

"어머, 무슨 말을 하는 거야? 셰필드는 바닷가에 있는 도시가 아니잖아?"

"누가 바닷가라고 했니?"

"얘는, 방금 네가 그랬잖아."

"내가 그렇게 말했을 리가 없어."

"그럼 뭐라고 했지?"

"나는 전하가 해수욕을 하러 오신다고 했어."

"그렇다면 바다도 없는데 어떻게 해수욕을 하니?"

"너는 '국회 광수' 란 것을 본 일이 있니?"

"있고말고."

"그럼 그 '국회 광수' 를 얻으려면 꼭 국회에 가야만 하니?"

"그렇진 않지."

"그러니까 윌리엄 4세도 해수욕을 하러 바닷가까지 가지 않아도 된단 말이야."

"그럼 어떻게 해수욕을 하지?"

"이곳 사람들이 '국회 광수'를 구하는 것과 같은 방법으로 통에 물을 담는 거야. 셰필드의 궁전에는 큰 가마솥이 있는데, 임금님이 거기에 바닷물을 데우게 한단 말이야."

"아아, 이제야 알았어. 처음부터 그렇게 말하지 않고. 그러면 시간이나 절약할 수 있었지."

언청이가 그렇게 말했으므로, 나는 위기를 모면한 것 같아 마음이 놓였다. 그러나 마음을 놓은 것도 잠시이고 언청이는 이렇게 말하는 것이었다.

"너도 교회에 나가니?"

"물론이지. 빠지지 않고 나가."

"어디에 앉지?"

"우리 가족이 앉는 자리가 있어. 너희 숙부인 하비 씨네 가족 말이야."

"숙부님네 자리라고? 그런데 숙부님은 그 자리를 어떻게 하지?"

"어떻게 하다니? 거기에 앉지, 뭘 어떻게 해."

"하지만 숙부님은 설교단 위에 계시니까 자리 같은 건 필요 없잖아?"

제기랄! 나는 하비 숙부가 목사라는 사실을 깜빡 잊고 있었던 것이다. 나는 한동안 닭뼈가 또 목에 걸린 시늉을 하고는 잠시 머리를 쥐어짜내 이렇게 대답했다.

"넌 교회에 목사가 한 사람밖에 없는 줄 아니?"

"그럼, 여러 사람이 있단 말이야?"

"뭘 모르는군. 임금님 앞에서 설교하는데 한 사람뿐이라니! 너 같은 여자아이는 처음 본다. 목사는 자그마치 열일곱 명이나 있어."

"열일곱 명이라고? 어머나! 그 사람들이 다 설교를 한다면 설사 천국에 가지 못한다 하더라도 나 같으면 안 듣겠어. 꼬박 일 주일은 걸릴 테니까."

"참 기가 막히는군. 그 사람들이 전부 같은 시간에 설교하는 게 아니라니까. 하루에 한 사람만 하는 거야."

"아무것도 할일이 없는데 열일곱 명이 다 필요해?"

"격식을 갖추려면 그 정도는 있어야 해. 내 말을 들어봐. 네가 지금 한 말을 들어봐도 너는 영국에 가본 적이 없다는 걸 알 수 있어. 이봐, 언청아! 아니, 조안나. 영국의 하인은 말야, 10년 내내 휴가라는 게 없어. 그래서 서커스 구경도 갈 수 없고, 연극 구경도 갈 수 없고, 검둥이들이 하는 쇼를 구경할 수도 없어."

"교회에도 못 가니? 하지만 넌 교회에 나간다고 했잖아?"

어이쿠, 또 막히고 말았다. 내가 그 늙은이의 하인이라는 사실을 깜빡 잊고 있었던 것이다. 잠시 후 언청이가 말했다.

"사실을 말해줘. 넌 나한테 거짓말을 하는 거지?"

"거짓말은 전혀 하지 않았어."

"그렇다면 이 책 위에 손을 얹고 맹세해 봐."

가만히 보니 그것은 사전에 지나지 않았으므로 나는 안심하고 그 위에 손을 얹고 정말이라고 말해주었다. 그제야 언청이는 내가 한 말들이 믿어지는 모양이었다. 그러고는 이렇게 말했다.

"그렇다면 됐어, 믿어주기로 하지. 그렇지만 완전히 믿지는 않겠어."

"무얼 믿지 않는다는 거지, 조?" 메리 제인이 부엌으로 들어오면서 말했다. 수전도 그 뒤를 따라 들어왔다. "이 아이에게 그런 말을 하다니, 좋지 않아. 이 아이는 이곳이 처음인데다가 가족들하고도 멀리 떨어져 있는 처지야. 만일 네가 이런 식으로 대접을 받았다면 기분이 어떻겠니?"

"언닌 또 시작이네. 난 이 애에게 별말 하지 않았어. 이 아이가 하는 말 중에 어딘가 납득할 수 없는 점이 있어서 그 말을 전적으로 신용할 수는 없다고 말했을 뿐이야."

"지금 이 아이는 우리 집에 온 손님이고, 게다가 다른 고장에서 왔어. 그러니까 남의 기분을 상하게 하는 말은 하지 않는 게 좋아."

"하지만 언니, 이 아이가 그러는데……"

"이 아이가 무슨 말을 했건 상관없어. 이 아이가 고국을 떠나 있다는 사실을 생각해서라도 이 아이에게 친절하게 대해줘."

나는 마음속의 나 자신과 이야기를 나눴다. 넌 저 노래기 같은 늙은이가 이 아가씨의 돈을 훔치는 것을 그냥 보고만 있을 작정이냐고!

그런데 수전이 나서서 언청이를 심하게 나무라는 걸 보고 생각했다. 이 아가씨에게서 돈을 빼앗으려고 하는 걸 그냥 보고만 있을 수는 없다고!

잠시 후 메리 제인이 부드러운 말로 언청이를 타일렀다. 언니의 질책을 들은 언청이는 어찌할 바를 모르면서 울음을 터뜨렸다.

"이젠 됐어. 잘못을 알았으면 이 아이한테 사과해." 두 언니가 말했다.

언청이는 언니들이 시키는 대로 사과를 했는데, 그 모습은 참으로 귀여워서 정말 기분이 좋았다. 이런 식으로 귀엽게 사과를 한다면 천 번이라도 더 거짓말을 하고 싶을 정도였다.

그리고 생각했다. 그 녀석이 훔치려는 그 돈은 바로 언청이의 돈이기도 하다고. 그녀가 사과를 하고 나자, 그들은 내가 내 집에서 친구들에게 둘러싸여 있는 것 같은 분위기를 만들어주려고 여러모로 애를 써주었다. 그러자 순간 나 자신이 너무나 불쌍하고 비열하게 느껴져서 견딜 수가 없었다. 그래서 결심했다. 이 사람들을 위해 어떻게 해서든지 그 돈을 감추어둬야겠다고.

그리고 부엌을 나왔다. 잠자러 간다는 말을 하지는 않았지만 그런 의미를 담고 있었다. 혼자 있게 되자 나는 그 일을 골똘히 생각해보았다.

방법은 한 가지밖에 없었다. 어떻게 해서든지 그 돈을 훔쳐내야 한다는 것! 내가 한 짓이라고 눈치채지 못하게 감쪽같이 그 돈을 훔쳐내는 것이었다. 녀석들은 여기서 큰 봉을 잡았으니까, 이 집과 이 마을 사람들을 속여서 바닥까지 긁어모을 때까지는 떠나지 않을 것이었다. 그러니까 나에게는 충분히 기회가 있었다. 나는 그 돈을 훔쳐서 감춰 둔 다음 얼마 후 강 하류로 내려간 다음 메리 제인한테 편지를 써서 그 돈을 어디에 감추어 두었는지 알려줘야겠다고 생각했다. 그러자 더 지체할 것 없이 오늘밤 안으로 훔치는 게 좋을 것 같다는 생각이 들었다. 의사는 이 일에서 손을 떼겠다고 했지만 그러지 않을는지도 모르며, 녀석들을 협박해서 쫓아낼지도 모르지 않는가!

그래서 나는 먼저 녀석들의 방을 뒤져보기로 했다. 이층으로 올라가 보니 복도는 캄캄했다. 얼마 후 공작의 방을 찾아내어 두 손으로 여기저기를 더듬어보았다. 바로 그때, 두 사람이 이층으로 올라오는 소리가 들렸다. 그래서 나는 침대 밑으로 기어들어가 숨으려고 침대가 있음직한 곳을 손으로 더듬어보았지만, 있어야 할 곳에 침대가 없었다. 그때 메리 제인이 옷을 가려놓은 커튼이 손에 잡혔다. 그래서 커튼 뒤의 옷가지 사이로 파고들어가 꼼짝도 않고 서 있었다.

두 사람은 방에 들어오자마자 문을 잠갔다. 그리고 공작이 무릎을 꿇고 침대 밑을 살펴보았다. 그걸 보고 나는 조금 전에 침대가 내 손에 잡히지 않았던 것이 오히려 천만 다행이었다고 생각했다. 왜냐하면 무언가를 몰래 하려고 할 때면 침대 밑에 숨는 것이 가장 쉬운 방법이었기 때문이다. 잠시 후 두 사람이 자리에 앉았고, 왕이 먼저 말을 꺼냈다.

"빨리 말해. 대관절 무슨 일이야? 우리가 이층에 있으면 사람들에게 이러쿵저러쿵 우리 이야기를 할 기회를 줄 수밖에 없어. 여기 있는 것보다는 아래층으로 내려가 슬피 우는 소리에 한몫 끼는 편이 나아."

"별 이야기는 아니야, 카페. 하지만 난 걱정이 돼서 견딜 수가 없어. 암만 해도 그 의사란 녀석이 마음에 걸려. 당신 계획을 알고 싶어. 나에게도 한 가지 묘안이 있는데……."

"어떤 묘안인데, 공작?"

"내일 새벽 3시 전에 우리 손에 들어온 물건을 가지고 이곳을 빠져나가 가능한 한 빨리 강을 내려가는 것이 좋을 것 같아. 더구나 그 돈이 이렇게 쉽게 손에 들어온 이상 무얼 더 꾸물댈 필요가 있겠어? 난 일이고 뭐고 다 집어치우고 줄행랑을 치는 게 상책일 것 같아."

이 말을 듣고 나는 크게 실망했다. 한두 시간 전에 이 말을 들었다면 아무렇지도 않았겠지만, 지금은 가슴이 철렁 내려앉는 것 같았다. 왕은 화가 난 듯 소리를 질렀다.

"뭐라고! 나머지 재산을 팔아 치우지 않겠단 말이야? 족히 8,9천 달러는 될 재산을 그냥 내버려두고 멍청이처럼 도망치잔 말이야? 당장 현금이 될 만한 물건들뿐인데."

공작은 그 돈자루만으로 충분하니까 더 이상 개입하고 싶지 않다고 했다. 고아들의 돈을 모조리 훔친다는 것이 아무래도 마음이 내키지 않는다고 했다.

"쳇, 무슨 말을 하는 거야?" 왕이 말했다. "우리가 훔치는 건 이 돈뿐이지 다른 건 아니야. 손해는 그걸 구입하는 녀석들이 보는 거야. 왜냐하면 우리가 정당한 소유자가 아니라는 사실이 드러나는 날이면 매매는 무효가 되고 재산은 본래 소유주의 것이 되게 되어 있어. 이 집의 고아들은 자기들의 재산을 되찾는다 이 말이야. 자아, 한번 생각해보란 말야. 세상에는 이 집 아이들보다 훨씬 가난한 아이들이 몇천 몇만이나 있어. 그러니까 이 집 애들은 불평을 할 자격이 없는 거라고."

이런 식으로 왕은 공작을 설득했다. 그리하여 마침내 공작도 왕의 계획에 동의하고 말았다. 하지만 공작은 그 의사가 있는 한 우물쭈물하는 것은 어리석은 일이라고 하자 왕이 말했다.

"의사 같은 건 문제가 안 돼! 그 녀석이 뭔데? 우리는 멍청이들을 우리 편으로 만들었잖아?"

그러고는 아래층으로 내려가면서 공작이 말했다.

"나는 아무래도 그 돈을 감춰둔 장소가 불안해."

그 말을 듣자 나는 힘이 솟았다. 어디에다 돈을 감춰두었는지 짐작할 수가 없어 고민을 하고 있던 참이었기 때문이다.

"어째서?" 왕이 물었다.

"왜냐하면 메리 제인은 이제부터 상복을 입어야 할 텐데, 그러면 맨 먼저 검둥이한테 옷들을 상자에 넣어 방을 정리하라는 지시를 내릴 거야. 그때 돈을 본 검둥이가 얼마간 슬쩍하지 않을 것 같아?"

"공작, 이제야 자네 머리가 분별을 찾게 된 모양이군." 왕이 말했다. 그러고는 내가 있는 곳에서 2, 3피트쯤 떨어진 커튼 밑을 손으로 더듬기 시작했다. 나는 몸이 떨렸지만 벽에 찰싹 붙어서 꼼짝도 않고 있었다. 그리고 만약 녀석들에게 들키면 뭐라고 변명을 해야 할까 궁리를 했다. 그러나 내가 그것을 반쯤 생각해 내기도 전에 왕 녀석은 돈자루를 찾아냈는데, 내가 그곳에 있는 줄은 전혀 눈치채지 못한 것 같았다. 녀석들은 돈자루를 깃털 속의 침대 아래에 있는 짚이불 틈에 쑤셔넣고는 이젠 됐다고 했다. 검둥이는 침대 정돈이나 할 뿐, 이불을 뒤집는 일은 1년에 한두 번밖에 하지 않았으므로 도둑을 맞을 염려는 없다고 했다.

그러나 내 단수가 더 높았다. 나는 두 사람이 아래층으로 통하는 계단을 절반도 내려가기 전에 돈자루를 꺼내어 방으로 돌아왔다. 그리고 일단 그곳에 감추어두었다가 좀 더 그럴 듯한 곳에 숨길 기회를 기다렸다. 돈을 숨길 장소는 아무래도 집 밖이 좋을 것 같았기 때문이다. 그러나 일을 빨리 끝내야 한다는 생각에 좀처럼 마음이 안정되질 않았다.

나는 사람들이 잠자리에 들기를 기다렸다가 몰래 사닥다리를 타고 내려왔다.

제 27 장

내가 녀석들의 방문 앞까지 가서 살며시 귀를 기울여보았더니, 녀석들은 코를 골며 깊이 잠들어 있었다. 그래서 나는 무사히 아래층으로 내려올 수 있었다. 사방은 쥐 죽은 듯 고요했다.

나는 곧장 앞으로 나아갔다. 정면 입구에는 자물쇠가 잠겨 있었는데, 열쇠가 눈에 띄지 않았다. 바로 그때 뒤쪽 계단을 내려오는 사람의 발소리가 들려오는 것이었다. 나는 급히 응접실로 뛰어 들어가 사방을 둘러보았다. 그리고 돈자루를 감출 곳은 관 속밖에 없다고 판단했다. 관은 뚜껑이 1피트쯤 밀려나 있었는데, 그 안에 젖은 헝겊으로 얼굴을 가려놓은 수의가 입혀진 유해가 보였다. 나는 관 뚜껑 아래 양팔을 가슴에 모으고 있는 시체의 손 밑에 돈자루를 쑤셔 넣었다. 손이 얼음장같이 차가워 소름이 끼쳤다. 그런 다음 응접실을 가로질러 뒤쪽으로 가서 몸을 숨겼다.

발소리의 주인공은 메리 제인이었다. 그녀는 천천히 관 앞까지 가더니 무릎을 꿇고 손수건을 얼굴에 대고 울기 시작했다. 나에게 등을 돌리고 있어 소리가 나지 않았지만, 그녀가 울고 있다는 건 확실했다. 나는 조심조심 빠져나와 식당을 가로질러 갔다. 식당을 지나갈 때 밤을 새우는 사람들에게 들킬까봐 문틈으로 들여다보았지만, 안심해도 괜찮을 것 같았다. 움직이는 사람은 아무도 없었으므로.

나는 살며시 내 방으로 돌아와 침대 속으로 들어갔지만 마음이 무거웠다. 왜냐하면 그토록 위험을 무릅쓰고 모험을 했는데 결과가 그렇게밖에 나오지 않았기 때문이다. 그 돈자루가 그대로 거기 있어만 준다면 얼마나 좋을까. 백 마일이나 2백 마일쯤 강을 내려간 다음, 메리 제인에게 편지로 알려주면 될 테니까. 다시 가서 그 돈자루를 꺼내올까 생각을 해봤지만 도저히 그럴 만한 용기가 나지 않았다.

이튿날 아침, 아래층으로 내려가 보니 응접실은 닫혀 있고 시체 앞에서 밤을 지낸 사람의 모습은 볼 수가 없었다. 윌크스 집안사람들과 과부댁 버틀리와 우리 패거리 이외엔 아무도 없었다. 무슨 일이 일어난 게 아닌가 싶어 사람들의 얼굴을 살펴보았지만 아무것도 알 수가 없었다.

정오 때쯤 장의사 사람이 조수 한 사람을 데리고 와서 의자 두 개를 가져다 놓고 그 위에다 관을 올려놓았다. 그러고는 집 안에 있는 의자를 전부 모아와 늘어놓았다. 이웃집에서까지 빌려왔으므로 마지막에는 입구 쪽의 방과 응접실과 식당이 모두 의자로 가득 찼다. 관 뚜껑은 전과 다름이 없었지만, 주위에 사람들이 있었으므로 나는 뚜껑 안을 들여다볼 용기가 나지 않았다.

얼마 후 마을 사람들이 모여들기 시작했다. 그래서 사기꾼들과 딸들은 모두 관 위쪽인 앞줄 의자에 앉았다. 그리고 30분에 걸쳐 사람들은 천천히 관속을 들여다보았다. 조용하고 엄숙한 가운데 딸들과 사기꾼들만이 고개를 숙인 채 손수건을 얼굴에 대고 훌쩍 훌쩍 울고 있었다.

방 안이 사람들로 가득 차자, 장의사에서 온 사람이 검은 장갑을 끼고 마치 기어가는 듯이 천천히 돌아다니면서 물건을 바로 놓기도 하고, 사람들의 자리를 잡아주기도 하면서 정리를 했다. 그런데 그런 일을 하면서도 고양이처럼 소리 하나 내지 않았다. 장의사에서는 사람들을 정렬하거나, 늦게 온 사람들을 안내하거나, 통로를 열게 하거나 했는데, 그런 일들을 모두 고갯짓과 손짓만으로 해내는 것이었다. 그런 일들이 끝나자 장의사는 벽에 등을 대고 서 있었는데, 그 사람처럼 소리 없이 움직이는 사람을 보는 건 처음이었다. 더욱이 의식이 진행되는 동안 계속 한 자세로만 서 있었는데, 그 얼굴은 마치 커다란 햄 덩어리처럼 보였다.

모든 준비가 끝나자 젊은 여자가 의자에 앉아 오르간을 연주했다. 그러나 그 끼기깅 하는 소리는 마치 복통을 앓는 환자의 소리 같았으며, 사람들도 음률에 맞춰 노래를 불렀지만, 정말 죽어서 듣지 못하는 피터만이 덕을 보는 듯한 그런 소리였다. 그 다음에 홉슨 목사가 천천히 설교를 하기 시작했다. 바로 그때 밑의 지하실에서 일대 소동이 일어났다. 그것은 단지 한 마리의 개 때문에 일어난 일이긴 했지만, 아무리 해도 조용해지질 않았다. 그 때문에 목사는 관 앞에 선 채 기다리지 않을 수 없었다.

그러자 얼마 후 예의 다리가 긴 장의사 사람이 목사에게, "걱정 말고 저한테 맡기십시오." 하는 뜻의 신호를 보내는 것이 보였다. 그러고 나서 그는 몸을 약간 굽혀 벽을 따라 조용히 걸어 나갔는데, 앉아 있는 사람들의 머리 위로 움직이는 그의 어깨가 보였다.

그러나 장의사 사람이 밖으로 나간 후에도 개 짖는 소리는 여전했다. 장의사 사람은 응접실 벽을 돌아 지하실로 내려갔다. 그로부터 2초 후에 탁 하고 때리는 소리가 나고 뒤이어 깨갱대는 개의 비명 소리가 한두 번 들리더니 또다시 기분 나쁠 정도로 정적이 흘렀다. 그러자 목사는 조금 전에 말을 중단한 부분부터 엄숙하게 설교를 잇기 시작했다. 그로부터 1, 2분이 지나자 장의사 사람의 등과 어깨가 다시 보였다. 그는 조용히 응접실 벽을 도는가 싶더니, 몸을 곧추세우고 손을 입에 댄 채 목사 쪽으로 목을 내밀고는 속삭이듯이 쉰 목소리로 이렇게 말했다. "개가 미친 모양입니다!" 그러고는 다시 몸을 굽히고 벽을 따라 소리가 나지 않게 걸어가 먼저 있던 자리로 돌아갔다. 그러자 그것이 궁금증을 일으킨 사람들에게 만족감을 준 모양이었다. 이런 사소한 일은 전혀 돈이 들지 않으면서도, 남의 존경과 호감을 살 수 있는 일이었다. 때문에 마을에서는 이 장의사만큼 인기 있는 사람도 드물었다.

장례식의 설교는 아주 훌륭했지만 너무 긴 것이 흠이었다. 얼마 후, 왕 녀석이 일어나 늘 하는 그 엉터리 수작을 늘어놓았다. 그것으로 설교가 끝나자, 장의사가 드라이버를 들고 조용히 관 앞으로 다가갔다. 나는 가슴이 두근거렸다. 그러나 그는 엉뚱한 짓은 하지 않고 관 뚜껑을 닫고 나사로 단단히 조였을 뿐이다. 이크, 큰일났다. 관 속에 돈이 그대로 들어 있는지 어떤지 알 수 없는 일 아닌가! 그래서 나는 만일 누군가가 그 돈자루를 몰래 훔쳐냈으면 어쩌나 불안해졌다. 메리 제인에게 편지를 써야 하나, 쓰지 말아야 하나? 만일 다시 관 뚜껑을 열었을 때 아무것도 나타나지 않는다면 나를 어떻게 생각할까? 자칫하다가는 붙들려 감옥에 갇히게 될지도 모르지 않은가! 얌전하게 모른 체하고 편지 같은 건 쓰지 않는 게 좋을 것 같았다. 정말 일이 아주 복잡해지고 말았다. 도와준다고 한 것이 오히려 일을 그르쳐놓고 만 것이다. 제기랄!

피터 윌크스를 매장하고 집으로 돌아왔다. 나는 불안해서 견딜 수 없었지만 사람들의 얼굴에서는 무엇 한 가지 알아낼 수가 없었다.

그날 밤에 왕은 이집 저집 돌아다니면서 사람들에게 온갖 듣기 좋은 말을 하고 친절을 베풀면서, 영국의 신도들이 자기를 목이 빠지게 기다리고 있으므로 곧 재산을 처분하고 고국으로 돌아가야 할 것 같다고 했다. 그리고 덧붙여서 자기 조카딸들은 윌리엄과 함께 데리고 갈 작정이라고 했다. 그 말을 듣자 마을 사람들은 모두 기뻐하면서, 데리고만 가준다면 곁에 친척들도 있고 하니 조카딸들은 편하게 지낼 수 있을 거라고 했다.

이 말을 듣고 그녀들은 너무나 기쁜 나머지 앞으로 일어날 고생 따위는 깨끗이 잊고 언제라도 떠날 수 있도록 준비를 할 테니, 재

산을 빨리 처분해달라고 왕에게 부탁했다. 가엾은 처녀 셋이 사기를 당하는 줄도 모르고 기뻐하는 모습을 보니 가슴이 미어지는 것 같았다. 그렇다고 해서 그들 틈에 끼어들어 사태를 뒤집어놓는 것은, 내 몸의 안전을 위해서도 실행이 불가능했다.

이때 왕 녀석은 재빨리 집과 검둥이와 그 밖의 모든 재산을 경매에 붙이겠다고 동네에 알렸다. 그것도 장례식이 끝난 바로 그 다음 날에. 하지만 거래를 하고 싶은 사람은 그 전에라도 비밀리에 할 수가 있다고 했다.

이리하여 장례식이 있은 이튿날 정오경부터 기쁨에 들떠 있는 처녀들에게 물벼락을 퍼붓는 듯한 일이 시작되었다. 검둥이들을 매매하는 사람 둘이 찾아오자 왕은 그들에게 '3일 후의 약속 어음' 으로 검둥이를 적당한 값에 팔아버렸으므로, 두 아들은 강 상류인 멤피스로, 어머니는 강 하류인 올리언스로 팔려갔다. 나는 가엾은 처녀들과 검둥이들의 가슴이 슬픔 때문에 터지는 게 아닌가 생각했다.

서로 부둥켜안고 어찌나 슬프게 울어대는지, 그 모습을 지켜보는 내 가슴도 찢어질 것만 같았다. 처녀들은 이 집에서 살던 사람들이 뿔뿔이 흩어지거나 팔려서 이 마을을 떠나는 것을 보게 될 줄은 꿈에도 생각지 못한 것 같았다. 만일 내가 이 매매는 무효이며, 검둥이들이 1주일이나 2주일 안에 되돌아온다는 것을 알고 있지 않았다면 당장이라도 뛰쳐나가 악당들의 정체를 폭로해버렸을 것이다.

이 사건은 마을 사람들을 크게 흥분시켜, 그런 식으로 모자간을 떼어놓는 것은 너무 심하지 않느냐면서 항의해 오는 사람도 있었다. 일이 이렇게 되자 사기꾼들도 조금 당황했지만, 멍청이 같은 영감 녀석은 공작이 뭐라고 하든 전혀 아랑곳하지 않고 그대로 강경하게 밀고 나갔다. 하지만 공작은 몹시 불안해하는 것 같았다.

다음날이 경매일이었다. 날이 완전히 밝았을 때 왕과 공작이 지붕 밑 다락방에 올라와서 나를 깨웠다. 나는 그 얼굴을 보자 무슨 일이 일어났다는 것을 알 수 있었다. 왕이 나에게 말했다.

"그저께 밤에 내 방에 왔었지?"

"아뇨, 폐하." 내가 대답했다. 우리 패거리만 있을 때에는 나는 녀석을 언제나 '폐하' 라고 불렀다.

"어제 낮이나 밤엔?"

"아뇨, 폐하."

"맹세하지? 거짓말 아니지?"

"정말이에요. 메리 제인이 폐하와 공작한테 그 방을 보여줄 때부터 그 방 근처에도 가지 않았어요."

그러자 공작이 말했다.

"누가 그 방에 들어가는 걸 보지 못했니?"

"아뇨, 각하! 그런 기억은 없는데요."

"잘 생각해봐."

나는 잠시 생각했다. 그리고 곧 그럴 듯한 생각이 떠올랐으므로, "아 참, 검둥이들이 그 방에 들어가는 걸 몇 번 봤어요." 하고 말했다.

두 녀석은 깜짝 놀라는 것 같았다. 그러고는 뜻밖이라는 표정을 지으며 공작이 말했다.

"뭐라고? 녀석들 전부가 말이냐?"

"아뇨, 한꺼번에는 아니에요."

"그래? 그게 언젠데?"

"장례를 치른 아침나절이었는데, 그렇게 이른 아침은 아니었어요. 난 늦잠을 잤으니까요. 내가 이 방에서 사닥다리를 타고 아래로 내려갈 때 녀석들을 봤어요."

"녀석들은 무얼 했지? 어떤 꼴이더냔 말이야!"

"아무것도 안 하던데요. 그냥 발끝으로 조심스럽게 지나갔을 뿐이에요. 그래서 나는 그들이 폐하가 자리에서 일어났는 줄 알고 방을 치우러 왔다가, 폐하가 아직 일어나지 않았으므로 잠을 깨우는 게 실례가 된다고 생각하여 그대로 조용히 나가는 줄 알았어요."

"뭐라고? 이거 야단났군!" 왕이 말했는데, 두 사람 모두 맥빠진 얼굴이었다. 그리고 잠시 머리를 긁적거리면서 생각에 잠겨 있더니, 갑자기 공작 녀석이 쉰 소리로 킬킬거리면서 이렇게 말했다.

"검둥이 녀석들한테 한방 세게 얻어맞았군. 여기서 떠나는 것이 꽤나 슬픈 듯 그럴듯하게 연극을 하는 것을 보고 그들이 어지간히 마음이 아픈가보다 생각했지. 당신도 그랬겠지. 검둥이 따위가 무슨 연극을 꾸밀 재능이 있겠느냐는 말은 아예 믿지도 않겠지. 아니, 그런 식으로 연극을 하면 속지 않을 사람이 없을 거야. 그런데 그런 녀석들을 전부 헐값에 팔아버렸으니. 게다가 돈이나 다 들어왔느냐 하면 그렇지도 않고. 대관절 그 똥값은 어디에 있지? 그 어음 쪼가리 말이야."

"어디 있긴? 은행에서 돈으로 바뀌질 때까지 기다리고 있지."

나는 겁먹은 소리로 물었다.

"뭐가 잘못 되기라도 했나요?"

그러자 왕은 내 쪽으로 돌아서며 소리를 질렀다.

"네 녀석이 참견할 일이 아니야! 네 녀석은 머리에 뚜껑을 닫아걸고 네 일이나 생각해. 하긴 네 녀석이 해야 할 일이 있을까나 모르겠다만."

그러고는 다락방에서 내려가기 시작했는데, 갑자기 공작 녀석이 킬킬거리며 이렇게 말했다.

"서둘러 팔아야 한밑천 잡을 수 있어. 흥! 아주 그럴듯한 장사군."

이 말에 왕은 발칵 성질을 내며 공작에게 덤벼들었다.

"내가 검둥이를 서둘러 판 것은 그렇게 하는 게 제일 좋은 방법일 것 같아서야. 만일 한 푼도 쥐지 못하고 빈손으로 돌아가게 된다면, 그게 모두 내 탓이란 말인가?"

"그렇고말고! 내 말대로 했더라면, 검둥이들도 아직 이 집에 있고, 우리는 떠났을 거야."

그래도 왕은 기죽지 않고 공작을 몰아세웠다. 그러더니 어느 순간 그 화살을 나에게로 던졌다. 검둥이들이 자기 방에서 살금살금 나오는 것을 보고도 왜 자기한테 말하지 않았느냐고 화를 내는 것이었다. 아무리 바보 천치라도 그걸 보면 무슨 일이 있었으리라는 것쯤은 알 게 아니냐고 야단이었다.

나는 모든 걸 검둥이 탓으로 돌려버렸지만, 그것으로 인해 검둥이들이 손해를 보지는 않았으므로 기뻤다.

제 28 장

일어나고 일어날 시간이 되었다. 나는 사닥다리를 타고 아래층으로 내려가려고 처녀들 방 앞에 와 보니, 열린 방문 사이로 메리 제인이 털가죽으로 만든 헌 트렁크 옆에 앉아 있는 모습이 보였다. 그녀는 트렁크를 열어놓고 그 옆에서 짐을 챙기고 있었다. 영국으로 떠날 준비를 하고 있는 것이었다. 잠시 후 그녀는 옷가지를 챙기다 말고, 접은 옷을 무릎 위에 올려놓은 채 두 손을 얼굴에 대고 울고 있는 게 아닌가. 나는 그녀가 불쌍했다. 그래서 방 안으로 들어가서 그녀에게 말했다. "미스 메리 제인, 당신은 다른 사람이 슬픔에 빠진 걸 보면 가만히 있지 못하겠죠? 나도 그래요. 모든 걸 나한테 말해줘요."

그러자 메리 제인이 속내를 털어놓았다. 그것은 내가 생각한 대로 검둥이들 때문이었다. 영국에 가는 건 좋지만 모든 게 부질없는 일 같다고 했다. 그 검둥이 모자가 다시는 만나지 못하리라는 걸 생각하면, 영국에 간다고 해도 행복해질 것 같지는 않다는 것이었다.

"아아, 어떻게 하면 좋아! 그들 모자가 영원히 만날 수 없다니!"

"하지만 2주일 안에 만날 수 있어요." 내가 말했다.

당황한 나머지 생각지도 않은 말이 튀어나오고 만 것이다. 그러자 메리 제인은 별안간 내 목을 끌어안고는 지금 한 말을 다시 한 번 만 해보라고 졸래댔다.

나는 후회하는 마음이 생겨났으므로 잠깐 생각할 여유를 달라고 그녀에게 부탁했다. 메리 제인의 얼굴엔 조바심을 내는 표정과 아픈 이를 빼낸 듯한 시원한 표정이 섞여 있었다. 나는 어떡하면 좋을 것인지 깊이 생각해보았다. 막다른 골목에 몰려 모든 사실을 말해 버리는 것은 여러 모로 위험한 일임이 틀림없었다. 하지만 이럴 때는 거짓말을 하기보다는 진실을 말하는 편이 좋을 뿐만 아니라 그 편이 오히려 위험도 적었다. 그래서 나는 이렇게 말을 꺼냈다.

"미스 메리 제인, 마을에서 얼마쯤 떨어진 곳에서 사흘이나 나흘 정도 당신이 묵을 수 있는 집이 있나요?"

"있고말고. 로스롭 네로 가면 돼. 그런데 그건 왜?"

"왜냐고요? 아까 검둥이들이 2주일 안에 이 집에서 다시 만나게 되리라는 걸 알고 있다고 했어요. 만일 그걸 뒷받침할 수 있는 증거를 보인다면 당신은 로스롭 씨 집으로 가서 나흘 정도 묵을 수 있겠어요?"

"나흘? 1년이라도 묵을 수 있어."

"그럼 됐어요." 내가 말했다. "당신한테서 그런 약속을 받은 것만으로도 충분해요. 다른 사람이 성서에 키스하고 맹세하는 것보다 더 확실하니까요."

그러자 그녀는 생긋 웃으면서 얼굴을 붉혔다. 그래서 내가 말했다.

"당신만 상관없다면 문을 닫아 잠그겠어요."

나는 문을 잠그고 돌아와서 다시 자리에 앉으며 말했다.

"내 말을 듣고 큰 소릴 쳐서는 안 됩니다. 남자처럼 담대함을 갖고 들어줬으면 해요. 나는 지금 모든 진실을 털어놓으려고 하니까 마음을 굳게 가져야 해요. 조금 놀라운 이야기여서 부담스러울 수도 있겠지만 다른 방법이 없어요. 저, 당신의 숙부라는 사람들은 사실 생판 남이에요. 사기꾼 패거리……. 진짜 사기꾼이에요. 이제 이것으로 가장 견디기 어려운 고비는 넘겼으니까, 다음엔 잘 참을 수 있을 겁니다."

이 말을 듣고 그녀가 깜짝 놀란 것은 물론이다. 하지만 나는 이미 힘든 고비는 넘겼으므로, 그 다음부터는 이야기를 쉽게 풀어나갔다. 나의 말을 듣는 동안 메리 제인의 눈은 차차 불덩어리처럼 되어갔는데, 나는 증기선이 있는 곳으로 가는 도중에 그 얼빠진 인간들을 만났던 일부터 이야기를 해나갔다. 그리고 메리 제인이 집 현관에서 왕의 가슴에 안겼을 때, 왕이 16번인가 17번 정도 그녀에게 키스를 한 사실까지 모조리 들려주었다. 그러자 메리 제인이 저녁놀처럼 얼굴이 새빨개지더니 이렇게 말했다.

"짐승 같은 놈들! 자, 단 1분, 아니, 1초라도 가만히 있을 수 없어. 타르를 뒤집어씌우고 깃털을 달아 놈들을 당장 강물에 던져야 해!"

"그렇고말고요. 한데 그 일을 로스롭 씨 집으로 가기 전에 할 작정인가요? 아니면……."

"아차, 그렇군. 내가 지금 무슨 생각을 하고 있는 거야." 그러고는 다시 자리에 앉더니, "지금 내가 한 말 마음에 두지 마. 언짢게는 생각지 않겠지?" 하고 말했다. 그러고는 비단 같은 손을 내 손 위에 포개었으므로, 나는 그 말을 언짢게 생각하느니 차라리 죽음을 택하는 편이 낫겠다고 말했다. "머리가 이상해졌나봐. 이젠 흥분하지 않을 테니까 앞으로 어떻게 해야 좋은지 가르쳐줘. 네가 하라는 대로 할게."

"그 두 사기꾼은 아주 만만찮은 녀석들이에요. 하지만 좋건 싫건 간에 앞으로 나는 녀석들과 함께 여행하지 않으면 안 될 처지예요. 그러니 그 까닭은 묻지 말아주세요. 하지만 만일 당신이 녀석들의 사기행각을 폭로한다면, 마을 사람들이 나를 그 녀석들의 손에서 도망칠 수 있게 해줄 테니까 그건 안심이에요. 그러나 당신이 모르는 또 한 사람은 아주 곤란한 입장에 처하게 돼요. 나는 그를 도와주어야 할 형편이기 때문에 녀석들을 밀고하지 못하고 있는 거예요."

이런 이야기를 하고 있는 동안 나와 짐이 그 사기꾼들로부터 어떻게 하면 도망칠 수 있을 것인지 묘안이 떠올랐다. 녀석들을 이 마을에 있는 감옥에 처넣고 우리들만 떠나는 방법을 생각해낸 것이다. 그래서 나는 사기꾼들의 정체를 폭로하는 일은 밤에 하는 게 좋을 것 같았으므로 이렇게 말했다.

"미스 메리 제인, 이렇게 하면 당신도 로스롭 씨 집에서 오래 있지 않아도 될 것 같군요. 로스롭 씨 집은 여기서 얼마나 되나요?"

"4마일쯤 될까? 여기서 더 들어간 시골이거든."

"그럼 잘됐어요. 당신은 그곳에 9시에서 9시 반까지 숨어 계세요. 그리고 그 사람한테 집까지 바래다 달라고 하는 거예요. 갑자기 생각난 일이 있다고 하면서요. 그리고 11시 전에 돌아오면 이곳 창가에 촛불을 켜놓으세요. 만일 내가 나오지 않으면 11시까지 기다려주세요. 그래도 내가 나타나지 않으면 이 근처에 없다는 증거예요. 그러면 당신은 온 마을에 그 이야기를 폭로해서 사기꾼들을 감옥에 처넣는 거예요."

"참 좋은 생각이야. 그렇게 하겠어."

"만일 내가 미처 도망치지 못하고 녀석들과 함께 붙잡히게 되면, 이런 사실을 당신한테 들려준 사람이 바로 나라고 하면서 내 편을 들어줘야 해요."

"네 편을 들어달라니! 그건 당연한 일이잖아? 네 머리카락 하나도 다치지 않도록 하겠어!"

"내가 다른 곳으로 가버리면 그 악당들이 당신의 숙부가 아니라는 사실을 증언할 순 없겠죠? 하지만 내가 여기 있다고 해도 그걸 증언할 수는 없어요. 내가 할 수 있는 일은 다만 녀석들이 사기꾼이라는 것을 맹세하는 것뿐이에요. 그것도 어느 정도 도움이 되긴 하겠지요. 하지만 그들이 사기꾼이란 사실을 나보다도 더 잘 증명해줄 사람이 있어요. 더욱이 그 사람들은 나처럼 의심받을 염려도 없는 사람들이에요. 그 사람들을 어떻게 찾느냐 하면, 연필과 종이 좀 줘요. 자…… '브릭스빌의 왕실의 걸작' , 이것을 잘 간수해두세요. 재판소에서 그 두 놈에 대해 무언가를 더 알아보려고 한다면, 브릭스빌로 사람을 보내어 『왕실의 걸작』이란 연극을 상연한 녀석들을 붙잡았는데, 증인이 될 사람이 없느냐고 물으면 될 거예요. 메리 아가씨, 그러면 눈 깜짝할 사이에 그 마을 사람들 전부가 증인으로 나설 겁니다. 그것도 이를 부득부득 갈면서 말이에요."

나는 모든 준비가 끝났다고 생각했으므로 이렇게 말했다.

"경매를 붙이도록 내버려둬요. 걱정할 것 없으니까요. 공시기간이 너무 짧으니까, 구입한 물건의 대금은 경매가 있은 지 만 하루 동안은 지불하지 않아도 돼요. 녀석들은 그 돈을 받아 쥐기 전까지는 이 마을을 떠나지 않을 거예요. 매매가 완전히 끝난 게 아니니까요. 그리고 검둥이들은 곧 돌아올 거예요. 분명히 알아둘 것은 검둥이들을 판 돈이 그들의 손에는 들어갈 수가 없다는 사실을요. 그들은 지금 진퇴양난에 빠져 있어요."

"알았어. 그럼 이제 아래층으로 내려가 아침 식사를 한 다음 곧장 로스롭 씨 집으로 가겠어." 메리 제인이 말했다.

"안 돼요, 그건 잘못 생각한 거예요. 아침 식사를 하기 전에 가야 해요." 내가 말했다.

"그건 어째서지?"

"그건 아가씨의 얼굴 가죽이 천 장 정도 겹쳐 놨을 정도로 두껍지 않기 때문이죠. 아가씨의 얼굴은 마치 읽기 쉬운 책 같아요. 그 숙부라는 녀석들이 아침 식사를 하러 왔을 때 아무렇지도 않게 얼굴을 맞대고, 그리고……."

"알았어, 그만해줘! 아침 식사를 하기 전에 가겠어. 하지만 동생들을 그 악당들한테 남겨두고 가야 하나?"

"아, 동생들 일이라면 염려 말아요. 잠깐 동안만 참으면 되니까. 당신네 세 사람이 모두 가버리면 녀석들이 수상쩍게 생각할 거예요. 나는 당신이 그 악당은 물론 동생과 이 마을 사람 누구하고도 만나지 않았으면 해요. 숙부한테는 기분 전환을 하기 위해 친구를 만나러 간다고 하면 될 거예요. 아무튼 오늘 저녁이나 내일 아침에 돌아온다고 말해두겠어요."

"친구를 만나러 간다는 건 괜찮지만, 그 녀석들에게 안부를 전하고 싶지는 않은데."

"정 그렇다면 그 말은 하지 않기로 하죠." 내가 말했지만 그녀에게 그렇게 말했다고 해도 상관없는 일이다. 어렵지 않게 해낼 만한 사소한 일이고, 게다가 이 세상에서 사람이 가는 길을 가장 편하게 해주는 것이 이런 사소한 일이니 말이다. 메리 제인만 하더라도 이 한 마디로 안심할 것이고, 그렇다고 해서 비용이 드는 것도 아니므로. 잠시 후 내가 말했다. "꼭 할 말이 있는데, 그 돈자루 말예요."

"그건 녀석들이 가지고 있잖아? 그 녀석들한테 그걸 빼앗긴 생각을 하면 얼마나 억울한지 몰라."

"그건 아가씨가 잘못 생각한 거예요. 돈자루는 녀석들이 가지고 있지 않아요."

"뭐라고? 그럼 누가 가지고 있지?"

"그걸 알면 얼마나 좋겠어요? 전에는 분명히 내가 가지고 있었는데. 내가 그 녀석들한테서 훔쳐냈으니까요. 당신에게 주려고 훔친 거죠. 그리고 그것을 감춘 곳도 알고 있어요. 하지만 지금은 그곳에 없을 것 같아요. 정말 미안하게 생각해요."

"어머, 스스로를 책망하는 건 그만둬. 너로서는 그렇게밖엔 할 수 없었을 테니까 네 잘못이 아니야. 그런데 도대체 어디다 감췄지?"

나는 그녀에게 도저히 그 말을 할 수가 없었다. 그래서 얼마 동안 침묵을 지키고 있다가 더듬더듬 말했다.

"메리 제인 아가씨, 나는 차마 그 말을 당신 앞에서는 할 수가 없어요. 하지만 지금 이 자리에서 듣지 않아도 좋다면, 감춰둔 곳을 종이에 써 드릴 수는 있어요. 그리고 로스롭 씨 집으로 가는 도중에 읽어주었으면 해요. 그래도 괜찮겠어요?"

"그럼, 괜찮고말고."

그래서 나는 종이에다 이렇게 썼다.

「그것은 관 속에 감추었습니다. 당신이 밤늦게 관 앞에서 울고 있을 때, 돈자루를 관 안에 넣었습니다. 문 뒤에 숨어서 그걸 보고 있노라니 당신이 불쌍해서 견딜 수가 없었습니다. 메리 제인 아가씨.」

그녀가 한밤중에 관 앞에서 울고 있던 바로 그 건물의 지붕 밑에 악마 같은 놈들이 함께 자고 있었다. 놈들이 그녀에게 모욕을 주고 돈을 훔쳤다고 생각하자 눈에 핑그르르 눈물이 고였다. 나는 종이 쪽지를 접어서 메리 제인에게 건네주었는데, 힐끗 보니 그녀의 눈에도 눈물이 고여 있었다.

"잘 가. 난 네가 하라는 대로 할 거야. 그리고 앞으로 다시는 만나지 못하더라도 영원히 잊지 못할 거야. 언제나 널 생각하며, 너를 위해 하느님께 기도드리겠어!" 그리고 그녀는 나갔다.

나를 위해서 기도한다니! 만일 그녀가 나라는 인간을 잘 안다면 그녀는 좀 더 자기 인품에 맞는 일을 하지 않을까 하는 생각이 들었지만, 역시 기도는 올려주었을 것이 틀림없다. 그녀는 그런 여자였다. 다른 사람은 어떻게 말할는지 모르지만, 내 생각으로는 그만큼 용기를 지닌 여자는 결코 흔치 않을 것 같았다. 어쩌면 아부같이 들릴지 모르지만 절대로 아부가 아니다.

그날 그녀가 문을 나가는 걸 본 후로 나는 두 번 다시 그녀를 본 적이 없다.

그때 나는 수전과 언청이를 만났으므로 이렇게 물어보았다.

"저 강 건너에 너희들이 가끔 만나러 가는 사람 이름이 뭐지?"

그러자 두 사람이 대꾸했다.

"몇 집 있지만 자주 가는 곳은 프록터 씨 집이야."

"그래. 이제야 생각이 나는군. 메리 제인 아가씨가 너희들에게 전해달라고 나한테 말한 게 있어. 급히 그곳으로 떠나는 바람에 그런 거지. 그 집안에 누군가가 병이 났다나봐. 그래서 가봐야 한다더군."

"누가 병이 났는데?"

"내가 그걸 어떻게 알아."

"설마 해너는 아니겠지?"

"뭐, 해너라고 한 것 같아."

"어머나! 지난주까지만 해도 그렇게 건강했었는데! 많이 아프대?"

"아픈 정도가 아니야. 메리 제인 말로는 가족이 모두 곁에 붙어앉아서 밤새도록 간병을 했다는 거야. 앞으로 그다지 오래 살 것 같지는 안다고 하더군."

"어머나, 이게 웬일이야!"

상대방이 그런 반응을 보이자 나는 그럴듯한 대답이 얼른 머리에 떠오르지 않아 이렇게 대답했다.

"유행성 이하선염이라고 하던데."

"유행성 이하선염이라고? 그 병이라면 밤새워 간호해야 할 정도는 아닌데."

"그야 그럴 테지. 하지만 새로운 종류의 유행성 이하선염은 다르지 않을까? 메리 제인이 그러던데."

"새로운 종류라니, 어떤 거지?"

"홍역과 백일해와 폐렴과 뇌막염이라고 한 것 같았는데, 그 다음은 무슨 병인지 모르겠어."

"어머나! 그게 유행성 이하선염이란 병이라고?"

"메리 제인이 그렇게 말했어."

"에이, 그건 말도 안 돼. 가령 어떤 사람이 발가락을 부딪치고, 독을 마시고, 우물 속에 떨어져 목뼈가 부러지고 머리가 부서져버렸다고 해. 그런데 누가 와서 이 사람은 무엇 때문에 죽었느냐고 물었을 때 어떤 멍청이가, '발가락을 부딪쳐서 죽었어요.' 하고 대답했을 때 그것을 죽은 이유라고 믿을 수 있겠어? 네 대답이 바로 그래. 그 병은 다른 사람에게도 옮나?"

"옮느냐고? 무슨 말을 하는 거야? 써레가 사람에게 걸려? 안 걸려? 만일 써레의 어느 한 이빨에 걸리지 않더라도 다른 이빨에 걸리지 않겠어? 걸린 이빨에서 빠져 나오려면 써레가 통째로 끌려와야 할 거야. 이번 유행성 이하선염이 바로 이 써레 같은 거야. 그것도 보통 써레와는 달라. 한번 걸리면 여간해선 빠지지 않는 써레야."

"아이 무서워라." 언청이가 끼어들었다. "난 하비 숙부한테 가서……."

"그래, 그게 좋겠어. 나 같아도 그렇게 하겠어. 지금 당장이라도." 내가 맞장구를 쳤다.

"그럼 어째서 넌 그 얘길 하비 숙부한테 하지 않는 거지?"

"잘 들어보면 그 까닭을 알 수가 있을 거야. 너희 숙부는 한시바삐 영국으로 돌아가야 할 형편이잖아? 그리고 그 사람들이 너희들을 남겨둔 채 자기들만 먼저 떠나고, 너희들보고는 다음에 천천히 오라고 할 그런 얌체 같은 분들일 거라고 생각해? 너희들이 준비를 하길 기다릴 게 뻔해. 거기까진 어쨌든 좋아. 너희 숙부는 목사님이시지? 그렇다면 목사란 사람이 증기선의 승무원을 속일 것 같아? 조카인 메리 제인을 태우기 위해서 목사가 사람을 속일 수 있겠느냔 말야. 그런 행동을 하지 않을 분이란 건 잘 알잖아. 그렇다면 어떻게 말할까? '매우 유감스러운 일이지만 교회 일이 잘 되기를 바라면서 여기에 더 머무를 수밖에 없지. 왜냐하면 내 조카가 지금 무서운 다발복합성의 유행성 이하선염에 걸려 있어. 그 애가 완전히 나았는지 어떤지를 알려면 석 달이 걸려. 그래서 그동안 여기 남아서 기다리는 것이 나의 의무야.' 라고. 하지만 걱정할 건 없어. 너희 숙부한테 빨리 알리는 게 가장 좋은 방법이라고 생각한다면……."

"아니, 우리가 영국에 가서 편하게 살 수 있게 되었는데, 언니가 병에 걸렸는지 아닌지를 알기 위해 여기서 하는 일 없이 기다려야 한단 말이니?"

"아무튼 이웃에 사는 누군가에게 알리는 게 좋지 않을까?"

"천만에! 이런 얼간이 같으니라고! 이웃 사람들에게 알리면 어떻게 되는지 넌 모르겠니? 아무에게도 말하지 말고 잠자코 있는 게 가장 좋은 방법이야."

"맞았어, 그렇게 하는 게 옳을 것 같아."

"하지만 하비 숙부에겐 메리 제인이 잠깐 외출했다고 말해두어야 하지 않을까? 숙부가 메리 때문에 걱정하면 안 되니까."

"물론 그래야지. 아가씨는 너희들에게 그렇게 말해달라고 하면서, 하비 숙부와 윌리엄 숙부에게 안부와 함께 키스를 전해달라고 했지. 그리고 자기는 급히 저어, 이름이 뭐라고 하더라……?"

."혹시 앱도프 씨라고 하지 않던가?"

"맞았어. 한데 그런 이름은 아주 질색이야. 기억이 잘 나지 않거든. 그 앱도프 씨네로 가서 이번 경매에 꼭 참가하여 이 집을 구입하도록 부탁해보겠다고 했어. 그리고 앱도프 씨가 집을 사러 오겠다고 할 때까지 끝까지 졸라보겠지만, 몸이 녹초가 되면 내일 아침에 돌아오겠다고 전하라고 했어. 그리고 프록터 씨 이야긴 하지 말고 앱도프 씨 이야기만 하라고 하더군. 그건 사실이야. 메리 제인 아가씨는 이 집을 사달라는 이야기를 하러 그곳에 간 거야. 아가씨가 직접 그렇게 말했다니까."

"그럼 됐어." 두 처녀는 말하고 숙부들이 나타나기를 기다렸다가, "안녕히 주무셨어요?" 하고 아침 인사를 했다. 그리고 내가 들려준 언니의 말을 전하기 위해 밖으로 나갔다.

이것으로 만사가 뜻대로 된 셈이다. 그 처녀들은 빨리 영국으로 가고 싶은 마음에 입을 꼭 다물고 있을 것이 분명했다. 또 왕과 공작은 메리 제인이 의사인 로빈슨 선생의 손이 닿는 곳에서 머물기보다는 경매일로 바쁘게 돌아다니는 것을 더 좋아할 것이 틀림없었다. 나는 나 자신도 놀랄 만큼 일을 멋지게 꾸몄다는 생각에 기분이 몹시 좋았다.

경매는 그날 저녁 가까이까지 계속되었는데, 영감 녀석은 묘한 얼굴로 경매인 옆에 서서 가끔 성서에 나오는 문구 따위를 인용하기도 하고, 뜻도 모르는 말을 지껄이기도 했다. 그리고 공작은 공작대로 '으으' 소리를 내면서 사람들의 동정을 사기 위해 바쁘게 돌아다니고 있었다.

그럭저럭하는 동안에 길게 끌었던 경매 물건은 막판에 가서 모두 다 팔렸고, 마지막으로 묘지 가운데 있는 아무 짝에도 쓸모없는 조그마한 땅덩이 하나만 남았다. 그러자 녀석들은 그 땅까지 팔려고 하는 것이었다. 나는 뭐든지 집어삼키지 않고는 직성이 풀리지 않는 그런 도깨비 같은 녀석은 처음 보았다. 그런데 한창 흥정이 무르익어가고 있을 때, 증기선 한 척이 와 닿았는데, 2분쯤 지나자 사람들의 왁자지껄한 소리와 함께 누군가가 큰 소리로 이렇게 외치는 것이었다.

"자, 적수가 나타났소! 피터 윌크스 노인의 상속인이 두 패로 갈라졌소. 누구든 마음에 드는 쪽을 택해서 돈을 지불하시오!"

제 29 장

그들이 데리고 나타난 사람은 아주 풍채가 좋은 노신사 한 사람과 그보다는 조금 젊고 오른팔에 붕대를 감아 목에 걸고 있는 남자 한 명이었다. 그들을 보고 사람들은 쉴 새 없이 웃고 떠들어대는 것이었다. 그것은 재미있게 노느라고 그러는 것이 아니었다. 나는 왕과 공작도 눈이 있다면 틀림없이 얼굴이 새파랗게 질릴 것이라고 생각했다. 그러나 공작은 무슨 일이 일어났는지 전혀 모르겠다는 듯이 버터밀크를 따르고 있는 밀크 주전자처럼 행복한 모습으로 계속 으으으 소리를 내면서 이곳저곳을 돌아다니는 것이었다. 왕은 왕대로, '원 세상에! 이런 사기꾼이 있을까?' 라며 뚫어지게 바라보고 있었다. 그 꼴은 정말이지 그럴듯했다. 몇몇 사람들이 우르르 왕 주위에 모여들며, 자신들이 왕 편이라는 것을 보여주려고 했다. 방금 그곳에 나타난 나이 많은 신사는 한참 허둥대더니, 곧 사람들에게 말하기 시작했다. 그의 말을 들으니, 그가 정통 영국 발음을 쓰고 있다는 것을 금방 알 수 있었다. 왕이 하는 영국 말과는 딴판이었다. 그 신사는 군중을 향해 다음과 같은 말을 하는 것 같았다.

"이것은 나로서는 전혀 예기치 못했던 일입니다. 나는 사태에 대응할 만한 준비가 충분히 되어 있지 않다는 것을 솔직하게 인정합니다. 왜냐하면 내 아우와 나는 재난을 당하여 동생은 팔이 부러졌고, 짐은 잘못되어 어젯밤 이곳보다 훨씬 상류에 내려지고 말았기 때문입니다. 나는 피터 윌크스의 바로 아랫동생인 하비이고 이 사람은 막냇동생인 윌리엄이지만, 이 동생은 듣지도 못하고 말도 못합니다. 우리는 방금 말씀 드린 실제의 인물들입니다. 하루 이틀 후면 짐을 찾을 수 있을 것이므로, 그것을 증명하는 일도 가능합니다. 그러니 그때까지는 더 이상 아무 말도 하지 않겠습니다. 이대로 여관에 가서 기다리기로 하겠습니다."

그러고 나서 노신사와 벙어리는 어디론가 가버렸다. 그러자 왕이 껄껄 웃으며 입을 놀리기 시작했다.

"팔이 부러졌다고? 있을 법한 일이지 않은가! 더군다나 손짓만으로 이야기를 해야 할 텐데, 그 짓을 터득하지 못한 사기꾼들로선 그게 불가능하지. 짐을 잃어버렸다고? 그건 정말 걸작이야!"

그렇게 말하고 왕 녀석은 또다시 껄껄 웃었다. 다른 사람들도 따라 웃었지만 웃지 않은 사람도 서너 명, 어쩌면 여섯 명쯤은 있었던 것 같다. 한 사람은 그 의사였고, 또 한 사람은 융단으로 만든 고풍스런 가방을 든 눈초리가 날카로운 신사였다. 그는 증기선에서 방금 내린 사람인데, 낮은 목소리로 의사에게 무슨 말인가를 속삭였다. 그리고 가끔 왕 쪽을 힐끗 쳐다보며 둘이서 서로 고개를 끄덕였다. 그는 다름 아닌 변호사 레비 벨로서, 지금까지 일 때문에 루이스빌에 가 있었던 것이다. 그리고 또 한 사람은 어디서 나타났는지 알 수 없는 몸집이 좋은 무뚝뚝한 사나이였는데, 그는 왕과 노신사가 하는 말을 귀담아 듣고 있었다. 그리고 왕의 말이 끝나자마자 그에게 물었다.

"이봐, 자네가 하비 윌크스라면 언제 이 마을에 왔소?"

"장례식 전날이오."

"그날 몇 시요?"

"저녁때지. 해지기 한두 시간쯤 전이오."

"뭘 타고 왔소?"

"수전 포웰 호를 타고 왔소. 신시내티서부터."

"그렇다면 어째서 아침나절엔 저 상류의 갑에 있었소? 카누를 타고 말이오?"

"나는 그날 갑 같은 데 있지 않았소."

"이 거짓말쟁이 같으니라고!"

그러자 네댓 사람이 그 사나이에게 달려들어, 저 사람은 나이 많은 목사이니까 함부로 대하지 말라고 했다.

"목사는 무슨 놈의 목사, 저놈은 사기꾼에다 새빨간 거짓말쟁이야. 그날 아침 저놈은 분명히 그곳에 있었어. 나는 그날 그곳에서 분명히 저놈을 보았어. 이 두 눈으로 똑똑히 보았단 말이야. 놈은 팀 콜린스와 사내아이와 함께 카누를 타고 왔다니까."

그러자 의사가 말했다.

"하인스, 자넨 그 사내아이를 지금 다시 보면 알아보겠나?"

"알아볼 수 있을지 잘 모르겠어. 아니, 바로 저기 있군. 한눈에 알겠는데?"

하면서 그 사람이 손가락으로 가리킨 것은 바로 나였다. 그러자 의사가 말했다.

"여러분, 새로 나타난 두 사람이 사기꾼인지 아닌지는 잘 모르기만, 여기 있는 이 두 사람이 사기꾼이 아니라면 나는 바보 천치임이 분명합니다. 하인스, 나를 따라오게. 다른 사람들도 함께 갔으면 합니다. 이 사람들을 여관으로 데리고 가서 조금 전의 그 두 사람과 대질시킵시다. 그러면 뭔가를 분명하게 알게 될 겁니다."

이 일은 왕의 편을 드는 사람들에게는 못마땅했을지 모르지만, 다른 사람들에게는 매우 재미있는 일이었으므로 사람들 모두가 따라나섰다. 의사는 내 손을 잡고 갔는데, 친절하게 대해 주긴 했지만 절대로 손을 놓을 생각은 없는 것 같았다.

사람들은 여관의 큰 방으로 들어가서 여러 개의 촛불을 켠 다음, 새로 온 두 사람을 데리고 들어왔다. 그리고 의사가 이렇게 말을 꺼냈다.

"나는 이 두 사람에게 그다지 독하게 굴고 싶지는 않지만, 어쩐지 사기꾼인 것 같아요. 그리고 우리가 모르는 공범자가 있을지도 몰라요. 만일 공범자가 있다면 녀석들은 피터 윌크스가 남긴 금화가 든 돈자루를 가지고 도망쳤을지도 모르지 않습니까? 만일 이 두 사람이 사기꾼이 아니라면 그 돈을 누군가에게 맡기고, 이 사람들이 가짜가 아니라는 사실을 증명할 때까지 돈을 우리가 보관해

두는 걸 반대할 사람은 없을 줄 압니다."

사람들은 그 말에 동의했다. 그래서 나는 우리 쪽 악당들이 궁지에 몰리게 되었구나 생각했다. 그러자 왕은 슬픈 표정을 지으며 이렇게 말하는 것이었다.

"신사 여러분! 나는 이 골치 아픈 사건의 조사가 공정하고 철저히 행해지는 걸 원하므로, 그 돈이 보관해 둔 곳에 있었으면 합니다만 유감스럽게도 그 돈은 거기에 없습니다. 원하신다면 사람을 보내어 확인해보셔도 좋습니다."

"그렇다면 어디에 있다는 거지?"

"나는 내 조카딸로부터 그 돈을 보관해달라는 부탁을 받고 그걸 침대 밑 이불 틈에 감추었습니다. 이곳에 있는 3,4일 동안 은행에 넣기도 번거로워 침대 밑이라면 괜찮으려니 생각했습니다. 우리는 검둥이들을 잘 몰랐으므로, 그들도 영국의 하인들처럼 정직하리라 생각했던 것입니다. 그런데 이튿날 아침, 놈들은 그걸 가지고 깨끗이 사라진 겁니다. 여기 있는 내 하인이 그 사실을 잘 알고 있습니다."

의사와 다른 몇 사람이 "흥!" 하고 코웃음을 쳤는데, 나는 왕의 말을 신용하는 사람이 한 사람도 없다는 것을 알았다. 이때 군중 가운데 한 사람이 나한테 검둥이들이 돈을 훔치는 것을 보았느냐고 물었다. 그래서 보지 못했다고 대답했다. 이번에는 의사가 내 쪽으로 몸을 돌리더니, "너도 영국인이냐?" 하고 물었다.

나는 그렇다고 대답했다. 그러자 의사와 다른 몇 사람이 어이가 없다는 듯한 웃음을 지으며, "엉터리 수작 하지 마!" 하고 말했다.

그 후 사람들은 전체적인 조사에 착수했는데, 많은 사람들이 번갈아가며 의견을 말하면서 몇 시간씩이나 떠들었다. 저녁 때가 되었지만 누구도 저녁 식사를 하자는 사람이 없었다. 지금까지 살아오면서 이렇게까지 복잡한 일을 겪은 건 처음이었다. 사람들은 왕에게 이야기를 시켰고, 그 다음엔 노신사에게 시켰다. 그 말을 들으면 돌대가리가 아닌 이상 누구라도 노신사가 진실을 말하고 왕이 거짓말을 한다는 것을 알 수 있었다. 그럭저럭하는 동안에 질문은 나에게로 향해져, 내가 알고 있는 것 전부를 털어놓으라고 위협했다. 슬쩍 옆을 보니 왕 녀석이 무서운 눈초리로 나를 흘겨보았으므로, 나는 우선 셰필드의 이야기를 꺼냈다. 그곳에서 우리가 어떻게 살았는지, 영국에 있는 윌크스 가족들은 어떻게 지내고 있었는지 따위의 이야기를 했다. 하지만 말을 얼마 하지도 않아 의사가 웃음을 터뜨렸다. 그리고 변호사가 이렇게 말했다.

"그만 앉거라, 이 녀석아. 내가 만일 너라면 그렇게 억지스러운 말은 하지 않을 거다. 좀 더 연습을 해야겠어. 네가 하는 말은 너무 어색해."

나는 칭찬을 받고 싶지는 않았지만 어쨌든 그것으로 그만 놓여난 것이 고마웠다. 의사는 무슨 이야긴가를 하려고 돌아서더니 이렇게 말했다.

"만일 당신이 처음부터 이 마을에 있었더라면 얼마나 좋았을까, 벨!"

그 말에 왕이 끼어들어 손을 내밀면서 말했다.

"아아, 당신이 바로 죽은 형님이 자주 편지에서 썼던 그 옛 친구시군요?"

변호사와 왕은 악수를 나누었는데, 변호사는 싱글싱글 웃으며 왕을 바라보았다. 그러고는 방구석으로 가서 뭐라고 속삭이고는 큰 소리로 이렇게 말했다.

"이걸로 결판이 나게 됩니다. 내가 이 명령서를 받아서 당신 동생의 것과 함께 보내겠습니다. 그러면 만사가 잘 해결될 겁니다."

그래서 사람들은 종이와 펜을 가지고 왔고, 왕은 앉아서 고개를 갸우뚱하고는 혀를 지그시 깨물면서 무언가를 종이에 써내려갔다. 그런 뒤 사람들은 공작에게 펜을 넘겨주었다. 공작은 비로소 난처한 표정을 지었다. 하지만 녀석도 무언가를 종이에 썼다. 그들이 쓰기를 마치자 변호사는 이번에는 새로 온 신사들을 돌아보며 말했다.

"당신과 당신의 동생도 여기에 한두 줄 쓰고 서명을 해주십시오."

노신사는 무언가를 썼지만, 무얼 썼는지는 아무도 읽을 수가 없었다. 변호사는 깜짝 놀란 얼굴로 이렇게 말했다.

"이건 나도 모르겠는걸." 하면서 주머니 속에서 묵은 편지를 잔뜩 꺼내더니 그것을 살핀 후, 다시 노신사가 쓴 것을 살펴보더니 또다시 묵은 편지를 살펴본 다음, "이 묵은 편지는 모두가 하비 윌크스 씨한테서 온 것입니다. 그리고 여기에 두 개의 필적이 있습니다. 이 글들을 보면 이 두 사람이 편지를 쓰지 않았다는 것은 누가 봐도 알 수 있을 것입니다." 하고 말했다. 왕과 공작은 변호사가 교묘하게 자기들을 골려주었다는 알자, 한방 얻어맞은 듯한 멍청한 표정을 지었다.

"그리고 이게 노신사의 필적인데, 이 사람도 편지를 쓴 임자가 아니라는 걸 알 수 있습니다. 실은 이 사람이 갈겨쓴 글씨는 도무지 글자라고 할 수 없습니다. 한데 여기 있는 몇 통의 편지는……."

그때 새로 온 노신사가 말했다.

"실례지만 제게 사정을 설명할 기회를 주십시오. 내 글씨는 저기 있는 내 동생밖에 읽지 못합니다. 그러므로 나의 동생이 그 글씨를 정서해드릴 것입니다. 당신이 가지고 있는 그 편지는 내 동생 글씨로 내가 쓴 것이 아닙니다."

"이것 봐라!" 변호사가 말했다. "이건 정말 놀라운 일이군. 윌리엄한테서 온 편지도 몇 통 가지고 있으니까, 동생한테 한두 줄 써달라고 해서 그것과 비교해보면……."

"왼손으로는 쓰지 못합니다." 노신사는 말했다. "만일 그가 오른손을 쓸 수만 있다면, 동생의 편지와 내 편지가 똑같은 글씨체라는 걸 알 수 있을 텐데. 하지만 동생 것과 내 것을 비교해보십시오. 같은 손으로 쓴 것이니까요."

변호사는 그가 말한 대로 두 통의 편지를 비교해보더니 이렇게 말했다.

"정말 그렇군요. 설사 같은 손으로 쓴 것이 아니라 하더라도 이

건 너무 비슷해요. 해결의 실마리가 풀리는 줄 알았는데 조금은 우습게 되어버렸군요. 하지만 한 가지 사실은 증명이 된 셈입니다. 이쪽 두 사람은," 하고 그는 왕과 공작 쪽으로 고개를 돌리면서, "그 누구도 윌크스 씨 집안사람이 아니라는 사실이 밝혀졌습니다."

여러분 같으면 이런 상황에서 어떻게 했을 것 같습니까? 일이 이렇게 된 상황에서도 그 멍텅구리 영감은 손을 들려고 하질 않았다. 이건 공평한 검사가 아니라고 우겨대는 것이었다. 왕 녀석이 계속 열을 올려 입을 놀리자 새로 온 노신사가 이렇게 말했다.

"얼핏 생각난 것이 있는데, 여러분들 중에 어느 분이 저희 형님…… 아니, 돌아가신 피터 윌크스 씨의 입관 준비를 해주셨는지요?"

"나와 앱 터너가 했는데, 둘 다 여기 있습니다." 누군가가 말했다.

그러자 노신사는 왕 쪽을 돌아보며 말했다.

"이분은 피터 윌크스 씨의 가슴에 어떤 문신이 있었는지 저한테 말씀해주실 수 있으리라 생각합니다만."

일이 이쯤 되자 왕은 다시 한 번 마음을 독하게 먹지 않으면 안 되었다. 그러지 않으면 강물에 쓸려 내려가는 강둑처럼 맥없이 무너지고 말 상황이었다. 전혀 예기치 못했던 일이 일어났기 때문이다. 게다가 아무런 예고도 없이 이런 어려운 난관에 부닥친다면 누구라도 손을 들지 않을 수 없을 것이었다. 어떻게 왕이 고인의 몸에 문신이 있었다는 걸 알아낸단 말인가. 왕의 낯빛은 잠시 새파랗게 질렀는데, 그것도 무리는 아니었다. 온 방 안이 쥐 죽은 듯이 고요해졌고, 사람들의 시선은 일제히 왕한테로 쏠렸다. 나는 이번에야말로 왕이 항복할 것이라고 생각했다. 그런데 왕이 과연 손을 들고 말았을까? 믿어지지 않겠지만 왕은 손을 들지 않았다. 왕 녀석은 사람들이 지칠 때까지 어쨌든 끝까지 버텨볼 작정인 것 같았다. 사람들이 지칠 대로 지쳐서 하나 둘 자리를 뜨면, 그때 공작과 둘이서 포위망을 뚫고 도망칠 작정을 한 것이 틀림없었다. 아무튼 녀석은 그대로 그 자리에 앉아 있었는데, 얼마 후에 미소를 띠면서 이렇게 말했다.

"흠! 그건 정말 어려운 질문이군. 좋소, 형님 가슴에 어떤 문신이 있는지 말씀드리지요. 그것은 작고 가느다란 푸른 화살이라고 할까? 뭐 그런 문신이었습니다. 하지만 자세히 보지 않으면 쉽게 눈에 띄지 않습니다."

새로 온 노신사는 재빨리 앱 터너와 그 동료 쪽을 돌아보았는데, 이번에야말로 꼼짝없이 왕을 항복시켰다고 생각해선지 눈을 번쩍이며 이렇게 말했다.

"자, 방금 한 말을 들으셨겠지요? 피터 윌크스 씨의 가슴에 그런 문신이 있었던가요?"

두 사람은 똑 같은 말로 대답했다.

"그런 문신은 없었습니다."

"좋소!" 노신사가 말했다. "그러면 두 분한테 묻겠는데, 당신들이 피터 윌크스 씨의 가슴에서 본 것은 작고 흐린 'P' 자, 그리고

'B' 자, 그 다음에 'W' 자, 그리고 각 글자 사이에 대시가 들어 있습니다. 그러니까 P-B-W죠." 하고 말하면서 노신사는 그것을 종이에 써 보였다. "자, 두 분이 본 것은 바로 이것 아닙니까?"

두 사나이는 다시 똑 같은 대답을 했다.

"아닙니다. 우리는 표고 뭐고 아무것도 보지 못했습니다."

일이 이렇게 되자 모두가 격분하여 소리쳤다.

"이놈들, 양쪽 다 사기꾼이다! 물에 처박아 죽여버려. 몽둥이에 매달아 주리를 틀어!" 하면서 사람들이 일제히 떠들어댔는데, 장내가 벌컥 뒤집혀지는 듯한 대소동이 일었다. 그러자 변호사가 테이블 위에 올라서서 이렇게 말했다.

"여러분! 제 말을 좀 들어주십시오. 아직도 한 가지 방법은 남아 있습니다. 무덤에서 관을 꺼내어 확인해봅시다."

이 말을 듣자 사람들이 "와아!" 하며 당장 달려가려는 것을 보고 의사와 변호사가 큰 소리로 "잠깐 기다려! 이 아이와 네 사나이를 함께 데려가야 해!" 하고 말했다. 그러자 사람들이 말했다.

"만일 그런 문신이 없으면 이놈들 모두를 린치합시다!"

일이 이렇게 되자 나는 덜컥 겁이 났다. 하지만 도망칠 수가 없었다. 사람들은 우리 다섯 사람을 붙잡아 즉시 묘지 쪽으로 끌고 갔다. 묘지는 1마일 반쯤 하류 쪽에 있었는데, 마을 사람들이 모두 따라나섰다. 시간도 아직 밤 9시밖에 안 되어서, 그들이 떠드는 소리는 정말 요란했다.

우리가 머물던 집 앞을 지날 때, 나는 메리 제인을 마을에서 내

보낸 것을 후회했다. 만일 그녀가 있었더라면 내가 슬쩍 눈짓만 해도 집에서 뛰쳐나와, 나와 한 패거리인 그 녀석들이 사기꾼이라는 걸 폭로해주었을 게 아닌가.

우리는 마치 살쾡이처럼 떠들어대면서 떼를 지어 몰려갔다. 하늘은 점점 무섭게 어두워져갔고, 번갯불이 번쩍거리기 시작했다. 모든 것이 내가 생각했던 것과 다른 방향으로 흐르고 있었다. 나는 마음 편히 사기꾼들이 하는 꼴을 재미있게 구경하면서, 만일 위험이 닥쳐오기라도 하면 메리 제인이 나서서 구원해주려니 생각하고 있었는데 도대체 이게 무슨 꼴이란 말인가! 시체에서 그 문신이 발견되지 않으면 당장 죽음을 못 면하게 되었으니 말이다.

나는 그것을 생각하자 견딜 수가 없었다. 그리고 어찌 된 영문인지 그 일 말고는 다른 것은 통 생각할 수가 없었다. 날은 점점 어두워졌으므로 사람들로부터 도망치기에는 안성맞춤이었다. 그러나 건장한 사나이가 내 손목을 꽉 잡고 있었으므로 – 하인스란 녀석이었다 – 그 손을 뿌리치고 도망친다는 것은 골리앗의 손에서 도망치는 것보다 어려웠다. 하인스는 내 손목을 잡고 나를 질질 끌다시피 했는데, 그는 몹시 흥분한 상태였다. 나는 그를 따라가느라고 뜀박질을 하지 않으면 안 되었다.

묘지에 이르자 사람들은 마치 홍수처럼 피터의 무덤으로 몰려갔다. 삽은 필요한 양보다 백 배쯤 더 가지고 왔는데, 램프를 준비해야 한다는 것을 생각한 사람은 한 명도 없었다. 그렇게 되자 그들은 번갯불에 의지하여 무덤을 파기 시작하는 한편, 램프를 빌리기 위해 그곳에서 가장 가까이에 있는 반 마일 거리의 집으로 사람을 보냈다.

사람들은 거칠게 무덤을 파내려갔다. 바람은 더욱 세차졌고, 짙게 끼인 검은 구름에선 빗방울이 떨어지기 시작했으며, 더욱 자주 번개와 천둥이 울렸다. 번개가 한번 번쩍 치면 그 순간 거기 모인 사람들의 얼굴 하나하나와 삽으로 무덤의 흙을 파내고 있는 모습이 보였다가는 눈 깜짝할 사이에 모든 것들이 암흑 속으로 묻혀버렸다.

드디어 사람들이 관을 파내어 뚜껑에 박힌 못을 뽑기 시작했다. 그러자 또다시 사람들이 우르르 몰려들어 서로 어깨를 밀치면서 시체를 들여다보려고 아우성이었다. 그런 모든 행동이 어둠 속에서 벌어지고 있어 여간 무섭지 않았다. 하인스란 녀석은 줄곧 내 손목을 꼭 쥐고 거칠게 숨을 헐떡이고 있었는데, 사람들의 아우성을 보자 이 녀석도 흥분하여 나란 존재를 어쩌면 깨끗이 잊고 있을지도 모른다는 생각이 들었다.

바로 그때였다. 빛의 폭포라도 떨어지듯이 번갯불이 번쩍 비췄는데, 그때 누군가가 이렇게 외쳤다.

"어럽쇼! 송장 가슴 위에 돈자루가 있네!"

순간 하인스란 녀석도 다른 사람들과 마찬가지로 소리를 지르더니, 내 손목을 놓고는 그것을 보려고 사람들 틈으로 파고 들어갔다. 그 틈에 나는 강가에 난 길을 따라 어둠 속을 정신없이 뛰었는데, 그때의 나의 모습은 뭐라 말할 수 없을 정도로 꼴불견이었을 것이다.

내 앞에는 칠흑 같은 어둠과, 이따금씩 번쩍이는 번갯불과, 좍좍 퍼붓는 비와, 휘몰아치는 바람과, 하늘을 찢는 듯한 천둥밖에는 없었는데, 나는 발이 땅에 닿지 않을 정도로 뛰었다.

마을에 이르러보니, 폭풍우가 너무 거세게 몰아쳐 밖에 나와 있는 사람은 아무도 없었으므로, 나는 골목길로 가지 않고 그대로 큰길을 따라 곧장 뛰었다. 그리고 우리가 있던 집까지 왔을 때, 집은 어둠 때문에 아무것도 보이지 않았다. 그런데 막 그 집 앞을 지나려 할 때, 메리 제인의 방에서 램프가 번쩍 하고 켜지는 게 아닌가! 나는 갑자기 가슴이 뿌듯해지는 것을 느꼈다. 그러나 그것도 잠깐이고, 그 집과 함께 내 뒤에 있는 모든 것이 짙게 덮여 있는 어둠 속으로 사라져버리고, 그 후로는 두 번 다시 볼 수 없게 되었다. 그녀는 내가 이 세상에서 만난 여자 중에서 가장 아름다운 처녀였을 뿐만 아니라 뛰어나게 지혜롭고 착한 처녀였다.

나는 마을에서 상류 쪽으로 한참을 뛰어갔다. 그래서 이만큼 멀리 왔으니 이제 모래톱까지 갈 수 있겠지 하는 생각에 빌릴 만한 배가 없을까 하고 열심히 찾아보였다. 그러자 마침 번갯불에 매어 놓지 않은 배가 눈에 띄었으므로, 나는 재빨리 뛰어올라 노를 저어 나갔다. 그것은 카누였는데, 밧줄로 대충 매어놓은 것이었다. 모래톱은 강 한가운데 있어 몸이 녹초가 되도록 저어가야 할 정도로 멀리 떨어져 있었다. 겨우 뗏목에 당도했을 때는 지칠 대로 지쳐서 큰대자로 누워 숨을 돌리고 싶었지만 그럴 만한 시간이 없었다. 나는 뗏목 위로 올라서기가 무섭게 큰 소리로 외쳤다.

"짐, 어서 같이 뗏목의 밧줄을 풀자! 하늘의 도움으로 놈들을 떨쳐버렸어!"

짐은 뛰어나와 두 팔을 활짝 벌리고 나에게로 다가왔다. 그런데 번갯불에 비친 짐의 모습을 본 순간, 나는 심장이 목구멍까지 치밀어오를 정도로 놀라 그만 뗏목에서 거꾸로 떨어지고 말았다. 짐이 늙은 리어 왕과 물에 빠져 죽은 아라비아인을 섞은 모습을 하고 있다는 사실을 깜빡 잊고 있었기 때문이다. 그래서 간이며 허파가 몽땅 튀어나올 정도로 놀란 것이다. 하지만 짐은 나를 끌어올린 뒤 껴안고는 축복의 말을 하는 등 별의별 짓을 다 하는 것이었다.

"지금은 참아. 아침 식사 때 하자고! 자, 어서 밧줄을 잘라버리고 뗏목을 띄워!"

그리고 우리는 천천히 강을 내려가기 시작했다. 이제 드넓은 강물 위에서 다시 자유의 몸이 되었을 뿐 아니라, 우리를 괴롭힐 자가 아무도 없다는 걸 생각하자 정말 기분이 상쾌했다. 우리는 기쁨에 겨워 몇 번인가를 깡충거리고 있다가 번갯불이 번쩍 하고 수면을 비쳤을 때 눈여겨보니 아니나 다를까, 놈들이 이쪽으로 오고 있는 게 아닌가! 놈들이란 다름 아닌 왕과 공작이었다. 놈들을 보는 순간 온몸의 힘이 다 빠져 모든 걸 체념했다. 그리고 내가 할 수 있었던 것은 울음을 참는 것뿐이었다.

제 30 장

왕은 뗏목 위로 올라오자마자 내게 덤벼들어 멱살을 잡고 흔들어대면서 소리쳤다.

"우릴 버리고 도망치려고 했지? 이 개새끼야! 우리와 함께 있는 게 싫어졌단 말이지, 응?"

"아닙니다, 폐하! 제발 이걸 놔주십시오."

"그럼 네 생각을 어서 말해봐. 말하지 않으면 뱃속의 창자를 밖으로 끄집어내고 말 테니!"

"모든 걸 있는 그대로 이야기하겠습니다. 폐하, 나를 붙잡고 있던 사나이는 아주 친절히 대해주었어요. 나만한 아들이 있었는데 작년에 죽었다고 하면서요. 그래서 사람들이 돈자루를 발견하고 깜짝 놀라 모두 관 쪽으로 몰려간 사이에 내 손을 놓아주면서, "자아, 어서 도망쳐. 그러지 않으면 너는 목매달려 죽게 될 거야!" 하고 말했어요. 그래서 도망쳐오다가 카누를 발견하여 그걸 타고 온 거예요. 저는 폐하와 공작은 지금쯤 살아 있지 않을 거라고 생각하고 슬펐어요. 짐도 마찬가지였어요."

짐도 그렇다고 했지만 왕은 짐을 향해 입을 다물고 있으라고 하고는, "아주 그럴듯한 얘기군, 있을 법한 얘기야!" 하면서 또다시 내 몸을 흔들어대며 물에 빠뜨려 죽여버리겠다고 했다. 이때 공작이 나서서 말했다.

"그 아이를 놔줘. 이 바보 영감아! 임자도 똑같은 작자야. 놈들에게서 도망칠 때 임자는 이 아이를 찾아보기라도 했나? 나는 그런 기억이 전혀 없구먼."

그러자 왕은 내 멱살을 놔주고는, 그 마을과 마을 사람들에게 욕설을 퍼부었다. 그러자 공작이 또 말했다.

"욕을 하려면 차라리 당신 자신을 욕하는 게 좋을 거야. 맨 먼저 욕을 먹어야 할 사람은 바로 당신이니까 말이야. 처음부터 당신은 분별력이 없었어. 하기야 푸른 화살 문신이 있다고 뻔뻔스럽게 대답해서 고비를 넘긴 건 별문제지만. 그것만은 정말 그럴듯했어. 그 거짓말이 우릴 살려놓았으니까. 그렇게 둘러대지 않았더라면, 우리는 영국인들의 짐이 도착할 때까지 유치장에 처박혀 있어야 했을 거야. 그 다음엔 감옥행이지! 한데 그 임기응변 덕분에 사람들은 묘지로 가게 되었고, 그래서 돈자루보다 훨씬 큰 은총을 입게 되었지. 하지만 만일 그 흥분한 멍청이 녀석들이 우리들을 팽개쳐 두고 돈자루를 보러 몰려가지 않았더라면 아마 우리는 오늘밤에 넥타이를 목에 감고 자고 있었을 거야. 그 넥타이라는 게 우리가 필요로 하는 것 이상으로 튼튼하고 오래 견딜 수 있는 것이라면 말이야."

얼마 후 왕이 멍청한 얼굴로 이렇게 말했다.

"흠! 우리는 그 돈을 검둥이들이 훔쳐갔다고만 생각했었는데."

이 말을 듣자 나는 당황하지 않을 수 없었다.

"아무튼…… 나는 그렇게 생각했었어."

그러자 공작이 다시 말했다.

"천만에…… 그렇게 생각한 건 나야."

이 말을 듣더니 왕은 발끈 화를 내면서 이렇게 말했다.

"이봐, 빌지워터. 자넨 지금 무슨 소릴 하고 있는 거야?"

공작이 날카롭게 대답했다.

"당신이야말로 무슨 말을 하는 건지 묻고 싶구먼."

"쳇! 내게 물어봤자 난 아무것도 몰라. 자네는 자고 있었을 테니까, 그동안 자네가 뭘 했는지는 알 턱이 없겠지." 왕이 비꼬는 투로 말했다.

그러자 공작이 발끈 화를 내며 이렇게 말했다.

"그런 바보 같은 소린 집어치워! 그 돈을 관 속에 감춘 게 누군지 나는 다 알고 있어."

"그럴 테지! 자기 자신이 한 일이니까!"

"이 거짓말쟁이 같으니라고!" 공작은 소리치면서 왕에게 덤벼들었고, 왕은 비명을 질렀다.

"이 손을 놓으란 말이야! 지금 말한 건 취소하겠어!"

"좋아, 그렇다면 먼저 자백부터 해. 네놈이 돈을 감추었다고 말이야. 나중에 나를 따돌리고 돌아와서 그 돈을 혼자서 차지할 작정이었지?"

"공작, 한 가지만 묻는 말에 대답해줘. 만일 자네가 그 돈을 거기에 넣어두지 않았다면 그렇다고 대답해줘. 그렇다면 자네를 믿고 내가 한 말은 모두 취소할 테니까."

"이 늙은 악당아. 나는 그런 짓은 안 해."

"좋아, 그렇다면 자넬 믿겠어. 하지만 한 가지만 더 대답해줘. 마음속으로도 그 돈을 감추려고 생각지 않았단 말이지?"

공작은 오랫동안 침묵을 지키다가 이렇게 말했다

"설사 내가 그런 생각을 했다 해도 그게 무슨 상관이지? 하지만 당신은 마음속으로 그렇게 생각했을 뿐만 아니라 실제로 감췄지?"

"공작, 만일 내가 그랬다면 언제까지나 창피를 당해도 싸. 정말이야. 그럴 생각이 없었다는 것은 아니야. 실은 그렇게 생각했으니까. 하지만 자네나 다른 누군가가 먼저 선수를 친 거야."

"거짓말 마! 자기가 하고서 시치미 떼는 것 좀 보게."

왕은 멱살이 잡힌 채 골골대다가 벌레 우는 소리로 말했다.

"할 수 없군! ……자백하겠네!"

왕이 그렇게 말하는 것을 듣고 나는 기뻤다. 공작도 멱살 잡은 손을 놓으며 이렇게 말했다.

"다시 한 번 안 했다고 변명하기만 해봐라. 이번엔 강물 속에 처넣어 죽여버릴 테니까. 거기 앉아서 어린애처럼 훌쩍거리는 게 네놈한텐 이로울 거야. 그따위 짓을 한 네놈에겐 그게 어울려. 먹을 거라면 뭐든지 가리지 않고 꿀꺽 집어 삼켜버리는 이런 타조 같은 늙은이는 처음 봤어. 이런 놈을 믿고 불쌍한 검둥이들이 억울하게 죄를 뒤집어쓰는 것을 보고 있었으니, 나 참! 나라는 녀석도 쓸개 빠진 바보지. 제기랄! 모자라는 액수를 우리 돈으로 채워 넣자고 고집 부린 네놈의 속셈을 이제야 알겠어. 내가 '걸작'의 연극이니 뭐니 해서 번 돈을 몽땅 착복하려고 한 거야, 이 속 검은 놈이!"

그러자 왕은 잔뜩 겁을 집어먹은 채 코맹맹이 소리로 말했다.

"하지만 공작, 부족한 돈을 채워 넣자고 제의한 건 자네야."

"닥쳐! 더 이상 네놈 말은 듣고 싶지도 않아! 그래가지고 네놈이 손에 넣은 게 뭔지 이젠 알겠지? 놈들은 자기들의 돈을 그대로 찾았을 뿐만 아니라 우리 돈까지 몽땅 가져가 버렸단 말이야. 어서 자빠져 자기나 해. 나한테 돈이 모자란다는 따위의 말을 한번만 더 해봐라!"

이 말에 왕은 오두막 안으로 기어들어가 울분을 풀려고 술병을 기울였다. 그러자 얼마 후 공작도 자기 술병을 기울였다. 그리고 30분쯤 지났을 무렵에는 둘 다 또다시 도둑놈들처럼 친해졌고, 취할수록 더욱더 정이 깊어갔다. 드디어 마지막에는 서로 팔짱을 낀 채 코를 골며 잠들어버렸다. 두 사람은 기분이 풀어졌지만, 왕은 돈자루를 감추었다는 것을 부정하지 않겠다는 약속을 잊어버릴 만큼 풀어지지는 않았다. 그 바람에 나는 마음이 가벼워졌다. 그들의 코 고는 소리가 더욱 높아져 깊이 잠든 것을 보고 나는 짐에게 모든 걸 다 털어놓았다.

제 31 장

우리는 그 후 며칠 동안 어느 마을에도 들르지 않고 곧장 강을 내려갔다. 이젠 날씨가 따뜻한 남쪽으로 왔다. 어느새 나뭇가지엔 잿빛 수염처럼 스페인 이끼가 길게 늘어져 있는 것이 보였다. 그 때문에 숲이 어쩐지 을씨년스럽고 음침하게 보였다. 그곳까지 오자 사기꾼들은 이젠 안심하고 또다시 마을을 터는 일을 시작했다.

두 사람은 먼저 금주에 관한 연설을 했지만 수입은 두 사람의 술값도 되지 않았다. 다음에는 조금 이동을 해서 춤 교습을 시작했는데, 두 사람의 춤 솜씨는 마치 캥거루가 춤을 추는 것처럼 엉망이었으므로, 한두 번 껑충거리는 것을 보더니 마을 사람들이 달려들어 그들을 내쫓아버리고 말았다. 또 한 번은 웅변술을 써먹었는데, 웅변을 시작하자마자 청중들은 일어나 두 사람을 향해 욕설을 퍼부었으므로 녀석들은 허겁지겁 도망치고 말았다. 그 다음에는 전도하는 일, 최면술, 의사 흉내, 점쟁이 등 닥치는 대로 손을 댔지만 그다지 재미는 보지 못했다. 그래서 나중에는 빈털터리가 되어, 강물을 따라 떠내려가는 뗏목 위에서 뒹굴며 반 나절씩이나 아무 말

없이 생각에 잠기곤 했는데, 자포자기에 빠진 것 같았다.

그런데 마지막에는 태도가 돌변하여 두 사람이 함께 오두막 안으로 들어가더니 이마를 맞대고 두세 시간 동안 작은 목소리로 소곤거렸다. 짐과 나는 불안해졌다. 지금까지 했던 것보다 더 질이 나쁜 음모를 꾸미는 것 같았기 때문이다. 이것저것 생각해본 끝에 이번에는 누군가의 집이나 가게를 털 작정이거나, 아니면 위조화폐를 만드는 일에 손을 대거나 그와 비슷한 일을 음모하고 있는 것이 틀림없다고 판단했다. 우리는 겁이 났으므로 그런 일에는 절대로 끼어들지 말자고 다짐하고, 틈이 나면 두 놈을 그대로 놔 둔 채 뗏목을 타고 떠나버리자고 약속했다.

그러던 어느 이른 아침, 우리는 파이크스빌이란 작은 마을에서 2마일쯤 하류로 내려간 안전한 곳에 뗏목을 감추었는데, 왕은 강기슭으로 올라가면서, 자기는 마을로 가서 〈왕실의 걸작〉에 관한 소문을 들은 사람이 없는지 알아보고 올 테니, 그동안 이곳에 숨어서 기다리라고 했다. 그리고 만약 한낮이 될 때까지 돌아오지 않으면, 일이 잘된 것으로 알고 곧 뒤따라 마을로 오라고 나와 공작한테 일렀다.

그래서 우리는 그대로 남아 있었는데, 공작은 조바심을 치면서 안절부절 못했다. 그리고 공연히 트집을 잡았다. 정오가 되어도 왕은 돌아오지 않았으므로 나는 속으로 기뻐했다. 아무튼 지금까지와는 다르게 변화가 있게 될지도 모르는 일이었다. 그래서 나와 공작은 함께 마을로 가서 왕을 찾아보았다. 그리고 얼마 후 마을의 조그만 선술집 골방에서 곤드레만드레 취해 있는 왕을 찾아냈는데, 마을의 건달들이 주위를 에워싸고 재미있다는 듯이 들여다보고 있었다. 녀석은 건달들한테 욕을 하기도 하고 뭐라고 위협을 하기도 했는데, 걸음도 걸을 수 없을 정도로 만취해 있었으므로 어떻게 할 수가 없었다. 공작은 그런 몰골의 왕을 보자, "이 바보 같은 늙은이야!" 하고 욕을 퍼부었다. 그러자 왕도 지지 않고 응수했는데, 결국 그들은 서로 뒤엉켜 싸움을 시작했다.

이것으로 아주 오랫동안 나와 짐이 저들 두 사람을 다시 만날 기회는 없을 것이라고 생각했다. 그래서 뗏목에 당도했을 때는 숨이 턱에 찼지만, 기쁜 나머지 큰 소리로 외쳤다.

"짐, 밧줄을 풀어. 이젠 놈들을 떼어놓을 수 있어!"

그러나 아무런 대답이 없었고, 오두막에서 나오는 사람도 없었다. 짐이 거기에 없었던 것이다! 나는 숲 속으로 들어가 이곳저곳을 뛰어다니며 외쳐보았지만 아무 소용이 없었다. 나는 주저앉아 울음을 터뜨리고 말았다. 하지만 언제까지나 주저앉아 울고만 있을 수는 없는 일이었다. 그래서 앞으로 어떻게 해야 할 것인가를 생각하면서 얼마 동안 강둑길을 따라 걸었는데, 마침 저쪽에서 걸어오는 사내아이를 발견했으므로, 그에게 이 근처에서 이러이러하게 생긴 검둥이를 보지 못했느냐고 물어보았다.

그랬더니 그 아이는 "보았다"고 말하는 것이었다.

"어디쯤에서?" 내가 물었다.

"여기서 2마일쯤 하류에 있는 사일러스 펠프스 씨 집에서야. 그놈은 도망친 노예인데 붙잡혔대. 너는 지금 그 검둥이를 찾고 있는 거니?"

"천만에! 한두 시간 전에 숲 속에서 그놈을 만났는데, 그놈이 나한테 떠들면 창자를 갈라놓겠다고 하면서 그 자리에 꼼짝 말고 있으라고 공갈을 치는 바람에 지금까지 움직이지도 못하고 있었어."

"그래? 하지만 이젠 무서워할 것 없어. 그놈은 남부의 어느 지방에서 도망쳐 왔대."

"그놈을 붙잡았으니, 돈벌이가 되겠는걸."

"그럼, 큰 돈벌이지! 2백 달러의 상금이 걸려 있으니 말이야. 길에 떨어진 돈을 주운 거나 마찬가지지."

"그렇고말고! 만일 내가 어리지만 않았더라면 그 돈을 내가 받는 건데. 맨 처음에 본 건 나니까. 도대체 누가 붙잡았을까?"

"웬 영감이었어. 이 근처에 사는 사람은 아니야. 한데 그 영감은 상금을 받을 수도 있는데, 단돈 40달러에 그 검둥이를 넘겨주고 말았어. 강 상류로 가야 하므로 기다릴 시간이 없다는 거였어."

"나라도 그럴 거야. 하지만 그 영감이 그렇게 싸게 넘긴 걸 보면 역시 그 정도의 값어치밖에는 안되는지도 모르지."

"그런데 실은 그렇지가 않아. 켕기는 데라고는 조금도 없어보였어. 이 눈으로 똑똑히 그 광고 전단을 보았는데, 그놈에 관한 것이 자세히 씌어 있었어. 마치 그림을 그려놓은 것처럼 말야. 이런 투기는 땅 짚고 헤엄치는 식의 벌이지. 그런데 너 씹는담배 가진 거 있니?"

씹는담배 같은 건 가지고 있지 않다고 했더니 사내아이는 이내 가버렸다. 나는 뗏목으로 돌아와 오두막 안에 앉아서 곰곰 생각해 보았다. 하지만 아무리 생각해도 뾰족한 방법이 떠오르지 않았다. 이렇게까지 먼 여행을 하고, 또 그 악당들을 그렇게 섬겨준 결과가 이렇다니 말이다. 일이 이렇게 된 것은, 놈들이 짐에게까지 마수의 손을 뻗칠 수 있는 근성을 가진 놈들이었기 때문이다. 단돈 40달러를 얻으려고 짐을 노예로 팔아버리다니! 게다가 여긴 아는 사람 하나 없는 낯선 땅이 아닌가.

짐이 어차피 노예로 있어야 한다면 차라리 그의 가족이 있는 고향 땅에서 노예 생활을 하는 것이 천 배나 더 나을 것 같았다. 그래서 나는 톰 소여에게 짐이 지금 어디에 있는지 왓슨 아줌마에게 알리라는 편지를 쓸까도 생각해보았다. 하지만 두 가지 이유로 그렇게 하지 않았다. 왓슨 아줌마는 짐이 자기 집에서 도망친 것을 괘씸해하고 은혜를 모르는 녀석이라고 좋지 않게 생각하여, 짐을 보자마자 강 하류 쪽으로 다시 팔아버릴지도 모를 일이었다. 설사 팔지 않는다고 하더라도 사람들은 짐을 배은망덕한 검둥이라고 욕하였다. 그뿐인가, 나는 어떻게 된단 말인가! 검둥이가 도망치는 것을 허클베리가 도와주었다는 말이 사방에 퍼질 게 뻔했다. 소문이 난 상황에서 마을 사람들을 만나게 되면 부끄러운 나머지 무릎을 꿇고 그 사람들의 구두라도 핥고 싶은 심정이 될 게 아닌가. 사람이란 나쁜 짓을 저질렀으면서도 죄의 대가는 받기 싫어하는 법이니까. 하지만 그것을 숨겨두고 있는 동안은 부끄러울 것이 없었다. 그러나 이렇게도 저렇게도 할 수 없는 것이 나의 입장이었다. 그러한 내 입장을 생각하면 할수록 양심은 더욱 고통을 받았다. 그때 갑자기 머리에 떠오르는 것이 있었다. 그것은 분명히 하느님이 내 뺨을 후려갈기면서, 나에게 아무런 해도 끼치지 않은 불쌍한 여자의 소유물인 검둥이가 도망치는 것을 수수방관했을 때 하늘 위에서 내가 하는 짓을 지켜보고 있었다는 것을 깨우쳐준 뒤, 감시자가 있어 이런 철없는 짓을 하는 것까지는 용서해주었지만 더 이상은 용서하지 않겠다는 것을 나에게 알려주려는 것 같았다. 그렇게 느껴지자 두려운 나머지 하마터면 그 자리에 쓰러져버릴 뻔했다. 그래서 나는 원래가 비뚤어지게 생겨났으니까 나무랄 필요도 없지 않느냐고 스스로를 위로해 어느 정도 마음을 편안하게 해보려고 애썼다.

하지만 내 가슴 속에 있는 그 무언가가, '주일학교라는 게 있었지 않느냐? 만일 주일학교에 다녔더라면 너는 그 검둥이에게 한 것과 같은 짓을 하면 그 벌로 영겁의 불 속에 던져진다는 것을 배웠을 것' 이라고 힐책하는 것이었다.

그 생각을 하자 나는 온몸이 부들부들 떨렸다. 그래서 좀 더 착한 아이가 될 수 있는지 시험해보려고 무릎을 꿇고 기도를 올려보려고 했다. 그러나 무릎을 꿇었는데도 영 기도가 나오지 않았다. 기도가 나오지 않는 이유를 나는 너무나 잘 알고 있었다. 그 이유는 내 마음이 올바르지 못하기 때문이었다. 즉 안과 밖이 똑같지 않기 때문이었던 것이다. 겉으로는 죄를 버린 척했지만 속에서는 아주 큰 죄에 매달려 있었던 것이다. 올바른 일을 해야지, 깨끗한 일을 해야지, 그 검둥이의 주인에게 편지를 써서 녀석이 있는 곳을 알려줘야지, 하고 입으로는 되뇌었지만 마음속으로는 그것이 거짓말이라는 걸 다 알고 있었다.

그러나 마지막에 좋은 생각이 떠올랐다. 그래, 지금 당장 편지를 써서 알려주자. 그런 다음 기도가 되나 안 되나 해보자. 그러자 마음이 깃털처럼 가벼워지면서 온갖 괴로움이 깨끗이 사라지고 말았다. 그러자 나는 흥분으로 가슴이 두근거렸고, 곧 종이와 연필을 꺼내어 그 자리에서 편지를 썼다.

왓슨 아줌마!

아줌마네 집에서 도망친 노예 짐은 파이크스빌에서 하류로 2마일 떨어진 곳에 있는 펠프스 씨가 붙잡고 있으므로, 현상금을 보내주시면 풀려날 것입니다.

헉 핀으로부터

나는 난생 처음 죄가 깨끗이 씻겨나간 듯한 기분이었으므로, 기도를 드릴 수 있을 것 같았다. 하지만 기도를 하기 전에 편지를 옆에 놔두고 깊이 생각했다. 나는 짐과 둘이서 강을 내려온 이번 여행에 대해 생각하자 짐의 모습이 눈앞에 선명히 떠올랐다. 낮 동안의 짐, 밤의 짐. 달밤일 때의 그의 모습이 모두 떠올랐다. 나와 짐은 이야기를 하기도 하고 노래를 부르기도 하면서 즐겁게 이곳까지 내려왔다. 그런데 어찌 된 일인지 짐에 대하여 나쁜 감정을 품었던 일은 전혀 생각나지 않고, 그 반대의 장면만 떠올랐다. 내가 잠자는 것을 방해하지 않기 위하여 나를 깨우지 않고 내 몫까지 불침번을 서주던 모습이 눈에 선했다.

안개 속에서 헤어졌다가 다시 만났을 때, 그리고 두 집안이 서로 반목하고 있던 북쪽 마을의 늪지대에서 다시 그를 만났을 때 기뻐 날뛰던 모습이 눈에 선했다. 그는 나를 '착한 아이'라고 귀여워해 주면서 정성껏 돌봐주었다. 마지막에는 낯모르는 사나이들에게 뗏목에 천연두 환자가 있다고 속여서 짐을 구해주었을 때의 일이 생각났다. 그때 짐은 진심으로 고맙다면서, 나야말로 자신의 가장 좋은 친구라며, 지금의 자기한테는 친구라고는 나밖에 없다고 했다. 그때 주위를 둘러보니 편지가 눈에 띄었다.

편지를 주워들고 있으려니까 몸이 부들부들 떨려왔다. 두 가지 중에서 어느 한 가지를 정해버리면 그것으로 마지막이고, 다시는 돌이킬 수 없다는 것을 나는 잘 알고 있었다. 그래서 숨을 죽인 채 한참을 생각에 잠겨 있다가 이렇게 중얼거렸다.

"좋아, 나는 지옥으로 가겠어." 그러고는 그 편지를 찢어버렸다.

무서운 생각과 말이었지만, 이미 뱉어버리고 만 것이다. 나는 내가 한 말을 후회하지 않기로 했다. 그리고 그 일을 머릿속에서 지워버렸다. '또 한 번 비뚜로 나가자. 나는 그런 식으로 자라났으니까, 그런 식으로 사는 게 내 스타일이야. 그리고 첫 번째로 할일은 우선 짐을 노예상태에서 구출해내는 거야. 그리고 좀 더 나쁜 일이

생각나면 그것도 해내자. 이미 나쁜 일에 손을 댄 내가 아닌가.'

그래서 나는 어떻게 그 일을 시작하면 좋을지 여러 모로 궁리해 보았다. 그러다가 드디어 한 가지 묘안이 떠올랐다. 나는 강의 하류 쪽에 나무가 무성한 섬이 있는 것을 보았으므로, 그 섬의 위치를 잘 봐둔 후 어두워지기를 기다렸다가 재빨리 뗏목을 저어 그 섬에 뗏목을 매어두고 잠을 청했다. 그날 밤은 푹 자고, 이튿날 새벽에 일어나 아침을 먹었다. 그리고 상점에서 새로 산 옷을 입고, 다른 옷가지와 물건들은 보자기에 싸가지고 카누를 저어 기슭으로 갔다. 그리고 펠프스 씨 집이라고 짐작되는 곳에서 좀 떨어진 하류에서 기슭으로 올라가 숲 속에 보따리를 감춘 후, 카누는 나중에 필요할 때 다시 쓸 수 있도록 물과 돌을 채워 적당한 곳에 가라앉혀 두었다. 그곳은 강기슭에 있는 자그마한 증기 제재소에서 하류로 4분의 1마일가량 떨어진 곳이었다.

그런 다음 나는 큰길로 나섰다. 그리고 제재소 앞을 지나칠 때 보았더니 거기에 '펠프스 제재소'란 간판이 붙어 있었다. 그 농가에서 2,3백 야드쯤 더 가서 사람을 찾아보았는데 사람의 그림자는 구경도 할 수 없었다. 그러는 동안 날이 훤히 밝아왔다. 잠깐 그 근처를 살펴보고는 곧장 마을에 도착해서 맨 처음 만난 사람이 바로 공작이었다. 녀석은 문제의 〈왕실의 걸작〉이라는 광고 전단을 붙이고 있었다. 이놈이야말로 얼굴 가죽이 천 장은 될 것이 분명했다. 녀석은 깜짝 놀란 얼굴로 이렇게 말했다.

"아니, 너 어디서 오는 거냐?" 그러고는 몹시 반가워하더니 조급하게 물었다. "뗏목은 어디 있지? 안전한 곳에 매어두었겠지?"

내가 대답했다.

"아니, 그건 내가 경에게 물어보려던 참인데요?"

그러자 녀석은 좀 실망한 듯이 이렇게 말했다.

"나에게 물어보려고 했다니, 그게 무슨 소리지?"

"실은 어제 술집에서 왕을 보았을 때, 그 정도로 술에 취했으니 몇 시간 안으로는 술이 깨어 돌아갈 수 없겠다고 생각했죠. 그래서 기다리는 시간을 메우기 위해 슬슬 돌아다니며 거리를 구경했죠. 그런데 어떤 사람이 나한테 10센트를 쥐어주며, 강 건너까지 보트를 타고 가서 양을 데려오는 걸 도와달라고 하기에 따라나섰어요. 그런데 양을 보트 있는 데까지 데리고 왔더니, 그 사람은 나더러 밧줄을 붙잡고 있으라고 하고는 양 뒤로 가서 양을 떼밀어 보트에 태우려고 하더군요. 그러나 양이 어찌나 힘이 세던지 내가 쥐고 있는 밧줄을 낚아채 그만 도망을 치고 말았어요. 우리는 양을 힘껏 뒤쫓았죠. 우리에게는 개도 없었으므로 그놈이 지칠 때까지 기다리는 수밖에 없었어요. 어두워질 때가 되어서야 겨우 그놈을 잡아가지고 강을 건너와 뗏목 있는 곳으로 돌아왔는데, 어찌 된 일인지 뗏목이 보이지 않는 거예요. 그래서 나는 생각했죠. '폐하와 공작이 사고를 일으켜 내 검둥이를 데리고 도망쳐버렸어. 그 검둥이는 내가 가지고 있던 단 하나뿐인 검둥이인데. 게다가 이곳은 전혀 낯선 곳인데다가 갖고 있는 돈도 없으니 앞으로 어떻게 살아가지' 하고 걱정을 했죠. 그리고 나는 주저앉아 울다가 숲 속으로 들어가서 잤어요. 그런데 뗏목은 어떻게 된 거죠? 그리고 가엾은 우리 짐은요?"

"짐이 어디 있는지 내가 어떻게 아니? 내가 궁금한 건 뗏목이야. 한데 그 바보 영감이 거래라는 걸 해서 40달러를 번 모양이야. 그런데 선술집에서 그를 보았을 때는 거기 있던 건달들과 50센트짜리 노름을 해서, 놈이 그 전에 위스키를 마시느라고 쓴 나머지는 한 푼도 남기지 않고 몽땅 털려버렸지 뭐야. 그리고 고주망태가 된 그를 끌고 돌아와 보았더니 뗏목이 없어진 거야. 그래서 우리는, '그 못된 꼬마 녀석이 우리를 떼어놓고 강 하류로 도망쳐버렸구나.' 하고 말했지."

"내가 내 검둥이를 떼어놓고 혼자서 갈 리가 있겠어요? 이 세상에서 내가 가지고 있는 단 하나뿐인 검둥이인데다가 재산이라고는 그것 하나밖에 없는데."

"아니, 난 거기까진 미처 생각지 못했어. 실은 우리는 저도 모르게 그 검둥이를 우리의 검둥이라고 생각하게 되었던 모양이야. 그 녀석 때문에 여러 가지 귀찮은 일을 당해 왔으니까. 그래서 뗏목이 없어진 지금 우리는 빈털터리가 되어버려, 다시 한번 〈왕실의 걸작〉을 공연하는 수밖에 달리 방법이 없었던 거야. 그 후로 나는 입안이 화약통처럼 바짝 마를 정도로 줄곧 일만 해왔지. 네가 말한 10센트는 어디 있지? 이리 내놔."

나는 돈을 꽤 가지고 있었으므로 공작에게 10센트를 선뜻 내주면서, 이 돈으로 먹을 걸 사서 내게도 조금 나누어달라고 부탁했다. 그는 그 말에는 대답도 하지 않고 내 쪽으로 홱 돌아서더니 이렇게 말하는 것이었다.

"너, 그 검둥이가 우리 일을 폭로할 거라고 생각지 않니? 만일 그렇게 하기만 해봐라, 그놈의 껍데길 벗겨놓고 말 테다!"

"폭로하다니요? 그 녀석이 어떻게 그런 짓을 할 수 있겠어요? 그는 도망친 게 아닌가요?"

"아냐! 그 바보 영감탱이가 팔아버렸어. 그리고 내 몫도 주지 않고 그대로 다 날려버렸어."

"팔았다고요?" 반문하면서 나는 울음을 터뜨렸다. "그 검둥이는 내 거예요. 당연히 판 돈도 내 것이고요. 한데 짐은 어디 있어요? 내 검둥이 짐 말예요. 나한테 돌려줘요."

"네 검둥이지만 도로 찾을 순 없어. 알겠니? 그러니까 질질 짜는 건 그만두란 말이다. 이봐, 설마 네가 우리 일을 폭로하지는 않겠지? 아무래도 네 녀석은 믿어지지가 않아."

여기까지 말하고 그는 말을 멈췄는데, 그렇게 험상궂고 야비한 눈초리는 난생 처음 보았다. 나는 훌쩍거리면서 이렇게 말했다.

"난 누구의 일도 폭로할 생각도 없고, 또 그럴 틈도 없어요. 내 검둥이를 찾아야 하니까요."

그는 난처한 표정을 짓더니 팔에 걸친 광고 전단을 한번 들썩 했다. 그러고는 이마에 주름을 지으며 한참 생각하는 눈치더니 이렇게 말했다.

"네게 좋은 수를 가르쳐주지. 우리는 여기서 사흘 동안 있게 될 거야. 만일 네가 우리 일을 폭로하지 않고, 또 그 검둥이한테도 우리 일을 폭로하지 않겠다고 약속을 받는다면 검둥이가 있는 장소를 일러주겠어."

내가 그러겠다고 약속하자 그는 입을 열었다.

"어떤 농장 주인인데, 이름은 사일러스 페……." 하더니 그는 갑자기 말을 뚝 그쳤다. 그 모든 걸 미루어 보아 나는 놈의 속셈이 달라졌구나 생각했다. 정말 그대로였다. 놈은 나를 믿을 수가 없었기 때문에, 방해가 되지 않게 사흘가량 나를 멀리 쫓아버리고 싶었던 것이다. 그는 자신의 심정을 돌려서 말했다. "그 검둥이를 산 사람의 이름은 에이브럼 G. 포스터야. 그리고 그의 집은 여기서 40마일 떨어진 곳에 있는 시골인데, 라파엣으로 가는 길가에 있어."

"그럼 됐어요. 그만한 거리라면 아무래도 사흘은 걸릴 테니까, 오늘 오후에 곧 떠나겠어요."

"아냐, 지금 당장 떠나야 해. 잠시도 여기서 꾸물대고 있어선 안 돼. 그리고 가는 도중엔 한 마디도 지껄여선 안 돼. 알겠니?"

이거야말로 내가 바라던 일이었다. 내가 연극을 꾸민 것은 그들의 입에서 이 말이 나오게 하려고 한 것이었다. 나는 나의 계획을 실천에 옮기기 위해 자유의 몸이 되고 싶었던 것이다.

"자, 어서 가보란 말이야. 포스터 씨한테는 네가 하고 싶은 말을 마음껏 해도 상관없어. 어쩌면 그 사람에게 짐이 정말로 네 검둥이라고 믿게 할 수도 있을지 모르겠군. 아무튼 이 남부에는 그런 사람들이 있다는 말을 들은 적이 있으니까. 그리고 그 사람에게 광고 전단과 현상금은 모두 가짜라는 걸 알려주고, 어째서 그런 짓을 하게 되었는지 이유를 설명하면 네 말을 더욱 신뢰할 거야. 자, 어서 가봐. 그리고 그 사람한테 네가 알려주고 싶은 것은 뭐든 다 말하렴. 하지만 여기서 거기까지 가는 동안 쓸데없는 말을 지껄여선 안 된다. 알겠지?"

그래서 나는 그곳을 떠나 외딴 시골을 향해 걷기 시작했다. 뒤를 돌아보지는 않았지만, 공작 녀석이 내 모습을 지켜보고 있을 것만 같았다. 하지만 내버려두면 언젠가는 제 스스로 지쳐버릴 거라는 걸 알고 있었다. 나는 시골을 향해 곧장 1마일쯤 걸어가다가 멈춰 섰다. 그러고는 숲을 빠져나와 펠프스 씨 집 쪽으로 되돌아섰다. 나는 어물쩡거리지 않고 내 계획을 빨리 실천하는 것이 좋겠다고 생각했다. 왜냐하면 그놈들이 도망칠 때까지는 짐의 입을 봉하여 그런 악당들과 더 이상 성가신 일을 일으키고 싶지 않았기 때문이다. 그리고 놈들이 하는 사기꾼 짓은 진절머리가 날 정도로 보아왔으므로, 이것으로 깨끗이 인연을 끊고 싶었던 것이다.

제 32 장

펠프스 씨의 집에 와보니, 따가운 햇볕이 내리쬐는 가운데 주위는 주일날처럼 조용했다. 바람에 나뭇잎 흔들리는 소리가 주위를 더욱 고적하게 했다. 그것은 까마득한 먼 옛날에 죽은 사람의 혼이 속삭이는 것 같은 느낌이 들었는데, 마치 나에 관한 이야기를 하고 있는 것 같았다. 그럴 때에는 대개의 경우와 마찬가지로 나 자신도 죽어버려서 모든 걸 다 잊고 싶어졌다.

펠프스 씨 집에서는 작은 농장에 목화를 재배하고 있었는데, 이런 농장은 흔히 볼 수 있는 집으로 모두가 비슷비슷했다. 2에이커 가량의 뜰엔 옆으로 길게 나무 울타리가 둘러싸여 있었는데, 거기에는 여자가 말을 탈 때 그곳에 발을 디디고 뛰어올라 타게끔 발판이 만들어져 있었다. 그리고 주인이 살고 있는 통나무집은 집 두 채를 하나로 이어 만든 것이었다. 틈바구니에 진흙과 모르타르가 발라져 있었는데, 그 진흙 위에는 언제 바른 것인지는 몰라도 흰 회가 칠해져 있었다. 부엌 뒤쪽에는 통나무로 지은 훈제실이 있었고, 그 훈제실 건너편에는 통나무로 만든 검둥이들의 작은 오두막 세 채가 한 줄로 늘어서 있었다. 그리고 조금 떨어진 뒤뜰 울타리에 바싹 붙어서 작은 오두막 한 채가 따로 있었는데, 그 반대편으로 몇 채의 오두막이 서 있었다. 그곳의 한 구석엔 햇빛을 가리기 위해 심은 서너 그루의 나무가 있었고, 울타리 근처의 한 곳엔 까치밥나무와 구스베리 덤불이 무성하게 자라나 있었다.

나는 잿물통 옆의 발판을 넘어 부엌 쪽으로 갔다. 조금 걸어갔더니 물레 소리가 들려왔는데, 처음에는 흐느껴 우는 듯이 높은 소리였는데 점점 낮아지면서 희미하게 들려왔다. 나는 그 소리를 듣자 당장이라도 죽고 싶은 생각이 들었다. 왜냐하면 그렇게 쓸쓸한 소리는 난생 처음 들어보았기 때문이다.

나는 특별히 어떻게 하겠다는 계획도 없이 자꾸만 앞으로 나아갔다. 위급해지면 하느님께서 뭔가 지혜를 줄 것이라고 믿고서 말이다.

30초쯤 걸어가자 개 두 마리가 간격을 두고 나에게로 달려왔다. 나는 그 자리에서 개들을 마주한 채 꼼짝 않고 서 있을 수밖에 없었다. 그 후 15초도 채 지나지 않아 나는 마치 바퀴통처럼 되어버렸다. 말하자면 개들이 바퀴살이라 할 수 있는 상황이었다. 열다섯 마리나 되는 개가 나를 빙 둘러싸더니 요란스럽게 짖어댔다. 그런데 개의 수는 점점 늘어났다. 울타리를 뛰어넘어 달려오는 놈이 있는가 하면, 모퉁이를 돌아서 오는 놈도 있었다.

바로 그때 검둥이 여자 하나가 손에 국수방망이를 들고 뛰어나와서, "저리 가! 타이그! 스폿! 저리 가지 못해!" 하고 소리쳤다. 그리고 앞에 있는 두 마리의 개를 쥐어박자, 개들은 비명을 지르며 한쪽으로 도망쳤다. 그러자 다른 개들도 그 뒤를 따라 도망을 쳤다. 잠시 후 다시 일곱 마리 정도의 개가 다시 돌아와 내 주위를 둘러싸더니, 사이좋게 지내자는 듯이 꼬리를 흔들었다. 개란 놈은 본래 악의가 없는 짐승이었다.

그 여자 뒤로 조그만 검둥이 계집애 하나와 사내아이 둘이 나타났는데, 입고 있는 옷은 모두 올이 거친 천으로 만든 셔츠 하나뿐이었다. 그들은 어머니 옷에 매달려 부끄러운 듯이 흘끔거리며 나를 바라보았다. 그것은 어느 검둥이 아이들에게나 있는 버릇이었다. 그때 마침 백인 여자가 집 안에서 뛰어나왔다. 나이는 45세에서 50세쯤 되어보였고, 맨머리에 물레 막대기를 들고 있었다. 그녀 뒤로 백인 아이들이 따라 나왔는데, 역시 검둥이 아이들과 똑 같은 식으로 나를 쳐다보았다. 백인 여자는 얼굴에 하나 가득 웃음을 띠고 이렇게 말하는 것이었다.

"드디어 네가 왔구나! ……믿어도 되니?"

"네 부인." 나는 무심히 이렇게 대답하고 말았다.

그러자 그 백인 여자는 나를 꼭 끌어안고 내 양손을 쥐고 흔들고 또 흔들었는데, 어느새 그 얼굴에는 눈물이 흘러내리고 있었다. 그녀는 나를 아무리 껴안아도 시원치 않다는 듯이 있는 힘껏 꼭 끌어안으면서 이렇게 말했다.

"넌 엄마를 쏙 닮은 걸로 알고 있었는데, 생각과는 다르구나. 하지만 그런 건 상관없어. 너를 만나 얼마나 기쁜지 모르겠어. 정말 깨물어주고 싶을 정도야! 얘들아, 네 사촌 톰이다. 자아, 어서 인사

해라."

그러자 아이들은 고개를 살짝 숙였을 뿐, 손가락을 입에 문 채 어머니 뒤로 숨어버리고 말았다.

"리즈, 어서 들어가 이 아이에게 따뜻한 아침을 지어줘."

그러고는 내 손을 잡고 앞장서서 집 쪽으로 걸음을 옮겼다. 아이들이 뒤를 따랐다. 집 안으로 들어서자 그녀는 나를 등받이 의자에 앉히고는 두 손을 꼭 쥐면서 이렇게 말했다.

"자, 이젠 네 얼굴이 잘 보이는구나. 네가 얼마나 보고 싶었는지 모른다. 내 소원이 이제야 이루어졌구나. 우리는 이틀 전, 아니, 그 이전부터 네가 도착하기를 눈이 빠지게 기다렸단다. 그런데 왜 이렇게 늦었지?"

"네, 부인! 배가……."

"네 부인이 뭐야? 샐리 이모라고 불러야지. 어디서 좌초했지?"

나는 뭐라고 대답해야 좋을지 종잡을 수가 없었다. 배가 강을 올라온 것인지 내려온 것인지 알 수 없었으므로. 하지만 나는 늘 직감으로 일을 처리해 왔으므로 이때도 직감으로 판단을 내려, 배는 남쪽의 올리언스에서 올라온 것이라고 말해버렸다. 그러나 그것은 큰 도움이 되지 않았다. 나는 남쪽 방면의 모래톱의 이름을 전혀 몰랐기 때문이다. 그래서 나는 모래톱의 이름을 하나 지어내야 할 것인지, 아니면 좌초한 모래톱의 이름을 잊어버린 것으로 할 것인지, 고민하고 있던 중 문득 좋은 아이디어가 머리에 떠올랐다. 그래서 이렇게 말했다.

“좌초 때문이 아니었어요. 실은 실린더헤드가 터진 거예요.”

“어머나! 그래서 다친 사람은?”

“없었어요. 검둥이 하나가 죽었을 뿐이에요.”

“그것 참 다행이구나. 가끔 사람이 다치기도 한단다. 재작년 크리스마스 때 네 사일러스 이모부가 낡은 배를 타고 뉴올리언스로부터 돌아왔었지. 그때 실린더헤드가 터지는 바람에 외팔이가 된 사람이 있었는데, 그 일로 그 사람은 죽었단다. 괴저가 생겨 팔을 잘라내야 했는데, 결국은 목숨을 잃었지. 절단 수술을 해보니 온몸이 시퍼렇게 죽어 있더라는 거야. 그래서 영광스러운 부활을 꿈꾸면서 죽었지. 참 네 아저씨는 너를 마중하러 매일같이 마을에 갔단다. 오늘도 가셨는데 너 못 만났니? 조금 늙수그레한…….”

“아무도 못 만났어요. 배는 새벽에 도착했지만 너무 일찍 오기도 뭣하고 해서, 짐을 부둣가 배에다 놓고 시간을 보내기 위해 이곳저곳 다니면서 시골 구경을 좀 했어요. 그러니까 뒷길로 온 셈이죠.”

“짐은 누구한테 맡기고?”

“아무에게도 맡기지 않았어요.”

“그럼 도둑맞을 텐데.”

“감춰뒀어요, 도둑맞을 염려는 없을 거예요.”

“이렇게 이른 시간에 배에서 조반을 얻어먹었구나.”

“내가 멍청히 서 있는 걸 선장이 보고, 상륙하기 전에 뭔가 조금이라도 먹는 게 좋다면서 나를 상갑판에 있는 고급 선원 식당으로 데리고 가 먹고 싶은 걸 뭐든지 먹게 해주었어요."

나는 너무 불안해서 상대방이 하는 말이 잘 들리지도 않을 정도였다. 얼마 후 부인은 내 등에 찬물을 끼얹는 말을 했다.

"이렇게 내가 많은 이야기를 하는데도 너는 언니 이야기는 물론 누구 이야기도 해주지 않으니 어찌 된 셈이니? 그래, 이제는 내가 이야기를 좀 쉴 테니까 네가 이야기해. 뭐든지 다 이야기해봐라. 집안 식구 모두의 이야기를 한 사람도 빼놓지 말고 말이다."

나는 이제 드디어 꼼짝달싹할 수 없는 지경에 몰린 것 같았다. 지금까지는 신의 섭리라는 것이 내 편이 되어 도와주었지만, 이번엔 암초에 걸리고 만 것이다. 이렇게 된 상황에서 앞으로 나아가려고 해보았자 아무 소용이 없을 것 같았다. 결국 두 손을 들고 깨끗이 항복하는 수밖에 없었다. 나는 사실을 실토할 때가 왔다고 마음을 다잡았다. 그래서 막 실토를 하려는데, 갑자기 부인이 나를 붙잡더니 빨리 침대 밑으로 들어가 있으라면서 이렇게 말하는 것이었다.

"돌아오셨어! 좀 더 고개를 숙여. 그래, 됐어. 그러고 있으면 보이지 않을 거야. 여기 있는 게 알려져선 안 돼. 그이가 깜짝 놀라게 너희들도 잠자코 있어야 해."

이제는 정말 이렇게도 저렇게도 할 수 없는 처지가 되고 말았다. 그렇다고 걱정해서 해결될 일도 아니었다. 그저 잠자코 있다가 벼락이 떨어질 때, 마음을 단단히 먹고 뛰쳐나갈 수 있도록 준비를 하는 수밖에 없었다.

나는 나이 지긋한 신사의 모습을 침대 밑에 숨어서 볼 수밖에 없었다. 부인이 남편을 마중하면서 이렇게 말했다.

"그 앤 왔나요?"

"아니, 안 왔어." 남편이 대답했다.

"어머! 어떻게 된 걸까요?"

"나도 모르겠어. 정말이야."

"정말이지 나도 미칠 것 같아요! 그 애가 당신하고 길이 엇갈린 게 아닐까요?"

"그건 있을 수가 없어."

"저런, 어떡하나! 언니가 뭐라고 할까! 그 애는 왔을 거예요! 틀림없이 엇갈렸어요!"

"그러지 않아도 내 정신이 아닌데, 더 이상 나를 괴롭히지 말아 줘요. 한데 큰일이야. 배에 무슨 사고라도 생긴 것 같으니 말이야."

"어머, 사일러스! 저길 좀 봐요! 길쪽 말에요! 누군가가 이리로 오고 있어요."

남편은 침대 머리 쪽에 있는 창가로 달려갔다. 그것은 부인이 원하고 있던 기회였다. 그래서 부인은 급히 침대 옆으로 와서 나를 끌어냈다. 그리고 남편이 돌아보자 부인은 집 안을 환하게 밝힐 듯한 환한 미소를 짓고 있었는데, 순간 나는 주눅이 든 채 땀투성이가 되어 부인 옆에 서 있었다. 남편은 눈을 동그랗게 뜨고 말했다.

"아니, 이게 누구지?"

"모르겠어요?"

"정말 모르겠는데? 이앤 누구요?"

"톰 소여예요!"

맙소사! 나는 너무나 놀란 나머지 방바닥에 엉덩방아를 찧을 뻔했다. 그러나 놀라고 말고 할 겨를도 없었다. 노신사는 내 손을 꽉 붙잡고 계속 흔들어댔다. 그동안 부인은 춤추듯이 방 안을 이리저리 왔다 갔다 하면서 울고 불고 야단법석을 떨었다. 그리고 두 사람은 온갖 것을 다 물었는데, 시드와 메리, 그리고 그 밖의 가족에 대한 것들이었다.

하지만 그때 그들 두 사람의 기쁨이 아무리 컸다 하더라도 나의 기쁨에 비하면 아무것도 아니었다. 그것은 내가 누구라는 걸 알았기 때문으로, 이후 나는 다시 태어난 기분이었다. 이때 두 사람은 2시간 동안이나 나한테 달라붙어서 떨어지질 않았다. 나중에는 턱이 뻣뻣해져서 더 이상 움직일 수 없을 정도였다. 그동안 나는 우리 가족에 대해서 – 그것은 다름아닌 소여네 집 가족이지만 – 맘껏 지껄였다. 소여네 가족 여섯 사람한테서 일어난 것보다 훨씬 더 많이 지껄였다. 그리고 화이트 강의 하구 근처에서 실린더헤드가 터져 그것을 수리하는 데 사흘이 걸렸다는 이야기도 했다. 그런데 두 사람은 너무나 마음이 들떠 있어서 수리하는 데 어째서 사흘씩이나 걸렸는지는 생각지 않았다.

이렇게 되자 나의 몸 한 쪽은 아주 가벼워졌지만 그 반대쪽은 불안해졌다. 사실 내가 톰 소여가 된다는 것은 즐거운 일이긴 했다. 얼마 후 한 척의 증기선이 기침 소리 같은 걸 내면서 강을 내려왔다. 그래서 나는 마음속으로, 만일 저 배에 톰 소여가 타고 있으면 어떡하나 생각했다.

아니, 어쨌든 일이 그렇게 되지 않도록 사전에 방지하려면 내가 나가서 톰 소여를 기다려야 할 것 같았다. 그래서 나는 마을로 나가 짐을 가져오겠다고 했다. 펠프스 씨가 함께 가주겠다고 했지만 나는 말을 몰 수 있으니까 더 이상 내 일로 폐를 끼치고 싶지 않다고 했다.

제 33 장

나는 마차를 타고 마을로 향했다. 그리고 절반쯤 갔을 때 맞은편에서 오는 마차를 만났다. 거기에는 틀림없는 톰 소여가 타고 있었다. "정지!" 하고 마차를 세우자 마차는 내 옆에 와서 멎었다. 그러자 녀석은 입이 트렁크처럼 크게 벌어지더니 좀처럼 다물 줄을 몰랐다. 한참 후에야 겨우 목이 타는 사람처럼 두세 번 침을 삼키더니 이렇게 말했다.

"내가 너한테 나쁜 짓을 한 적이 없지 않니? 그런데 어째서 다시 이 세상에 돌아와서 나한테 달라붙으려는 거니?"

내가 말했다. "이 세상에 다시 돌아오다니! 언제 내가 저 세상에

갔었나?" 그러자 녀석은 어느 정도 정신을 차린 것 같았지만, 그렇다고 모든 상황이 완전히 납득이 되지는 않은 모양이었다.

"나를 속이면 안 돼. 나도 너를 속인 적이 없으니까. 넌 정말로 귀신이 아니란 말이지?"

"귀신이 아니고말고."

"그래…… 그 말을 들으니 안심이 되긴 하지만 아무래도 믿어지지가 않아. 그럼 넌 한 번도 죽은 일이 없단 말이지?"

"그렇고말고. 단 한 번도 죽은 일이 없어. 다만 내가 죽은 것처럼 속였을 뿐이야. 믿어지지 않는다면 이리 와서 나를 만져봐."

톰은 마차에서 내려와 나를 만져본 다음에야 마음을 놓는 것 같았다. 그러고는 나를 만나게 되어 얼마나 기쁜지 모르겠다고 했다. 그는 내가 겪은 이야기를 빨리 들려달라고 했다. 내가 겪은 일들은 대단한 모험인데다 이상한 일들의 연속이었으므로, 녀석을 궁금하게 만들기에 충분했다. 그러나 나는 그 이야기는 나중에 하자고 했다. 그리고 톰이 탔던 마차의 마부에게 잠깐 기다리라고 하고는 톰을 데리고 얼마쯤 가서 내가 처한 난처한 입장을 들려준 다음 만일 이것이 너의 일이라면 어떻게 하겠느냐고 물어보았다. 톰은 잠깐 시간을 달라고 하고는 생각하더니 이렇게 말했다.

"됐어! 좋은 수가 있어. 내 트렁크를 네 마차에 싣고 네 트렁크인 척 하란 말이야. 그리고 짐을 찾아서 돌아오는 시간에 맞춰 마차를 천천히 몰아서 돌아가. 나는 마을 쪽으로 되돌아가서 15분이나 30분쯤 후에 도착할 테니까 처음엔 나를 아는 척하지 마."

"한데 또 한 가지 문제가 있어. 이건 나밖엔 모르는 일이야. 여기 짐이라는 검둥이가 있는데, 난 그를 노예의 신분에서 풀어놓을 작정이야. 저 왓슨 아줌마네 집에 있던 짐 말이야."

"뭐라고? 어째서 짐이……."

녀석은 잠시 동안 말을 중단하고 생각에 잠겼다. 그래서 내가 말했다.

"네가 무슨 말을 하려는지 난 알고 있어. 그런 짓을 하면 더럽고 치사하고 야비한 일이라고 말할 생각이겠지? 하지만 더럽고 치사하고 야비한 일이라도 상관없어……. 나는 본래가 천하고 야비한 놈이니까. 그런데 너는 내가 짐을 훔쳐내는 일을 모른 척 해주지 않을 테지?"

그러자 녀석은 눈을 반짝이며 이렇게 말했다.

"네가 짐을 훔쳐내는 걸 도와주겠어!"

이 말을 듣는 순간 나는 총이라도 맞은 것처럼 정신이 아찔해졌다. 그렇게 사람을 놀라게 하는 말을 지금껏 들어본 일이 없기 때문이며, 또 그 말은 톰 소여의 가치를 떨어뜨리는 것이라고밖엔 볼 수 없었기 때문이다. 검둥이 도둑 톰 소여라니!

"바보 같은 소리, 농담이겠지." 내가 말했다.

"농담이 아니야."

"그렇다면 탈주 노예라는 말을 들어도 절대 모른 척해야 해. 나도 모른 척할 테니까."

그런 다음 우리는 톰의 트렁크를 내가 탄 마차에 실은 뒤, 톰은 마을 쪽으로 갔고, 나는 샐리 아줌마네 집으로 향했다. 나는 끓어오르는 갖가지 생각 때문에 천천히 돌아가야 한다는 걸 깜빡 잊고 너무 빨리 도착하게 되었다. 아저씨는 문 앞에서 이렇게 말했다.

"이건 정말 놀랐는데! 그 암말이 이렇게 걸음이 빠를 줄은 미처 몰랐어. 시간을 재어두었더라면 좋았을 걸 그랬군. 게다가 땀도 한 방울 흘리지 않다니 말이야. 이쯤 되면 백 달러를 준다 해도 팔지 않겠어. 절대로 안 팔고말고. 하지만 전 같았으면 15달러만 준다고 해도 팔았을 거야. 그 정도의 값어치밖엔 없다고 생각했으니까."

아저씨는 계속 이 말 이야기만 했는데, 이렇게 순진한 어른을 보긴 처음이었다. 그는 순박한 농부이자 목사이기도 했기 때문이다. 그는 농장 뒤뜰에 통나무로 지은 조그마한 교회를 가지고 있었는데, 그것은 그가 교회와 학교로 쓰려고 많은 돈을 들여서 지은 건물이었다. 그는 아주 내용이 좋은 설교를 하면서도 돈은 한 푼도 받지 않는 사람이었다. 이런 식으로 농장주와 목사 생활을 겸하고 있는 사람이 남부에는 꽤 많았다.

30분쯤 지나자 톰의 마차가 집 정면 울타리의 층계가 있는 곳에 와 닿았다. 샐리 아줌마가 창문으로 내다보고 있었다.

"어머, 누가 왔어요!" 아줌마가 말했다. "누굴까? 아마 이곳 사람이 아닐 거야. 지미, 리즈한테 가서 점심 때 접시 한 개를 더 놓으라고 해."

모두들 정면 입구 쪽으로 몰려갔다. 객지 사람이 자주 오는 게 아니었으므로, 누가 오기만 하면 열병에 걸린 것보다도 더 관심이 많았기 때문이다. 톰은 층계를 올라와 울타리를 넘어 집 쪽으로 걸어왔고, 마차는 마을 쪽으로 돌아갔다. 우리는 모두 정면 입구 근처에 모여 있었다. 톰은 가게에서 새로 산 옷을 입은데다가, 자기를 보아주는 구경꾼들이 있었으므로 말할 수 없이 기분이 좋은 것 같았다. 톰은 언제나 자기가 처한 상황에 적절하게 행동하는 방법을 알고 있었다.

집 앞의 뜰을 걸어오는데 녀석은 새끼양처럼 온순하게 오는 것이 아니라 숫양처럼 으스대며 오는 것이었다. 우리들 앞에 오자 녀석은 더할 나위 없이 얌전하게 모자를 벗었다. 그러고는 이렇게 말하는 것이었다.

"아치볼드 니콜스 씨죠?"

"아니, 안됐지만 마부에게 속은 모양이군. 니콜스 씨 댁은 여기서 3마일쯤 더 가야 해. 어쨌든 들어와." 아저씨가 말했다.

톰은 어깨 너머로 뒤돌아보며 말했다.

"너무 늦었군. 마차는 벌써 가버렸잖아."

"그럼, 마차는 이미 가버렸어. 그러니까 안으로 들어가 우리랑 점심이나 함께 하자고. 점심을 먹은 뒤에 니콜스 집까지 데려다줄 테니까."

"원 별말씀을! 저는 걸어서 가겠습니다. 조금 먼 거야 상관없습니다."

"하지만 손님을 걸려서 보낼 수야 없지. 이곳 남부에서는 손님을 그런 식으로 대접하지는 않아."

"자, 어서." 샐리 아줌마가 말했다. "폐라고 생각할 건 없어. 푹 쉬었다 가도록 해. 3마일이나 되는 먼지투성이 길을 걸려서 보낼 수는 없으니까. 게다가 손님이 오는 걸 보고 접시 하나를 더 준비하라고 일렀는데, 그냥 돌아간다면 우리가 서운하지 않겠어?"

톰은 그들에게 진심으로 고맙다고 말하고 안으로 들어오자마자, 자기는 오하이오 주의 힉스빌에서 사는데 이름은 윌리엄 톰슨이고 이곳은 처음 와봤다고 하면서 다시 한 번 감사한다고 치사를 늘어놓았다.

'이런 짓으로 무얼 어떻게 나를 도와줄 수 있단 말인가?' 하고 생각하자 나는 몹시 걱정이 되었다. 녀석은 한참 동안 지껄이더니 갑자기 일어나 샐리 아줌마 입에 키스를 하는 게 아닌가! 그러고는 다시 편안히 의자에 앉아서 계속 지껄여대는 것이었다. 그러자 아줌마는 벌떡 일어나 손등으로 입을 닦고는 이렇게 말했다.

"원 세상에, 이렇게 뻔뻔스러운 녀석이 있나!"

톰 녀석은 언짢다는 듯한 얼굴로 대답했다.

"이건 놀랄 일인데요, 부인?"

"놀랄 일이라고? 도대체 나를 어떻게 생각하는 거야? 나한테 키스를 해서 어떡할 작정이지?"

톰은 묘한 표정을 지으며 이렇게 말했다.

"뭐 별다른 작정을 한 건 아닙니다, 부인. 다만 부인께서 제가 키스해주길 바라는 것 같기에……."

"이 엉터리 같은 녀석!" 부인은 말하며 물레 막대기를 쳐들어 톰을 때리고 싶은 심정을 억누르는 것 같았다.

"뭘 근거로 내가 키스해주기를 바란다고 생각했지?"

"뭐, 모두들 그렇게 말하더군요."

"모두들 그렇게 말했다고? 그렇게 말한 사람이 있다면 그도 성한 사람은 아니야. 원, 기가 막혀서 말이 안 나오는군! 모두들이라니, 그게 누구지?"

"모두면 모두지, 누군 누구예요? 누구나가 다 그렇게 말했어요, 부인."

아줌마는 분을 가까스로 참고 있었는데, 눈에서는 불꽃이 튀고 손가락은 마치 톰 녀석을 할퀴기라도 할 듯이 꿈틀거렸다. 그러더니 말했다.

"모두라니, 도대체 누구냔 말이야? 이름을 대봐. 말하지 않으면 바보 녀석 하나를 이 세상에서 없어지게 할 테니까!" 하고 말했다.

톰 녀석은 의자에서 일어나더니 난처한 표정을 지으며 손을 만지작거렸다.

"죄송합니다. 이렇게 되리라고는 미처 생각지 못했습니다. 하지만 모두들 그렇게 말했어요. '부인에게 키스를 하라, 그러면 기뻐할 거다' 라고 말예요. 그러나 죄송합니다. 다시는 키스 같은 건 하지 않겠습니다. 부인이 해달라고 하기 전까지는."

"내가 키스를 해달랜다고? 정말 어이없는 일이군. 내가 너 같은 바보에게 키스를 바라는 일은 하늘이 무너져도 없을 거다. 이 천치 바보야!"

"글쎄요? 이해할 수가 없군요. 모두들 기뻐할 거라 말했고, 또 저도 그러려니 생각했었는데."

톰은 여기서 잠깐 말을 중단하더니, 마치 동정이라도 구하듯이 천천히 다른 사람들을 둘러보았다. 그리고 아저씨와 눈길이 마주치자 이렇게 말했다.

"아저씨는 부인께서 제가 키스해주기를 바란다고 생각하지 않으십니까?"

"아니야, 나는…… 그렇게는 생각지 않아."

그러자 녀석은 아까와 마찬가지로 사방을 둘러보다가 나를 향해 이렇게 말하는 것이었다.

"톰, 넌 샐리 이모가 두 팔을 활짝 벌리고 이렇게 말하리라고 생각하지 않았니? '잘 왔어, 시드 소여야' 하고 말이야."

"뭐라고?" 부인은 갑자기 이렇게 외치면서 녀석에게 다가갔다. "이 짓궂은 장난꾸러기야! 사람을 놀려도 분수가 있지, 이 녀석……." 그러면서 부인은 녀석을 껴안으려고 했다. 그러나 녀석은 그것을 피하며 이렇게 말했다. "안됩니다, 이모가 나에게 부탁하기 전까지는요."

그래서 부인은 재빨리 그렇게 해달라고 부탁하고는 녀석을 껴안고 키스를 퍼부었다. 그런 후 톰을 남편한테로 돌려 세웠다. 그래서 남편이 그 배턴을 이어받게 되었다. 잠시 후에 소동이 가라앉자 부인이 말했다.

"이렇게 놀라보긴 난생 처음이다. 우리는 톰만 오는 줄 알았지, 너까지 오리라고는 전혀 생각지 못했다. 언니는 편지에 톰 말고 다른 사람이 온다는 말은 한 마디도 쓰지 않았으니까."

"처음엔 톰만 오기로 되어 있었는데 내가 자꾸 졸라대 할 수 없이 보내준 거예요. 그래서 강을 내려오던 중에 톰과 서로 짰지요. 톰이 먼저 오고 내가 조금 뒤에 다른 사람인 척하고 불쑥 나타나면, 집안 식구들이 모두 깜짝 놀랄 것이라고요. 하지만 생각을 잘 못했던 것 같아요. 여기는 타관 사람이 오기엔 몸조심을 해야 할 곳이더군요."

"물론이지. 시드, 넌 머리를 한 대 쥐어박았으면 좋겠어. 이렇게 부아가 치미긴 생전 처음이니까. 하지만 이젠 괜찮아. 너희들만 있어준다면 그런 장난은 천 번이라도 참겠어. 그러나 아무리 그러기로서니 그런 장난을 하다니! 네가 나한테 키스했을 때 난 얼마나 놀라고 불쾌했는지 모른다. 정말이야."

우리는 안채와 부엌으로 통하는 넓은 복도에서 점심을 먹었는데, 테이블 위에는 일곱 명의 가족이 먹을 음식이 듬뿍 차려져 있었다. 그것도 축축한 지하실 찬장 속에 하룻밤을 묵힌 후, 이튿날 아침에 먹으면 마치 식인종이 먹는 차디찬 살덩어리 같은 맛없는 고기가 아니었다. 음식을 앞에 놓고 사일러스 아저씨는 꽤 오랫동안 기도를 드렸는데, 그 긴 기도가 어울리는 훌륭한 점심이었다. 게다가 그렇게 긴 기도를 하게 되면 음식이 식게 마련인데, 그 기도는 음식을 식게 하지도 않았다.

오후 내내 이야기꽃을 피우고 있는 동안 나와 톰은 계속 귀를 곤두세우고 있었지만, 그 누구도 탈주 노예에 관한 이야기는 하지 않았다. 그렇다고 우리 쪽에서 먼저 그 이야기를 꺼낼 수도 없는 일이었다. 그날 밤이 되어 저녁 식사를 할 때 한 꼬마녀석이 이렇게 말했다.

"아빠, 톰과 시드와 나, 이렇게 셋이서 쇼 구경을 하러 가도 돼요?"

"안 돼. 그게 엉터리 쇼라는 걸 탈주 노예가 버튼과 나한테 전부 이야기해주었어. 버튼이 그 사실을 마을 사람들에게 알렸으니까 지금쯤은 그 낯짝 두꺼운 사기꾼들을 마을에서 쫓아버렸을 거야."

드디어 일은 터지고 말았다. 하지만 나로서는 어떻게 할 수가 없었다. 톰과 나는 같은 방의 같은 침대에서 자기로 되어 있었으므로, 우리는 저녁 식사를 마치자 위층의 우리들 방으로 올라갔다. 그리고 창문으로 빠져나와 피뢰침을 타고 아래로 내려와 마을로 갔다. 왕과 공작에게 급히 그 사실을 알려야 했기 때문이었다.

도중에 톰은 사람들이 내가 죽었다고 생각하게 된 경위를 자세히 들려주었다. 그리고 얼마 후 아빠가 자취를 감춘 뒤 다시는 돌아오지 않았다는 것과 짐이 도망쳤을 당시의 소동에 대해서도 들려주었다. 나는 나대로 〈왕실의 걸작〉으로 사람들을 속여먹은 사기꾼들의 이야기와, 뗏목을 타고 여기까지 내려온 일들을 들려주었다. 우리가 마을 한가운데까지 왔을 때는 시각이 8시 30분을 가리키고 있었다. 많은 사람들이 무서운 기세로 뛰어왔다. 횃불을 들고 양철 냄비를 두들기며 와아와아 하고 소리를 지르고 있었다. 자세히 보니 왕과 공작이 막대기 위에 태워져 있었다. 왕과 공작의 몸엔 타르가 칠해지고 깃털이 꽂혀 있었는데, 그 모습은 도저히 사람이라고 볼 수 없는 형상이었다. 그 꼴을 보자 나는 왠지 마음이 편치 않았다. 그 두 악당들이 불쌍하다는 생각이 들어서였다. 그것은 보기에도 끔찍한 광경이었다. 인간이 같은 인간에 대해서 이토록 잔혹해질 수도 있는 모양이다.

때가 늦어 이미 어떻게 손을 쓸 수도 없다는 것을 알았으므로, 우리는 뒤따라가는 사람들에게 어찌 된 일이냐고 물어보았다.

그러자 그들이 말하기를 사람들이 시치미를 떼고 쇼 구경을 가서, 저 늙은 왕이 무대 위에서 깡충깡충 뛸 때까지 모른 척하고 있다가 누군가가 신호를 하여 붙잡았다는 것이다.

이 말을 듣고 우리는 하릴없이 집으로 돌아왔지만, 나는 나 자신이 왠지 비겁하고 초라한 느낌이 들었다. 하지만 이것은 늘 있는 일로, 옳은 일을 했건 나쁜 일을 했건 마찬가지였다. 인간의 양심이란 분별없이 사람을 책망하기만 할 뿐이다. 이렇게 분별없는 놈이 만일 똥개였다면 나는 그놈을 죽여버렸을 것이다. 양심이란 놈은 몸 안에 자리잡고 있는 다른 어떤 걸 전부 합친 것보다 더 많은 자리를 차지하고 있으면서도 도무지 쓸모가 없는 놈이다. 톰 소여도 나와 똑 같은 이야기를 했다.

제 34 장

우리는 이야기를 중단하고 생각에 잠겼다. 얼마 후에 톰이 말했다.

"이봐, 헉! 짐이 있는 곳을 알아냈어."

"정말이야? 그게 어딘데?"

"그 잿물통 옆에 있는 오두막이야. 우리가 점심을 먹고 있을 때, 검둥이 하나가 먹을 걸 가지고 그곳으로 가는 걸 너는 못 봤니?"

"봤지."

"음식을 누구한테 가져가는 거라고 생각했니?"

"개한테 주는 게 아니었을까?"

"처음엔 나도 그렇게 생각했어. 한데 개한테 주는 게 아니었단 말이야."

"어째서?"

"그 안엔 수박도 있었거든."

"맞아. 개가 수박을 먹을 리 없다는 걸 생각지 못했다니! 사람은 뭔가를 보고 있으면서도 그 의미를 깨닫지 못하는 모양이야."

"그런데 말이야, 그 검둥이 녀석은 안에 들어갈 때 자물쇠를 열고, 나와서는 다시 잠그더군. 그리고 우리가 식탁에서 일어날 때쯤 아저씨한테 열쇠를 가지고 왔어. 수박은 거기 사람이 있다는 걸 의미하고, 열쇠는 죄수가 있다는 걸 의미해. 그리고 이런 작은 농장에서, 더군다나 선량한 사람들만 있는 곳에 죄수가 있을 리는 없어. 그렇다면 그 죄수가 짐임에 틀림없잖아."

톰이란 녀석은 어린 소년이면서도 정말 좋은 머리를 가지고 있었다. 내가 만일 톰 소여 같은 머리를 가지고 있다면 공작으로 만들어준다고 해도, 증기선의 일등 항해사를 시켜준다고 해도, 서커스의 광대로 만들어준다고 해도, 그 밖의 무엇이 되게 해준다고 해도 절대로 그 머리와는 바꾸지 않을 것이었다. 얼마 후 톰 녀석이 말을 꺼냈다.

"그럼 네 생각을 이야기해봐."

"그 안에 있는 사람이 짐인지 아닌지 확인되면 내일 밤 카누를 물에서 건져내어 섬에 매어둔 뗏목을 가지고 오는 거야. 그리고 캄캄한 밤이 되길 기다려, 아저씨가 잠든 후 바지 주머니에서 열쇠를 훔쳐내 짐을 데리고 나와 뗏목을 타고 강을 내려가는 거지. 나와 짐이 전에 한 것처럼 낮에는 숨고 밤에만 활동을 할 거야. 어때, 생각대로 일이 잘 될까?"

"그야 쥐싸움처럼 금방 결판이 날 일이지. 한데 그렇게 간단한 계획은 정말 재미가 없어. 너무 싱거워서 거위 젖 같지 뭐야."

나는 잠자코 있었다. 톰이 그렇게 말하리란 걸 너무나 잘 알고 있었기 때문이다. 그리고 톰 녀석은 일단 뭔가 계획이 세워지면 이런 식의 반대는 한 마디도 하지 않는다는 것도 나는 잘 알고 있었다.

그리고 그것은 확실했다. 녀석이 세운 계획을 들어보니 과연 내 계획보다 열다섯 배나 더 멋진 것임을 곧 알게 되었다. 짐을 자유의 몸으로 해방시킨다는 점은 나와 같았는데, 어쩌면 우리들 모두가 죽음을 당하게 될지도 모르는 그런 성질의 것이었다. 나는 그 계획에 만족했으므로, 그것을 실행에 옮기자고 했다.

그것이 어떤 계획인지는 여기서 밝힐 필요는 없을 것 같다. 왜냐하면 톰의 계획이란 처음대로 실행되는 경우가 별로 없다는 걸 나는 알고 있기 때문이다. 톰 녀석은 처음엔 계획대로 밀고 나가지만, 중간에 계획을 바꾸어 기회가 있을 때마다 멋진 생각을 첨가하곤 했기 때문이다. 과연 예상했던 대로였다.

하지만 변치 않는 진실이 한 가지 있었다. 그것은 톰 소여가 진심으로 그 검둥이를 노예의 신분에서 훔쳐내는 일을 돕겠다는 것이었다. 이것은 나로서는 도저히 이해할 수 없는 일이었다. 톰은 점잖은 애인 데다가 좋은 집안에서 자란 녀석이 아닌가. 그에게는 착한 아이라는 평이 붙어 있고, 머리도 좋고 마음씨도 착할 뿐더러 가족들도 모두 점잖은 사람들이어서 어디 한군데 비뚤어진 데라곤 없는 녀석이었기 때문이다. 그런 아이가 이런 천한 일에 끼어들어 사람들 앞에서 부끄러움을 당해야 하고, 집안사람들까지 망신을 시키려고 하다니, 나로서는 도저히 납득할 수가 없었다. 나는 그의 참다운 친구가 되기 위해 큰맘 먹고 충고를 해줘야겠다고 생각했다. 이 일에서 깨끗이 손을 떼게 하여, 녀석이 길을 잘못 내디

디는 걸 막아줘야겠기에 말이다.

"넌 내가 너와 함께 하는 일이 무슨 일인지 모른다는 거야? 나란 놈이 너와 무얼 하려는지 모른단 말이야?"

"나는 검둥이를 훔쳐내는 일을 돕겠다고 이 입으로 분명하게 말했어."

"물론 했지."

"그럼 그걸로 충분한 거야."

녀석은 더 이상 말하지 않았다. 톰은 일단 무슨 일을 하겠다고 작정하면 반드시 실행에 옮기는 성미였기 때문이다. 하지만 어째서 이번 일 같은 위험하고 천한 일에 녀석이 자진해서 끼이려고 하는지, 나로서는 도저히 이해가 되지 않았다. 그래서 나는 녀석이 하고 싶어하는 대로 내버려두고 더 이상 신경을 쓰지 않기로 했다. 녀석은 어떤 일이 있어도 이 일을 하겠다고 했으므로 나로서는 어떻게 할 수도 없는 일이었다.

돌아와 보니 집 안은 쥐 죽은 듯이 조용했다. 그래서 우리는 예비검사를 하기 위해 양잿물통 옆의 오두막 있는 데까지 가보았다. 개들은 우리를 기억하고 있었으므로, 시골 개가 밤중에 무엇이 지나가는 걸 보았을 때 내는 소리밖에 내지 않았다. 오두막까지 가서 우리는 정면을 살펴본 다음 양쪽 옆도 살펴보았다. 그랬더니 내가 아직 몰랐던 쪽에 네모난 창이 하나 열려 있는 것이 보였다. 꽤 높긴 했지만 튼튼한 널빤지 한 장을 가로지르고 못을 박아둔 게 전부였다.

"마침 잘 됐어. 저 널빤지만 뜯어버리면 그 구멍으로 짐이 나올 수 있을 거야."

그러자 톰이 말했다.

"그것은 '팃팃토 게임' 이나 학교를 땡땡이치는 만큼이나 간단해. 좀 더 까다로운 방법으로 하는 게 좋지 않을까, 헉 핀?"

"그럼 내가 살해당하기 전처럼 톱으로 판자를 잘라내어 녀석을 나오게 하면 어떨까?"

"그편이 좋지. 하지만 그보다 더 재미있는 방법이 있을 거야. 서두를 필요는 없으니까, 이 근처를 좀 더 자세히 살펴보자고!"

뒤뜰로 돌아가보니 울타리와 오두막 사이에 널빤지로 지어진 차양이 달린 허술한 헛간이 있었는데, 그것은 오두막의 처마와 바짝 잇대어져 있었다. 그곳은 안이 좁아서 6피트 정도밖에 되지 않았다. 문은 남쪽에 나 있고, 자물쇠가 채워져 있었다. 톰은 잿물을 만드는 가마솥 있는 데로 가서 그 주위를 살펴보더니 솥뚜껑을 들어올리는 데 쓰는 쇳덩어리를 가지고 왔다. 그리고 그것으로 문의 물림쇠를 비틀어서 뜯어냈다. 그러자 물림쇠가 자물쇠와 함께 떨어졌으므로, 우리는 문을 열고 헛간 안으로 들어가 문을 닫고 성냥불을 켰다. 불빛에 보니, 처마를 잇대어 지은 헛간은 통나무로 지은 오두막과는 떨어져 있었다. 그곳은 마루도 깔려 있지 않았고, 녹슨 괭이와 삽과 곡괭이, 구부러진 가래 따위밖에 없었다. 성냥불이 꺼졌으므로 우리도 그만 꺼지기로 하고 뜯어진 물림쇠를 다시 박아, 원래대로 문을 닫아놓았다. 톰은 기쁜 표정으로 이렇게 말했다.

"이젠 됐어. 짐을 파내기로 하자. 1주일은 걸릴 것 같아."

그러고 나서 우리는 집으로 돌아와 사슴 가죽으로 만든 걸림쇠의 고리를 잡아당기자 쉽게 안으로 들어갈 수 있었다. 그런데 톰 녀석은 그런 방법은 너무 싱겁다면서, 어떻게 해서든지 피뢰침을 타고 올라가야 한다고 우겼다. 그러나 서너 번 시도해 보았지만 번번이 반쯤 올라갔다가는 떨어졌다. 그리고 마지막에는 하마터면 머리통이 깨질 뻔했다. 그래서 녀석도 이제는 단념하겠지 하고 생각했는데, 잠깐 쉬더니 되든 안 되든 한 번 더 해보겠다고 하는 것이었다. 그리고 결국은 해내고 말았다.

이튿날 아침은 새벽부터 일어나 개들을 구슬려놓기도 하고, 짐에게 밥을 갖다 주는 검둥이와 친해지기 위해서 검둥이들의 오두막까지 가보기도 했다. 검둥이들은 조반을 끝내고 일하러 나가려던 참이었지만, 짐에게 밥을 갖다 주는 검둥이는 양철 냄비에 빵과 고기 따위를 담고 있는 중이었다. 얼마 후 다른 검둥이들이 나가려고 할 때 안채에서 열쇠가 왔다.

짐에게 밥을 주는 검둥이는 좀 멍청해 보이면서도 순진한 얼굴이었는데, 머리털을 모두 실로 가늘게 땋고 있었다. 마녀가 가까이 오지 못하게 하는 방법이라는 것이었다. 요즘은 밤만 되면 마녀들이 나타나 온갖 것들이 다 보이고 온갖 이상한 말이 다 들린다면서, 이렇게 오랫동안 마법에 시달림을 당해보기는 처음이라고 했다. 그래서 톰이 말했다.

"그 음식은 누가 먹을 거지? 개한테 주는 거야?"

그러자 검둥이 녀석의 얼굴에 웃음이 떠올랐는데, 그것은 웅덩이에 벽돌 부스러기를 던졌을 때 물살이 퍼지는 모습과 같았다.

"네, 시드 도련님! 개한테 줄 겁니다. 그런데 그게 아주 묘하게 생긴 개에요. 한번 보시겠어요?"

"그러지."

나는 톰 녀석을 쿡 찌르면서 작은 소리로 이렇게 말했다.

"이봐, 이런 새벽에 갈 생각이야? 애당초 계획은 그게 아니었잖아?"

"물론 아니었지. 하지만 일이 그렇게 되었어."

할 수 없는 일이었다. 우리는 함께 검둥이를 따라갔지만 나는 별로 마음이 내키지 않았다. 안으로 들어가 보니 아무것도 보이지 않았다. 주변이 캄캄했기 때문이다. 하지만 짐은 분명히 거기에 있었다. 녀석은 우리를 알아보았는지 큰 소리로 외치는 것이었다.

"아니, 헉이잖아! 그리고 저건 톰 도련님이고!"

나는 일이 이렇게 되리란 것을 처음부터 다 알고 있었다. 바로 내 짐작대로였다. 그러자 우리를 데리고 온 검둥이가 끼어들어 이렇게 말했다.

"어럽쇼! 이 녀석이 도련님들을 알고 있는 모양이죠?"

얼마 후 날이 훤하게 밝아왔다. 그러자 톰 녀석이 그 검둥이를 어이가 없다는 눈초리로 쳐다보더니 이렇게 말했다.

"누가 우리를 알고 있다고 했지?"

“네, 여기 있는 이 도망친 검둥이가요.”

“모를 일이군. 넌 어떻게 해서 그런 생각을 하게 됐지?”

“어떻게 그런 생각을 하게 됐느냐고요? 방금 이 녀석이 도련님들을 알고 있는 것처럼 소리치지 않았습니까?”

톰은 영문을 알 수 없다는 듯이 이렇게 말했다.

“그렇다면 그것 참 이상한 노릇이군. 누가, 언제 소리를 질렀다는 거야? 뭐라고 외쳤는데?” 그러고는 침착한 태도로 내 쪽을 돌아보며, “넌 누가 외치는 소리를 들었니?” 하고 물었다.

대답은 한 가지밖에 없지 않은가. 그래서 나는 대답했다.

“아니, 난 아무 소리도 못 들었어.”

그러자 톰은 짐 쪽으로 돌아서서 난생 처음 보는 녀석을 대하는 것처럼 자세히 바라보더니 이렇게 말했다.

“네가 소릴 질렀니?”

“아뇨, 저는 아무 말도 하지 않았지라우.”

“한 마디도 안 했단 말이지?”

“네, 한마디도.”

“전에 우리를 본 일이 있니?”

“전혀 그런 기억이 없당께요.”

그러자 톰은 그 검둥이 녀석에게 겁을 주는 듯한 눈초리로 바라보면서 이렇게 말했다.

“너 머리가 돈 게 아니냐? 누가 소릴 질렀다는 거야?”

“아아, 그건 마녀의 농간이에요, 도련님. 정말 죽고 싶을 지경입니다요. 도련님, 제발 부탁드립니다. 아무에게도 이 이야기를 하지 말아주세요. 사일러스 나리가 알게 되는 날이면 혼나요. 나리는 마녀 같은 게 어디 있느냐고 하시면서, 그런 이야기를 비치기만 해도 야단을 치세요. 이 자리에 나리가 계셨더라면 좋았을걸. 그러면 뭐라고 하셨을까? 이번만큼은 나리께서도 마녀를 인정하실 수밖에 없었을 텐데. 하지만 세상은 늘 이렇단 말입니다. 얼빠진 놈은 죽을 때까지 얼빠진 채로 살아야 한다니까요."

톰은 그 검둥이에게 10센트짜리 은화 한 닢을 쥐어주면서 아무한테도 그 얘기를 하지 말라고 했다. 그리고 그 돈으로 실을 좀 더 사서 머리털을 꽁꽁 묶으라고 했다. 그 다음에는 짐 쪽을 돌아보며 이렇게 말했다.

"사일러스 아저씨는 어째서 이런 검둥이를 목매달지 않을까. 은혜도 모르고 도망친 검둥이를. 나 같으면 넘겨주기는커녕 당장 목을 매달아버릴 텐데." 그리고 10센트짜리 은화를 받은 검둥이가, 그 돈이 진짜지 가짜지 확인하려고, 살펴보고 깨물어보기 위해 문 쪽으로 걸어간 틈을 이용해 작은 소리로 짐한테 말했다.

"우리를 아는 척해선 안 돼. 혹시 밤중에 흙을 파는 소리가 들리면, 그것은 우리가 너를 자유의 몸이 되게 해주려는 거니까 놀라지 마."

짐은 우리의 손을 꼭 잡는 것으로 대답을 대신했다. 그때 검둥이가 돌아왔으므로, 우리는 그 검둥이에게 네가 원한다면 다음에도 함께 와줄 수 있다고 말했다. 그러자 녀석은 제발 그래달라고 하는 것이었다. 마녀는 대개 어두운 곳에 나타나니까, 그럴 때 누가 옆에 있어주면 큰 도움이 된다는 것이었다.

제 35 장

식사 때까지는 아직 1시간이나 남아 있었으므로, 우리는 오두막집을 나와 숲 속으로 갔다. 땅을 파려면 불빛이 필요한데, 램프는 너무 밝아 귀찮은 일이 생길지 모른다고 톰이 말했다. 우리들이 구해야 할 것은 도깨비불이라고 부르는 썩은 나무 덩어리인데, 그것을 어두운 장소에 놔두면 희미한 빛을 내었다. 우리는 그것을 한 아름 안고 들어와 풀 속에 감춰놓고는 앉아 쉬었다. 톰이 못마땅한 표정을 지으며 이렇게 말했다.

"쳇, 이번 일은 너무 시시해서 의욕이 없단 말이야. 마취제를 써야 할 감시인도 없고……. 감시인이 있는 게 정상인데. 수면제를 먹일 만한 개도 없으니 정말 맥이 빠지는군. 고작 짐의 한쪽 발에 10피트짜리 쇠사슬을 채워 침대 다리에 묶어놓았을 뿐이니, 침대를 들어서 쇠사슬을 빼버리면 그만 아니냐고. 더구나 사일러스 아저씨는 누구나 다 신용하기 때문에 그 호박대가리 검둥이한테 열쇠를 맡겨놓고 있는 형편이니 말이야. 만일 짐이 도망칠 생각만 있다면 당장이라도 저 창 구멍으로 빠져나갈 수 있는 형편이야. 단지 발목에 채워져 있는 10피트짜리 쇠사슬을 달고 가자면 약간 거북하겠지만 말이야. 어쨌든 한 가지만은 분명해. 까다롭고 위험한 일을 준비해야 할 의무를 지닌 사람들이 그런 것을 한 가지도 준비해주지 않기 때문에 그 모든 걸 우리 머리로 짜내야 한다는 것 말이야. 따라서 그런 까다롭고 위험한 난관을 뚫고 나가 녀석을 구출해야만 보람도 그만큼 큰 거야. 저 램프 한 가지만 예를 들어 생각해보란 말이야. 사실 그렇지는 않지만 우리는 늘 램프는 위험한 물건이라는 시늉을 해야 한다니까? 글쎄, 하려고만 하면 횃불을 밝히고도 일을 할 수가 있지. 한데 생각해보니 기회가 되는 대로 톱을 만들 만한 뭔가를 찾아내야겠어."

"톱은 무엇에 쓰게?"

"짐의 침대 다리를 자르는 데 쓸 거야. 사슬을 풀기 위해서."

"침대를 들어올리기만 하면 사슬을 풀 수 있다고 네 입으로 말하지 않았니?"

"아이구 머리야. 너 같은 놈과 함께 일을 해야 하다니. 이 멍청이 헉 핀아. 넌 모든 게 유치원식이구나. 도대체 책이라는 걸 읽어본 적이나 있니? 트랜트 남작이라든가 카사노바라든가 벤베누토 첼레니라든가 앙리 4세 등의 영웅 이야기 말이야. 너는 마치 늙은 할망구 식으로 죄수를 구할 모양인 것 같은데, 난 그런 식으로 죄수를 구했다는 이야기는 들은 적이 없어. 구해질 리가 없지. 이봐, 그 방면의 최고 고수들처럼 침대 다리를 톱으로 자른 뒤 나중에 감쪽같이 원래대로 해놓는단 말이야. 그리고 톱밥은 들키지 않게 몽땅 삼켜버리는 거야. 그리고 톱으로 자른 곳은 진흙과 기름을 발라서 제아무리 눈이 날카로운 하인이라도 그 자국을 발견하지 못하게 하는 거지. 그렇게 만반의 준비를 해놓은 밤에 그 침대를 발로 냅다 걷어차 다리가 부러지면 쇠사슬을 풀어버리는 거야. 그 다음엔 줄사다리를 흉벽에 걸쳐놓고 그걸 타고 내려오다 해자(垓字) 속에서 다리를 부러뜨리면 돼. – 왜냐하면 밧줄 사다리는 길이가 19피트나 모자라. – 그러면 거기에 너의 말과 믿을 만한 부하들이 기다리고 있다가 잽싸게 널 부축하여 말안장 위에 실으면, 네 고향인 랑귀독이나 나바레나 어디든 가고 싶은 데로 가면 되는 거야. 어때, 신나는 일 아니야, 헉 핀? 이곳 오두막에도 연못이 하나 있었으면 좋겠는데. 도망치는 날 밤에 만일 틈이 있으면 연못 하나를 파는 게 어떨까?"

그러자 내가 말했다. "오두막집 밑으로 짐을 끌어내는 데 연못 같은 게 왜 필요하지?"

그러나 그 말이 톰에겐 들리지도 않는 모양이었다. 그는 손으로 턱을 받치고 깊은 생각에 잠겨 있다가 한참 후에 고개를 가로저으면서 한숨을 내쉬었다. 그리고 또다시 고개를 젓고는 이렇게 말했다.

"아냐, 그럴 필욘 없겠어."

"무슨 소리야?"

"짐의 다리를 톱으로 잘라버릴까 하는 생각도 했지."

"설마 농담이겠지! 뭣 때문에 그런 생각을 한 거지?"

"그건 말이야. 대가들 가운데는 그런 짓을 한 사람이 있기 때문이야. 사슬을 풀 수가 없으니까, 사슬에 묶여 있는 손목을 자르고 도망친 거지. 그것이 다리라면 더 근사하지. 하지만 그 이야긴 이쯤 해두는 수밖에 없겠군. 이번 일은 그렇게까지 할 필요가 없을 것 같으니까. 게다가 짐은 검둥이니까 그렇게 하는 이유도 모를 거고, 또 그렇게 하는 것이 유럽에서의 관습이라는 것을 설명해줘 봤자 알 리가 없지. 그러니까 그 일은 그만두는 수밖에 없어. 그러나 이것만은 꼭 해야 해. 줄사다리 말인데, 그거라면 짐이라도 준비할 수 있을 거야. 우리가 시트를 찢어 짐에게 주어 줄사다리를 만들게 하면 간단하게 끝나. 시트 조각을 파이 속에 넣어 짐에게 전해주는 거야. 나만 해도 그보다 더 지독한 파이를 먹어본 적이 있어."

"이봐, 톰 소여. 너 정신이 있니? 짐에게 줄사다리가 뭣 때문에 필요하단 말이니?"

"쓸 필요가 없더라도 있어야 하는 거야. 너야말로 무슨 소릴 하는 건지 모르겠군. 어쨌든 짐에겐 꼭 줄사다리가 있어야 해. 다른 사람들이 다 그렇게 했단 말야."

"한데 짐이 줄사다리를 어디다 쓰지?"

"어디다 쓰느냐고? 침대 속에 감춰두면 되는 것 아니겠어? 다른 사람들도 다 그렇게 했으니까 짐도 그렇게 해야 해. 한데 헉, 너는 아무래도 정식 수단을 좋아하지 않는 모양이구나. 늘 뭔가 새로운 일만 하고 싶어 하는 것 같아. 만일 짐이 줄사다리를 이용하지 않는다면 어떤 방법을 쓰지? 녀석이 도망친 후에 줄사다리가 침대 속에 남아 있다가 단서가 되지 않겠어? 사람들은 단서를 찾는 걸 좋아해. 그런데 넌 단서를 하나도 남기지 않을 작정이야?"

"그야 규칙이 그렇다면 나도 규칙을 무시하고 싶진 않아. 그렇지만 톰 소여, 한 가지 어려운 문제가 있어. 만일 짐에게 줄사다리를 만들게 하려고 시트를 찢는다면, 샐리 아줌마한테 틀림없이 야단맞을 거야. 내 생각엔 히커리 껍질로 만든 줄사다리라면 돈도 들지 않을 뿐만 아니라 파이 속에 넣을 수도 있고, 요 속에 감출 수도 있어 좋을 것 같은데? 게다가 짐만 하더라도 이런 경험이 전혀 없으니까 무엇으로 만든 사다리건 상관없을 것 같아."

"이봐, 헉 핀! 내가 만일 너처럼 무식하다면 차라리 입을 다물고 있겠어. 나는 히커리 껍질로 만든 줄사다리로 도망친 중죄인이 있었다는 소리를 들어본 적이 없어. 그렇게 웃기는 일은 말이야."

"그렇다면 좋아. 톰, 네가 좋아하는 방식으로 해. 만일 내 말을 들어줄 생각이 있다면 빨랫줄에서 시트 한 장을 빌려오라고 하겠어."

내 생각에 동의한 뒤 톰은 또 다른 생각이 떠올랐는지 이렇게 말했다. "실례하는 김에 셔츠도 빌려와."

"그건 뭣에 쓰려고?"

"짐에게 일기를 쓰게 하는 거야."

"일기라니? 짐은 글씨도 쓸 줄 모르는데 어떻게 일기를 써?"

"글씨를 쓸 줄 모르더라도 셔츠에 표시는 할 수 있을 것 아냐?

낡은 백랍으로 숟가락을 만들게 하고, 녹슨 쇠 테두리로 펜을 만들게 한다면 말이야."

"하지만 톰, 펜이라면 거위의 깃털을 뽑는 게 좋지 않을까? 그게 빠르기도 하고."

"넌 정말 돌대가리구나. 상대방은 죄인이야. 깃털로 펜을 만들다니, 감옥 안에 거위가 놀고 있기라도 한단 말이니? 죄수는 손에 넣을 수 있는 것 중에서 가장 단단하고 까다로운 헌 놋쇠 촛대 같은 것으로 펜을 만드는 거야. 그것을 깎는 데는 몇 주일, 아니, 몇 달씩 걸리지. 벽에 문질러서 갈아야 하니까. 죄수는 설사 거위 깃털펜이 있다 하더라도 그것으로 쓰진 않아."

"그럼 잉크는 뭘로 만들지?"

"대개의 죄수는 쇠의 녹과 눈물을 섞어서 만들지만 그건 여자들이나 하는 거고, 최고의 고수는 자기 피를 쓰지. 짐도 그 방법을 써야 해. 그리고 어디에 가면 자기를 붙잡을 수 있는지를 온 세상에 알릴 때는, 양철 접시 뒤에 포크로 그걸 써서 창밖으로 던지는 거야. '철가면'은 언제나 이 방법을 썼지. 정말이지 멋진 방법이었으니까."

"짐은 양철 접시 같은 건 가지고 있지 않아. 음식을 냄비에 담아서 주니까."

"그렇다면 우리가 양철 접시를 넣어주면 되지 않을까?"

"하지만 짐의 글씨를 읽어낼 사람이 있을까?"

"그건 상관없어, 헉 핀. 짐은 접시에 그냥 써서 던지기만 하면 되는 거야. 누가 읽든 못 읽든 그런 건 문제가 아니야. 이봐, 죄수가 양철 접시니 다른 무엇에다 쓴 글씨는 절반은 아무도 읽지 못하는 걸 뭐."

"그렇다면 접시만 낭비하는 꼴이잖아?"

"죄수의 접시도 아닌데 어때?"

"하지만 접시 임자는 있을 게 아냐?"

"그게 어쨌다는 거지? 죄수에게는 그 접시가 누구의 것이라도 마음을 쓸……"

그때 아침 식사를 알리는 뿔피리 소리가 들려왔으므로 톰은 거기서 이야기를 중단했다. 그래서 우리는 숲 속에서 나와 집으로 돌아왔다.

그날 오전 중에 나는 시트와 흰 셔츠 한 장을 빌려왔다. 그리고 헌 자루 하나를 구해 그 안에 그것들을 넣고, '도깨비불' 을 구해 그것도 자루 속에 넣었다. 나는 이런 것들을 빌린다고 표현하는데, 그것은 내 아빠가 늘 그렇게 말했기 때문이다. 그런데 내 말을 들은 톰은 그것은 분명히 훔치는 것이라고 했다. 그의 말에 의하면 우리는 죄수의 대표자이고, 죄수라는 인간은 무엇을 손 안에 넣기만 하면 그만이지, 어떤 수단과 방법을 쓰는 것은 문제가 되지 않는다고 했다. 또 누구도 죄수를 탓할 권리는 없다고 했다. 따라서 죄수의 대표자인 우리는 이 집 물건 중에서 감옥에서 도망치는 데 도움이 될 만한 것이 있다면 무엇을 훔치든 상관없다는 것이었다. 하지만 죄수가 아닐 때는 이야기가 달라진다고 했다. 죄수가 아니면서 물건을 훔치는 것은 천한 놈이나 하는 짓이라고 했다. 아무튼 죄수로서 분명한 명분을 가진 우리는 닥치는 대로 훔치기로 했다. 그런데 며칠 후 내가 검둥이의 밭에서 수박을 훔쳐 먹은 일이 있었는데, 그때 톰 녀석은 마구 화를 내면서 검둥이들한테 10센트를 갖다주라고 야단법석이었다. 톰이 말하기를 우리가 훔치는 것은 우리가 필요로 하는 물건에 한한다는 것이었다. 그래서 나는 수박이 필요했다고 말해주었다. 그랬더니 톰은 감옥에서 도망치는 데 무엇 때문에 수박이 필요하냐고 했다. 만일 내가 집사를 죽이는 데 필요한 칼을 감추어 들여보내기 위해 수박이 필요했던 거라고 한다면 괜찮다고 했다. 나는 더 이상 말을 하지는 않았지만, 수박을 빌려올 기회가 있을 때마다 쭈그리고 앉아서 톰이 말한 것처럼 일일이 따져봐야만 한다면 죄수의 대표자가 되어보았자 아무런 득될 것도 없다는 생각이 들었다.

그날 아침, 모두가 일하러 나가고 아무도 없을 때를 기다렸다가 톰이 그 자루를 가지고 헛간으로 들어가자 나는 조금 떨어진 곳에서서 망을 보았다. 얼마 후에 톰이 나왔으므로 우리는 장작더미가 있는 곳으로 가서 이야기를 했다.

"도구 말고는 준비가 다 됐어. 도구도 쉽게 구할 수 있을 거야." 톰이 말했다.

"무엇에 쓰는 도구지?"

"땅을 파는 도구 말이야. 땅을 이빨로 갉아서 짐을 끌어낼 순 없잖아."

"땅을 파는 도구라면 끝이 구부러진 저 곡괭이면 되지 않을까?"

그러자 톰은 나를 한심스런 눈으로 바라보면서 이렇게 말하는 것이었다.

"헉 핀, 넌 죄수가 도망가는 데 쓸 곡괭이나 삽 같은 현대적인 도구를 옷장 속에 감춰뒀다는 말을 들어본 적이 있니? 너한테 묻고 싶은 게 하나 있어. 네게 분별이라는 게 있는지는 모르지만, 모처럼 영웅이 된다 해도 그래가지고는 말짱 도루묵이야. 그런 녀석이라면 차라리 열쇠를 넘겨주고 끝장을 내버리는 게 좋지 않을까? 곡괭이나 삽 같은 건 왕이라고 해도 마련해 주지 않을걸."

"그렇다면 곡괭이나 삽 말고 도대체 무얼 쓴다는 거지?"

"칼 두 자루면 돼."

"오두막 밑을 파는데 말이니? 바보 같은 소리 마, 톰."

"아무리 바보 같다고 해도 그런 건 상관없어. 그게 왕도니까 말이야. 규정이기도 해. 나는 이런 이야기를 쓴 책은 죄다 읽어보았는데, 다른 방법은 없었어. 책에서 보니 그 녀석들은 늘 칼로 파더군. 게다가 대개의 경우 그걸로 바위를 뚫기도 해. 그러니까 그 일을 하는 데는 아주 오랜 세월이 걸리지. 이봐, 마르세유 항구 안에 있는 디프 성 지하 감옥에 갇혀 있던 죄수를 생각해보란 말이야. 그 사람도 그런 식으로 탈옥을 했는데, 기간이 얼마나 걸렸을 것 같아?"

"모르겠는데."

"37년이야. 그리고 나오게 된 곳이 중국이었어. 바로 그런 식이야. 이 성채도 바닥이 단단한 바위라면 좋을 텐데."

"짐은 중국에 아는 사람이 한 사람도 없어."

"그게 어떻다는 거야? 좀전에 말한 사람만 하더라도 아는 사람이라고는 한 명도 없었어. 그런데 넌 항상 옆으로 새어버린단 말이야. 어째서 본 줄거리에 달라붙질 못하는 거지?"

"알았어. 그 사람이 나왔다니까 그걸로 됐어. 어디로 나왔건 그건 상관없는 일이야. 짐도 아마 상관하지 않을 거야. 그런데 한 가지 마음에 걸리는 게 있어. 짐은 나이가 많으니까 칼로 판다면 너무 시간이 오래 걸릴 거야. 그때까지 살아 있을 것 같지가 않아."

"그건 걱정 안 해도 돼. 바닥이 흙이라서 그걸 파는 데 37년은 걸리지 않을 거니까."

"얼마나 걸릴까, 톰?"

"사일러스 이모부가 뉴올리언스에서 소식을 듣게 되는 것도 그다지 오래 걸리지 않을 테니까, 우리가 시간을 너무 소모하다가는 위험해. 이모부는 짐이 올리언스에서 도망친 검둥이가 아니라는 걸 곧 알게 될 거야. 그렇게 되면 다음에는 짐을 광고에 내든지 할 테지. 그러니까 짐을 파내는 데 많은 시간을 들일 수는 없어. 정식으로 한다면 2년은 걸리겠지만, 그렇게 할 수는 없어. 이렇게 하면 어떨까? 될 수 있는 대로 빨리 판 다음에 37년이 걸린 것으로 치는 거야. 그리고 경보가 울리자마자 짐을 납치해서 도망쳐버리는 거야. 그래, 그게 가장 좋은 방법일 것 같다."

"나도 찬성이야. 그렇게 한 걸로 간주한다면 돈도 들지 않고 귀찮지도 않을 테니까, 150년가량 걸린 것으로 해도 괜찮아. 그런 식으로 일을 한다면 착수한 후에도 무리가 없을 거야. 그럼 난 지금 당장 가서 칼 두 자루를 빌려 오겠어."

"세 자루를 가져와. 한 자루는 톱을 만들어야 하니까." 톰이 말했다.

"톰, 이런 말을 하면 규칙에 어긋날지 모르지만, 저 건너 훈제실 뒤쪽 옆에 녹슨 톱이 꽂혀 있는 걸 보았어."

이 말을 듣자 톰은 맥이 빠진 얼굴로 이렇게 말했다.

"너한텐 쇠귀에 경 읽기로구나, 헉. 빨리 가서 칼이나 실례해 와. 세 자루야." 그래서 나는 시키는 대로 했다.

제 36 장

그날 밤 우리는 가족들이 모두 잠든 뒤에 재빨리 피뢰침을 타고 아래로 내려와 헛간 속으로 들어가 문을 닫고는 도깨비불을 꺼내놓고 일을 시작했다. 그리고 밑통나무의 한복판을 따라 4, 5피트 주위에 방해가 될 만한 것들을 모두 치워버렸다. 톰의 말에 의하면, 이곳은 짐의 침대 바로 뒤쪽에 해당하는 곳으로, 이곳을 파들어 가면 건너편으로 나가게 된다고 했다. 그곳은 오두막 안에 사람이 들어와도, 짐의 이불이 땅에 닿을 만큼 처져 있으므로 누가 일부러 그걸 쳐들고 들여다보기 전에는 거기에 나 있는 구멍이 다른 사람의 눈에는 쉽게 띄지는 않을 거라는 것이었다. 그래서 우리는 칼로 땅을 파고 또 팠다. 파는 동안에 밤이 깊어지자 몸은 지쳐갔고, 손에는 물집까지 생겼다. 그러나 일을 한 성과는 겨우 땅을 조금 건드렸다는 흔적이 날 정도였다. 드디어 내가 입을 열었다.

"이건 37년이 걸리는 일이 아니라 38년이 걸리는 일이야, 톰 소여."

톰은 한 마디 대꾸도 하지 않았다. 그리고 한숨을 쉬다가는 땅 파기를 중단하고 한참 동안 생각에 잠기더니 이렇게 말했다.

"이 방법은 안 되겠는걸, 헉. 일이 너무 더뎌. 만약 우리가 죄수라면 이 정도로 만족하겠지만 우리는 한가하게 이럴 시간이 없단 말이야. 만일 하룻밤만 더 이런 식으로 일했다가는 손의 물집을 치료하느라고 1주일 동안은 일을 쉬어야 할 거야."

"그렇다면 어떻게 하지, 톰?"

"저, 이건 왕도가 아니라 도리에 어긋나는 일이어서 남에게 알려지는 걸 피하고 싶지만…… 아무래도 그 방법밖엔 없을 것 같아. 곡괭이로 파낸 뒤 칼로 파낸 것처럼 하는 거야."

"좋은 생각이야! 네 머리가 점점 좋아지는구나, 톰 소여. 도리에 어긋나건 안 나건, 땅을 파는 데는 곡괭이가 제일이야. 검둥이건 수박이건 주일 학교 책이건, 내가 훔치고 싶을 때 훔치면 그만이야. 어떻게 훔쳤느냐 따위는 문제가 되지 않아. 그러니까 곡괭이가 땅을 파는 데 가장 좋은 연장이라면 나는 그것으로 검둥이건 수박이건 주일 학교의 책이건 파낼 거야. 대가라는 사람이 당면한 문제를 어떻게 생각하느냐 하는 건 발톱의 때만큼도 중요하지 않아."

"그런데 말이야." 톰이 말했다. "이런 때는 곡괭이로 파고 나서 칼로 한 것으로 해도 변명의 여지가 있지. 만일 그렇지 않다면 나는 그걸 인정할 수도 없으려니와 규칙에 어긋나는 것을 잠자코 보고 있을 수도 없어. 왜냐하면 옳은 건 어디까지나 옳은 것이고, 그른 건 그른 것이니까. 무식해서 그만한 머리밖에 없는 사람이라면 할 수 없는 일이지만, 그렇지 않은 사람이 그릇된 일을 해서는 안 되는 거야. 너는 짐을 곡괭이로 파서 끌어낸 다음에 칼로 파서 끌어낸 것으로 하지 않아도 좋다고 생각할는지 몰라. 너의 머리는 그 정도밖에 안되니까. 하지만 그것이 그릇된 것이라는 걸 알고 있는 이상 나한테는 그런 게 통하지 않아. 자, 칼을 줘."

톰은 자기의 칼을 가지고 있었지만 나는 내 칼을 넘겨주었다. 그랬더니 톰은 그 칼을 내던져 버리고는 이렇게 말하는 것이었다.

"칼집에 든 칼을 줘."

나는 뭘 어찌해야 좋을지 몰랐다. 그러나 곧 생각을 바꾸어 헌 도구들 속을 뒤져서 곡괭이를 찾아 그걸 톰에게 주었다. 톰은 그것을 받아 쥐더니 한 마디 말도 없이 땅을 파기 시작했다. 톰 녀석은 이처럼 원칙에 철저한 사람이었다.

나는 이번에는 칼 대신 삽을 찾아들고 열심히 땅을 팠다. 그렇게

30분가량 계속해서 일을 했더니, 드디어 큰 구멍이 생겼다. 내가 2층 방으로 돌아와 창문으로 밖을 내다보았더니 톰이 피뢰침을 타고 올라오려고 낑낑대는 모습이 보였다. 하지만 양손이 부풀 대로 부풀어 있었으므로 그것은 무리였다. 마침내 톰은 말했다.

"이봐, 아무래도 안 되겠어. 무슨 좋은 방법이 없을까, 헉?"

"있긴 있지. 규칙에 좀 어긋나기는 하지만 계단을 올라와서 피뢰침을 타고 올라오는 것으로 하면 어때?"

톰은 내 말대로 했다.

이튿날 톰은 짐에게 펜을 만들어주겠다면서, 집 안에 있던 봉랍으로 만든 숟가락과 놋쇠로 된 촛대를 훔쳐냈다. 그리고 수지로 만든 양초 여섯 자루도 훔쳤다. 나는 검둥이들의 오두막 부근을 기웃거리다가 틈을 보아 양철 접시 세 개를 훔쳤다. 그러자 톰이 말했다.

"지금부터 생각해야 할 문제가 있어. 뭔고 하니 어떤 방법으로 짐에게 물건을 건네주느냐는 거야."

"구멍이 거기까지 뚫리면 그 구멍을 통해서 전달해주면 되지 않겠어?"

이 말을 듣자 톰은 사람을 깔보는 듯한 얼굴로, 그런 바보 같은 생각을 하는 사람의 이야기는 여태껏 들어본 적이 없다고 하면서 곰곰이 생각에 잠겼다. 잠시 후, 녀석은 두세 가지 방법을 고안해냈지만, 아직 어떤 것으로 할 것인지 정할 필요는 없고, 우선 짐에게 물어봐야 한다고 했다.

그날 밤 10시가 조금 지나서 우리는 피뢰침을 타고 내려와 촛불 한 자루를 들고 짐이 있는 오두막의 창밑으로 가서 귀를 기울여보았다. 그러자 짐의 코 고는 소리가 들려왔다. 우리는 촛불을 창으로 던져보았지만 짐은 잠에서 깨어나지 않았다. 할 수 없이 우리는 곡괭이와 삽으로 열심히 굴을 파기 시작하여 두 시간 남짓 후에 그 일을 끝냈다. 그리고 짐의 침대 밑을 지나 오두막 안으로 나와 이리저리 기어다니면서 초를 찾아 불을 붙인 다음 짐을 비춰보자, 건강하고 아무런 이상이 없는 것 같았으므로 조용히 그를 깨웠다.

짐은 우리를 보자 너무 기뻐 울먹이기 시작했다. 그리고 우리에게 착한 아이니 뭐니 하면서 듣기 좋은 말은 골라서 한 다음, 발목에 맨 쇠사슬을 자를 만한 정을 갖다 달라고 했다. 한시 바삐 도망치겠다는 것이었다. 그러나 톰은 그런 짓을 하면 규칙에 어긋난다고 타이르고는 우리의 계획을 짐에게 들려주었다. 그리고 그 계획이 탄로가 나면 언제든지 즉각 변경될 수도 있지만, 짐이 도망칠 수 있도록 반드시 도와줄 테니 전혀 걱정하지 말라고 했다. 우리는 그곳에 앉아서 한참 동안 옛이야기를 했다. 톰은 짐에게 온갖 질문을 했는데, 짐의 말에 의하면 사일러스 아저씨는 매일, 혹은 하루 걸러 한번씩 찾아와 짐과 함께 기도를 올린다는 것이었다. 또한 샐리 아줌마도 짐이 불편을 겪고 있는 건 없는지를 알아보기 위해 가끔 찾아온다면서, 두 분이 자기한테 친절히 대해주고 있다고 했다. 그 말을 듣자 톰이 말했다.

"좋아. 그 사람을 통해서 물건을 전하는 거야."

"그런 어설픈 짓은 그만둬. 그런 바보 같은 짓이 어디 있어!" 내가 말렸지만 톰 녀석은 들은 척도 하지 않고 그저 자기 말만 계속 지껄였다. 톰 녀석은 일단 계획을 세우면 늘 이런 식이었다.

그런 다음 톰은 짐에게 이렇게 말했다. 줄사다리가 들어 있는 파이는, 짐에게 음식을 갖다 주는 넷이라는 검둥이를 시킬 테니 정신 바짝 차리고 있어야 하며, 또 그 물건들을 꺼내는 것을 그에게 들켜서는 안 된다고 했다. 그리고 작은 물건들은 아저씨의 주머니 속에 넣어둘 테니, 짐이 그것을 훔쳐내야 하며, 틈나는 대로 갖가지 물건들을 아줌마의 앞치마 끈에 매어두거나 주머니 속에 넣어둘 테니 그것도 훔쳐야 한다고 했다. 그리고 그것이 어떤 물건이며, 무엇에 쓸 것인지를 알려주었다. 또한 셔츠 위에 피로 일기를 쓰는 일 따위에 대해서도 자세하게 알려주었다. 짐은 그 말의 대부분이 너무나 비현실적인 일이어서 납득이 가지 않는 모양이었지만, 우리는 백인이기 때문에 아무래도 자기보다는 유식할 거라고 생각하고는 모든 걸 톰의 말대로 하겠다고 했다.

짐은 옥수숫대로 만든 파이프와 담배를 넉넉히 가지고 있었으므로, 우리는 오랜만에 마음 놓고 유쾌하게 즐겼다. 한참 후에 우리는 땅굴을 통해 밖으로 나와 2층 방 침대 속으로 들어갔는데, 두 손은 말이 아니었다. 톰은 어쨌든 기분이 좋은지 이처럼 재미있고 이 정도로 머리를 써야 하는 일은 처음 해본다면서, 할 수만 있다면 이 일을 죽을 때까지 하고, 죽은 다음에는 우리의 자식들에게 짐을 구하는 일을 맡기고 싶다고 했다. 짐도 이 일에 익숙해지면

익숙해질수록 이 일을 좋아하게 될 것이라고 했다. 이런 식으로 하면 이 일은 80년이나 걸릴 것이므로 탈옥의 최고 기록을 세우게 되어, 이 일에 손을 댄 우리는 모두가 유명해질 거라고 했다.

이튿날 아침, 우리는 장작더미 있는 데로 가서 놋쇠 촛대를 알맞은 크기로 잘랐다. 그리고 톰은 그것을 백랍 숟가락과 함께 자기 주머니에 넣고 나와 함께 검둥이들의 오두막으로 가서, 내가 넷의 주의를 다른 데로 쏠리게 하고 있는 동안 짐의 냄비 안에 든 옥수수 빵 속에 촛대 부스러기 하나를 찔러 넣었다. 그리고 우리는 그 일이 어떻게 되어가는지 확인하기 위해 넷를 따라가보았다. 한데 짐이 어찌나 성급하게 먹어대는지, 저러다가 이가 몽땅 부러지는 게 아닌가 해서 가슴이 조마조마했다. 이를 지켜보던 톰은 일이 이렇게 근사하게 흘러가기도 어렵다고 말했다. 짐은 빵을 먹다가 돌 부스러기 같은 것을 잠시 씹는가 싶더니 어느 순간부터는 무슨 음식이건 먼저 포크로 서너 군데 찔러보고 나서야 먹기 시작했다.

그때 우리는 어둠침침한 오두막 안에 서 있었는데, 때마침 짐의 침대 밑에서 큰 개 두 마리가 나타났다. 그러자 그 뒤를 따라서 계속 개가 나타나 나중에 11마리나 되었으므로, 오두막 안은 개들로 가득 차게 되었다. 그것은 우리가 헛간의 문을 닫는 걸 잊는 바람에 야기된 일이었다. 검둥이 넷은, "마녀가 나타났다!"는 외마디소리를 지르고는 오두막 바닥에 나자빠져 숨넘어가는 신음 소리를 냈다. 그러자 톰이 재빨리 문을 열고 짐의 냄비에서 고기 한 점을 집어 밖으로 던졌다. 개들은 일제히 고깃덩어리를 향해 덤벼들었는데, 2초쯤 후에 톰은 그 자신도 밖으로 나갔다가 또다시 돌아와 문을 닫았다. 톰은 다른 문까지 닫은 후 검둥이를 위로해주면서 무얼 보았기에 그렇게 놀랐느냐고 물었다. 그러자 검둥이 녀석은 눈을 껌뻑거리면서 이렇게 말했다.

"시드 도련님, 도련님은 나를 바보라고 할지 모르지만 난 분명히 백만 마리의 개인지 악마인지를 이 눈으로 똑똑히 보았다고요. 거짓말이라면 이대로 죽어도 좋아요. 시드 도련님, 이 손으로 만져보기까지 했다니까요. 놈들은 모두가 한꺼번에 내 위로 덮쳐왔어요. 단 한 번만이라도 마녀를 이 손으로 붙잡아봤으면 좋겠어요. 단 한 번만이라도. 그게 내 소원이에요. 하지만 그것보다는 놈들이 나를 좀 내버려두었으면 해요. 정말이에요."

그 말을 듣고 톰이 이렇게 말했다.

"그렇다면 내 생각을 이야기해볼까? 너는 마녀들이 왜 하필이면 이 도망친 검둥이가 아침 식사할 때를 노려서 왔다고 생각하지? 그것은 배가 고파서 온 거야. 그러니까 넌 마녀들에게 마녀 파이를 만들어주면 돼. 그게 네가 할 일이야."

"그렇지만 시드 도련님, 내가 무슨 재주로 마녀 파이를 만들어준단 말입니까?"

"그렇다면 내가 직접 만들어야줘야겠군."

"시드 도련님이 만들어주시겠다고요?"

"그럼, 만들어주고말고. 너는 우리에게 잘 해주었을 뿐만 아니라 도망친 검둥이도 보여주었으니까. 하지만 조심해야 해. 우리가 오면 넌 반드시 저쪽을 돌아보고 있어야 해. 그리고 우리가 냄비 속에 무엇을 넣더라도 보아서는 안 돼. 무슨 일이 일어날지 모르니까 말이야. 그러나 무엇보다도 조심해야 할 것은 마녀의 물건을 만지는 일이 없도록 하는 거야."

"마녀들의 물건을 만지다니요? 나는 억만 달러를 준다고 해도 그런 물건에는 손가락 하나 댈 생각이 없습니다요. 정말이에요."

제 37 장

이것으로 만사가 결정되었으므로, 우리는 오두막에서 나와 뒤뜰에 있는 쓰레기장으로 갔다. 그곳에는 헌 구두며 넝마, 깨진 병, 못 쓰게 된 양철 그릇 따위가 버려져 있었는데, 그걸 뒤져서 헌 양철 대야를 찾아내어 그것으로 파이를 굽기로 했다. 우리는 양철 대야의 구멍을 대충 막은 뒤 지하실로 가지고 가서 거기에 밀가루를 훔쳐 담은 다음, 아침 식사를 하기 위해 집 안으로 들어왔다. 그리고 지붕에 박힌 못 두 개를 발견했는데, 톰의 말로는 그것은 죄수가 지하 감옥 벽에 자기 이름과 원한에 찬 글귀를 새겨놓는 데 편리하다고 했으므로, 한 개는 의자에 걸쳐놓은 샐리 아줌마의 앞치마 주머니에 넣어두고, 또 한 개는 옷장 위에 있던 사일러스 아저씨의 모자에 단 리본에 끼워두었다. 그날 아침, 부모가 도망친 노예가 있는 오두막으로 간다는 소식을 아이들한테서 들었기 때문이다. 그러고 난 다음 식사를 하러 갔다. 그때 톰은 봉랍으로 만든 숟가락을 아저씨의 윗도리 주머니 속에 넣어두었는데, 샐리 아줌마가 나타나지 않았으므로 우리는 식탁에 앉아 잠시 동안 기다리지 않으면 안 되었다.

얼마 후 아줌마가 왔는데, 화가 나서 홍당무처럼 빨개진 얼굴이었다. 아줌마는 기도가 끝나자마자 한 손으로는 커피를 따르고 골무를 낀 다른 한 손으로는 가장 가까이에 앉아 있는 아이의 머리를 쥐어박으면서 이렇게 말했다.

"집안을 온통 다 찾아보았지만 당신의 셔츠 하나가 보이질 않아요."

그 말을 듣자 내 심장은 덜컥 주저앉아 버렸다. 그 뒤를 따라 옥수수빵의 딱딱한 껍질이 목구멍 깊숙이 떨어졌다. 그것이 아래서 위로 올라오는 기침과 부딪쳐 식탁 너머까지 날아가 한 아이의 눈알에 맞았으므로, 그 아이는 낚시용 미끼로 쓰는 지렁이처럼 몸을 꼬더니, 싸울 때 내는 소리로 울어댔다. 그래서 톰도 깜짝 놀라 얼굴이 새파래졌다. 그 바람에 식탁은 15초가량 큰 소란이 일어났다. 나는 쥐구멍에라도 들어가고 싶었지만 그 소동이 지나자 다시 평온해졌다. 우리의 간담을 서늘하게 한 것은 그 일이 너무나 돌발적으로 일어났기 때문이다. 사일러스 아저씨는 이렇게 말했다.

"참 이상한 일이군. 알다가도 모를 일이야. 내가 그것을 벗어놓은 것만은 확실해. 왠고 하니……."

"왠고라니요? 당신이 한꺼번에 두 벌을 입지 않기 때문이지 왜는 왜예요! 당신이 셔츠를 벗었다는 건 저도 알아요. 당신의 몽롱한 기억보다 더 확실한 게 있어요. 그건 어제 빨랫줄에 걸려 있는 걸 이 두 눈으로 똑똑히 보았으니까요. 그런데 지금은 그게 없단 말이에요. 그러니 앞으로는 빨간 플란넬 셔츠를 입어야 해요. 당신에게 새 셔츠를 만들어줄 틈이 날 때까지는요. 도대체 당신은 셔츠를 어디다 처박아두는지 통 모르겠군요. 당신만한 나이쯤 되면 셔츠를 소중하게 보관할 법도 한데."

"알았소, 샐리. 나름대로 난 셔츠를 소중하게 보관하고 있다오. 하지만 이번 일은 전적으로 내 잘못만은 아닌 것 같구려. 생각 좀 해보오. 입고 있을 때가 아니고는 셔츠가 내 눈엔 띄지 않으니까 어떻게 할 수가 없지 않소."

"사일러스, 셔츠뿐만 아니라 숟가락도 없어졌어요. 셔츠는 소가 물어갔다고 쳐요.. 한데 소가 숟가락까지 물어가진 않잖아요?"

"그리고 또 무엇이 없어졌소, 샐리?"

"양초 여섯 자루가 없어졌어요. 쥐가 물어갔을까요? 집을 물어가지 않는 게 이상할 정도예요. 늘 쥐구멍을 막아둔다고 하면서 여태껏 막아주지 않았기 때문이에요. 쥐들이 바보가 아니라면 곧 당신의 머리카락 속에서 자려고 할 거예요, 사일러스. 하지만 없어진 숟가락을 쥐 탓으로 돌릴 수는 없어요."

"모든 게 내 탓이오, 샐리. 솔직히 그걸 인정하오. 그동안 내가 게으름을 좀 피웠는데 내일은 반드시 그 쥐구멍을 막아주리다."

"그렇게까지 서둘 건 없어요. 내년에 해도 상관없어요. 이봐요, 마틸다 엔젤리나 애러민타 펠프스야!" 하고 부르면서 골무 낀 손가락으로 무언가를 내리치자, 여자아이가 설탕 그릇에서 재빨리 손을 떼었다.

그때 마침 한 검둥이 여자가 부엌으로 통하는 복도로 들어와서 이렇게 말했다.

"마님, 시트가 보이지 않는군요."

"시트가 안 보인다고? 아니, 그게 어쩐 일이지!"

"오늘 중으로 쥐구멍을 막겠소." 사일러스 아저씨가 슬픈 표정으로 말했다.

"가만히 좀 계세요! 쥐가 시트를 물어갔다? 리스, 시트가 어디로 갔는지 몰라?"

"마님, 하느님께 맹세해도 좋아요. 저는 아무것도 몰라요. 어제는 분명히 빨랫줄에 걸려 있었는데, 오늘은 아무리 찾아봐도 보이질 않는군요."

"정말이지 말세가 오려나! 별 일이 다 일어나는군. 셔츠에, 시트에, 숟가락에, 양초 여섯 자루까지."

그때 젊은 혼혈 처녀가 들어와, "마님, 놋쇠 촛대가 안 보여요." 하고 말했다.

"듣기 싫어. 썩 나가지 못하겠어? 한 마디만 더 하면 냄비를 던져버릴 테야!"

정말 아줌마는 화가 머리끝까지 치민 모양이었다. 나는 틈을 보아 그 자리를 슬쩍 빠져나가, 먹구름이 가실 때까지 숲 속으로 가 있는 게 좋겠다고 생각했다. 다른 사람들은 풀이 죽어 잠자코 앉아 있는데, 아줌마는 화가 나서 어쩔 줄 모르고 있었다. 그런데 얼마 후 사일러스 아저씨가 멋쩍은 얼굴로 자기의 웃옷 주머니에서 숟가락을 꺼냈다. 아줌마는 입을 벌리고 두 손을 쳐든 채 할 말을 잃고 말았다. 순간 나는 예루살렘이나 다른 어딘가로 멀리 도망이라도 치고 싶었지만, 그런 상태가 오래 가지는 않았다. 아줌마가 이렇게 말했기 때문이다.

"내가 생각한 대로예요. 처음부터 줄곧 주머니 속에 들어 있었죠? 아마 다른 물건도 그 안에 있을 거예요. 한데 그것이 어떻게 해서 그 속에 들어갔을까요?"

"정말 모를 일이오, 샐리." 아저씨는 사과하는 투로 이렇게 말했다. "알고 있었다면 말하지 않았을 리가 없지 않소? 식사 전에는 분명히 설교할 〈사도행전〉 17장을 읽고 있었소. 그리고 성서를 주머니에 넣는다고 한 것이 깜빡 잊고 이것을 집어넣은 게 아닐까?"

"제발 그만해 둬요! 날 좀 쉬게 해주세요! 자, 너희들은 모두 밖에 나가 있거라. 내 마음이 진정될 때까지 가까이 오면 안 돼. 알았지?"

설령 아줌마가 큰 소리로 말하지 않고 마음속으로만 생각했다고 해도 나에게는 그 말이 똑똑히 들렸을 것이다. 우리가 거실을 빠져나가고 있을 때, 아저씨가 모자를 집어 들었다. 그러자 지붕

판자에 박았던 못이 마룻바닥에 떨어졌다. 아저씨는 그것을 무심코 주워 선반 위에 올려놓고 아무 말 없이 밖으로 나갔는데, 그것을 보고 톰은 이렇게 말했다.

"아무래도 아저씨를 이용해서 물건을 전하기는 틀린 것 같아. 믿을 수가 없어." 그러고는 이렇게 덧붙였다. "하지만 아저씨는 아무것도 모르고 우리를 위해 일을 해주셨으니까 우리도 아저씨 모르게 뭔가 도움을 주자고……. 말하자면 쥐구멍을 막아주는 일이야."

그래서 지하실에 가보았더니 쥐구멍이 굉장히 많았다. 그것을 막는 데 꼬박 1시간이나 걸렸지만, 어쨌든 그 일을 완전하게 해치웠다. 그런데 그 순간 지하실 계단을 내려오는 발소리가 들렸으므로, 우리는 램프를 끄고 숨었다. 내려온 사람은 아저씨였는데, 한 손에는 촛불을 들고, 또 한 손에는 구멍을 막는 데 쓸 물건을 들고 있었는데 풀이 죽은 얼굴이었다. 아저씨는 쥐구멍 하나하나를 정신이 나간 사람처럼 돌아보고는, 흘러내리는 촛농을 떼면서 5분쯤 멍하니 서 있었다. 그러고는 꿈꾸는 사람처럼 천천히 계단 쪽으로 걸음을 옮기면서 이렇게 중얼거렸다.

"하, 그것 참! 내가 언제 틀어막았지! 이쯤 되면 쥐가 한 짓이 아니라는 걸 마누라한테 말해줄 수 있지 않을까? 하지만 그냥 내버려 두자. 아무리 말해도 소용이 없을 테니까."

아저씨가 밖으로 나간 다음 우리도 계단을 올라왔다. 아저씨는 정말 좋은 분이었다. 아니, '었다' 가 아니라 지금도 여전히 좋은 분이다.

톰은 숟가락을 어떻게 손에 넣을 것인지 곰곰 생각했다. 그는 무슨 수를 써서라도 숟가락만은 꼭 수중에 넣어야 한다면서, 한참 동안 그 방법을 궁리했다. 그러다가 마침내 그럴듯한 생각을 떠올리고, 그것을 나한테 알려주었다. 그래서 우리는 숟가락을 넣어두는 바구니가 있는 곳으로 가서 샐리 아줌마가 올 때까지 그 부근에서 기다렸다. 아줌마가 나타나자 톰은 숟가락을 세어본 뒤 그것을 한쪽에 늘어놓았다. 내가 그중의 하나를 슬쩍 소맷자락 속에 집어넣은 뒤 톰이 말했다.

"샐리 이모, 숟가락이 다시 아홉 개밖에 없군요."

그러자 아줌마가 이렇게 말했다.

"어서 놀러 나가기나 해라. 내 일을 방해하지 말고. 너희들보다는 내가 더 잘 알아. 내가 직접 세어보았다니까."

"하지만 이모, 저는 두 번씩이나 세어보았어요."

아줌마는 귀찮아하는 것 같았지만, 그래도 미심쩍어 다시 세어보았다.

"아니, 아홉 개밖에 없잖아! 도대체 이게 어찌 된 일이지? 어디 한 번 더 세어보자."

나는 가지고 있던 숟가락을 슬쩍 내려놓았다. 아줌마는 다시 한 번 세어보고는 이렇게 말했다.

"숟가락이 왜 이 모양이지? 이번에는 다시 열 개잖아!" 아줌마는 부루퉁해 있더니 다시 난처한 표정을 지었다. 그러자 톰이 말했다.

"하지만 이모, 저는 열 개 같지가 않아요."

"무슨 바보 같은 소릴 하는 거냐? 넌 내가 세는 걸 보지도 못했니?"

"보긴 했지만요……."

"그럼 다시 한 번 세어볼까?"

그때 나는 다시 숟가락 하나를 슬쩍했다. 그래서 숟가락은 다시 아홉 개가 되었다. 아줌마는 온몸이 부들부들 떨릴 정도로 화가 난 모양이었다. 아줌마는 세고 또 세느라고 나중에는 머리가 어지러워졌는지 숟가락통까지 세는 판국에 이르렀다. 숟가락 수는 세 번은 맞았고 세 번은 맞지 않았다. 마침내 아줌마는 울화가 치밀어 숟가락통을 던져버렸는데, 그것이 공교롭게도 고양이의 눈에 맞고 말았다.

아줌마는 우리더러 저녁 식사 때까지 눈에 띄기만 하면 가만두지 않겠다고 호통을 쳤다. 우리는 아줌마가 호통을 치는 동안 떨어진 숟가락 하나를 아줌마의 앞치마 주머니 속에 넣어놓고는 그곳을 나왔다. 이렇게 해서 톰은 점심때가 되기 전에 못과 숟가락을 손에 넣게 되었다. 우리는 대만족이었다. 톰은 이번 일은 우리가 한 수고에 비해 두 곱의 이익을 얻었다고 말했다. 왜냐하면 앞으로 아줌마는 어떤 일이 있어도 다시는 숟가락의 수를 세는 일이 없을 것이며, 설령 세어본다고 하더라도 자기가 센 숫자에 자신이 없을 것이라고 했다. 그리고 앞으로 사흘간은 머리털이 빠질 정도로 열심히 세어보겠지만 결국은 넌더리를 낼 것이 틀림없기 때문이라는 것이다.

우리는 훔쳤던 시트를 그날 밤 안으로 다시 빨랫줄에 널어놓고, 아줌마의 벽장 안에서 다른 것 한 장을 슬쩍했다. 그러고는 그것을 다시 가져다놓았다가 다시 빼내는 일을 이틀 동안 계속했더니 마침내 아줌마는 시트가 몇 장이 있는지 정확히 알 수 없게 되었다. 그러다 결국에는 '그까짓 시트가 몇 장이 있건 무슨 상관이야. 이런 일로 골치를 썩이는 건 딱 질색이야. 시트 수를 세느니 차라리 죽는 게 더 속편하다' 고 말하였다.

그래서 셔츠와 시트와 숟가락과 양초에 대해서는 송아지와 쥐가 뒤죽박죽이 된 계산 덕분에 걱정할 필요가 없게 되었으며, 촛대에 관해서도 곧 잠잠해질 것 같았으므로 걱정하지 않아도 되었다.

하지만 파이를 만드는 일은 안심할 수 없는 일이었다. 그것은 정말이지 큰 걱정거리를 안겨주었다. 우리는 모든 준비를 해가지고 숲 속 깊숙이 들어가 그것을 만들었다. 시간은 많이 걸렸지만 결국 만족스럽게 만들어낼 수 있었다. 모두 세 대야분의 밀가루가 준비됐다. 게다가 그걸 만드느라고 온몸을 그을린데다가, 눈은 연기로 앞을 볼 수 없을 정도로 따가웠다. 왜냐하면 진짜 우리에게 필요한 것은 파이의 껍데기뿐이었는데, 그것을 제대로 부풀게 하지 못하고 매번 납작하게 가라앉히고 말았기 때문이다. 그러나 마지막에는 좋은 방법을 생각해냈다. 그것은 줄사다리를 함께 넣어서 만드는 방법이었다. 그로부터 이틀이 지난 밤, 우리는 짐의 오두막에

틀어박혀 시트를 찢어서 그것을 꼬기 시작하여 날이 새기 훨씬 전에 그 일을 끝마쳤다. 그것은 사람의 목을 매달아도 끄떡없을 정도로 튼튼한 밧줄이었다. 하지만 우리는 그것을 만드는 기간이 꼬박 아홉 달이 걸린 것으로 하자고 했다.

그리고 그날 오전 밧줄을 숲으로 가지고 갔는데, 이번에는 그 밧줄이 파이 속에 들어가질 않는 것이었다. 밧줄은 시트 한 장을 전부 꼬아 만들었으므로 파이 마흔 개분의 밧줄이 되고 말았고, 그 위에 수프랑 소시지랑 또 그 밖의 무엇이든 마음에 드는 음식 속에 넣고도 남을 분량의 밧줄이 되었다. 그것은 진수성찬을 만들수 있을 정도였다.

그러나 우리는 그런 것은 필요가 없었다. 우리에게 필요한 것은 파이 하나로 충분했기 때문에 그 나머지는 모두 버렸다. 파이를 만드는 동안 봉랍이 녹아버릴 염려가 있었으므로, 우리는 대야를 쓰지 않았다. 사일러스 아저씨에게는 침대를 덥히는 데 쓰는 긴 나무 손잡이가 달린 놋쇠 그릇이 있었는데, 아저씨는 그것을 몹시 애지중지하였다. 그것은 아저씨의 조상 대대로 전해 내려온 것인데, 윌리엄 정복왕과 함께 '메이 플라워' 인가 뭔가, 아무튼 옛날에 그런 배를 타고 영국에서 건너온 것으로, 긴 나무막대가 달려 있었다. 그 물건들은 그다지 크게 값나가는 것은 아니었지만, 옛날의 기념품이었기 때문에 소중하게 보관해 오고 있었던 것이다. 우리는 그것을 훔쳐 숲속으로 가지고 갔다. 하지만 파이를 굽는 방법을 잘 몰랐으므로 처음에는 실패했지만 마지막에는 생글생글 웃음을 짓고 있는 것 같은 멋진 파이가 만들어졌다. 우리는 그릇의 안쪽에다 밀가루 반죽을 발라 불에다 올려놓고, 헝겊 밧줄을 그 위에다 놓고, 그 위에다 또 반죽을 씌운 다음 뚜껑을 덮고, 위에는 타다 남은 뜨거운 재를 덮고는 긴 자루를 들고 5피트쯤 떨어진 곳에 서 있었다. 15분가량이 지나자 보기에도 먹음직스러운 파이가 탄생하였다. 그러나 그 파이를 먹는 사람은 이쑤시개 두 통은 준비해야 했다. 왜냐하면 줄사다리가 파이 속에 들어 있으므로 이쑤시개가 필요할 것이었고, 복통을 일으켜서 다음 식사 시간까지 누워 있어야 할 것이 뻔했기 때문이다.

우리가 짐의 냄비에 마녀 파이를 놓았을 때, 냇은 쳐다보지도 않았다. 게다가 냄비 바닥의 음식 밑에다 양철 접시 석 장을 슬쩍 밀어 넣었다. 그래서 짐은 혼자가 되자 파이를 쫙 갈라 밧줄 사다리를 밀짚 이불 속에다 감추었고, 양철 접시에다 뭐라고 끼적거린 다음 창문 밖으로 내던졌다.

제 38 장

펜이나 톱을 만드는 일은 여간 힘든 일이 아니었다. 그러나 짐의 말로는 글씨를 쓰는 일이 가장 힘든 일이었다고 했다. 죄수가 벽에다 쓰는 글이었는데, 그것은 무슨 일이 있어도 꼭 하지 않으면 안 되는 일이라고 톰이 우겨댔다. 예부터 국사범의 경우 글씨나 자기 문장을 남겨놓지 않은 예는 없었다고 했다.

"제인 그레이 부인을 보란 말이야. 길포드 더들리나 노섬벌랜드 공작도 마찬가지야. 헉, 이게 힘든 일이긴 하지만 짐은 무슨 일이 있어도 글씨와 문장만큼은 꼭 써야 해."

짐이 끼어들면서 말했다.

"그런데 톰 도련님, 나에게는 문장 같은 것도 없고, 이 헌 셔츠 한 장밖에 없당께요. 게다가 이 셔츠에는 일기를 써야 한다면서요?"

"아니, 넌 뭘 모르는군. 문장이란 건 다른 거야."

"이봐, 짐한텐 문장이 없어." 내가 나서서 말했다.

"그걸 누가 모르나? 하지만 짐이 자기의 문장을 가지고 있지 않으면 여기서 나갈 수가 없단 말이야. 짐은 정식으로 탈옥하는 거니까, 이제까지의 기록에 흠을 남길 수는 없는 일이야."

그래서 짐은 놋쇠 촛대를, 나는 숟가락을 벽돌 조각에 문질러 펜을 만드는 동안 톰은 톰대로 문장을 생각해내느라고 머리를 쥐어짜고 있었다. 얼마 후 톰은 어느 것으로 결정할 것인지 모를 정도로 많은 것을 생각해낸 뒤 결국 한 가지를 결정하고는 이렇게 말했다.

"방패꼴 위의 오른쪽 하단에 금빛 사선을 하나 긋고, 한복판에 연지색으로 X자 모양의 십자가를 그은 다음, 일반 의장에는 개가 머리를 쳐들고 앞발을 세우고 앉아 있는 것으로 하자고. 그리고 그 발밑에는 노예를 나타내는 표시로 쇠사슬을 요철 형으로 배열하고, 톱니 모양의 상단은 녹색으로 해. 하늘색 바탕에는 세 줄로 된 나선형 줄을 넣고, 깊이 파낸 톱니 띠에는 태점(胎點) 몇 개가 앞발을 쳐들고 있는 것을 집어넣자. 장식은 도망친 검둥이 노예가 왼쪽으로 굽은 막대기에 보따리를 어깨에 걸머메고 있는 그림을 흑색으로 표시해. 그리고 적색 선 두 개가 떠받들고 있는 건 너와 나를 의미해. 표어는 '마지오레 프레타, 미노레 아토' 고. 어느 책에서 따온 거야. 급할수록 천천히 하라는 뜻이야."

"손 들어버렸어. 한데 그 밖의 것들은 무슨 뜻이지?" 내가 물었다.

"그런 건 설명할 틈이 없어. 우리는 한눈 팔지 말고 일을 해야 하니까." 톰이 얼버무렸다.

"그야 그렇지만, 그래도 살짝 가르쳐줘. '한가운데 있는 띠' 는 뭐지?"

"중앙의 띠 말이니? ……그런 것까진 몰라도 돼. 짐이 만들 때 짐한테 만드는 법을 가르쳐주겠어."

"쳇, 가르쳐줘도 안 될 건 없잖아? 그리고 왼쪽으로 비스듬한 막대기는 뭐지?"

"내가 알 게 뭐야. 하지만 짐한테는 꼭 필요한 거야. 귀족은 누구나 다 가지고 있으니까."

톰은 늘 이런 식이었다. 자기가 말하고 싶지 않은 건 좀처럼 이야기하려고 들지 않았다. 1주일 동안 계속 물어도 마찬가지였다.

문장에 관한 것이 정해지자 톰은 나머지 일에 착수했다. 즉, 슬픈 문구를 생각해내는 것이었다. 어떤 일이 있어도 그것을 벽에 새겨놓아야 한다고 했다. 그러고는 많은 문구를 생각해내어 그것을 종이에 써서 읽어주었다.

1. 여기서 포로의 심장이 터졌도다.
2. 세상과 친구에게 버림받은 가엾은 죄수! 여기서 그 슬픈 생애를 마치도다.
3. 이곳에서 37년간 유폐 후 마음은 상심에 젖고, 피로한 영혼은 안식을 찾았도다.
4. 37년 동안의 괴로운 유폐 생활 끝에 이방의 귀공자인 루이 14세의 사생아는 집도 친구도 없이 여기서 세상을 떠났노라.

읽고 있는 동안 톰의 목소리는 금방이라도 울음이 터질 것만 같았다. 듣고 보니 글귀가 다 좋아서, 어떤 것을 짐에게 쓰라고 해야 할지 판단이 서질 않았다. 그래서 결국에는 그것 전부를 쓰게 하자고 했다. 그러자 짐은 그것을 다 쓰려면 못으로 통나무에 새기는 데만도 1년은 걸리는데다가 자기는 글씨 같은 건 전혀 쓸 줄도 모른다고 했다. 그러나 톰은 자기가 틀을 잡아줄 테니 그 틀대로만 새겨넣으면 된다면서 이렇게 말했다.

"생각해보니 통나무에는 안 되겠어. 지하 감옥 벽이 통나무로 되어 있을 리가 없으니까, 문구는 돌에 새겨야겠어. 돌을 가져와야지."

짐은 돌이라면 통나무보다 더 어렵다고 했다. 돌에 새기는 것은 굉장히 오랜 시간이 걸릴 텐데, 그걸 새기다 보면 자기는 좀처럼 바깥 구경을 하기 힘들 것 같다고 했다. 그러자 톰은 헉에게 도와주도록 할 것이니 걱정 말라고 했다. 하지만 짐과 내가 펜을 만드는 일에 좀처럼 진전이 없자 톰이 말했다.

"좋은 수가 있어. 문장과 그에 따른 문구를 새겨 넣기 위해선 돌이 필요한데, 그 돌로 일석이조의 효과를 낼 수 있어. 건너편 방앗간에 큰 숫돌이 있는데, 그걸 훔쳐오겠어. 거기에 문구와 그 밖의 것을 새기는 것은 물론 펜과 톱을 만드는 데도 사용하면 돼."

그것은 꽤 좋은 생각이었지만 숫돌을 훔치는 것은 만만치가 않았다. 하지만 일단 하는 데까지는 해보기로 했다. 아직 한밤중이 된 것은 아니었지만 우리는 짐을 혼자 남겨두고 방앗간으로 갔다. 방앗간에서 숫돌을 훔쳐내어 오두막까지 굴려가기 시작했는데, 그게 예삿일이 아니었다. 숫돌이 쓰러지는 바람에 하마터면 우리가 그 밑에 깔려 죽는 게 아닌가 할 정도였다. 이러다가는 숫돌을 오두막까지 가져가기도 전에 어느 쪽이든 한쪽은 짜부라져 버릴 거라고 톰이 말했다. 겨우 반쯤 왔을 때 우리는 그만 기진맥진하여 녹초가 되고 말았다. 이런 상태로는 아무래도 짐을 데려와야 할 것 같았다. 그래서 짐의 침대를 쳐들어 침대 다리에서 쇠사슬을 끌러 그것을 목 주위에다 친친 감고는 우리들이 파낸 구멍으로 기어나오게 해 숫돌 있는 데로 왔고, 톰의 감독 아래 짐과 내가 숫돌을 굴려 비교적 쉽게 오두막까지 옮겨 왔다. 톰 녀석처럼 감독을 잘 하는 녀석은 세상에 구경하기도 힘들 것이다. 녀석은 뭐든지 다 알고 있는 것 같았다.

우리가 판 구멍은 작지는 않았지만 숫돌을 지나가게 하기에는 넉넉하지 않았다. 그러자 짐이 곡괭이로 금세 구멍을 넓혔다. 그런 다음 톰이 숫돌 위에 못으로 뭔가 문구를 쓴 다음 그걸 짐더러 새기라고 했다. 못을 정으로 삼고, 헛간의 쓰레기 속에서 뒤져온 쇠볼트를 망치 대용으로 이용했다. 그리고 짐에게 말하기를 초가 다 타면 자도 좋지만 그때까지는 계속해서 파야 하고, 잘 때에는 숫돌을 침대 밑에 감추어야 한다고 했다. 이 정도로 해놓은 다음 우리는 짐이 사슬을 다시 침대 다리에 매는 걸 도와주고 자러 가려고 했다. 그러자 톰이 말했다.

"짐, 여기에 거미는 없나?"

"고맙게도 그런 건 없습니다요, 도련님."

"그렇다면 몇 마리 잡아와야겠군."

"도련님, 그걸 어디다 쓴단 말인가요? 거미는 딱 질색이랑께요. 차라리 방울뱀이 더 낫지."

톰은 1, 2분가량 생각에 잠겨 있다가 불쑥 말했다.

"그것 참 좋은 생각이야. 이치에 맞으니까. 한데 그걸 어디다 기를 참이지?"

"기르다니! 뭘 기른단 말이당가요, 톰 도련님?"

"뭐긴 뭐야, 방울뱀이지."

"설마 농담이겠지라! 만약 방울뱀이 이 안에 들어온다면 난 저 통나무 벽을 머리로 부수고 당장 도망칠 겁니다요. 정말입니다요."

"이봐, 그렇게 무서워할 것까지야 없잖아. 길들이면 될 것 아냐?"

"뱀을 길들이라니요?"

"그럼, 못할 게 없지. 동물은 친절하게만 대해주면 잘 따라. 그리고 자기를 귀여워해주는 사람에게는 절대로 해를 끼치지 않아. 한 2, 3일 동안만 시험해보면 돼. 며칠 지나면 분명 널 좋아하게 되어 잠도 같이 자게 되고, 그 후부터는 단 1분이라도 네 곁에서 떨어지려고 하지 않을 거야. 그러면 너는 그놈을 목에 감기도 하고, 대가리를 입 안에 넣을 수도 있게 될 거란 말이야."

"제발 그런 말은 하지 말아달랑께요, 톰 도련님! 뱀의 대가리가 내 입 안에 들어온다고요? 나를 좋아해서 그렇게 하겠다고요? 손에 장을 지져도 좋당께요. 그런 일이라면 내 쪽에서 사절하고 싶당께요. 게다가 그놈과 함께 자다니요, 아이고 시상에!"

"그런 바보 같은 소릴 하다니, 짐! 죄수는 무언가 말을 할 수 없는 동물을 길러야 하는 거야. 방울뱀을 기른 사람이 아직 없었다면 네가 제일 먼저 그걸 시도해보는 거야."

"톰 도련님. 나는 그런 명예 따위는 눈곱만큼도 바라지 않는당께요. 뱀이 이 짐의 머리를 물어버린다면 명예 따위가 도대체 무슨 소용이 있당가요?"

"한번 시험해보는 것도 싫단 말이야? 난 단지 한번 시험해주길 바랄 뿐이야. 정 생각이 없다면 하는 수 없지."

"시험해보는 동안 뱀에게 물리면 그만이랑께요. 톰 도련님, 나는 이치에 닿는 일이라면 뭐든지 할 수 있어요. 하지만 도련님과 헉이 방울뱀을 잡아가지고 온다면 나는 도망쳐버릴 거랑께요."

"정 그렇다면 그만두기로 하지. 네가 그렇게까지 고집을 부린다면 그만두겠어. 떠뱀이나 몇 마리 잡아와 꽁무니에 방울을 매달아 방울뱀이라고 하는 수밖에 없겠어. 그거라면 불만이 없겠지?"

"좋아요! 떠뱀이라면 참을 수 있당께요, 톰 도련님. 하지만 떠뱀 없이도 잘 해나갈 수 있습니다. 죄수 노릇하기가 이렇게 힘들고 귀찮을 줄은 미처 몰랐당께요."

"응, 죄수 노릇을 정식으로 하려면 그런 거야. 이봐, 짐! 여기 쥐는 있겠지?"

"한 마리도 없당께요, 도련님."

"그렇다면 몇 마리 잡아와야지."

"톰 도련님, 난 쥐 같은 건 필요 없당께요. 쥐란 놈은 사람의 잠을 방해하기도 하고, 몸 위를 뛰어다니기도 하고, 사람의 발을 깨무는 못된 놈이거든요. 도련님, 무슨 동물이든 꼭 있어야 한다면 차라리 떠뱀 쪽이 훨씬 낫당께요."

"하지만 짐, 너는 꼭 쥐를 길러야 해. 다른 죄수들도 쥐를 길렀어. 그러니까 좋다 싫다 하지 말란 말이야. 죄수는 누구나 쥐를 귀여워하고 훈련을 시켜왔어. 덕분에 쥐란 놈은 파리처럼 사람한테 정을 붙이게 됐지. 그렇게 되려면 너는 쥐한테 음악을 들려줘야 해. 이봐, 짐. 넌 악기를 갖고 있니?"

"군데군데 이가 빠진 빗이랑 종이 한 장, 그리고 주스 하프밖엔 가진 게 없당께요. 주스 하프 따위는 아마 쥐도 재미있어하진 않을 거예요."

"아니야, 재미있어야 할 거야. 쥐란 놈은 어떤 음악이든 다 좋아하니까. 더구나 감옥 안에서의 음악이라면 더 말할 것도 없지. 그래, 이젠 됐어. 준비는 이걸로 끝났어. 짐, 앞으로 잠자기 전이랑 아침 일찍 침대에 앉아서 주스 하프를 부는 거야. 〈최후의 굴레는 끊어졌도다〉를 연주하란 말야. 그건 어떤 음악보다도 쥐들이 빨리 모여들 거야. 2분만 연주하면 모든 쥐가 다 널 걱정해서 보러 나올 거야. 틀림없어."

"그야 쥐들이 기뻐하겠지요, 톰 도련님. 하지만 이 짐은 어떻게 되는 거랑가요? 그것이 아무래도 마음에 걸린답니다요. 그렇지만 꼭 해야 한다면 하긴 하겠습니다요. 그러나 동물들을 즐겁게 해놓고 집 안에 시끄러운 일이라도 생기면 어쩌나 걱정된다니께요."

그러고 나서 톰은 뭔가 빠뜨린 거라도 없나 한참을 생각해보고는 이렇게 말했다.

"그렇지, 한 가지 잊은 게 있어. 네가 여기서 꽃을 키울 수 있을까?"

"그야 키우려면 못 키울 것도 없당께요. 하지만 여긴 캄캄한데다 또 나한테 꽃 같은 건 아무 짝에도 필요가 없다니께요. 더군다나 꽃을 키우려면 몹시 귀찮을 거란 말입니다."

"아무튼 키워보기로 하지. 죄수 중에는 꽃을 키우는 사람도 있으니까요."

"저 큰 고양이 꼬리처럼 생긴 현삼화라면 여기서 키울 수 있을지도 모르겠습니다요, 톰 도련님. 그렇지만 그런 꽃이라면 키워보았자 수고한 대가의 절반도 못 건질 겁니다."

"그렇다고만은 할 수 없지. 한 포기 구해 올 테니 저 구석에다 심어놓고 키우는 거야. 그리고 현삼화라고 부르지 말고 피치올라라고 해야 해. 감옥 안에선 피치올라라고 부르는 것이 잘 어울리니까. 그리고 너의 눈물로 그 뿌리를 적셔주는 거야."

"물이라면 샘에서 얼마든지 길어올 수가 있는데요, 톰 도련님?"

"샘물은 안 돼. 너의 눈물이어야 해. 죄수는 그렇게 하는 거야."

"그렇지만 톰 도련님, 샘물로 키우면 다른 사람이 눈물로 키우는 것보다 곱절은 더 잘 키울 것 같은데라우."

"아니야. 무슨 일이 있어도 눈물로 키워야 해."

"그 꽃은 내 손에 걸리면 죽고 말 거예요, 톰 도련님. 왜냐하면 나는 우는 일이 좀처럼 없으니까요."

여기서 톰은 말문이 막히고 말았다. 하지만 열심히 생각한 끝에 양파로 한번 시험해보자고 하고는 날이 새면 검둥이의 오두막으로 가서 짐의 커피포트 속에 양파 하나를 몰래 넣어놓겠다고 했다. 짐은, "이왕 그럴 바엔 커피포트 속에 담배를 넣어주는 편이 더 고맙지요."라고 했다. 그러고는 톰의 의견을 받아들이기가 힘들다는 말을 잔뜩 늘어놓고 나서, 현삼화를 키우라고 하질 않나, 쥐에게 주스 하프를 들려주라고 하질 않나, 심지어 뱀이나 거미 따위를 귀여워하라는 주문은 조금 심하다고 비난했다. 그 밖에도 펜을 만들게 하고, 문구를 새기게 하고, 일기를 쓰라는 둥 별의별 것을 다 시키니, 죄수로 사는 일이 지금까지 해온 어떤 일보다 고생스럽고 책임이 무겁다고 투덜거렸으므로, 톰 녀석은 폭발 직전까지 화가 났다. 그래서 톰은 짐에게 너는 이 세상의 어떤 죄수도 얻을 수 없는 명성을 떨칠 기회를 얻었는데도, 머리가 모자라서 그것을 고맙게 생각할 줄도 모른다고 했다. 그러자 짐은 자기가 잘못했다고 사과를 한 뒤 두 번 다시 그런 불평은 하지 않겠다고 했으므로 나와 톰은 집으로 자러 갔다.

제 39 장

이튿날 아침, 우리는 마을까지 가서 철사로 만든 쥐틀을 사 가지고 와서 전날 막은 쥐구멍 중에 가장 그럴 듯한 쥐구멍을 열어놓고 그 앞에 쥐틀을 장치했다. 그랬더니 한 시간 동안 아주 힘이 펄펄 넘치는 놈 열다섯 마리가량이 잡혔다. 우리는 그것을 샐리 아줌마의 침대 밑에 넣어두었다.

그런데 우리가 거미를 잡기 위해 자리를 비운 동안 어린 토머스 프랭클린 벤저민 제퍼슨 알렉산더 펠프스 녀석이 그것을 발견하고, 쥐가 나오는지 어떤지 시험한답시고 쥐덫의 뚜껑을 열어놓는 바람에 쥐들이 마구 튀어나오고 말았다. 공교롭게도 마침 그때 샐리 아줌마가 들어오던 중이었다. 우리가 돌아오자 아줌마는 침대 위에 올라선 채 큰 소동을 벌이고 있었다.

쥐들은 아줌마를 심심치 않게 해주려고 온갖 노력을 다하는 중이었다. 화가 난 아줌마는 우리를 붙잡아 히커리 회초리로 맘껏 화풀이를 했는데, 우리는 그 성가신 녀석 때문에 새로 열대여섯 마리의 쥐를 잡느라고 두 시간이나 낭비하지 않을 수 없었다. 게다가 새로 잡은 놈들은 먼젓번 놈들의 상대가 되지 않을 정도로 빈약한 놈들이었다. 그만큼 처음 놈들은 튼실했던 것이다.

우리는 거미, 딱정벌레, 개구리, 송충이 등 갖가지 것들을 구색을 갖추어 잡았는데, 장수말벌집도 구하고 싶었지만 그것은 단념해야 했다. 장수말벌들은 모두 벌집 속에 들어 있었기 때문이다. 그 다음엔 뱀을 잡으러 가서 띠뱀과 구렁이를 합쳐 22마리가량을 자루 속에 넣어서 우리 방에 갖다두었다. 그때는 이미 저녁 시간이었는데, 하루 종일 너무 많은 일을 한 것 같았다. 배가 고팠느냐고? 천만에! 배가 고플 리가 있나요? 그런데 저녁을 먹고 이층으로 올라가 보니 뱀이 한 마리도 없는 것이었다. 주둥이 자루가 꼭 묶여 있었는데, 어떻게 빠져나갔는지 자루 안에는 한 마리도 보이지 않았다. 그러나 그것은 그리 큰 문제가 아니었다. 왜냐하면 이 집안 어느 구석엔가에 분명 있을 것이었으므로 그 가운데 몇 마리는 잡을 수 있을 것 같았다.

실제로 그 후 얼마 동안은 집 안에 뱀이 우글거리다시피 했다. 게다가 항상 접시 안이나 목덜미 같은, 떨어져서는 안 될 곳만 골라서 떨어졌다. 놈들은 무늬가 아름다웠을 뿐만 아니라 백만 마리가 있다 해도 조금도 해가 없는 것이었다. 하지만 샐리 아줌마는 뱀이라면 끔찍하게 싫어했다. 그래서 뱀이 아줌마의 몸 위로 떨어지기라도 하면 아줌마는 하던 일을 내팽개치고 밖으로 뛰쳐나갔는데, 나는 그렇게 유난을 떠는 여자는 처음 보았다. 게다가 그녀가 질러대는 소리는 여리고에까지 들릴 정도였다. 부젓가락으로 뱀을 집어내라고 했지만 그것으로 될 일이 아니었다. 한번은 침대에서 돌아누울 때 뱀을 발견하고는 집에 불이라도 난 것처럼 소리를 질러대는 것이었다. 아저씨는 이런 식으로 날뛰는 아줌마 때문에 꽤나 고통을 당했으므로 나중에는 뱀이란 놈은 아예 세상에 태어나지 않았더라면 좋았을 거라는 말까지 했다. 마지막으로 남은 한 마리까지 이 집 안에서 완전히 없어진 지 1주일이 지난 후에도 샐리 아줌마의 뱀 공포증은 가시지 않았다. 그것은 뭔가 생각에 빠져 있을 때 새의 깃털 같은 것으로 살짝 건드려만 보아도 알 만했다. 그러면 아줌마는 스타킹이 벗겨질 정도로 후닥닥 놀랐다. 하지만 톰의 이야기로는 여자란 다 그렇다는 것이었다.

뱀이 아줌마 앞에 나타날 때마다 우리는 흠씬 두들겨 맞았다. 그리고 우리가 한번만 뱀을 집 안으로 가지고 오면, 그때는 매 정도로는 성에 차지 않을 것이라고 펄펄 뛰었다.

게다가 그 녀석들이 음악 소리를 들으려고 짐 쪽으로 기어가는 광경은 정말 장관이었다. 짐은 뱀과 쥐와 숫돌 때문에 침대 위에서 잘 수가 없다고 했다. 설사 자리가 있다고 하더라고 시끄러워서 잠을 잘 수가 없다는 것이었다. 그야말로 오두막 안은 잔칫집 같았다. 놈들이 한꺼번에 잠을 자는 것이 아니라 교대로 잤기 때문이었다. 그래서 할 수 없이 일어나 새로운 잠자리를 찾으려고 하면 이번에는 꼼지락거리는 짐을 보고 거미란 놈이 덤벼든다고 했다. 그래서 앞으로 여길 나가게 되면, 설사 월급을 준다고 해도 죄수 노릇은 하지 않겠다는 것이었다.

3주일이 끝나갈 무렵, 모든 준비가 다 갖추어졌다. 셔츠는 파이 속에 넣어 일찌감치 짐에게 전했고, 짐은 쥐에게 물릴 때마다 일어나 잉크가 굳기 전에 일기를 썼고, 펜도 준비되었고, 문구도 숫돌에다 새겨놓았다. 침대 다리는 톱으로 잘려졌고, 그 톱밥을 먹는 바람에 우리는 복통을 일으켜 죽는 게 아닌가 생각했을 정도로 혼이 났다. 그러나 다행히 죽지는 않았다. 그렇게 소화가 잘 되지 않는 톱밥을 나는 먹어본 적이 없다. 바야흐로 모든 준비를 다 끝내자 우리 셋은 지칠 대로 지쳐서 녹초가 되었는데, 그중 짐이 가장 심했다. 아저씨는 올리언스에서 더 내려간 하류 쪽 농장에 두 번씩이나 편지를 보내, 그곳 농장에서 도망친 검둥이를 맡아두고 있으니 데려가라고 했지만 답장이 없었다. 그런 농장이 있을 리 없었으므로 답장 또한 올 리가 없었다. 그래서 아저씨가 짐을 〈세인트루이스 신문〉에 광고를 낸다는 말을 들었을 때 나는 등골이 오싹해져, 더 이상 꾸물댈 수가 없다고 생각했다. 톰은 드디어 익명의 편지를 쓸 때가 왔다고 했다.

"그게 무슨 말이야?" 내가 물었다.

"뭔가 사건이 일어날 것 같다고 사람들에게 경고하는 거야. 그 방법은 경우에 따라 다르긴 하지만. 그러나 항상 가까이에서 형편을 살피고 있는 녀석이 있게 마련이니까 그놈이 성의 우두머리에게 연락할 가능성이 있어. 루이 16세가 튈레리궁에서 도망치려 했을 때 하녀가 스파이 노릇을 했단 말이야. 그것도 좋은 방법이지만 익명의 편지를 쓰는 것도 좋은 방법이야. 우린 그 양쪽을 다 하자고. 그리고 죄수의 어머니가 아들과 옷을 바꿔 입고는 어머니가 감옥에 남고 아들이 어머니의 옷을 입고 탈옥하는 거야. 우리도 그 방법을 써보는 거지."

"이봐, 톰! 무엇 때문에 사건을 이렇게 복잡하게 만드는 거지? 어째서 사람들에게 경고할 필요가 있다는 거야? 이곳 사람들보고 찾으라면 되잖아. 감시는 그 사람들이 해야 할 일이니까."

"그건 나도 알아. 하지만 그들은 믿을 수가 없어. 그들의 수법이 처음부터 그렇지 않았느냔 말이야. 모든 걸 우리에게 맡기고 있어. 그들은 우리를 신뢰하고 있지만 머리가 둔해서 아무것도 몰라. 그러니까 우리가 일러주지 않으면 우리를 방해하려는 사람이나 사건이 없을 거란 말이야. 그러면 우리가 이렇게까지 고생해서 꾸민 탈옥이 아무 보람도 없이 끝나고 만단 말이야."

"하지만 톰, 난 일이 이렇게 됐으면 좋겠어."

"이 멍청아!" 이렇게 말하는 톰의 얼굴은 매우 못마땅한 표정이었다.

"네 의견에 반대할 생각은 없어. 한데 그 하녀의 일은 어떻게 하겠다는 거지?"

"네가 그 노릇을 하는 거야. 밤중에 몰래 숨어들어가 그 혼혈 계집애의 옷을 훔쳐오는 거야."

"하지만 톰, 그런 짓을 했다가는 이튿날 아침에 당장 들통이 나서 시끄러운 일이 생길 거야. 그 계집애는 그 옷 한 벌밖에 없으니까."

"그걸 누가 몰라서 하는 소리야? 하지만 네가 익명의 편지를 가지고 가서 앞문 밑에다 밀어넣을 때까지 15분 동안만 입고 있으면 되는 거야."

"좋았어. 그럼 그렇게 하겠어. 하지만 내 옷을 입고도 얼마든지 할 수 있어."

"그렇다면 넌 몸종 계집애처럼 보이지 않을 게 아니겠어? 안 그래?"

"그럴 테지. 하지만 어차피 내 모습을 보는 사람은 아무도 없을 것 같은데?"

"보고 안 보고는 상관이 없어. 다만 중요한 것은 우리의 의무를 다한다는 거야. 우리가 하는 일을 남이 보고 안 보고는 문제가 아니라고. 너한테는 도대체 원칙이라는 것도 없니?"

"알았어. 이젠 아무 말도 안할 거야. 나는 하녀가 되겠어. 그런데 짐의 어머니는 누가 맡는 거지?"

"내가! 지금 샐리 아줌마의 옷을 한 벌 훔쳐오겠어."

"그렇다면 나와 짐이 떠날 땐 넌 오두막 안에 남아 있어야 하잖아?"

"그게 아니야. 짐의 옷에 짚을 채워 침대 위에 뉘어놓고, 변장한 짐의 어머니처럼 꾸미는 거야. 그리고 짐은 내가 입었던 샐리 아줌마의 옷을 입고 셋이 함께 도망치는 거지. 그리고 신분이 높은 죄수가 도망칠 때는 도피라고 해야 해. 예컨대 임금님이 도망치는 경우처럼 말이야. 그건 임금님 아들도 마찬가지지."

그런 다음 톰 녀석은 익명의 편지를 썼다. 나는 그날 밤 혼혈 계집애의 옷을 훔쳐 입고, 톰이 일러준 대로 그 편지를 앞문 밑으로 밀어넣었는데, 그 편지에는 이렇게 씌어 있었다.

조심하라. 시끄러운 문제가 일어나고 있다. 경계를 게을리 하지 마라.

익명의 친구로부터

다음날 밤, 우리는 톰이 피로 그린 그림을 앞문 입구에 붙였다. 그것은 X자 모양으로 교차된 두 개의 뼈 위에 해골이 하나 그려진 그림이었다. 그리고 다음날 밤에는 뒷문에 관을 그린 그림을 붙였다. 그때의 펠프스 집안사람들처럼 불안에 떠는 모습을 나는 본 적이 없다. 설사 온 집안이 유령투성이가 되어 집안 구석구석에서 사람들을 노려보고 있다 하더라도 이 집 사람들처럼 겁에 질린 가족은 없었을 것이다. 문이 쾅 하고 닫히기만 해도 샐리 아줌마는 펄쩍 뛰면서, "아이쿠!" 소리를 질렀다. 무심코 있다가 무엇이 몸에 살짝 닿기만 해도 마찬가지였다. 아줌마는 어느 쪽을 보아도 마음이 놓이지 않는 것 같았다. 언제나 등 뒤에 무엇이 있는 것만 같다고 느껴서인지 갑자기 돌아서며, "아이쿠!" 하는 소리를 질렀는데, 3분의 2도 채 몸을 돌리지 않아 다시, "아이쿠!" 소리를 질러댔다. 밤에 잠을 자러 가는 것도 무서웠지만, 그렇다고 뜬눈으로 밤을 지새울 수도 없는 일이었다. 이 꼴을 보고 톰은 만사가 잘 되어간다고 하면서, 일이 이처럼 순조롭게 되어나가기도 쉽지 않은 일이라고 했다. 그리고 이것은 우리의 계획대로 되어가는 증거라고도 했다.

그래서 톰은 드디어 그 일을 할 때가 왔다고 장담했다. 그 다음날 새벽, 우리는 또 한 장의 편지를 준비했다. 그리고 그것을 어떻게 하면 좋을까 곰곰 생각했다. 왜냐하면 정면의 문과 뒷문에 검둥이들로 보초를 세운다는 말을 들었기 때문이다. 톰은 정찰을 하고 오겠다면서 피뢰침을 타고 아래로 내려갔는데, 뒷문에 세워둔 검둥이 보초가 잠이 들어 있었으므로, 그의 목덜미에 편지를 꽂아놓고 돌아왔다. 그 편지에는 이렇게 씌어 있었다.

나를 배반하지 마라. 나는 당신들의 친구가 되기를 원한다. 멀리 인디언 지구에서 온 겁 없는 살인자 일당이 오늘밤 당신네 집에 있는 탈주 검둥이를 훔치려 하고 있다. 살인자 일당은 귀하가 집에 머물면서 이 일을 방해할까봐 귀하에게 겁을 주었다. 나도 그들의 일당이지만, 지금은 신앙생활에 들어갔기 때문에 올바른 생활을 하려고 이 흉악한 범죄를 폭로하는 것이다. 그들은 밤 12시 정각에 북쪽 담을 넘어 들어와 검둥이 오두막에 침입하여 그를 훔쳐낼 것이다. 나는 조금 떨어진 곳에 있다가 위험한 일이 생기면 양철로 만든 피리를 불도록 약속되어 있다. 그러나 나는 그들이 오두막에 들어가면, 음메에 소리를 내고 피리는 불지 않겠다. 신호를 듣고 그들이 검둥이의 사슬을 풀고 있는 동안 당신들은 오두막에 다가가서 문을 잠가 그들을 그 안에 가둬버리면 된다. 그런 뒤 당신들은 그들을 죽여버릴 수 있다. 지금 내가 일러준 이 방법 이외의 다른 방법을 써서는 절대로 안 된다. 이 말을 무시하면 큰 소동이 벌어질 것이다. 이 사실을 전하는 나는 어떠한 보수도 원하지 않는다. 다만 나 자신이 옳은 일을 하고 있다는 것으로 만족할 뿐이다.

익명의 친구로부터

제 40 장

기분이 좋아진 우리는 조반을 끝낸 후, 점심을 싸가지고 카누를 타고 낚시질을 하러 갔다. 그리고 실컷 논 뒤 뗏목을 보러 갔더니 매어놓은 자리에 얌전하게 있었다. 우리는 늦게야 저녁을 먹으러 집으로 돌아왔다. 돌아와 보니 집안사람들은 두려운 나머지 발로 서 있는지 머리로 서 있는지 모를 정도였다. 우리가 저녁 식사를 끝내자 집안일에 대해서는 입도 벙긋 하지 않고 어서 가서 자라고만 했다.

그리고 새로 쓴 편지에 대해 어떤 언질도 주지 않았다. 그러나 우리는 그 일에 대해서는 너무나 잘 알고 있었으므로 구태여 알려고 하지도 않았다. 계단을 반쯤 올라왔을 때, 아줌마가 시선을 다른 곳으로 돌렸으므로, 우리는 재빨리 지하실에 있는 찬장에 가서 도시락을 만든 다음, 그것을 가지고 우리 방으로 올라와 침대 속에 숨겨놓았다. 그리고 11시 반경에 일어났더니, 톰 녀석은 미리 훔쳐두었던 샐리 아줌마의 옷으로 갈아입고는 도시락을 들고 밖으로 나가며 이렇게 물었다.

"버터는 어디다 뒀지?"

"옥수수빵 위에 얹어놓았어. 아주 큰 덩어리야."

"그럼 거기다 놔둔 채 그냥 온 모양이구나. 여기에는 없어."

"버터 같은 건 없어도 상관없잖아?" 내가 말했다.

"있어도 나쁠 건 없지. 어서 지하실에 가서 그걸 가지고 와. 그리고 피뢰침을 타고 내 뒤를 따라오는 거야. 나는 지금 나가서 짐의 옷에 짚을 채워 짐의 어머니로 변장시킨 다음, 네가 돌아오는 즉시 양의 울음소리를 내고 도망칠 수 있게끔 준비를 해둘 테니까."

그리고 톰은 밖으로 나갔고, 나는 지하실로 내려갔다. 주먹 크기의 큰 버터 덩어리가 내가 놔두었던 곳에 그대로 있었으므로, 나는 버터를 올려놓았던 옥수수빵 한 덩어리도 슬쩍해가지고 촛불을 끈 다음 살금살금 계단을 올라갔다. 아래층까지는 용케 왔는데, 공교롭게도 촛불을 들고 나타난 샐리 아줌마와 마주치고 말았다. 나는 손에 들고 있던 것을 얼른 모자 속에 쑤셔넣고 그것을 머리에 썼다. 아줌마는 나를 보고 이렇게 말했다.

"너 지하실에 내려갔었지?"

"네에."

"이런 밤중에 뭐한테 홀려서 거길 간 거지?"

"저도 모르겠어요."

"톰, 난 네가 지하실에서 무얼 했느냐고 묻고 있는 거야."

"정말 아무 일도 하지 않았어요, 샐리 아줌마."

나는 이쯤에서 아줌마가 날 놔줄 것으로 생각했다. 그러나 이상한 일이 연달아 일어나고 있는 지금으로선, 무언가 조금만 의심스러운 점이 있어도 무심히 보아 넘기질 않는 것이었다. 그래서 단호한 목소리로 이렇게 말하였다.

"저쪽 거실에 들어가 내가 갈 때까지 기다리고 있어. 너는 뭔가 일을 저지르고 있는 게 틀림없어. 그것이 어떤 일인지 알 때까지는 내보내지 않겠어."

이 말을 남기고 아줌마가 가버렸으므로, 나는 거실의 문을 열고 안으로 들어갔다. 그런데 놀랍게도 많은 사람들이 그곳에 모여 있는 게 아닌가! 15명의 농부가 모두 총을 들고 있었다. 나는 기분이 나빠져 쭈뼛거리면서 의자에 앉았다. 사람들은 여기저기 흩어져 있었는데, 그중에는 나지막하게 이야기를 하고 있는 사람도 있었지만 모두들 근심스런 표정으로 안절부절 못하고 있었다. 다들 겉으로는 침착한 척했지만 속은 들끓고 있는 것 같았다. 그것은 그들이 모자를 썼다 벗었다 하는 것이라든지, 머리를 긁적거리거나 자리를 옮기거나 단추를 만지거나 하면서 잠시도 가만히 앉아 있질 못하는 걸 보아 알 수 있었다. 나도 마음이 초조했지만 그래도 모자만은 벗지 않았다.

나는 샐리 아줌마가 어서 돌아와서 이왕 맞게 되는 매를 빨리 맞고 한시 바삐 이곳에서 놓여나고 싶었다. 그러면 나는 톰한테 가서 이번일이 좀 지나쳤다는 것을 알려주고, 우리가 요란스런 장수말벌집 속에 들어와 버린 꼴이 되었다는 사실을 말해줄 수 있을 텐데. 그러나 나는 뭣보다도 이 어리석은 수작을 즉각 중지하고, 이 건달들이 미친 듯이 우리에게 달려들기 전에 짐을 데리고 도망쳐야 한다고 생각하고 있었다.

마침내 아줌마가 들어왔다. 그리고 어찌나 꼬치꼬치 캐묻는지 대답도 제대로 할 수가 없었다. 머릿속이 이상해져서 머리가 위에 있는지 발이 위에 있는지 분간을 할 수 없을 정도였기 때문이다. 그 까닭은 눈앞에 있는 사람들이 안절부절 못하면서 한쪽에선 자정까진 앞으로 2,3분밖에 남지 않았으니 무법자들에 대비하여 지금부터 나가서 매복을 하자고 했고, 한쪽에선 그 말을 가로막고 양의 울음소리가 들릴 때까지 기다려야 한다면서 서로 떠들어대는 가운데 아줌마가 흥분해서 이것저것 물어댔으므로, 온몸이 떨리고 무서워서 당장이라도 그 자리에 쓰러질 것만 같았다. 게다가 방안이 점점 더워지자 버터가 녹아서 목 뒤로 흘러내리는 것이었다. 얼마 후에 누군가가 이렇게 말했다. "내 생각으로는 당장 나가서 오두막 안으로 들어가 놈들을 잡는 게 좋을 것 같소." 그 말을 듣자 나는 그 자리에 쓰러질 것만 같았다. 그때 버터 녹은 것이 한 줄기 내 이마로 흘러냈는데, 그걸 보더니 샐리 아줌마는 마치 시트처럼 얼굴이 창백해지면서 말했다.

"아니, 이게 웬일이냐? 뇌막염에 걸린 게 틀림없어. 뇌수가 흘러나오는 걸 보니!"

사람들은 모두 달려와 나를 살펴보자 결국 아줌마는 내 모자를 벗겼다. 그리고 그 속에서 아직 녹지 않은 버터와 빵을 발견하였다. 그걸 보더니 아줌마는 나를 꼭 껴안으며 이렇게 말했다.

"어이쿠, 이렇게 사람을 놀라게 하는 법이 어디 있니? 이게 뇌수가 아니고 버터라서 정말 다행이구나. 요샌 운이 나빠서 비가 와도 보통 비가 와야 말이지. 네 꼴을 처음 봤을 때는 정말 네가 죽을 줄로만 알았어. 빛깔이나 다른 모든 게 꼭 뇌수 같았으니까. 그런데 어째서 그 이야기를 진작 하지 않았지? 버터를 가지러 갔었다고 말이야. 그랬으면 좋았을걸. 어서 가서 잠이나 자거라. 그리고 내일 아침까지 얼굴을 내밀어선 안 된다!"

나는 재빨리 이층으로 올라갔고, 눈 깜짝할 사이에 피뢰침을 타고 아래로 내려가 헛간을 행해 어둠 속을 쏜살같이 달려갔다. 나는 입을 벌릴 수도 없을 정도로 걱정이 되었다. 그러나 톰에게 알려야 할 것은 모두 알렸다. 그리고 지금 집에는 총을 가지고 있는 사람들로 가득하였으므로 1초라도 꾸물대고 있을 여유가 없다고 했다.

그러자 톰은 눈을 빛내며 이렇게 말했다.

"뭐라고! 그게 사실이냐? 정말 멋지구나! 이봐, 헉! 다시 한 번 이런 짓을 한다면 2백 명은 몰려올 거야! 그렇게 했으면 좋겠지만……."

"빨리 빨리! 짐은 어디 있지?" 나는 다급하게 말했다.

"바로 네 옆에 있잖아. 팔을 뻗치기만 하면 손에 잡힐 거야. 짐은 옷도 입었고 준비는 다 했어. 지금부터 가만히 빠져나가서 양의 울음소리를 내는 거야."

그러나 바로 그때 문쪽으로 다가오는 사람들의 발소리가 들리더니 곧 자물쇠를 만지는 소리가 들렸다. 그리고 누군가가 이렇게 말하는 것이었다.

"너무 이르다고 말했잖아. 자물쇠가 그냥 걸려 있는 걸로 보아 놈들은 아직 안 온 모양이야. 자, 몇 사람은 안으로 들어가 봐. 내가 자물쇠를 열어줄 테니까. 안으로 들어가서 어둠 속에 몸을 숨기고 있다가 놈들이 들어오면 죽여버리는 거야. 그리고 나머지 사람들은 이 부근에 흩어져서 놈들이 오는 소리가 들리는지 귀를 기울이라고!"

그러고는 오두막 안으로 들어왔는데, 어두워서 그런지 우리를 발견하지 못한 모양이었다. 그래서 우리가 침대 밑으로 기어들어갔을 때는 하마터면 부딪칠 뻔했다. 하지만 우리는 무사히 기어들어가 굴을 통해서 빠져나왔다. 그러고 나서 우리는 헛간으로 들어왔는데, 헛간 밖에서 사람의 발소리가 들리는 게 아닌가! 우리는 문 있는 데까지 기어갔다. 톰은 그곳에서 우리를 멈추게 하고는 헛간 틈바귀로 밖을 내다보았다. 하지만 밖은 캄캄했으므로 아무것도 보이지 않았다. 그는 멀어져 가는 발소리를 한참 동안 귀 기울여 듣더니 팔꿈치로 나를 쿡 찌르며 작은 소리로, 먼저 짐이 빠져나가고 그 다음이 나, 그리고 마지막으로 자기가 빠져나가겠다고 소곤거렸다. 그러고 나서도 얼마 동안 헛간 틈바귀에 귀를 대고 열심히 듣고 있었는데, 그동안에도 그 부근을 돌아다니는 발소리가 계속해서 들려왔다.

하지만 얼마 후 톰이 우리를 팔꿈치로 쿡 찔렀으므로, 우리는 몸을 굽히고 숨을 죽인 채 소리를 내지 않고 일렬 종대로 울타리 쪽을 향해 살금살금 걸어갔다. 그리고 무사히 울타리를 넘긴 넘었는데, 그만 짐의 바짓가랑이가 울타리 맨 위에 가로 걸쳐진 나뭇가지에 걸리고 말았다. 바로 그때 울타리 쪽으로 다가오는 발소리가 들렸으므로, 짐은 걸린 바짓가랑이를 빼내려고 무리하게 잡아당겨야만 했다. 그 바람에 나뭇가지가 부러지는 소리가 났다. 그런 뒤 짐이 우리가 있는 곳으로 뛰어내려 달리기 시작했을 때, 누군가가 뒤에서 소리를 질렀다.

"누구야? 대답하지 않으면 쏠 테다!"

그러자 우리는 아무 대답도 하지 않고 꽁무니에 돛을 단 듯이 뛰었다. 그러자 사람들은 미친 듯이 뒤따라오며 탕! 탕! 탕! 하고 총을 쏘아댔다. 총알이 핑! 핑! 핑! 소리를 내며 날아갔다. 그리고 이렇게 외치는 소리가 들렸다.

"저기 있다! 강 쪽으로 갔으니 그리로 쫓아가라! 개를 풀어!"

사람들은 전속력으로 우리를 쫓아왔다. 우리는 구두를 신고 있지 않은데다가 아무런 말도 하지 않았으므로, 구두를 신고 따라오는 추격 소리를 그대로 들을 수가 있었다. 우리는 방앗간 쪽의 좁은 길로 뛰어갔는데, 그들이 바싹 뒤따라왔으므로 덤불 속으로 뛰어들어 그들을 지나쳐 가게 하고는 그 뒤를 따라갔다. 개들은 도둑들이 지레 겁을 먹고 도망치는 일이 없도록 하기 위해 모두 가두어 두었다가 한꺼번에 풀어놓았으므로, 백만 명을 붙잡아도 부족함이 없을 정도로 요란하게 짖어대면서 쫓아왔다.

하지만 개는 우리의 개였으므로, 우리는 그 자리에 멈춰 서서 개가 따라올 때까지 기다렸다. 개들은 상대가 우리라는 것을 알고,

또 자기들한테 별로 해롭게 하려는 기미가 보이지 않자 잠깐 아는 척하고는 늘 하던 식으로 짖어대면서 사람들 쪽으로 달려가 버렸다. 그래서 우리도 힘껏 사람들이 달려간 쪽으로 뛰어갔다. 그리고 방앗간 바로 앞의 덤불 속을 빠져나와 카누를 매어둔 곳으로 가서 재빨리 카누 위에 뛰어올라 강 복판을 향해 죽어라 노를 저어 갔다. 사람들이 강가 여기저기에서 떠들어대는 소리와 개들이 짖어대는 소리가 들려왔지만, 그때는 이미 멀리까지 와 있었으므로 떠드는 소리는 점점 작아지더니 이윽고 사라져버렸다. 그래서 우리는 다시 뗏목으로 옮겨 탔다.

"짐, 이제 다시 자유의 몸이 됐어. 앞으로는 두 번 다시 노예가 되는 일은 없을 거야."

"게다가 헉! 정말 멋지게 일을 해냈어. 계획도 훌륭했고, 솜씨도 근사했어. 우리가 해낸 이런 일은 다른 사람들은 흉내도 낼 수 없는 거야."

우리의 기쁨은 절정에 달했는데, 그중에서도 톰이 가장 기뻐했다. 왜냐하면 톰 녀석은 장딴지에 총알을 한 방 맞았기 때문이다.

나와 짐은 그 말을 듣고 기뻐하던 마음이 싹 가셨다. 톰은 몹시 아파했는데, 피가 쉴 새 없이 흘러나왔다. 우리는 톰을 오두막 안에 눕히고 공작의 셔츠 한 장을 찢어서 상처를 감아주려고 하자 톰 녀석이 말했다.

"그 헝겊은 이리 줘, 내가 할 테니까. 그리고 여기서 어물쩡거리면 안 돼. 그토록 멋지게 탈주를 했는데 여기서 멈추다니! 어서 노를 달고 뗏목을 저어! 이봐, 우리의 솜씨는 정말 훌륭했어! 루이 16세의 사건도 우리가 맡았으면 얼마나 좋았을까? 우리 같으면 "세인트 루이의 후예여, 하늘에 승천하라!" 따위의 글은 쓰지 않게 했을 거야. 어림도 없지. 우리 같았으면 큰 소동을 벌이면서 임금님으로 하여금 국경을 넘게 했을 거야. 틀림없이 그 일을 해냈을 거야. 게다가 대수로운 사건도 아닌 것처럼 해냈을 거야. 자, 노를 저어, 노를!"

그러자 짐과 나는 깊은 논의를 했다. 잠시 후 내가 말했다.

"짐, 네 생각이 어떤지 말해봐."

그러자 짐은 이렇게 말했다.

"이봐, 헉! 내 생각은 이려. 만일 자유의 몸이 된 것이 톰이고, 우리 중 하나가 총에 맞았다면 톰 도련님은 '나를 살려줘. 이 아이를 살릴 의사 따위는 필요 없어.' 하고 말할 수 있겠느냔 말이여. 천만에! 톰 도련님이 그런 말을 할 리가 없지! 그렇다면 이 짐이 그런 말을 할 수 있당가? 천만의 말씀! 나는 의사가 올 때까지 여기서 한 발짝도 움직이지 않겠당께. 40년 동안이라도 여기 이대로 있을 것이여."

짐은 마음씨가 고운 사람이라는 것을 잘 알고 있었으므로 반드시 이렇게 나올 것이라고 짐작하고 있었다. 나는 톰에게 의사를 데리러 가겠다고 했다. 톰은 그럴 필요가 없다고 우겼지만 나와 짐은 우리의 주장을 조금도 굽히지 않았다. 그러자 톰은 제 발로 기어가 혼자 힘으로 뗏목의 밧줄을 풀겠다고 고집했다. 하지만 그런 짓을 하게 할 우리들이 아니었다. 그러자 톰 녀석은 우리들을 떼밀면서 욕설을 퍼부었지만, 가만히 있을 우리가 아니었다.

끝내 내가 카누를 띄우자 톰이 이렇게 말했다.

"헉, 꼭 가겠다면 마을에 가서 뭐라고 해야 하는지 가르쳐주지. 문을 닫고 의사의 눈을 가린 다음, 무덤처럼 입을 열지 않겠다는 맹세를 시켜. 그러고 나서 금화가 가득 든 지갑을 손에 쥐어준 뒤, 골목길을 이리저리 돈 다음 카누를 타고 이리로 오란 말야. 올 때도 섬 사이를 이리저리 돌아서 오는 거야. 그리고 몸 검사를 철저히 해서 백묵을 빼앗아 뒀다가 다시 마을까지 데려다줄 때까지 돌려줘서는 안 돼. 그러지 않으면 나중에 찾으러 올 때 증표를 삼으려고 이 뗏목에 뭔가 표시를 해둘 거란 말이야. 그건 사람들이 흔히 쓰는 방법이야."

나는 알았다고 하고는 의사를 데려오기 위해 떠났다. 짐은 의사가 오는 것이 보이면 숲 속에 숨어 있다가, 의사가 돌아간 뒤 나타나도록 미리 짜두었다.

제 41 장

의사는 노인이었다. 잠자는 그를 깨워 얼굴을 보니 마음씨가 곱고 친절해 보였다. 나는 의사에게 어제 오후 늦게 건너편에 있는 스페인 섬에 사냥을 하러 갔다가 거기서 발견한 뗏목 위에서 야영을 했는데, 동생이 꿈결에 총을 걷어차는 바람에 총알이 튀어나와 다리에 총상을 입었다고 했다. 그러니 섬까지 가서 치료해주되, 이 일에 대해서는 입을 다물어달라고 했다. 그 이유는 우리가 오늘밤 집으로 돌아가 가족들을 깜짝 놀라게 해주고 싶어서라고 말했다.

"가족이라니! 어느 집안을 말하는 거지?" 의사가 물었다.

"저쪽 하류에 있는 펠프스네 집이에요."

"그래?" 의사는 잠시 쉬었다가, "동생이 어떡하다가 총에 맞았다고 했지?"

"꿈이 총을 쏘았어요."

"참 이상한 꿈도 다 있구나."

하고 말하고 의사는 램프를 켠 뒤 안장주머니를 챙겼다. 그리고 출발했는데, 의사는 카누를 보더니 마음이 내키지 않는 모양이었

다. 한 사람이 타기엔 넉넉하지만, 두 사람이 타기에는 위험하다는 것이었다. 그래서 내가 이렇게 말했다

"선생님, 겁내실 건 없어요. 세 사람이 탔지만 끄떡없었으니까요."

"세 사람이라고?"

"그건 나와 시드 그리고…… 총입니다. 세 사람이란 그런 뜻입니다."

"그런가?"

의사는 뱃전에 발을 걸치고 카누를 흔들어보고는 고개를 가로젓더니, 좀 더 큰 배가 없는지 부근을 찾아보겠다고 했다. 그러나 배가 모두 쇠사슬로 묶인데다 자물쇠가 채워져 있었으므로, 의사는 혼자서 내 카누를 타고 갔다 올 테니 나더러 여기서 기다리라고 했다. 그러나 기다리기 싫으면 다른 배를 찾아보거나 집에 돌아가서 가족들을 깜짝 놀라게 할 준비를 하는 것도 좋을 거라고 했다. 하지만 나는 싫다고 했다. 그래서 뗏목 있는 곳을 가르쳐주었더니 의사는 혼자 떠났다.

의사가 떠난 다음 문득 좋은 생각이 떠올랐다. 만일 저 의사가 세상 사람들이 흔히 말하는, 양이 꼬리를 세 번 흔들 정도인 짧은 시간 내에 치료를 하지 못하면 어떻게 하나? 만일 사흘이나 나흘씩 걸린다면 우리는 어떻게 해야 하나? 의사가 비밀을 누설할 때까지 여기서 기다리고 있어야 하나? 등등을 고민했다. 하지만 아니었다. 나는 내가 할일을 너무나 잘 알고 있었다. 그 자리에서 의

사가 올 때까지 기다리고 있다가 그가 와서 만약 앞으로도 몇 번 더 치료하러 가야 한다고 하면 그때는 설사 헤엄을 쳐서 가는 한이 있더라도 나도 따라 가리라 다짐했다. 그러고는 의사를 때려누여 결박을 지은 다음 급히 강을 내려갈 작정을 했다. 그러다 톰에게 의사가 필요 없게 되면 치료비만 지불하든가, 아니면 우리가 가지고 있는 돈을 몽땅 주든가 해서 상륙시키면 될 것이었다.

그렇게 생각하고 거기 쌓여 있는 목재 틈으로 기어 들어가서 한잠 푹 잔 후 눈을 떠보니 해가 중천에 떠 있는 게 아닌가! 나는 급히 의사의 집으로 달려가 보았더니 의사는 어젯밤에 어딘가로 외출을 한 후 아직 돌아오지 않았다는 것이었다. '그렇다면 톰의 상처가 깊은 모양이군. 어서 섬으로 가봐야지.' 하고 생각했다. 그래서 급히 길모퉁이를 도는데, 이게 웬일인가! 내 머리와 부딪칠 뻔한 것은 바로 사일러스 아저씨의 배가 아닌가! 나를 발견한 아저씨는 이렇게 말했다.

"아니, 톰 아니냐! 너 지금까지 어디 있었니? 이 장난꾸러기야!"

"아무데도 안 갔어요. 도망친 검둥이를 찾고 있었을 뿐이에요. 시드와 둘이서요."

"아니, 어디에 가 있었느냔 말이다! 네 이모가 얼마나 걱정했는지 알기나 하니?"

"아무 걱정 마세요. 우린 무사하니까요. 어제 다른 사람이랑 함께 개 뒤를 따라갔는데, 어른들의 걸음이 워낙 빨라서 그만 뒤쳐지고 말았어요. 그런데 강 쪽에서 사람들 소리가 들리는 것 같아서 카누를 타고 강 건너편까지 쫓아가 봤지만 아무것도 보이지 않더군요. 그래서 상류 쪽으로 카누를 저어 갔는데, 그만 녹초가 되어버려 배를 그곳에 매어놓고 한잠 잤어요. 잠에서 깨어난 것이 한 시간 전이었어요. 정신을 차린 뒤 새로운 뉴스가 없나 하고 여기까지 와본 거예요. 시드는 무슨 소식을 들을 수 있을지도 모른다고 하면서 우체국으로 갔고, 저는 먹을 걸 살 겸해서 이리로 온 거예요. 그리고 일이 끝나면 함께 집으로 돌아가려던 참이었어요."

그런 후 우리는 '시드'를 찾으러 우체국으로 가봤지만 그곳에 녀석이 있을 턱이 없었다. 아저씨는 우체국에서 편지 한 통을 받아 들고 한참 동안 기다렸지만 녀석은 끝내 나타나지 않았다. 그러자 아저씨는, "자, 가자. 시드는 쏘다니다가 지치면 걸어서 돌아오든가 카누를 타고 돌아오든가 하겠지. 그러니 우리는 마차를 타고 가자."고 했다. 그러나 나는 그대로 남아서 시드를 기다리겠다고 고집을 부렸지만 아저씨는 절대로 안 된다고 우기는 것이었다. 그 이유는 어서 돌아가 샐리 아줌마한테 내가 무사하다는 것을 보여줘야 한다고 했다.

집에서 우리를 맞은 샐리 아줌마는 너무나 기쁜 나머지 나를 끌어안고 울고불고 야단을 쳤다. 그러고 나서 늘 하던 대로 맞아봐야 아프지도 않는 매를 한 대 때리고는, 시드도 돌아오면 이렇게 때려주겠다고 했다.

집 안에는 저녁 식사 초대를 받은 농부와 그들의 부인들로 북적거렸는데, 그 왁자지껄 떠드는 꼴은 정말 대단했다. 그중에서도 가장 시끄러운 사람은 호치키스 노파였는데, 혀가 잠시도 쉴 틈이 없었다. 그 노파는 이렇게 말했다.

"이봐요, 펠프스 아우! 오두막 안을 샅샅이 뒤져보았는데, 그 검둥이는 미쳐 있었던 것 같아. 아무리 보아도 미쳤다고밖엔 생각할 수 없어. 그 숫돌을 보란 말이야. 세상에 제정신 가진 사람이 그런 어리석은 글을 숫돌에 새기겠느냐고. 어쩌구저쩌구 하는 녀석이 여기서 심장이 터졌다느니, 이러저러한 사람이 37년 동안이나 이 감옥에 갇혀 있었다느니, 루이 뭐시기라는 사생아가 어쩌구저쩌구 했다느니, 모두 정신 나간 소리뿐이야. 그래서 나는 그 검둥이는 진짜 미친놈이라고 생각했어. 난 애초부터 그 검둥이는 미친놈일 거라고 했지. 네보쿠드니저처럼 미쳤다고 말했지."

"더구나 그 헝겊으로 만든 줄사다릴 좀 봐요, 호치키스 댁." 댐럴 댁이 말했다. "도대체 그걸 어디다 쓰려고 했을까요?"

"그 얘길 방금 내가 어터백 아우한테 했어. 안 그래, 어터백 아우? 어터백 댁이 그 헝겊으로 만든 줄사다리를 보라고 하더군. 그래서 나도 뭣 때문에 그런 걸 만들었을까 이상하다고 말했지. 그랬더니 어터백 아우가 말하길 호치키스 형님이……."

"그런데 그 숫돌은 어떻게 여기까지 가지고 들어왔을까요? 그리고 그 구멍은 누가 판 걸까요? 도대체 누가……."

"펜로드 오빠, 제 말이 바로 그거예요. 자, 저기 있는 당밀 접시 이리 좀 주지 않겠수? 좀 전에 내가 말했죠. 댐럴 아우님은 어떻게 그 숫돌을 오두막 안까지 옮겨왔을까 말하려던 참이에요. 도와줄 사람도 없는데. 문제는 그거예요. 나는 그걸 우습게 봐서는 안 된다고 했어요. 그 검둥이를 도운 놈이 열두 명은 있었을 거예요. 그래서 나는 이 집에 있는 검둥이를 한 놈도 남기지 말고 두들겨 패면 누가 그를 도왔는지 밝힐 수 있을 것이라고 말했어요. 그리고 또 난……."

"열두 명이라고 했죠? 마흔 명이 있다 해도 그만한 일을 해낼 수는 없을 거예요. 그 칼로 만든 톱을 좀 봐요. 얼마나 시간을 들여서 만들었는지. 그리고 톱으로 자른 침대 다리를 봐요. 그건 여섯 명이 일주일은 걸려야 할 일이에요. 또 침대 위에 놓아두었던 짚으로 만든 검둥이와 그리고……."

"하이타워 오빠, 옳으신 말씀이에요! 그런 말은 나도 펠프스 아우한테 했어요. 펠프스 아우가 말하길 '호치키스 누님, 이 문제를 어떻게 생각해요!' 하고 물었어요. 그래서 나는 '어떻게 생각하긴 뭘 어떻게 생각해요' 하고 말했지요. '펠프스 아우, 내가 그러지 않습디까?' 그러자 펠프스 아우가 말하길, '호치키스 누님, 멀쩡하던 침대 다리가 저렇게 부러진 걸 어떻게 생각하죠?' 하고 묻더군요. 그래서 난 '어떻게 생각하긴 뭘 어떻게 생각해. 침대 다리가 저절로 잘라질 까닭이 있겠수?' 하고 말했죠. 즉, 누군가가 잘랐다는 뜻이죠. 어떻게 생각할지 모르지만 이것이 내 의견이에요. 그러니까 누구든 더 좋은 의견을 가진 사람이 있으면 말해보라고 했지요. 내 생각은 그것이 끝이라고. 그리고 던랩 아우님한테도 그랬단 말이에요, 난……."

"아니, 펠프스 아우님! 그 정도의 일을 해낸 걸 보면 이 오두막 안에는 적어도 4주일 동안 매일 밤 검둥이들이 득실거렸을 거예요. 그 셔츠를 봐요. ……피로 씌어진 수수께끼 같은 아프리카 문자가 가득 차 있지 않습니까? 여러 놈이 쉬지 않고 그걸 썼을 거예요. 누가 그걸 나한테 읽어준다면 2달러를 줘도 아깝지 않을 것 같아요. 그것을 쓴 검둥이들을 붙잡아서 채찍으로 족쳐댄다면……."

"머플 댁, 이 일엔 여러 놈이 가담했다고요. 만약 당신이 얼마 전부터 이 집에서 살았다면 그렇게 생각할 겁니다. 글쎄, 놈들은 닥치는 대로 물건을 훔쳐갔단 말예요. 우리가 늘 감시하고 있었는데도요. 그 셔츠는 빨랫줄에 걸려 있었던 거예요. 그리고 밧줄을 만든 시트는 몇 번이나 도둑맞았는지 셀 수도 없을 정도예요. 그것뿐인 줄 아세요? 밀가루, 양초, 촛대, 숟가락, 침대를 덥히는 화로……. 너무 많아서 일일이 다 헤아릴 수가 없어요. 게다가 나의 새 사라사 드레스. 나와 사일러스와 우리 집의 시드와 톰도 항상 감시하고 있었죠. 밤낮을 가리지 않고 감시를 했지만 누구 한 사람 놈들의 낯가죽이나 털끝 하나 보질 못했어요. 그런데 마지막엔 어쨌는지 아세요? 소리 없이 우리들의 코앞에까지 다가와서 우리를 완전 바보로 만들어버린 겁니다. 우리만이 아니에요. 인디언 지구의 도둑들까지 놀림을 당한 셈이죠. 그리고 감쪽같이 그 검둥이를 데리고 도망쳐버렸어요. 16명의 장정과 12마리의 개가 곧 뒤를 쫓았지만 결과는 허탕이었어요. 세상에 이런 일도 있을 수 있나요? 도깨비라 하더라도 그 정도로 감쪽같이 해내지는 못할 거예요. 어쩐지 모든 걸 도깨비가 한 짓이라는 생각이 들어요. 왜냐하면 여러분은 우리 집 개들을 잘 아시죠? 그렇게 영리한 개는 없어요. 그런데 그 개들은 단 한 번도 그놈들이 숨어 들어오는 낌새를 눈치 채지 못했다니까요. 그 이유를 설명할 수 있다면 말 좀 해주세요. 어느 분이라도 좋으니까!"

"정말 모를 일인데……."

"정말이야. 이렇게 수수께끼 같은 일은……."

"정말 모르겠는걸……."

"집 안에 있는 물건을 훔쳐내다니!"

"아이고, 나더러 이런 집에서 살라고 하면 무서워서 어디……."

"무섭다고요? 무서운 정도가 아니랍니다. 릿지웨이 형님. 나는 소름이 돋아서 잠도 제대로 자질 못했어요. 일어날 수도 없고 앉아 있을 수도 없었어요. 글쎄, 놈들이 집안사람들까지 훔쳐가질 않을까 싶어 어젯밤 12시가 되었을 땐 얼마나 가슴을 죄었는지 내 정신이 아니었어요. 지금은 낮이니까 우습게 들릴지 모르지만, 그땐 저 이층의 쓸쓸한 방에 우리의 가엾은 어린것들 둘이 떨고 있을 걸 생각하니 너무나 가슴이 아파서 살그머니 아이들 방에 올라가서 방문을 잠가버렸다니까요. 아마 누구라도 그렇게 했을 거예요. 그런데 일단 무섭다고 생각하니 점점 더 무서워지는 거였어요. 그렇게 되자 머릿속이 뒤죽박죽이 되어 터무니없는 짓을 하게 되더라니까요. 그래서 마음속으로 이렇게 생각했지요. 만일 내가 남자아이인데 이층에 혼자 떨어져 있으면서 방에 자물쇠가 채워지지 않았다면 마음이 어떨 것 같냐고요. 그리고 댁은……." 하고 말하다가 사일러스 이모부는 묘한 얼굴로 말을 뚝 그쳤다. 그리고 천천히 고개를 돌렸는데, 그 시선이 나와 딱 마주쳤다. 그래서 나는 못이기는 척 산책을 하러 나왔다.

나는 속으로 생각했다. 어딘가에 가서 좀 더 깊이 생각한다면 오늘 아침 우리가 그 방에 있지 않았던 이유를 좀 더 그럴듯하게 설명할 수 있지 않을까 하고. 그래서 천천히 걸으면서 생각했지만, 아줌마가 나를 부를 것만 같아서 너무 멀리 갈 수는 없었다. 그리고 그날 오후 늦게 사람들이 돌아갔으므로, 나는 집으로 돌아와 아줌마한테 말했다.

"우리는 사람들이 떠드는 소리와 총소리 때문에 잠이 깼어요. 그래서 무슨 일인가 싶어 밖으로 나가려고 했지만 문이 잠겨 있었어요. 할 수 없이 피뢰침을 타고 내려왔는데, 잘못하여 둘 다 조금씩 다쳤어요. 앞으로는 그런 짓은 두 번 다시 하지 않으려고 해요."

그리고 무슨 이야기를 조금 더 한 다음 사일러스 아저씨에게 한 말을 그대로 되풀이했다. 그러자 아줌마는 우리를 용서해주겠다면서 이렇게 말하는 것이었다.

"사내아이란 대개가 엉뚱한 짓을 하게 마련이야. 나쁜 일이 일어나지 않은 것만 해도 다행이야. 이렇게 함께 지낼 수 있게 된 것은 정말 기뻐."

그리고 나에게 키스를 한 뒤 머리를 쓰다듬은 후 무언가를 곰곰이 생각하는 듯하더니 후닥닥 자리에서 일어서며 이렇게 말했다.

"이거 큰일났구나. 곧 밤이 올 텐데 시드가 돌아오질 않으니! 도대체 그 앤 어떻게 된 걸까?"

나는 이때다 생각하고 벌떡 일어서면서 말했다.

"제가 마을로 뛰어가서 데려올게요."

"아냐, 넌 여기 있어야 해. 없어지는 건 한번에 한 명으로 충분해. 저녁때까지 돌아오지 않으면 이모부가 찾으러 나갈 게다."

그런데 톰은 저녁 식사 때까지도 돌아오지 않았으므로, 저녁을 마치고 나서 곧 아저씨가 찾으러 나갔다.

아저씨는 밤 10시가 넘어서 돌아왔는데, 몹시 걱정스러운 얼굴이었다. 톰은 그림자도 볼 수 없었다는 것이다. 그 소식을 듣고 샐리 아줌마가 걱정을 태산같이 하자 사일러스 아저씨는 너무 염려 말라고 했다. 사내아이란 역시 사내아이이니까, 그 아이도 내일 아침이면 건강한 모습으로 다시 나타날 것이라면서. 그 말은 아줌마도 이해하지 못하는 바는 아니었다. 그러나 아무튼 자지 말고 좀 더 기다려보자고 하면서 그 아이가 볼 수 있도록 램프를 켜두자고 했다.

얼마 후 나는 이층으로 올라왔는데, 아줌마도 촛불을 들고 함께 따라 올라오더니 친자식에게 해주듯 나에게 이불을 덮어주기도 하는 등 친절을 베풀어주었으므로 스스로가 몹시 야비하게 느껴져 아줌마의 얼굴을 똑바로 쳐다볼 수가 없었다.

아줌마는 침대에 걸터앉아 한참 동안 나와 이야기를 했는데, 시드는 참으로 착하고 훌륭한 아이라고 하면서 톰에 관한 이야기를 끊임없이 하는 것이었다. 그리고 가끔 나한테도 여러 가지 일을 물었는데, 시드가 행방불명이 되었거나 다치거나 물에 빠졌다는 생각은 들지 않느냐고 물었다. 그리고 지금 이 시각 어딘가에서 나뒹굴며 고생을 하거나 죽어 있을 거라는 생각은 들지 않느냐면서, 자기가 옆에 있으면서도 도와주지 못하는 것이 안타깝다며 소리 없이 눈물을 흘렸다.

그래서 나는 시드한텐 아무 일도 없고, 아침이 되면 꼭 돌아올 거라고 말했다. 그러자 아줌마는 내 손을 꼭 쥐기도 하고 입을 맞추기도 하면서 애원조로, "방금 한 말을 다시 한 번 들려다오. 몇 번이고 들려다오, 그 말을 들으니 그나마 위로가 된다."고 했다. 그리고 방을 나가면서 내 눈을 다정하게 내려다보더니 이렇게 말했다.

"문은 잠그지 않겠다, 톰. 피뢰침을 타고 나갈 수도 있겠지만 넌 이제부터 착한 아이가 될 거지? 내 마음을 생각해서라도 말이다."

나는 톰의 형편을 알아보러 나가려다가 아줌마의 이런 말을 듣고 보니, 설령 나라를 다준다고 해도 나갈 수가 없었다.

어쨌든 나는 아줌마도 마음에 걸렸고 톰도 마음에 걸렸으므로, 좀처럼 잠을 이룰 수가 없었다. 그래서 한밤중에 두 번쯤 피뢰침을 타고 내려가서 집의 정면 쪽으로 돌아가 보았는데, 아줌마는 그때까지도 창가에 촛불을 켜놓고 앉아 있는 것이었다. 아줌마는 길쪽을 바라보고 있었는데, 눈에는 눈물이 고여 있었다. 나는 아줌마를 위해 뭔가를 해주고 싶었지만 아무것도 해줄 수 없는 나 자신이 한심스러웠다. 앞으로 더 이상 아줌마를 가슴 아프게 하는 일만은 하지 않겠다고 다짐했다. 그리고 세 번째로 잠에서 깨어났을 때는 날이 샐 무렵이었으므로, 몰래 아래층으로 내려가 보았다. 그랬더니 아줌마는 촛불이 거의 다 탄 창가에 앉아서 희끗희끗한 머리를 손 위에 얹고 잠들어 있었다.

제 42 장

아저씨는 아침 식사를 하기 전에 다시 한 번 마을로 나가보았지만 톰의 소식은 들을 수가 없었다. 식탁에 둘러앉았을 때에도 모두가 슬픈 얼굴로 생각에 잠겨 있을 뿐 아무도 입을 여는 사람이 없었다. 커피는 차갑게 식어갔고, 음식도 먹는 둥 마는 둥 그대로 남아 있었다. 얼마 후 아저씨가 말했다.

"그 편지 당신한테 전해줬던가?"

"그 편지라니요?"

"어제 내가 우체국에서 가지고 온 편지 말이오."

"천만에요! 편지 같은 건 받은 적도 없어요."

"어라, 내가 깜빡 잊고 있었군."

그러면서 아저씨는 이곳저곳 주머니를 뒤져보다가 편지가 없자, 물건을 보관하는 곳에 가서 편지를 가지고 왔다. 아줌마는 편지를 들고 오면서 이렇게 말했다.

"어머나, 세인트피터즈버그에서 온 것이군요. 언니가 보낸 거예요."

나는 다시 한 번 산책을 나가는 것이 좋겠다는 생각이 들었지만, 마음대로 움직일 수도 없는 처지였다. 이때 아줌마는 봉투를 뜯기 전에 편지를 떨어뜨리고 밖으로 뛰어나갔다. 무엇을 본 모양이었다. 나도 보았다. 그것은 매트리스 위에 누운 톰 소여였다. 그리고 나이 많은 의사와 아줌마의 사라사 드레스를 입은 짐이 보였는데, 짐의 두 손은 뒤로 묶여 있었다. 그 뒤로 수많은 사람들이 따라왔다. 나는 편지를 가장 가까운 곳에 있는 물건 뒤에 숨긴 뒤 밖으로 뛰쳐나갔다. 밖으로 나간 아줌마는 울면서 톰을 끌어안으며 이렇게 말했다.

"아아, 이게 웬일이냐. 죽다니, 정말 죽었어!"

그러자 톰이 고개를 조금 돌리고 무슨 말인가를 입속말로 중얼거렸는데, 그것은 녀석이 제정신이 아니라는 증거였다. 아줌마는 그 말을 듣자 두 손을 쳐들고 이렇게 말했다.

"아이고 고맙기도 해라. 살아 있었다니! 살아 있기만 하다면 고맙지 뭐야!" 그리고 급히 톰에게 키스를 하더니 침대를 정돈하기 위해 집 안으로 뛰어 들어갔는데, 발걸음을 옮길 때마다 상하 좌우의 사람들에게, 혀가 돌아갈 수 있는 최대한의 속도로 여러 가지 준비를 시켰다.

나는 이 사나이들이 짐을 어떻게 할 작정인지 보기 위해 그들 뒤를 따라갔다. 나이 많은 의사와 사일러스 아저씨는 톰의 뒤를 따라 집 안으로 들어갔다. 남자들은 모두 화가 난 얼굴이었는데, 그중에는 짐을 교수형에 처해 이 부근에 있는 다른 검둥이들에게 본보기를 보여주어야 한다는 사람도 있었다. 그렇게 하면 짐처럼 도망치려고 소동을 일으키는 바람에 가족들을 죽도록 고생하게 하는 놈은 생겨나지 않게 될 거라는 것이었다. 하지만 그것은 경우에 어긋나는 일이라면서, 그 말에 반대하는 사람도 있었다. 왜냐하면 자기 소유의 검둥이도 아닌데 그런 짓을 했다가 만약 그 주인이 나타나면 우리가 그 대가를 치러야 한다는 것이었다. 잔뜩 흥분해 있던 사람들이 이 말을 듣고 다소 누그러졌다. 하지만 잘못을 저지른 검둥이는 교수형에 처해야 한다고 주장하는 사람들의 대부분은, 그들 말대로 검둥이를 죽였을 때 그 몸값을 내는 일에는 가장 인색하고 뒤로 꽁무니를 빼는 치들이었다.

그러나 사람들은 짐에게 마구 욕설을 퍼부었고, 짐의 따귀를 한두 번 갈기는 사람도 있었다. 하지만 짐은 한 마디도 대꾸를 하지 않았고, 나를 아는 척하지도 않았다. 사람들은 짐을 전에 있던 오두막으로 데리고 가서 본래 그가 입었던 옷으로 갈아입힌 다음, 전처럼 쇠사슬을 채웠다. 그런데 이번에는 쇠사슬을 침대 다리에 매는 게 아니라 토대로 쓴 통나무에 박혀 있는 쇠고리에 맸다. 그리고 두 손과 팔까지 사슬로 묶은 뒤 앞으로는 주인이 나타날 때까지 빵과 물 이외엔 아무것도 주지 않을 것이며, 파낸 구멍을 메우지 않으면 경매에 붙여 팔아버리겠다고 했다. 그리고 매일 밤 마을 사람 2명이 총을 들고 오두막 주위를 지킬 것이며, 낮에는 사나운 불도그를 문에 매어두겠다고 했다. 그럭저럭하는 동안 마을 사람들은 대충 일을 마무리지었다. 사람들이 욕지거리를 절반씩 섞어 작별 인사를 하고는 제각기 돌아가려고 할 때, 나이 많은 의사가 사람들이 하는 꼴을 보고는 이렇게 말했다.

"이 검둥이한테 심하게 굴면 안 돼. 이 검둥이는 나쁜 녀석이 아니란 말이야. 내가 저 애 있는 곳으로 가서 상처를 보았더니, 총알이 깊이 박혀 있어 나 혼자 힘으로는 도저히 빼낼 수가 없었어. 그렇다고 해서 저 애 혼자 남겨놓고 사람을 부르러 갈 형편도 아니었지. 게다가 저애는 점점 상태가 나빠져 가더니 나중에는 정신까지 이상해져서 나를 가까이 오지도 못하게 하는 것은 물론 뗏목에 백묵으로 표시를 하면 나를 죽이겠다는 둥 엉뚱한 헛소릴 하는 거야. 그래서 이래서는 안 되겠다 싶어, 어떻게 해서든지 사람을 데려와야겠다고 혼잣말을 했더니 이 검둥이가 어딘가에서 기어나와 날 도와주겠다고 하는 거야. 말만 그렇게 한 것이 아니라 실제로 도와주었단 말이야. 그것도 아주 잘 도와주었지. 나도 이 녀석이 도망친 검둥이라는 건 금방 알 수 있었어. 그러는 동안 해가 저물었지만 나는 그곳을 떠날 수가 없었어. 솔직히 말해 진퇴양난이었지. 내겐 감기 환자가 두 사람이 있었는데, 빨리 마을로 돌아가 그들을 돌봐주고 싶은 마음은 굴뚝같았지만 그럴 수가 없었던 거야. 도망친 검둥이가 또다시 도망칠지도 모르고, 그렇게 되면 내 책임이 무거워지니까 말야. 그렇다고 해서 소리를 지르면 달려올 만한 거리에 보트 같은 거라도 있었느냐 하면 그것도 아니었어. 그래서 오늘 새벽까지도 그곳을 떠날 수 없었는데, 나는 이처럼 훌륭하고 충실하게 간호하는 검둥이를 본 적이 없었어. 더구나 이 검둥이는 그 아이를 도와주기 위해 천신만고 끝에 얻은 자유를 포기한 거야. 게다가 몹시 지쳐 있었어. 그걸 보고 난 이 검둥이가 심하게 혹사를 당했구나 생각했지. 어느새 나는 이 검둥이를 좋아하게 되었어. 당신들한테 말하지만 이런 좋은 검둥이는 1천 달러의 값어치는 충분히 있어. 내가 필요로 하는 건 무엇이든지 다 해주었다니까. 덕분에 이 아이는 집에 있는 것과 다를 바 없을 정도로 극진한 간호를 받을 수 있었지. 그러나 사실 가장 입장이 난처하고 지친 건 나였어. 이들 둘을 한꺼번에 맡아야 했으니까. 오늘 새벽까지 이 두 사람을 보고 있었다니까. 새벽녘에 남자들 몇 명이 보트를 타고 지나가다 검둥이가 밀짚이불 옆에 쭈그리고 앉아서 정신없이 자고 있는 걸 봤지. 그래서 내가 그 남자들에게 손짓을 했더니, 그 사람들이 살금살금 다가와서 눈 깜짝할 사이에 검둥이를 묶어버려 일이 이렇게 된 거야. 그리고 이 아이는 열에 들떠 잠들어 있었으므로, 우리는 그가 깨어나지 않게 노를 저어 뗏목을 끌고 여기까지 온 거야. 이 검둥이는 처음부터 소동 따위는 피우지도 않았고, 뭐라고 한 마디 말도 하지 않았어. 다시 말하지만 전혀 나쁜 검둥이가 아니란 말씀이야. 그건 확신해."

그러자 누군가가 말했다.

"듣고 보니 아주 착한 검둥인 것 같군요, 선생님."

그래서 다른 사람들도 조용해졌는데, 나는 나이 많은 의사가 짐에 관해서 그렇게 말을 해준 것이 정말 고마웠다. 사람들은 짐이 아주 좋은 일을 했으므로, 그에게 상을 줄 가치가 있다고 인정하고 앞으로는 그를 더 이상 비난하지 말자고 약속했다.

그러고 나서 사람들은 오두막 밖으로 나가 문을 잠갔다. 나는 혹시 그들이 짐의 사슬을 한두 겹 풀어준 뒤 빵이며 물과 함께 고기와 야채 따위도 넣어주자고 하지 않을까 은근히 기대했지만, 그런 생각을 하는 사람은 한 사람도 없었다. 나는 어설프게 내 생각을 입 밖에 내지 않는 것이 좋을 것 같았다. 그러나 눈앞에 닥친 난관만 벗어나면 방금 의사가 한 말을 샐리 아줌마한테 들려주어 짐을 이해시켜주리라 마음먹었다. 난관이란 톰이랑 내가 그 빌어먹을 밤에 도망친 검둥이를 찾으려고 돌아다니던 이야기를 하면서 시드가 총상을 입었다는 것을 어떻게 해서 내가 깜빡 잊어버리게 되었는지에 대해 설명하는 것이었다.

하지만 난관에 부닥칠 때까지는 아직 시간이 있었다. 샐리 아줌마는 밤낮으로 줄곧 환자 옆에 붙어 있었고, 사일러스 아저씨는 넋이 나간 사람처럼 병실 근처를 기웃거렸다. 이때 아저씨와 마주치는 경우가 생기면 내 쪽에서 피했다.

다음날 아침, 톰의 병세가 좋아져 샐리 아줌마가 한숨 자러 갔다는 말을 듣고 몰래 병실로 숨어 들어갔다. 만일 톰이 깨어 있으면, 둘이서 집안사람들이 의심을 살 염려가 없는 이야기를 꾸밀 수 있으리라고 생각했다. 그런데 톰은 잠들어 있었다. 그것도 아주 곤하게. 얼굴은 집으로 데려왔을 때처럼 붉게 열이 오른 얼굴이 아니었다. 그래서 나는 그 옆에 걸터앉아 잠에서 깨어나기를 기다렸다. 반시간쯤 지났을 때 샐리 아줌마가 소리도 없이 쑥 들어오는 게 아닌가! 나는 이럴 수도 저럴 수도 없게 되어버렸다. 아줌마는 손짓으로 조용히 있으라고 하고는 내 옆에 앉아서 작은 소리로 말하기 시작했다. 톰의 증상이 더할 나위 없이 양호하므로 눈을 뜨면 바로 정신을 차릴 것이라고 했다.

우리는 모두 톰을 지켜보았다. 얼마가 지나자 녀석은 몸을 조금 움직이더니 눈을 떴다. 그리고 주위를 둘러보고는 이렇게 말했다.

"아니, 내가 집에 돌아와 있잖아! 도대체 어떻게 된 일이야? 뗏목은 어디 있지?"

"걱정 안 해도 돼." 내가 말했다.

"한데 짐은?"

"마찬가지야." 나는 이렇게 말했지만 어쩐지 힘이 없었다. 그런데도 녀석은 눈치를 채지 못하고 종알대는 것이었다.

"참 잘됐어! 아주 멋졌어. 이제 우리는 걱정할 필요가 없어! 너 이모한테 다 말했니?"

내가 그렇다고 대답하려는데 아줌마가 사이에 끼어들었다.

"뭘 알렸느냐고 묻는 거니, 시드?"

"뭐냐 하면 모든 일을 어떻게 해냈느냐 하는 것 말예요."

"모든 일이라니?"

"우리가 어떻게 해서 검둥이를 자유의 몸이 되게 했는가 하는 것 말예요."

"뭐, 뭐라고? 도망친 검둥이를 자유롭게라니? 아니, 얘가 무슨 말을 하는 거야! 이런, 쯧쯧! 또다시 머리가 이상해졌구나."

"아니에요, 난 멀쩡해요. 모든 걸 제정신으로 말하고 있는 거라고요. 우리는 그 녀석을 자유의 몸으로 만들어주었어요. 우리 둘이 계획을 세워서 실행을 한 거예요. 그것도 아주 멋지게요." 톰은 이렇게 자백해버리고 말았다. 더구나 아줌마는 그 말을 가로막지도 않았다. 그저 잠자코 앉아서 톰이 지껄이는 대로 내버려두었으므로 내가 무슨 말을 해보았자 아무 소용이 없었다. "이모, 이번 작전은 정말 힘들었어요. 몇 주일이나 걸렸다니까요. 밤마다 이모와 다른 사람들이 다 잠든 동안에 별의별 것을 다 훔쳐내야만 했거든요. 양초, 시트, 이모 드레스, 숟가락, 양철 접시, 칼, 화로, 숫돌, 밀가루……. 모든 걸 말하려니 한이 없군요. 너무 많아서요. 그리고 톱과 펜, 숫돌에 새겨 넣는 문구 따위를 만드는 데 얼마나 힘이 들었는지 이모는 상상도 못할 거예요. 그리고 또 있어요. 관 따위의 그림을 그리고, 도둑이 보내는 익명의 편지를 만들고, 피뢰침을 타고 오르락내리락하고, 오두막으로 들어가는 굴을 파고, 줄사다리를 만들어서 파이 속에 집어넣어 함께 구워서 전해주고, 일하는 데 쓰는 숟가락 같은 걸 이모 앞치마 주머니에 넣어서 전하는 등……."

"원 세상에! 어떻게 이런 일이!"

"그리고 쥐나 뱀 따위를 잡아서 오두막 안에 넣어주어 짐의 친구를 만들어주기도 했죠. 그런데 모자 속에 버터를 훔쳐 넣은 톰을 이모가 너무 오래 붙들고 있는 바람에 자칫했으면 계획 전체를 그르칠 뻔했다니까요. 한데 이 일을 성공적으로 해냈어요. 굉장하죠, 이모?"

"오래 살다 보니 별꼴을 다보는군. 그럼 이렇게 큰 소동을 부리고, 우리의 신경을 곤두서게 하고, 우리들 모두를 죽도록 고생시킨 것이 바로 너희들 짓이었단 말이냐? 이 꼬마 악당 녀석들 같으니라고! 아이고 분해라. 그것도 모르고 매일 밤 걱정을 했다니! 이 장난꾸러기 악당, 낫기만 해봐라, 두 녀석 다 나쁜 버르장머리를 확실히 고쳐줄 테니!"

그렇지만 톰은 너무 의기양양해서 자신의 마음을 억제하지 못해 혓바닥이 자동으로 움직이는 것 같았다. 아줌마도 맞장구를 치면서 불을 토해내는 것처럼 지껄였는데, 마치 두 사람은 고양이 싸움이라도 하는 것 같았다. 아줌마가 이렇게 말했다.

"그래, 실컷 좋아해둬라. 하지만 조심해야 해. 네가 만일 또다시 그놈에게 손을 대는 걸 들키는 날에는……."

"손을 대다니, 누구한테 말인가요?" 톰은 깜짝 놀란 얼굴로 물었다.

"그 도망친 검둥이 말이지, 누군 누구야. 넌 누구라고 생각했니?"

톰은 정색을 하고 나를 쳐다보며 말했다.

"톰, 넌 짐 걱정은 안 해도 된다고 말하지 않았니? 짐은 도망치지 못했다는 거야?"

"짐이라니? 그 도망친 검둥이 말이니? 물론 못했지. 사람들이 다시 붙잡아 왔으니까. 지금은 전에 있던 그 오두막에서 빵과 물만 받아 먹고 있지. 게다가 쇠사슬에 꽁꽁 묶여 있단다. 주인이 인수하러 오지 않으면 팔아 치울 게다!"

톰이 침대에서 벌떡 일어났다. 눈에는 핏발이 섰고, 콧구멍은 물고기의 아가미처럼 벌름거렸다. 그러고는 나를 보면서 소리쳤다.

"짐을 감금할 권리는 누구한테도 없어. 빨리 가서 짐을 놓아줘! 1분도 꾸물거려서는 안 돼. 그는 노예가 아니란 말야. 다른 사람들과 마찬가지로 이 지구 위를 마음 놓고 걸어다닐 수 있는 자유로운 인간이야."

"이 애가 무슨 말을 하는 거야?"

"당연히 할 말을 하고 있는 거예요, 샐리 이모. 짐에게 아무도 가지 않겠다면 내가 가서 풀어주겠어요. 나는 처음부터 그를 알고 있었어요. 여기 있는 톰도 마찬가지예요. 왓슨 아줌마는 두 달 전에 세상을 떠났는데, 짐을 하류에 팔려고 했던 것을 후회한다면서, 유언을 통해 그를 자유의 몸이 되게 해준다고 했어요."

"그렇다면 어째서 넌 그놈을 자유의 몸으로 만들어주려고 했지? 전부터 자유의 몸인데?"

"그렇게 묻는 것도 무리는 아니에요. 아줌마는 여자니까요. 그건 모험을 하고 싶었기 때문이에요. 나는 말이죠, 피바다를 목만 내놓고 건너는 한이 있더라도…… 아니, 폴리 이모!"

과연 톰의 말처럼 폴리 아줌마가 마치 파이를 배불리 먹은 천사

같은 모습으로 방문 앞에 서 있는 게 아닌가!

샐리 아줌마는 쏜살같이 달려가 폴리 아줌마의 목이 부러질 정도로 껴안고는 울음을 터뜨렸다. 아무리 봐도 사태가 우리에게 불리한 방향으로 흐르는 것 같아, 나는 침대 밑이면 괜찮겠지 싶어 그곳으로 기어들어 갔다. 그리고 그곳에서 내다보니, 얼마 후 폴리 아줌마는 상대방의 팔을 풀고 안경 너머로 톰을 노려보며 서 있었다. 그렇게 노려보는 아줌마의 시선은 누구라도 땅 속으로 기어들어가고 싶을 정도로 날카로웠다. 그리고 폴리 아줌마는 말했다.

"그래, 고개를 돌리는 게 좋을 거다. 내가 너였더라도 그렇게 할 거야, 톰."

"어머나!" 샐리 아줌마가 말했다. "이 애가 그렇게도 변했나요? 이 앤 톰이 아니라 시드예요. 톰은…… 톰은…… 어머, 톰이 어디 갔을까? 조금 전만 해도 여기 있었는데……."

"네가 말하는 톰은 헉 핀이야. 틀림없어! 오랫동안 톰 녀석 같은 장난꾸러기를 키워 왔으니까, 내 눈은 틀림없어. 못 알아본다면 그게 이상하지. 자, 헉 핀! 어서 그 침대 밑에서 나와."

그래서 나는 침대 밑에서 기어나올 수밖에 없었다.

그때의 샐리 아줌마처럼 얼빠진 얼굴을 한 사람은 나는 본 적이 없다. 아니, 아줌마 말고 또 한 사람이 있었다. 그것은 방에 들어와서 사람들로부터 이번에 있었던 일에 관하여 자초지종을 듣게 된 사일러스 아저씨였는데, 그 모습은 술 취한 사람 저리 가라할 정도였다.

그리고 그날 밤에 있었던 예배에서 설교를 했는데, 그것은 아저씨를 갑자기 유명하게 만들었다. 왜냐하면 이 세상에서 가장 나이가 많은 사람이라도 알아들을 수 없는 설교를 했기 때문이다. 그리고 톰의 폴리 아줌마는 내가 어떤 녀석인가를 자세히 말했으므로, 나는 내가 얼마나 어려운 입장에 놓여 있는지를 말하지 않을 수 없었다. "펠프스 부인이 나를 톰 소여로 잘못 보았을 때" 라고 했더니, 부인은 내 말을 가로막고, "지금까지처럼 그냥 샐리 이모라고 불러라. 구태여 바꿔 부를 필요는 없다. 나는 그렇게 불러주는 게 더 듣기 좋으니까." 하고 말했다.

그래서 샐리 아줌마가 나를 톰 소여로 잘못 보았을 때, 나는 그대로 참고 있을 수밖에 달리 방도가 없었다고 말했다. 게다가 톰이 언짢게 생각지 않으리라는 것도 알고 있었다고. 왜냐하면 톰이라면 이런 비밀스러운 것을 좋아할 것이 뻔했기 때문이다. 톰은 그것을 바탕으로 모험을 생각해내고, 완전한 자기 만족에 빠져 있었다. 그리고 그대로 했던 것이다. 톰은 자기가 시드인 체하며 나에게 거북한 일이 없도록 여러 가지로 힘써주었다는 이야기를 했다.

그러자 폴리 아줌마가 짐에 관해서 말했는데, 왓슨 아줌마가 유언장 속에서 짐을 자유의 몸이 되게 해주었다는 톰의 말은 정말이라고 했다. 그렇다면 역시 톰 소여가 검둥이를 자유의 몸이 되게 해주기 위하여 그 정도로 귀찮고 어려운 일을 한 것은, 그가 이미 자유의 몸이 된 상태였기 때문이었다. 이 말을 듣기 전까지는, 톰처럼 훌륭한 집안에서 자라난 녀석이 무엇이 아쉬워서 검둥이를 자유의 몸이 되게 하려는 일에 그토록 열심인지 나로서는 도저히 이해가 가지 않았던 것이다.

그런데 폴리 아줌마는 샐리 아줌마로부터 톰과 시드가 모두 무사히 도착했다는 편지를 받았을 때 이렇게 생각했다고 말했다.

"그것 봐! 내 생각이 맞아. 그 아이를 감독하는 사람도 없이 혼자 보내니까 이런 일이 생기지. 그래서 내가 직접 하류로 1천백 마일이나 내려가서 그 아이가 이번에는 무슨 일을 저지르는지 알아봐야겠다고 생각했지. 그런데 너는 왜 그 일에 대해서 답장을 한 장도 보내주지 않았니?"

"어머, 난 언니에게서 편지 한 장 받은 일이 없는데요." 샐리 아줌마가 말했다.

"그것 참, 이상한데! 나는 시드가 왔다는 것이 무슨 뜻인지 알려달라고 두 번씩이나 편지를 보냈는데."

"하지만 언니, 난 한 번도 받은 적이 없다우."

폴리 아줌마는 얼굴을 돌려 무서운 표정으로 톰을 바라보며 이렇게 말했다.

"톰, 네 짓이구나!"

"네에?" 톰은 샐쭉한 표정으로 말했다.

"이 깜찍한 녀석……. 어서 그 편지를 내놔."

"무슨 편진데요?"

"편지는 무슨 편지? 너를 거꾸로 매달아서라도 반드시 그 편지를……."

"트렁크 안에 있어요, 그럼 됐잖아요. 제가 우체국에서 받았을 때 그대로예요. 뜯어보지도 않았고, 손도 대지 않았어요. 하지만 그걸 전해주면 귀찮은 일이 생길 게 뻔했고, 또 아줌마만 하더라도 별로 급할 게 없을 것 같아서……."

"역시 너한텐 매만한 게 없어. 그리고 내가 여기 온다고 너한테 알린 편지도 있는데 그것도 아마 녀석이……."

"아녜요, 그건 어제 왔어요. 그 편지라면 받았으니까요."

받았다고? 천만의 말씀! 나는 2달러를 걸어도 좋다고 말해주고 싶었지만, 그렇게 안 하는 게 좋을 것 같아서 참았다.

마지막 장

톰이 혼자 있을 때 나는 그에게 탈출에 성공했더라면 어떻게 하려고 했는지, 그리고 검둥이를 자유의 몸으로 만들어줄 수 있었다면 무엇을 할 계획이었는지를 물어보았다.

그러자 톰은 짐을 무사히 끌어내면 처음부터 계획해두었던 대로 그를 뗏목에 태워 강을 내려가 하구 근처까지 모험을 하고 나서, 거기서 짐에게 이미 자유의 몸이었다는 것을 알려주고는, 돌아올 때에는 당당하게 증기선에 태워서 고향으로 데려가려고 했다는 것이다. 그리고 짐이 헛되이 보낸 시간은 돈을 주어 보상해주고, 미리 편지를 띄워 고향 근처에 있는 검둥이들을 모이게 하여 짐이 도착하면 횃불 행렬과 악대를 앞세워 마을로 들여보낼 생각이었다는 것이다. 그러면 짐과 우리는 다 같이 영웅이 되었을 것이라고 했다. 그러나 나는 이대로가 좋을 것 같았다.

우리는 곧 짐의 사슬을 풀어주었고, 폴리 아줌마와 사일러스 아저씨와 샐리 아줌마는, 그 나이 많은 의사가 톰을 치료할 때 짐이 얼마나 정성껏 돌봐주었는가를 알게 되자, 짐에게 잘해 주려고 야단법석이었다. 얼마 후, 우리는 짐을 이층에 있는 병실로 데리고 와서 이야기꽃을 피웠다. 이때 톰은 짐이 우리를 위하여 고된 상황을 힘들게 참으며 죄수 역할을 해주었다면서 40달러를 주었다. 짐은 미칠 정도로 기뻐하면서 이렇게 말했다.

"이봐, 헉! 언젠가 잭슨 섬에서 내가 너에게 말했지? 가슴에 털이 많은데, 이 털은 어떤 징조를 나타내는 털이라고 말이여. 나는 이전에 부자였던 적이 있었는데, 앞으로 한 번 더 부자가 될 거라고 했지? 그것이 그대로 들어맞았지 뭐여. 나보고 뭐라고 해도 징조는 징조란 말이여. 나는 내가 다시 한 번 부자가 되리란 것을, 지금 내가 여기 이렇게 서 있는 것처럼 틀림없으리라는 걸 전부터 알고 있었당께."

그리고 톰은 입이 아플 정도로 지껄였는데, 어느 날 밤 셋이서 몰래 집을 빠져나가 여행 도구 일체를 사가지고, 1, 2주일쯤 저쪽 인디언 지구로 들어가 인디언들 속에서 큰 모험을 하자고 했다. 나는 그 의견에 동의한다고 했지만, 여행 도구를 준비할 돈은 없다고 했다. 지금쯤은 아빠가 돌아와 새처 판사한테 맡겨둔 돈을 찾아가지고 몽땅 마셔버렸을 것임이 틀림없으니 말이다.

"아냐, 그건 걱정 안 해도 돼. 돈은 아직 거기 그대로 있어. 6천 달러랑 나머지 돈 전부가 말이야. 그리고 너희 아빠는 아직 돌아오지 않았어. 아무튼 내가 여기 올 때까지는 안 돌아왔어."

그러자 짐이 심각한 얼굴로 말했다.

"너희 아빠는 두 번 다시 돌아오지 않을 거여, 헉."

"그건 왜지, 짐?" 내가 물었다.

"왜고 뭐고도 없어, 헉! 아무튼 두 번 다시 돌아오지 않을 거여."

하지만 내가 끝까지 그 까닭을 묻자 짐은 이렇게 대답했다.

"전에 집이 한 채 강물에 떠내려 왔던 일을 기억하지? 그 안에 사나이 한 명이 누워 있었던 것도 말야. 내가 안에 들어가 덮여 있는 것을 들추어보았지만, 너보고는 들어오지 말라고 그랬지? 그러니까 이제 필요할 때는 언제든지 네 돈을 찾아 쓸 수가 있어. 왠고 하니, 그때 그 사나이가 바로 너희 아빠였거든."

톰은 이제 거의 완쾌되었으므로, 그 총알을 시계 대신 줄에 매어 목에 걸고 늘 시계를 보곤 했다.

이상으로 쓸 것은 다 쓴 셈인데, 나는 기뻐서 가슴이 터질 지경이다. 책을 만드는 일이 이렇게나 귀찮고 어려운 일인지 그걸 미리 알았다면 처음부터 이런 일엔 손을 대지도 않았을 테니까 말이다. 앞으로는 두 번 다시 이런 일엔 손을 대고 싶지 않다. 그러나 나는 톰과 짐보다 먼저 인디언 지구에 가야 할 것만 같다. 샐리 아줌마가 나를 자기의 양자로 삼은 다음, 예의범절을 가르쳐주겠다고 했기 때문이다. 그것은 전에도 경험해본 적이 있으니 말이다.

Adventures of Huckleberry Finn

미국의 현대 문학은 『허클베리 핀의 모험』에서 비롯되었다

1885년 발표한 『허클베리 핀의 모험』은 청소년이라면 반드시 읽어야 할 통과 의례와 같은 작품이다. 따라서 세계의 문학을 체계적으로 연구하는 사람의 목록에는 어김없이 『허클베리 핀의 모험』이 실려 있다.

J. D. 샐린저, 어니스트 헤밍웨이, 윌리엄 포크너, 셔우드 앤더슨 등 내로라하는 미국 작가들의 작품들에는 약속이나 한 듯이 트웨인의 냄새가 짙게 배어 있다. 게다가 미국 문학사는 물론이고 세계 문학사에서 이룬 업적 역시 놀랄 만하다.

트웨인의 대표작인 『허클베리 핀의 모험』은 모험의 진정한 의미를 가장 확실하게 보여주는 작품이라고 할 수 있다. 이 소설은 전세계적으로 독자들의 사랑을 받는 『톰 소여의 모험』의 속편에 해당한다. 하지만 등장하는 인물이 같을 뿐 이야기는 전혀 다르다.

『허클베리 핀의 모험』은 제목이 전하는 의미 그대로 허클베리 핀이라는 열서너 살 된 한 소년이 겪는 모험담으로 구성되어 있다.

이 책은 주인공 허클베리 핀이 미주리주의 술주정뱅이 아들로 태어나 같은 마을 더글러스 과부댁의 양자로 들어간 상황에서 시작된다. 고아나 다름없이 자유롭게 자란 그는 과부댁의 끊임없는 잔소리와 지루한 성경 이야기에 시달리던 차에 집을 나와 톰 소여를 만나게 된다.

톰 소여는 아이들을 모아 갱단을 조직했다면서 허클베리 핀에게 갱단에 들어오고 싶으면 더글러스 아줌마 집으로 다시 돌아가라고 한다. 그의 제안을 받아들이긴 했지만 시작이 거창했던 톰이 조직한 갱단은 별 활동을 시작하지도 않은 상태에서 해체되고 만다. 다시 더글러스 아줌마의 집에서 지내는 생활에 익숙해지면서 학교에 다니는 일에 적응이 될 무렵, 헉의 아버지가 찾아온다.

헉의 아버지는 아들이 뜻하지 않게 큰 돈을 손에 넣었다는 소문을 듣고 아들에게서 그 돈을 탈취하기 위해서 왔던 것이다. 아버지는 일이 뜻대로 되지 않자 아들을 미시시피 강가에 있는 숲 속의 오두막에 가두어버린다. 문명 생활에서 벗어난 헉은 한편으로는 편안함을 느끼지만 아버지의 매질이 심해지자 결국 잭슨 섬이란 곳으로 탈출한다. 그리고 그곳에서 우연히 도망쳐 나온 왓슨 아줌마의 흑인 노예 짐을 만나게 된다. 이 두 사람은 홍수로 떠내려온 뗏목을 타고 미시시피 강을 따라 남쪽으로 여행을 떠난다.

이 소설의 주요 뼈대는 백인 소년과 흑인 노예가 뗏목을 타고 여행하면서 겪는 갖가지 사건들로 이루어져 있다. 그리고 이 소설의 클라이맥스는 헉이 톰 소여와 함께 벌이는 마지막의 눈물이 날 만큼 희극적인 사건이라고 할 수 있다.

『허클베리 핀의 모험』이 많은 사람들로부터 격찬을 받는 것은 3초의 여유도 주지 않고 웃음을 폭발하게 하는 것도 그 한 가지 이유지만 무엇보다 순수하고 자유로운 영혼의 주인공인 허클베리 핀의 시선으로 당시 미국 사회가 안고 있는 현실적인 문제를 날카롭게 파헤쳐 보여주고 있기 때문이다.

그러나 훌륭한 작품들이 세상에 알려지기까지 으레 고난을 겪듯이 트웨인의 작품도 제대로 빛을 발하기까지는 많은 우여곡절을 겪어야만 했다. 처음 소설이 출간되었을 당시 내용이 불건전하다는 이유로 사람들로부터 비난을 받아야만 했다. 주인공 헉 핀이 거짓말을 밥 먹듯이 하는 소년이었기 때문이다. 물론 이런 헉의 거짓말은 고아나 다름없는 소년이 살아남기 위한 생존 전략일 수도 있지만 이 점을 참작하더라도 그의 거짓말은 지나친 데가 없지 않다.

더구나 헉은 이 무렵 미국 사회의 주춧돌이라고 할 수 있는 기독교의 도덕성과 윤리관을 철저하게 모멸한다. 게다가 그는 아무 거리낌 없이 천국보다는 지옥에 가고 싶다고 말하기도 한다. 이 밖에도 왕과 공작 같은 사기꾼들은 끊임없이 기독교인들의 위선과 기만을 날카롭게 꼬집는다.

결국 이 책은 너무나 많은 도덕적인 문제를 안고 있다는 이유로 매사추세츠주의 콩코드 도서관 위원회의 도서관 장서 목록에서 삭제해 버렸다. 게다가 미국 전역의 적지 않은 학교에서도 이 작품을 학생들에게 읽혀서는 안 될 금서로 지정하고 만다.

모험 이야기를 다룬 대부분의 소설이 그렇듯이 『허클베리 핀의 모험』 또한 여행 자체보다는 그 여행을 통하여 주인공이 얻게 될 정신적 각성, 또는 도덕적 통찰이 중요한 주제로 부각되고 있다. 이 작품에서 미시시피 강을 따라 이루어지는 기나긴 여행은 헉 핀과 짐이 추구하는 '자유를 향한 여정' 이다. 짐이 추구하는 것은 노예 제도가 부여하는 구속과 속박의 멍에로부터의 자유이다. 왓슨 아줌마의 노예로 일하던 짐은 자신을 남부 지방으로 팔려고 한다는 계획을 우연히 엿듣고 탈출을 기도하여 안주할 곳을 찾아 헤맨다. 그런 의미에서 헉 핀이 원하는 자유는 짐이 추구하는 신체적 자유와는 달리 좀 더 정신적인 면이 강하다.

또한 『허클베리 핀의 모험』은 다양한 소재로 꾸며져 있는데, 그 중 가장 중요한 소재는 뗏목과 강이다. 잭슨 섬에서 만난 헉과 짐은 뗏목을 타고 강줄기를 따라 내려가는데, 여기서 뗏목은 한없는 자유와 안락한 보금자리를 의미한다. 주인공 헉은 육지에서는 사회적 · 종교적 문제와 마주치면서 고통을 겪지만 강은 편안한 안식을 준다. 강은 사회의 모든 부조리로부터 헉을 감싸주고 끝없이 베풂을 주기 때문이다.

이렇듯 자연이 인간에게 베푸는 은혜는 강가에서 벌어지는 가족 간의 불화나 왕과 공작의 위선적인 행동, 노예상인들의 비인간적인 행위처럼 인간의 탐욕스런 행동과는 커다란 대조를 이룬다. 강은 헉이 거짓말을 하지 않고 원래의 모습으로 있을 수 있는 유일한 장소이다.

또한 이들이 향하는 목적지인 카이로의 자유주는 두 주인공에게 각각 다른 의미를 지닌다. 짐에게는 노예 신분에서 벗어나 육체적인 자유를 얻을 수 있는 곳이고, 헉에게는 자신을 억압하는 사회의 모든 것에서 도망칠 수 있는 이상향이다.

이 작품을 출간한 뒤 20년이 지난 후, 트웨인은 이 작품이 갖는 본질적인 주제는 건전한 마음과 왜곡된 양심이 갈등하게 되고, 그 갈등에서 왜곡된 양심이 패하는 것이라고 주장했다. 여기서 왜곡된 양심이란 사회의 보편적 질서와 상식의 내면화된 목소리이다.

작가는 양심이란 사회 교육의 강화와 관습으로 인해 성립된다고 주장한다. 그래서 짐을 탈출시키는 문제에 봉착했을 때, 헉은 한 인간에 대한 애정과 기존의 관습에서 갈등하게 된다. 결국 이 갈등을 통해 마크 트웨인은 톰과 같이 사회 정의를 신봉하는 사람은 절대 노예를 해방시킬 수 없고, 헉과 같이 건전한 마음을 가진 사람은 비록 사회 정의를 부정하는 일이 있어도 탈출 노예인 짐을 구할 수 있다고 주장한다.

마크 트웨인 연보

1835년 11월 30일 미주리 주 플로리다에서 치안판사인 존 마셜 클레멘스 부부의 4남 3녀 중 다섯째로 태어났다. 본명은 새뮤얼 랭혼 클레멘스.

1839년 11월, 온 가족이 미시시피 강 서쪽 하니벌로 이사.

1847년 3월, 아버지를 여의다. 학교를 그만두고 지방의 인쇄소에서 견습 식자공으로 근무.

1848년 지방 신문 〈쿠리어〉에 식자공으로 취직.

1850년 맏형 오라이언이 경영하는 신문사에서 식자공 노릇을 하며 익살스런 글을 발표하기 시작.

1852년 2월, 〈저널 앤드 웨스턴유니언〉에 들어가 제호를 〈저널〉지로 개칭하고 본격적인 문학수업 시작하다. 5월, 보스턴의 주간 유머 신문 〈여행가방〉에 '산 사람을 위협한 댄디'라는 콩트 발표.

1853년 6월, 〈저널〉지를 그만두고 세인트루이스, 뉴욕, 필라델피아에서 신문사 견습 기자로 근무. 이때부터 그의 남부 기질을 엿볼 수 있는 문장을 선보임.

1857년 찰스 다윈의 진화론에 대한 이야기를 듣고 깊은 감명을 받음. 그 영향으로 동물계에서 인간만이 사악한 마음을 갖고 있다고 보는 부정적인 인간관을 갖게 되었고, 이런 사상을 바탕으로 만년의 작품 《인간이란 무엇인가》를 집필. 4월, 뉴올리언스에서 남아메리카로 가는 기선을 타고 미시시피 강을 따라 내려가던 중 수로안내인 훈련을 받음.

1858년 정식 자격증을 따서 화물선의 수로안내인으로 일하던 중, 동생이 증기선의 폭발사고를 당한 조난자를 구조하다 사망하자 정신에 이상이 올 정도로 깊은 상심에 빠짐.

1859년 뉴올리언스의 〈데일리 크레센트〉 지에 미시시피의 베테랑 선장 캡틴 아이자이어 셀라스의 오만함을 야유한 글 〈서전트 파좀〉을 발표.

1861년 남북전쟁이 일어나 미시시피 강 항로가 두절되자 수로안내인을 그만두고 민병대에 참가. 7월, 네바다 주의 서기관으로 있던 형 오라이언의 개인비서 자격으로 서부로 이주. 이 무렵 여러 지방 신문에 글을 기고.

1863년 2월, 처음으로 마크 트웨인이라는 필명 사용.

1864년 샌프란시스코에서 신문기자로 일하면서 여러 문인들과 교류. 12월, 사회의 부패를 폭로하는 기사로 인해 시에서 머무를 수가 없는 상황이 되자 같은 주의 마더로드 지방으로 이사.

1866년 3월, 샌드위치 군도(하와이 제도) 여행. 12월 15일 서부 방랑 생활에 종지부를 찍음.

1867년 5월, 뉴욕에서 단편집 《캘리베라스군의 유명한 뜀뛰는 개구리와 그 밖의 스케치》 출간. 6월, 특파원 자격으로 유럽 관광여행단에 끼여 유럽 여행.

1868년 8월, 뉴욕 엘마이라의 랭던 집안을 방문하여 장차 아내가 될 올리비아를 만남.

1869년 2월, 랭던 집안의 반대를 무릅쓰고 올리비아와 약혼. 7월, 《순진한 사람의 해외 여행기》 출간. 8월, 〈익스프레스〉 신문 인수.

1870년 2월, 올리비아와 결혼하여 버펄로에 정착. 11월, 장남 랭던 클레멘스 출생

1871년 4월, 〈익스프레스〉를 팔고 10월, 코네티컷 주의 하트퍼드로 이사. 가을의 강연 여행에서 번 돈으로 신문사 때문에 진 부채를 모두 청산.

1872년 2월, 서부 여행기 《고난을 딛고》 출간. 8월, 영국에 건너가 영국을 소재로 한 유머 소설을 쓰기 시작했으나 미완으로 남음.

1973년 가족과 함께 영국으로 건너가서 찰스 더들리 워너와 함께 쓴 《도금시대》 출간. 《도금시대》는 남북전쟁 이후의 배금주의 사상을 풍자한 작품.

1874년 6월, 둘째딸 클라라 출생. 9월, 《도금시대》를 극화하여 뉴욕에서 상연하였으나 실패. 11월, 동부의 잡지인 〈어틀랜틱 몬슬리〉에 단편 〈진짜 이야기〉 발표.

1875년 1월, 〈어틀랜틱 몬슬리〉에 미시시피 강의 생활 연재 시작.

1876년 12월, 《톰 소여의 모험》 출간. 독자 반응과 매출은 저조.

1877년 보스턴의 휘티어 70세 축하 파티에 가서 그 자리에 함께 있던 에머슨, 롱펠로, 홈스 등을 빈정대는 말로 물의를 일으켜 문제가 되자 이튿날 사과의 편지를 당사자들에게 보냄.

1878년 4월, 가족과 함께 독일 여행.

1880년 3월, 독일, 이탈리아, 스위스 여행을 기록한《방랑자의 여행기》출간.

1882년 1월,《왕자와 거지》출간.

1883년 5월,《미시시피 강에서 살다》출간.

1884년 12월,《허클베리 핀의 모험》을 영국과 캐나다에서 출간.

1885년 2월,《허클베리 핀의 모험》미국판 출간. 자동 식자기에 흥미를 갖기 시작.

1889년 12월,《코네티컷의 양키, 아서왕의 궁정에 가다》출간.

1891년 6월, 하트퍼드의 집을 처분하고 가족과 함께 유럽 여행. 자동 식자기 사업 실패로 경제적 타격.

1895년 빚을 갚기 위해 세계를 돌며 강연.

1897년 12월, 강연 여행기《적도를 따라》출간.

1900년 6월, 단편 작품집《해들리버그를 타락시킨 사나이》및 기타 작품 출간.

1901년 10월, 예일 대학에서 명예 문학박사 학위 받음.

1904년 6월, 아내 올리비아 사망.

1906년 앨버트 B. 페인의 전기 집필 제의를 받아들여 구술 시작. 6월,《이브의 일기》, 8월《인간이란 무엇인가》출간.

1907년 6월, 영국 옥스퍼드 대학의 명예 문학박사 학위 받음.

1910년 4월 20일, 헬리 혜성 출현. 이 혜성과 함께 태어난 그는 이 별과 함께 떠나고 싶다고 말했는데 그 별을 보지 못하고 이튿날 21일 유럽에서 달려온 둘째딸 클라라가 지켜보는 가운데 운명.

The End